KARALUCHY

JO NESBØ

KARALUCHY

Przełożyła z norweskiego
Iwona Zimnicka

Wydawnictwo Dolnośląskie

Tytuł oryginału
Kakerlakkene

Projekt okładki
Mariusz Banachowicz

Redakcja
Iwona Gawryś

Korekta
Mariola Langowska-Bałys

Redakcja techniczna
Jolanta Krawczyk

ISBN 978-83-245-9025-4

Wrocław

Wydawnictwo Dolnośląskie
50-010 Wrocław, ul. Podwale 62
oddział Publicat SA w Poznaniu
tel. 71 785 90 40, fax 71 785 90 66
e-mail: wydawnictwodolnoslaskie@publicat.pl
www.wydawnictwodolnoslaskie.pl

W środowisku Norwegów mieszkających w Tajlandii krążyła plotka o tym, że norweski ambasador, który na początku lat sześćdziesiątych zginął w wypadku samochodowym w Bangkoku, w rzeczywistości został zamordowany w bardzo tajemniczych okolicznościach. Plotki tej nie daje się potwierdzić w Ministerstwie Spraw Zagranicznych, zwłoki zostały skremowane już dzień po śmierci ofiary, a oficjalnej sekcji nigdy nie przeprowadzono.

Osób i zdarzeń opisanych w tej powieści nie należy szukać w rzeczywistości. Na to, by potwierdzić ich istnienie, rzeczywistość jest zbyt mało wiarygodna.

Bangkok, 23 lutego 1998

1

Światło zmieniło się na zielone, a ryk samochodów, motocykli i tuk-tuków narastał, aż zatrzęsły się szyby w Robertson Department Store. W końcu znów ruszyli i wystawa z długą czerwoną suknią z jedwabiu zniknęła Dim z oczu w wieczornej ciemności.

Jechała taksówką. Nie zatłoczonym autobusem ani przerdzewiałym tuk-tukiem, tylko taksówką z klimatyzacją i z kierowcą, który umiał milczeć. Oparła głowę o zagłówek i próbowała się tym napawać. Żaden problem. Wyprzedził ich motorower; siedząca z tyłu dziewczyna, wczepiona w kierowcę w czerwonym T-shircie i kasku z przyłbicą, posłała im puste spojrzenie.

Na Rama IV taksówkarz znalazł się za ciężarówką, wypluwającą czarny dym z diesla, tak gęsty, że Dim nie widziała tablicy rejestracyjnej. Spaliny po przejściu przez system klimatyzacji były schłodzone i prawie całkiem pozbawione zapachu. Ale tylko prawie. Dyskretnie machnęła ręką, żeby pokazać, co o tym myśli, a szofer zaraz zerknął w lusterko i zjechał na sąsiedni pas. Żaden problem.

Nie zawsze tak było. W zagrodzie, w której się urodziła, dorastało sześć dziewczynek. Zdaniem ojca o sześć za dużo. Miała siedem lat, kiedy stały w żółtym pyle, kaszląc i machając na pożegnanie, a wóz, który zabrał najstarszą siostrę, toczył się wiejską drogą wzdłuż brunatnego kanału. Siostra dostała czyste ubranie, bilet na pociąg do Bangkoku i adres na Patpongu zapisany na odwrocie wizytówki, a łzy lały jej się z oczu jak wodospad, chociaż Dim machała do niej tak mocno, że o mało nie odpadła jej ręka. Matka pogłaskała Dim po włosach i powiedziała, że to nie jest takie łatwe, ale też i wcale nie takie złe. W każdym razie siostra nie będzie musiała przenosić się z gospodarstwa do gospodarstwa jako *kwai*, tak jak matka przed wyjściem za mąż. Poza tym *Miss* Wong obiecała, że się nią zajmie. Ojciec pokiwał głową, splunął przez czarne od betelu zęby i dodał, że *farangowie* w barach dobrze płacą za świeże dziewczyny.

Dim nie zrozumiała, o co chodzi z tym *kwai*, ale nie chciała pytać. Oczywiście wiedziała, że *kwai* to wół. Jej rodziny, podobnie jak większości ludzi z okolicy, nie było stać na trzymanie własnego wołu, więc kiedy przychodziła pora, by orać pola ryżowe, wynajmowano wędrownego. Dopiero później Dim dowiedziała się, że dziewczynę opiekującą się takim zwierzęciem również nazywano *kwai*, ponieważ jej usługi były w pakiecie. To należało do tradycji, a dziewczyna mogła jedynie liczyć na to, że kiedyś spotka wieśniaka, który ją zechce, zanim będzie za stara.

Kiedy Dim skończyła piętnaście lat, ojciec zawołał ją pewnego dnia, idąc w jej stronę z kapeluszem w ręku przez pole ryżowe. Słońce świeciło mu w plecy. Nie odpowiedziała od razu, ale wyprostowała się, uważnie przyjrzała zielonym wzgórzom wokół niewielkiej zagrody, a potem zamknęła oczy i, zasłuchana w głos żurawi, wdychała zapach eukaliptusów i kauczukowców. Wiedziała, że przyszła jej kolej.

Przez pierwszy rok mieszkały we cztery w jednym pokoju i dzieliły się wszystkim: łóżkiem, jedzeniem i ubraniami. Szczególnie to ostatnie było bardzo ważne – bez eleganckich strojów szanse na najlepszych klientów spadały do zera. Dim nauczyła się tańczyć i uśmiechać, rozpoznawać, kto chce jedynie kupić drinka, a kto ma ochotę na seks. Ojciec umówił się z *Miss* Wong, że zarobione przez Dim pieniądze będą przesyłane do domu, więc w pierwszych latach rzadko je widywała, ale *Miss* Wong była z niej zadowolona i z czasem zaczęła więcej zatrzymywać dla Dim.

Miss Wong miała powody do zadowolenia. Dim pracowała ciężko, a klienci chętnie kupowali drinki. *Miss* Wong powinna też się cieszyć, że Dim wciąż u niej tańczy, bo już dwa razy mało brakowało, by było inaczej. Pewien Japończyk chciał się ożenić z Dim, ale wycofał się, gdy poprosiła o pieniądze na bilet lotniczy. A Amerykanin zabrał ją na wyspę Phuket, odłożył swój powrót do domu i kupił jej pierścionek z brylantem. Podeptała go w dniu, w którym *farang* wyjechał.

Niektórzy klienci marnie płacili i kazali jej się wynosić, jeśli narzekała, inni skarżyli się *Miss* Wong, że dziewczyna nie godzi się na wszystko, czego od niej żądają. Nie rozumieli, że od chwili, gdy już raz ją kupili w barze, a *Miss* Wong dostała swoją działkę, Dim stawała się panią samej siebie. Panią samej siebie. Pomyślała o czerwonej sukni na wystawie. Matka miała rację. To nie było łatwe, ale też nie takie złe.

Dim zdołała zachować niewinny uśmiech i umiała radośnie się śmiać. Może właśnie dlatego dostała pracę u Wanga Lee, który poszukiwał dziewczyn, ogłaszając się w „Thai Rath" pod nagłówkiem *G.R.O.*, czyli *Guest Relation Officer*. Wang Lee, nieduży, prawie czarny Chińczyk, prowadził motel położony w pewnym oddaleniu od centrum, przy Sukhumvit Road, klientami zaś byli przeważnie cudzoziemcy ze specjalnymi wymaganiami – lecz nie na tyle specjalnymi, by Dim nie potrafiła im sprostać. Prawdę mówiąc, wolała to, co robiła w motelu, od tańczenia godzinami w barze. Poza tym Wang Lee dobrze płacił. Jedyną wadą był dojazd na miejsce z jej mieszkania w Banglaphu, który zajmował tak dużo czasu.

Przeklęte korki! Znów stanęli, Dim powiedziała więc kierowcy, że kończy kurs, chociaż dostanie się do motelu po drugiej stronie autostrady oznaczało konieczność przejścia przez sześć pasów jezdni. Kiedy wysiadła z taksówki, powietrze oblepiło ją jak gorący mokry ręcznik. Rozejrzała się za prześwitem w sznurze pojazdów, zasłaniając nos ręką, świadoma, że w niczym jej to nie pomoże, bo w Bangkoku nie ma innego powietrza, którym dałoby się oddychać. Ale przynajmniej go nie wąchała.

Prześlizgiwała się między samochodami, musiała ustąpić z drogi pick-upowi, który wiózł na platformie gwiżdżących chłopaków, a obcasów o mało nie urwała jej uradowana nieoczekiwaną swobodą toyota. Wreszcie Dim dotarła na miejsce.

Weszła do pustej recepcji, Wang Lee podniósł wzrok.

– Spokojny wieczór? – spytała.

Ponuro pokiwał głową. W ostatnim roku wiele było podobnych.

– Jadłaś?

– Tak – skłamała. Chciał dobrze, ale ona nie miała ochoty na wodnisty makaron, który gotował na zapleczu.

– Będzie trochę czekania – zapowiedział. – *Farang* chciał najpierw się zdrzemnąć. Zadzwoni, kiedy będzie gotowy.

Jęknęła.

– Lee, dobrze wiesz, że przed północą muszę być z powrotem w barze.

Spojrzał na zegarek.

– Daj mu godzinę.

Wzruszyła ramionami i usiadła. Rok wcześniej prawdopodobnie wyrzuciłby ją za takie gadanie, ale teraz bardzo potrzebował wszelkich możliwych dochodów. Oczywiście mogła sobie pójść, ale wtedy cała ta długa podróż poszłaby na marne. Poza tym winna była Lee niejedną przysługę, nie należał do najgorszych sutenerów, dla jakich miała okazję pracować.

Po zgaszeniu trzeciego papierosa przepłukała usta gorzką chińską herbatą Lee i wstała, żeby w lustrze nad kontuarem ostatni raz sprawdzić makijaż.

– Idę go obudzić – oświadczyła.

– Mhm. Masz łyżwy?

Machnęła torebką.

Żwir chrzęścił pod obcasami na otwartym pustym placyku między niskimi budynkami motelu. Pokój numer 120 położony był w głębi; Dim nie zauważyła przed nim żadnego samochodu, ale w oknie się świeciło. Może więc *farang* się obudził. Lekki podmuch wiatru poderwał na moment jej krótką spódniczkę, ale nie przyniósł ochłody. Zatęskniła za monsunem, za deszczem. Po kilku tygodniach lejącej się z nieba wody, spływających błotem ulic i spleśniałego prania tak samo tęskniła za suchymi, bezwietrznymi miesiącami.

Lekko zastukała do drzwi, przywdziewając skromny uśmiech, a na końcu języka już miała pytanie: *What your name?* Nikt jednak nie odpowiedział. Zapukała jeszcze raz i spojrzała na zegarek. Z całą pewnością mogłaby potargować się o tę suknię i obniżyć jej cenę o kilkaset bahtów, chociaż to u Robertsona. Nacisnęła klamkę i ku swemu zdumieniu zobaczyła, że drzwi są otwarte.

Leżał w łóżku na brzuchu, początkowo pomyślała, że śpi. Zaraz jednak dostrzegła błysk niebieskiego szkła na rękojeści noża wystającego z jaskrawożółtej marynarki. Nie dało się stwierdzić, która z myśli jako pierwsza przebiegła jej przez głowę, lecz wśród nich na pewno była ta, że podróż z Banglaphu mimo wszystko poszła na marne. W końcu udało jej się napiąć struny głosowe. Krzyk utonął jednak w ryku klaksonu tira, wymijającego nieostrożnego tuk-tuka na Sukhumvit Road.

2

– Teatr Narodowy – oznajmił nosowy, zaspany głos z głośników. Drzwi tramwaju się otworzyły i Dagfinn Torhus wysiadł na wilgotny, mroźny, ledwie świtający zimowy poranek. Powietrze kąsało w świeżo wygolone policzki, a w świetle nielicznych neonów Oslo dostrzegł parę unoszącą się z jego własnych ust.

Był pierwszy tydzień stycznia. Torhus wiedział, że później, kiedy lód skuje fiord, a powietrze będzie bardziej suche, zima stanie się mniej dokuczliwa. Ruszył w górę Drammensveien ku Ministerstwu Spraw Zagranicznych. Ulice były prawie puste, minęły go tylko dwie samotne taksówki. Zresztą widoczny na pobliskim budynku zegar Towarzystwa Ubezpieczeniowego Gjensidige, odcinający się neonową czerwienią na tle czarnego zimowego nieba, pokazywał dopiero szóstą.

Pod drzwiami gmachu na Victoria Terrasse wyjął kartę wstępu. „Stanowisko: Naczelnik Wydziału" – głosił napis nad zdjęciem przedstawiającym o dziesięć lat młodszego Dagfinna Torhusa, który z wysuniętą do przodu brodą wpatrywał się w obiektyw skupionym spojrzeniem zza okularów w stalowych oprawkach. Torhus przeciągnął kartę przez czytnik, wstukał kod i pchnął ciężkie drzwi.

Nie wszystkie drzwi dawały się równie łatwo otworzyć, odkąd przed blisko trzydziestoma laty zjawił się tu jako dwudziestopięciolatek. W „szkole dyplomatów", na kursach organizowanych przez MSZ, nie bez problemów wtopił się w środowisko, ze swoim rozwlekłym dialektem z Østerdalen i „rustykalnym sposobem bycia", jak określił to jeden z chłopaków z jego rocznika pochodzący z Bærum. Pozostali kandydaci na dyplomatów byli politologami, ekonomistami i prawnikami, a ich rodzice profesorami albo politykami lub też należeli do arystokracji MSZ-etu, do której pragnęły dostać się teraz ich dzieci. Torhus był chłopskim synem z dyplomem Wyższej Szkoły Rolniczej w Ås. Dla niego nie miało to większego znaczenia, wiedział jednak, że dla dalszej kariery otaczanie się odpowiednimi przyjaciółmi jest ważne. Dagfinn Torhus usiłował nauczyć się społecznych kodów, a jednocześnie kompensował swoje braki ciężką pracą. Bez względu na istniejące różnice wszystkich przyszłych dyplomatów łączyły jedynie mgliste wyobrażenia o tym, co chcą osiągnąć w życiu. Ale znali tylko jeden kierunek: w górę.

Torhus z westchnieniem kiwnął głową strażnikowi z Securitas, który pchnął przez okienko jego gazety i jedną kopertę.

– Ktoś już...?

Strażnik pokręcił głową.

– Jak zwykle jest pan pierwszy. To koperta od oficera łącznikowego. Dostarczyli ją w nocy.

Torhus obserwował, jak cyfry oznaczające numery pięter pojawiają się i gasną, gdy winda wiozła go w górę. Już dawno wpadł na pomysł, że każde piętro symbolizuje konkretny etap w jego karierze, dlatego co rano przed oczami przesuwała mu się cała historia jego życia.

Pierwsze piętro to pierwsze dwa lata na kursie dla dyplomatów, długie, niezobowiązujące dyskusje o polityce i historii, lekcje francuskiego, które były dla niego udręką.

Drugie piętro to placówki. Na dwa pierwsze lata dostał Canberrę, na następne trzy – Meksyk. Owszem, przyjemne miasta, w zasadzie nie miał się na co skarżyć. Co prawda priorytet miały dla niego Londyn i Nowy Jork, ale to były prestiżowe miejsca, o które ubiegali się również pozostali, dlatego postanowił nie uważać ich braku za klęskę.

Na trzecim piętrze wracał do Norwegii, bez solidnych dodatków za pobyt za granicą, które umożliwiały życie w czymś w rodzaju umiarkowanego luksusu. Poznał Berit, zaszła w ciążę, a gdy przyszedł czas ubiegania się o stanowisko w kolejnej ambasadzie, miało się urodzić dziecko numer dwa. Berit pochodziła z tej samej części kraju co on i codziennie rozmawiała przez telefon ze swoją matką. Dagfinn postanowił więc, że trochę zaczeka, i zamiast wyjeżdżać, pracował jak bohater, pisał kilometrowe sprawozdania o bilateralnym handlu z krajami rozwijającymi się, opracowywał przemówienia ministra i zbierał uznanie na górnych piętrach. W żadnym innym miejscu w aparacie państwa konkurencja nie jest tak ostra, jak w służbie zagranicznej, gdzie hierarchia jest wyraźna do tego stopnia. Dagfinn Torhus przychodził codziennie do biura jak żołnierz wyruszający na front, głowę trzymał nisko, osłaniał plecy i strzelał na oślep, jeśli tylko ktoś wszedł mu na muszkę. Kilkakrotnie poklepano go po ramieniu, wiedział, że został „zauważony", usiłował więc wyjaśnić Berit, że najprawdopodobniej mógłby liczyć na Paryż albo Londyn, lecz ona po raz pierwszy w ich dotychczas mało dramatycznym małżeństwie po prostu się zaparła. Dagfinn ustąpił.

Było więc czwarte piętro i kolejne sprawozdania, sekretarka i nieco wyższa pensja, po czym szybko trafił do wydziału personalnego na drugim piętrze.

Praca w wydziale personalnym była zresztą w MSZ-ecie czymś szczególnym. Zwykle należało ją odczytywać jako sygnał, że dalsza droga w górę jest otwarta. Torhus we współpracy z wydziałem placówek zagranicznych wysyłał kandydatów w rozmaite miejsca na świecie, miał bezpośredni wpływ na karierę innych. Ale coś się wydarzyło. Być może podpisał się na niewłaściwej nominacji, pokazał kciuk w dół osobie, która mimo wszystko dała sobie radę, a teraz znajdowała się gdzieś wyżej niż on i pociągała za prawie niewidzialne nitki sterujące życiem Dagfinna Torhusa i jemu podobnych w ministerstwie.

Windowanie w górę bowiem ledwie zauważalnie się zatrzymało i nagle pewnego dnia ujrzał w łazienkowym lustrze odstawionego na boczny tor szefa wydziału, posiadającego jedynie średnie wpływy urzędnika, któremu skok na piąte piętro nigdy się nie uda, zważywszy, że do wieku emerytalnego pozostawało mu dziesięć krótkich lat. Chyba że dokonałby jakiegoś wielkiego czynu. Ale tego rodzaju czyny miewały zazwyczaj tę wadę, że mogły oznaczać zarówno awans, jak i wyrzucenie z pracy.

Mimo to postępował tak jak dotychczas. Usiłował o jedną długość wyprzedzać innych. Codziennie przychodził do pracy pierwszy, tak aby w spokoju przeczytać gazety i telefaksy i mieć już gotowe wnioski, gdy inni dopiero będą przecierać zaspane oczy na porannych zebraniach. Walka o pięcie się w górę weszła mu w krew.

Otworzył kluczem drzwi do swojego pokoju, przez chwilę się wahał, ale w końcu zapalił światło. Również ta czynność miała swoją historię. Niestety, przypadek z latarką czołówką wyciekł i stał się w środowisku MSZ-etu klasyczną dykteryjką. Wiele lat temu ówczesny ambasador Norwegii w USA przebywał przez jakiś czas w Oslo i pewnego ranka zadzwonił o świcie do Torhusa z pytaniem o jego opinię na temat nocnej wypowiedzi prezydenta Cartera. Torhus akurat przyszedł do biura, a że nie zdążył jeszcze przeczytać gazet ani faksów, nie umiał odpowiedzieć. Oczywiście popsuło mu to cały dzień. A miało być jeszcze gorzej. Następnego ranka ambasador zadzwonił w momencie, gdy Torhus otwierał gazetę, i spytał, w jaki sposób wydarzenia, które miały miejsce w nocy, mogą wpłynąć na sytuację na Środkowym Wschodzie. Nazajutrz znów padło inne kłopotliwe pytanie. Torhus, zdeprymowany niepewnością i brakiem informacji, wyduszał z siebie nic niemówiące odpowiedzi.

Zaczął więc przychodzić do pracy jeszcze wcześniej, lecz ambasador zdawał się posiadać jakiś szósty zmysł, bo każdego dnia rano telefon dzwonił akurat w chwili, gdy Torhus siadał na krześle.

Dopiero gdy przypadkiem dowiedział się, że ambasador mieszka w małym hotelu Aker dokładnie naprzeciwko ministerstwa, zrozumiał w czym rzecz. Ambasador, który, jak wszyscy wiedzieli, sam lubił wcześnie wstawać, oczywiście zauważył, że światło w pokoju Torhusa zapala się wcześniej niż u innych, i postanowił zażartować sobie z nadgorliwego urzędnika. Torhus kupił wtedy czołówkę i następnego dnia rano przeczytał wszystkie gazety i faksy przed włączeniem górnego światła. Robił tak przez trzy tygodnie, dopóki ambasador w końcu się nie poddał.

Akurat w tej chwili Dagfinn Torhus gwizdał na ambasadora-żartownisia. Otworzył kopertę od oficera łącznikowego i na wydruku przesłanym przez zakodowaną linię faksu, opatrzonym pieczątką „ŚCIŚLE TAJNE", przeczytał wiadomość, która sprawiła, że rozlał kawę na rozłożone na biurku notatki dotyczące różnych krajów. Krótki tekst pozostawiał duże pole do popisu dla wyobraźni, ale treść była mniej więcej jednoznaczna: Atlego Molnesa, norweskiego ambasadora w Tajlandii, znaleziono z nożem w plecach w pewnym burdelu w Bangkoku.

Torhus przeczytał wiadomość jeszcze raz i dopiero wtedy ją odłożył.

Atle Molnes, były polityk KrF – Chrześcijańskiej Partii Ludowej – były przewodniczący parlamentarnej komisji finansów, ostatecznie stał się teraz były we wszystkim. Torhus uznał to za tak niewiarygodne, że odruchowo zerknął w stronę hotelu Aker, by sprawdzić, czy nic nie porusza się za zasłonami, chociaż nadawcą wiadomości nie mógł być – co zrozumiałe – nikt inny poza ambasadą norweską w Bangkoku. Torhus zaklął. Dlaczego to musiało się wydarzyć akurat teraz, akurat tam? Czy powinien najpierw powiadomić Askildsena? Nie, on i tak dowie się we właściwym czasie. Zerknął na zegarek i podniósł słuchawkę, żeby zadzwonić do ministra spraw zagranicznych.

Bjarne Møller delikatnie zapukał i otworzył drzwi. Głosy w sali konferencyjnej ucichły, wszystkie twarze odwróciły się w jego stronę.

– To jest Bjarne Møller, naczelnik Wydziału Zabójstw – oznajmiła komendant okręgowa policji, dając Møllerowi znak, że ma usiąść. – A to sekretarz stanu Bjørn Askildsen z Kancelarii Premiera i naczelnik wydziału z MSZ-etu Dagfinn Torhus.

Møller skinął głową, wysunął krzesło i podjął próbę umieszczenia swoich nieprawdopodobnie długich nóg pod dużym owalnym dębowym stołem. Miał wrażenie, że młodą gładką twarz Askildsena widział w telewizji. Kancelaria Premiera? To zapowiada kłopoty w skali giga.

– Dobrze, że mógł pan zjawić się tak prędko – powiedział sekretarz stanu z charakterystycznym „r", niecierpliwie bębniąc palcami o blat. – Hanne, streść krótko, o czym rozmawialiśmy.

Møller odebrał telefon od komendant okręgowej dwadzieścia minut wcześniej. Nie wdając się w bliższe wyjaśnienia, dała mu kwadrans na przybycie do ministerstwa.

– Atlego Molnesa znaleziono martwego. Prawdopodobnie zamordowanego. W Bangkoku – zaczęła pani komendant.

Møller zobaczył, że naczelnik z MSZ-etu przewraca oczami za okularami w stalowych oprawkach, ale gdy usłyszał dalszy ciąg opowieści, zrozumiał tę reakcję. Zapewne trzeba być policjantem, by twierdzić, że człowiek znaleziony z wbitym w plecy nożem, którego ostrze weszło z lewej strony tuż przy kręgosłupie, przebiło lewe płuco i dotarło do serca, został „prawdopodobnie" zamordowany.

– Znalazła go w pokoju hotelowym kobieta...

– Dziwka – przerwał jej mężczyzna w stalowych oprawkach. – W burdelu.

– Rozmawiałam już z moim kolegą po fachu w Bangkoku – kontynuowała pani komendant. – Rozsądny człowiek. Obiecał, że na pewien czas wyciszy sprawę.

Møller w pierwszej chwili chciał spytać, dlaczego chcą czekać z upublicznieniem zabójstwa. Często szybkie nagłośnienie sprawy przez prasę pomagało policji w śledztwie – ludzie jeszcze pamiętali szczegóły, a ślady były świeże. Coś jednak mu podpowiedziało, że takie pytanie zostanie uznane za bardzo naiwne, zapytał więc tylko, jak długo można liczyć na utrzymanie takiego zdarzenia w tajemnicy.

– Mamy nadzieję, że dostatecznie długo, by udało nam się zmontować jakąś strawną wersję – odparł Askildsen. – Bo ta obecna do niczego się nie nadaje.

– Obecna? – Møller musiał się uśmiechnąć. A więc prawdziwa wersja wydarzeń została oceniona i odrzucona. Jako stosunkowo świeżemu NWP – naczelnikowi wydziału policji – Møllerowi dotychczas oszczędzone były zbyt częste kontakty z politykami. Zdawał sobie jednak sprawę, że im wyżej się awansuje, tym trudniej trzymać się od nich z daleka. – Rozumiem, że obecna wersja jest nieprzyjemna, ale co pan ma na myśli, mówiąc, że się nie nadaje?

Komendantka policji posłała mu ostrzegawcze spojrzenie. Sekretarz stanu lekko się uśmiechnął.

– Mamy mało czasu, Møller, lecz mimo wszystko pozwoli pan, że przeprowadzę błyskawiczny kurs z polityki praktycznej. Wszystko, co powiem, jest oczywiście ściśle tajne.

Mechanicznie poprawił węzeł krawata; chyba właśnie ten gest Møller zapamiętał z wywiadów telewizyjnych.

– A więc tak. Po raz pierwszy w powojennej historii mamy centrowy rząd z pewnymi szansami na przetrwanie. Nie z uwagi na poparcie w parlamencie, tylko dlatego, że premier przypadkiem staje się jednym z najmniej niepopularnych polityków w kraju.

Pani komendant i naczelnik z MSZ-etu lekko się uśmiechnęli.

– Ta popularność opiera się jednak na tym samym kruchym fundamencie, na którym zbudowany jest kapitał wszystkich polityków: na zaufaniu. Sympatia czy charyzma nie są wcale najważniejsze, najbardziej liczy się zaufanie. Wie pan, dlaczego Gro Harlem Brundtland cieszyła się taką popularnością?

Møller nie miał pojęcia.

– Nie ze względu na swój wdzięk i czar. Ludzie wierzyli, że naprawdę jest taką osobą, za jaką uchodzi. Zaufanie to słowo kluczowe.

Potakujące kiwnięcia wokół stołu. Najwyraźniej znajdowało się to na liście lektur obowiązkowych.

– Atle Molnes i premier byli ze sobą ściśle związani. Łączyła ich zarówno bliska przyjaźń, jak i ścieżki polityczne. Razem studiowali, razem pięli się po stopniach kariery w partii, przetrwali modernizację partyjnej młodzieżówki, a na dodatek jeszcze razem mieszkali, gdy obaj w młodym wieku zostali wybrani do parlamentu. To Molnes dobrowolnie zrobił krok w tył, gdy obaj stali się równorzędnymi następcami tronu w partii. Zapewnił premierowi swoje pełne wsparcie, dzięki czemu dało się uniknąć brutalnej wojny na górze. To wszystko oczywiście sprawiło, że premier miał u Molnesa dług wdzięczności. – Askildsen zwilżył wargi i wyjrzał przez okno. – Powiem tak. Molnes nie ukończyłby kursu dla dyplomatów i raczej nie trafiłby do Bangkoku, gdyby premier nie pociągał za sznurki. Być może brzmi to jak kolesiostwo, ale to forma akceptowanego kolesiostwa, wprowadzona i ogólnie rozpowszechniona w Partii Pracy. Reiulf Steen również nie miał doświadczenia w dyplomacji, kiedy został ambasadorem w Chile.

Spojrzenie Askildsena powróciło do Møllera. Przez moment w jego oczach zatańczył wesoły błysk.

– Nie muszę więc chyba podkreślać, jak bardzo ucierpiałoby zaufanie do premiera, gdyby wyszło na jaw, że jego przyjaciel i partyjny kolega, którego premier osobiście wysłał na placówkę, został znaleziony w takim przybytku, prawie przyłapany in flagranti, w dodatku zamordowany.

Sekretarz stanu gestem oddał głos szefowej policji, ale Møller nie mógł się powstrzymać od komentarza:

– Któż z nas nie ma kolegi odwiedzającego burdele?

Uśmiechnięty Askildsen lekko zesztywniał, a naczelnik w stalowych okularach chrząknął.

– Dowiedział się pan już tego, co pan powinien wiedzieć, Møller. Oceny proszę zostawić nam. A my potrzebujemy kogoś, kto zadba o to, by śledztwo w tej sprawie… nie przybrało nieszczęśliwego obrotu. Oczywiście chcemy, by morderca lub mordercy zostali ujęci, ale okoliczności samej zbrodni powinny, przynajmniej na razie, pozostać tajemnicą. Dla dobra kraju. Rozumie pan?

Møller popatrzył na swoje ręce. Zamknij się. Dla dobra kraju. W jego rodzinie nikt nigdy nie umiał uważnie słuchać ostrzeżeń. Ojciec nie awansował ze stopnia posterunkowego.

– Doświadczenie pokazuje, że prawda często bywa trudna do ukrycia, panie naczelniku.

– Owszem, wiem. To ja będę odpowiedzialny za tę operację z ramienia MSZ-etu. Jak pan rozumie, sprawa jest bardzo delikatna i wymaga wsparcia tajlandzkiej policji, która powinna działać po naszej stronie. Ponieważ angażuje się w to ambasada, mamy pewną swobodę, immunitety dyplomatyczne i tak dalej, ale, doprawdy, stąpamy po kruchym lodzie. Dlatego chcemy wysłać tam kogoś, kto ma duże kompetencje śledcze i doświadczenie we współpracy międzynarodowej, a może się też pochwalić konkretnymi wynikami.

Umilkł i wbił wzrok w Møllera, który próbował znaleźć odpowiedź na pytanie, dlaczego czuje instynktowną niechęć do tego urzędasa z agresywnie wysuniętą brodą.

– Moglibyśmy stworzyć zespół…

– Żadnego zespołu, Møller. Im mniej hałasu, tym lepiej. Poza tym pańska szefowa wyjaśniła nam, że wysłanie całego oddziału nie ułatwi współpracy z lokalną policją. Chodzi o jednego człowieka.

– O jednego człowieka?

– Pani komendant już podsunęła nam pewne nazwisko. Uważamy, że to niezła propozycja. To jeden z pana podwładnych. I wezwaliśmy pana, żeby usłyszeć pańską opinię o nim. Z rozmowy, którą pani komendant odbyła ze swoim kolegą z Sydney, wynika, że podobno w zeszłym roku w niezwykły sposób przyczynił się do rozwiązania sprawy zabójstwa Inger Holter.

– Poprzedniej zimy czytałem o tym w gazetach – wtrącił Askildsen. – Rzeczywiście imponująca historia. To chyba musi być osoba, o którą nam chodzi.

Bjarne Møller przełknął ślinę. A więc szefowa zaproponowała wysłanie do Bangkoku Harry'ego Hole, a jego wezwała tu, by zapewnił wszystkich, że Harry Hole to najlepszy śledczy, jakim dysponuje policja. Idealnie nadający się do tej roboty.

Powiódł wzrokiem wokół stołu. Polityka, władza i wpływy. To gra, na której nie znał się ani trochę. Pojmował jednak, że w taki czy inny sposób ma ona związek z jego własnym losem. Właśnie uświadomił sobie, że to, co powie i zrobi, może mieć konsekwencje dla jego dalszej kariery. Szefowa nadstawiła karku, proponując konkretne nazwisko, prawdopodobnie ktoś z pozostałych poprosił o potwierdzenie kwalifikacji Holego przez bezpośredniego zwierzchnika. Spojrzał na komendantkę, próbując rozszyfrować jej spojrzenie. Oczywiście możliwe, że Hole spisze się dobrze. A gdyby odradził tę kandydaturę, to czy nie postawiłby swojej przełożonej w złym świetle? Poza tym musiałby zaproponować kogoś innego, wtedy jego głowa spoczęłaby samotnie na pieńku, gdyby przedstawiony przez niego kandydat spieprzył sprawę.

Podniósł wzrok na wiszący nad głową pani komendant obraz, z którego intensywnie wpatrywał się niego Trygve Lie, sekretarz generalny ONZ-etu. Również polityk. Za oknami widać było w płaskim zimowym świetle dachy kamienic, twierdzę Akershus i kurka na dachu, drżącego w porywach lodowatego wiatru na szczycie hotelu Continental.

Bjarne Møller wiedział, że jest dobrym policjantem, ale tu chodziło o coś innego. Nie znał reguł tej gry. Co by mu doradził ojciec? Cóż, posterunkowy Møller nigdy nie musiał odnosić się do polityki. Ale zrozumiał, co się liczy, żeby w ogóle być branym pod uwagę, i zakazał synowi wstąpienia do Szkoły Policyjnej, dopóki ten nie ukończy najpierw pierwszego, a później drugiego etapu studiów prawniczych. Bjarne Møller usłuchał ojca, który po jego absolutorium nie przestawał chrząkać i poklepywać syna po plecach, aż w końcu Bjarne musiał go poprosić, by przestał.

– To dobra propozycja. – Bjarne Møller usłyszał własny donośny i pewny głos.

– Świetnie – powiedział Torhus. – Potrzebowaliśmy tak szybko pańskiej opinii, bo, rzecz jasna, sprawa jest pilna. Hole musi rzucić wszystko, nad czym teraz pracuje, ponieważ wyjeżdża już jutro rano.

No cóż, może Harry'emu Hole przyda się teraz właśnie taka robota, pomyślał Møller, próbując pocieszać się w duchu.

– Przepraszamy, że musimy zaanektować tak ważnego pracownika – dodał Askildsen.

Naczelnik wydziału policji Bjarne Møller musiał z całej siły zapanować nad sobą, żeby nie wybuchnąć śmiechem.

3

Znaleźli go w restauracji U Schrødera na Waldemar Thranes gate, w starej zacnej norze położonej na skrzyżowaniu, na którym wschodnie dzielnice Oslo spotykają się z zachodnimi. Szczerze mówiąc, raczej starej niż zacnej. Zacność w dużej mierze polegała na tym, że miejski konserwator zabytków uznał, iż brunatne, przesycone dymem pomieszczenia należy wziąć pod ochronę. Ochrona ta jednak nie obejmowała klienteli – ściganego i zagrożonego wymarciem gatunku starych pijusów, wiecznych studentów i wyblakłych piękności, których termin przydatności do spożycia dawno już minął.

Przeciąg z otwartych drzwi na moment rozwiał kurtynę dymną i wtedy dwaj funkcjonariusze dostrzegli wysoką postać siedzącą pod obrazem przedstawiającym kościół Aker. Jasne włosy mężczyzny były ostrzyżone tak krótko, że przypominały sterczącą szczecinę, a trzydniowy zarost pokrywający wychudzoną twarz o wyrazistych rysach lekko przyprószała siwizna, mimo że człowiek ten nie mógł mieć więcej niż trzydzieści pięć lat. Siedział sam, wyprostowany, w kurtce bosmance, jakby w każdej chwili zamierzał wyjść. Jakby półlitrowa szklanka piwa nie stała przed nim na stole dla przyjemności, tylko była robotą, z którą należy się uporać.

– Mówili, że cię tu znajdziemy – odezwał się starszy z dwóch policjantów, siadając naprzeciwko mężczyzny. – Jestem sierżant Waaler.

– Widzicie faceta przy tamtym stoliku w rogu? – spytał Hole, nie podnosząc głowy.

Waaler odwrócił się i zobaczył starego, wychudzonego mężczyznę, który kołysząc się na krześle, nie odrywał oczu od kieliszka czerwonego wina. Wyglądał na zmarzniętego.

– Mówią o nim Mohikanin. – Hole uniósł głowę i uśmiechnął się szeroko. Oczy przypominały niebieskobiałe szklane kulki do gry, pokryte czerwoną siateczką żyłek. Spojrzenie zatrzymało się gdzieś na piersi Waalera. – Pływał na statkach w czasie wojny – ciągnął z przesadnie wyraźną dykcją. – Jakiś czas temu podobno było tu takich sporo, ale niewielu już zostało. Jego dwukrotnie storpedowano. Wydaje mu się, że jest nieśmiertelny. W zeszłym tygodniu już po zamknięciu znalazłem go śpiącego w zaspie przy Glückstadgata. Ulica była wyludniona, ciemno jak w grobie, minus osiemnaście. Kiedy udało mi się przywrócić go do przytomności, spojrzał na mnie i kazał mi iść w diabły. – Harry zaśmiał się głośno.

– Posłuchaj, Hole...

– Wczoraj wieczorem podszedłem do jego stolika i spytałem, czy pamięta, co się stało, no bo przecież naprawdę uratowałem go od zamarznięcia. Wiecie, co odpowiedział?

– Møller cię szuka, Hole.

– Oświadczył, że jest nieśmiertelny. „Mogę się pogodzić z tym, że ja, marynarz z czasów wojny, jestem niepożądany w tym zasranym kraju, ale to, że nawet święty Piotr nie chce mieć ze mną do czynienia, to już naprawdę straszne”. Słyszeliście? Nawet święty Piotr...

– Kazali nam doprowadzić cię na komendę.

Na stoliku przed Harrym stanęła kolejna półlitrowa szklanka z piwem.

– Już płacę, Vero – oświadczył.

– Dwieście osiemdziesiąt. – Kelnerka nawet nie musiała zaglądać do notatek.

– O w mordę! – mruknął młodszy policjant.

– W porządku, Vero.

– O rany, dzięki. – Już odeszła.

– Najlepsza obsługa w mieście – wyjaśnił Harry. – Zdarza się, że cię dostrzegą, nawet jeśli nie wymachujesz obydwiema rękami.

Waaler ściągnął uszy do tyłu, napinając skórę na czole, na którym wystąpiła żyła przypominająca niebieskiego sękatego węża.

– Nie mamy czasu tu siedzieć i wysłuchiwać pijackich opowieści, Hole. Proponuję, żebyś darował sobie to ostatnie pi…

Ale Harry już ostrożnie przyłożył szklankę do ust.

Waaler pochylił się nad stolikiem, próbując panować nad głosem.

– Słyszałem o tobie, Hole. Nie lubię cię. Uważam, że już dawno powinni cię wykopać z policji. To przez takie typy jak ty ludzie tracą do nas szacunek. Ale nie z tego powodu przyszliśmy tu teraz. Przyszliśmy po ciebie. Naczelnik to miły facet, może chce ci dać jeszcze jedną szansę.

Hole beknął, a Waaler cofnął się razem z krzesłem.

– Szansę na co?

– Pokazania, co potrafisz – odezwał się młodszy funkcjonariusz, próbując uśmiechnąć się po chłopięcemu.

– Zaraz pokażę, co potrafię. – Harry z uśmiechem przyłożył szklankę do ust i odchylił głowę do tyłu.

– Niech cię cholera, Hole! – Okolice nosa Waalera gwałtownie się zaczerwieniły, kiedy patrzył, jak grdyka na nieogolonej szyi Harry'ego porusza się w górę i w dół.

– Zadowolony? – spytał Harry, odstawiając pustą szklankę.

– Nasza robota…

– Pieprzę robotę. – Harry zapiął bosmankę. – Jeśli Møller czegoś ode mnie chce, może do mnie zadzwonić albo zaczekać, aż przyjdę rano do pracy. Teraz idę do domu i mam nadzieję, że przez następnych dwanaście godzin nie będę musiał oglądać twojej gęby. Panowie…

Harry podniósł swoje sto dziewięćdziesiąt centymetrów i zrobił ledwie zauważalny krok w bok, żeby złapać równowagę.

– Ty arogancki fiucie! – Waaler odchylił się na krześle. – Pieprzony straceńcu! Gdyby te pismaki, co smarowały o tobie po tym zamęcie w Australii, wiedziały, do jakiego stopnia nie masz jaj…

– A co to znaczy mieć jaja, Waaler? – Hole wciąż się uśmiechał. – Obić gębę szesnastolatkowi w celi tylko dlatego, że ma na głowie irokeza?

Młody policjant zerknął na Waalera. W zeszłym roku w Szkole Policyjnej krążyły plotki o młodych lewakach z grupy Blitz, których zatrzymano pod zarzutem picia piwa w miejscu publicznym i pobito w celi pomarańczami owiniętymi w mokre ręczniki.

– Dobro policji zawsze było ci obce, Hole – burknął Waaler. – Myślisz wyłącznie o sobie. Wszyscy wiedzą, kto prowadził tamten samochód na Vinderen i dlaczego dobry policjant rozwalił czaszkę o słup w płocie. Dlatego że jesteś pijakiem i jechałeś na gazie, Hole. Powinieneś cholernie się cieszyć, że tę sprawę zamieciono pod dywan. Gdyby nie zależało im na rodzinie tego nieszczęśnika i na dobrym imieniu policji…

Młody funkcjonariusz był świeżo po szkole i każdego dnia uczył się czegoś nowego. Tego popołudnia nauczył się na przykład, że głupio jest huśtać się na krześle, kiedy się kogoś obraża, bo człowiek jest kompletnie bezbronny, jeśli ten, który został obrażony, nagle zrobi krok w przód i zafunduje prawy prosty między oczy. Ponieważ U Schrødera ludzie często przewracali się, tak jak stali, cisza zapadła ledwie na chwilę i gwar rozmów zaraz powrócił.

Policjant, pomagając Waalerowi się podnieść, widział, jak poły kurtki Holego już powiewają w drzwiach.

– O rany! Całkiem nieźle jak na gościa po ośmiu piwach, no nie? – powiedział, ale na widok spojrzenia Waalera zaraz się zamknął.

Długie nogi Harry'ego stawiały nieostrożne kroki na lodzie pokrywającym Dovregata. Knykcie go nie bolały, ale wiedział, że i ból, i żal mają wyznaczoną porę wizyty nie wcześniej niż na jutro rano.

W godzinach pracy nie pił. Na razie. Chociaż wcześniej tak było, a doktor Aune twierdził, że każda wpadka zaczyna się tam, gdzie kończy się poprzednia.

Siwowłosy okrąglutki klon Petera Ustinova śmiał się tak, że aż trzęsły mu się podbródki, kiedy Harry tłumaczył mu, że trzyma się z daleka od swego starego wroga Jima Beama i pije wyłącznie piwo, ponieważ niezbyt je lubi.

– Byłeś na dnie i w momencie, kiedy otworzysz butelkę, znów się tam znajdziesz. Nie ma stanów pośrednich, Harry.

No cóż, przecież wracał do domu na dwóch nogach, z reguły rozbierał się przed położeniem do łóżka, no i chodził do pracy. Nie zawsze tak było. Mimo wszystko nazywał to stanem pośrednim. Potrzebował jedynie odrobiny znieczulenia, żeby móc zasnąć, i tyle.

Jakaś dziewczyna w czarnej futrzanej czapce pozdrowiła go, gdy ją mijał. Czyżby znajoma? Ale w zeszłym roku pozdrawiało go wiele osób, szczególnie po tym wywiadzie w programie *Redakcja 21,* kiedy Anne Grosvold spytała: „Jakie to uczucie zastrzelić seryjnego zabójcę?".

„No cóż, lepsze niż siedzieć tutaj i odpowiadać na takie pytania", odparł, uśmiechając się krzywo. To powiedzenie stało się hitem tamtej wiosny, jednym z najczęściej cytowanych.

Harry wsunął klucz w zamek drzwi na klatkę. Sofies gate. Nie bardzo wiedział, dlaczego tej jesieni przeniósł się na Bislett. Może dlatego, że sąsiedzi na Tøyen zaczęli dziwnie na niego patrzeć i odnosić się do niego z dystansem, który początkowo brał za szacunek?

Ci tutaj zostawiali go w spokoju, najwyżej wyglądali na korytarz i sprawdzali, czy wszystko w porządku, gdy z rzadka zdarzało mu się nie trafić na stopień i zwalić do tyłu na najbliższy podest.

Takie upadki zaczęły się dopiero w październiku, kiedy natknął się na mur w związku ze sprawą Sio. Wtedy jakby uszło z niego powietrze i znów zaczęły go nachodzić sny, a on znał tylko jeden sposób na utrzymanie ich w szachu.

Próbował wziąć się w garść, zabrał Sio do domku letniskowego w Rauland, ale po tym strasznym gwałcie siostra zamknęła się w sobie i już nie śmiała się tak beztrosko jak dawniej. Kilka razy dzwonił do ojca, lecz nie były to długie rozmowy. Wystarczyły jednak, by zrozumiał, że ojciec chce, aby zostawiono go w spokoju.

Harry zamknął za sobą drzwi mieszkania, zawołał, że już jest, i z zadowoleniem pokiwał głową, gdy nikt mu nie odpowiedział. Potwory pojawiają się pod różnymi postaciami, dopóki jednak nie czyhały na niego w kuchni, kiedy wracał do domu, wciąż istniała możliwość, że prześpi noc spokojnie.

4

Mróz zaatakował tak gwałtownie, że Harry'emu zabrakło tchu w piersiach, gdy wyszedł na ulicę. Spojrzał na niebo czerwieniejące między kamienicami i otworzył usta, żeby wywietrzyć smak żółci i pasty Colgate.

Na Holbergs plass zdążył akurat na tramwaj tłukący się z Welhavens gate. Znalazł wolne miejsce i rozłożył „Aftenposten". Jeszcze jedna sprawa pedofilii. W ostatnich miesiącach były już trzy, we wszystkich chodziło o Norwegów przyłapanych na gorącym uczynku w Tajlandii.

W głównym materiale przypominano o wyborczych obietnicach premiera, który deklarował zintensyfikowanie śledztw w sprawach przestępstw na tle seksualnym – również za granicą – i zastanawiano się, kiedy wreszcie zapowiedzi zostaną zrealizowane.

W jednym z komentarzy sekretarz stanu Bjørn Askildsen z Kancelarii Premiera mówił, że wciąż trwają prace nad umową z Tajlandią o ściganiu na miejscu norweskich pedofilów i że gdy tylko umowa wejdzie w życie, ważne będą jej szybkie efekty.

„Sprawa jest pilna!" – konkludował dziennikarz z „Aftenposten". „Opinia publiczna oczekuje, by wreszcie coś z tym zrobić. Chrześcijański premier nie może słynąć z tolerowania takich bezeceństw".

*

– Proszę!

Harry otworzył drzwi i spojrzał wprost w otwarte usta ziewającego Bjarnego Møllera, który wyciągał się na krześle, wystawiając długie nogi spod biurka.

– Wreszcie. Czekałem na ciebie wczoraj, Harry.

– Przekazano mi wiadomość. – Harry usiadł. – Nie przychodzę do pracy, kiedy jestem pijany. I odwrotnie. To taka przyjęta przeze mnie zasada. – Chciał, żeby zabrzmiało to ironicznie.

– Policjant pozostaje policjantem przez dwadzieścia cztery godziny na dobę, Harry. Wszystko jedno, trzeźwy czy pijany. Musiałem przekonywać Waalera, żeby nie pisał na ciebie skargi, rozumiesz?

Harry wzruszył ramionami, by zasygnalizować, że powiedział już wszystko w tej sprawie.

– No dobrze, Harry. Nie będziemy robić więcej hałasu z tego powodu. Mam dla ciebie robotę. Uważam, że na nią nie zasługujesz, ale mimo wszystko zamierzam ci ją zlecić.

– Ucieszy cię, jeśli powiem, że jej nie chcę?

– Zostaw te numery Marlowe'a, Harry, to do ciebie nie pasuje – oświadczył Møller surowo.

Harry się uśmiechnął. Wiedział, że szef go lubi.

– Przecież nawet nie powiedziałem, o co chodzi.

– Skoro wysyłasz radiowóz, żeby mnie ściągnął poza godzinami pracy, to rozumiem, że nie chodzi o kierowanie ruchem.

– No właśnie. Wobec tego dlaczego nie pozwalasz mi wyjaśnić, w czym rzecz?

Harry parsknął krótkim suchym śmiechem i pochylił się na krześle.

– Będziemy rozmawiać szczerze o tym, co nam leży na wątrobie, szefie?

Na jakiej wątrobie? – miał już na końcu języka Møller, ale tylko skinął głową.

– Akurat w tej chwili nie jestem odpowiednim człowiekiem do zadań specjalnych, szefie. Zakładam, że sam zauważyłeś, jak to ostatnio działa. To znaczy nie działa. Albo ledwie działa. Wykonuję swoją pracę, rutynowe czynności. Staram się nie zawadzać innym, przychodzę i wychodzę trzeźwy. Na twoim miejscu dałbym tę robotę komuś innemu.

Møller westchnął, z wysiłkiem zgiął nogi w kolanach i wstał.

– Szczerze, Harry? Gdyby to zależało ode mnie, rzeczywiście tę robotę dostałby ktoś inny. Ale oni zażyczyli sobie ciebie. Dlatego bardzo byś mi pomógł…

Harry czujnie podniósł głowę. Bjarne Møller w ciągu ostatniego roku ratował go z opresji tyle razy, że jasne stawało się jedno: przyjdzie w końcu czas, kiedy trzeba będzie mu się odwdzięczyć.

– Chwileczkę. Jacy oni?

– Ludzie na stanowiskach. Ludzie, którzy urządzą mi piekło, jeśli nie dostaną tego, czego chcą.

– A co ja będę miał z tego, że się stawię?

Møller zmarszczył brwi najbardziej, jak umiał, ale zawsze miewał problemy z nadaniem swojej chłopięcej twarzy wyrazu surowości.

– Co ty będziesz z tego miał? Swoją pensję. Przynajmniej dopóki sprawa będzie w toku. Co ty będziesz z tego miał, niech cię cholera!

– Zaczynam już dostrzegać wzór, szefie. Ktoś z tych ludzi, o których mówisz, uważa, że ten Hole, co w zeszłym roku zrobił porządek w Sydney, musi być naprawdę niezłym facetem, a do ciebie należy jedynie nakłonienie go, żeby się zgodził.

– Harry, bardzo cię proszę, nie przeciągaj struny.

– Nie mylę się. Nie pomyliłem się i wczoraj, kiedy patrzyłem na gębę Waalera. Zdążyłem już nawet się z tym przespać i moja propozycja jest następująca: będę grzeczny, stawię się na starcie, a kiedy skończę, dasz mi dwóch śledczych na cały etat i dwa miesiące z pełnym dostępem do baz danych.

– O czym ty mówisz?

– Dobrze wiesz o czym, szefie.

– Jeśli ciągle chodzi ci o gwałt na twojej siostrze, to mogę ci tylko powiedzieć, że bardzo mi przykro, Harry. Nie muszę ci przypominać, że ta sprawa została definitywnie umorzona.

– Pamiętam, szefie. Pamiętam tamten raport, w którym napisano, że ona ma zespół Downa, więc nie można wykluczyć, że wymyśliła ten gwałt, chcąc zakamuflować zajście w ciążę z jakimś przygodnym znajomym. Owszem, dziękuję, pamiętam to świetnie.

– Nie było żadnych kryminalistycznych...

– Przecież ona próbowała to ukryć. Człowieku, na miłość boską, byłem w jej mieszkaniu na Sogn i przypadkiem znalazłem w koszu z brudną bielizną biustonosz nasiąknięty krwią. Zmusiłem ją, żeby mi pokazała pierś. Odciął jej brodawkę sutkową, krwawiła ponad tydzień. Jej się wydaje, że wszyscy są tacy jak ona, więc kiedy ten łajdak w garniturze najpierw postawił jej obiad, a potem zaproponował wspólne oglądanie filmu w jego pokoju w hotelu, pomyślała po prostu, że jest bardzo miły. A gdyby nawet zapamiętała numer tego pokoju, to i tak od czasu, kiedy to się stało, wszystko odkurzono i wyszorowano, a pościel zmieniono ponad dwadzieścia razy. W takiej sytuacji trudno mówić o śladach kryminalistycznych.

– Nie pamiętam, żeby ktoś wspominał o zakrwawionych prześcieradłach...

– Pracowałem w hotelu, Møller. Zdziwiłbyś się, ile razy w ciągu dwóch tygodni trzeba zmieniać zakrwawioną pościel. Jakby ludzie nie robili nic innego, tylko krwawili.

Møller energicznie pokręcił głową.

– *Sorry*. Dostałeś już szansę, żeby to udowodnić, Harry.

– Za małą, szefie. Niewystarczającą.

– Zawsze będzie za mała. W którymś miejscu trzeba postawić kropkę. Przy takich zasobach, jakie mamy...

– No to daj mi przynajmniej wolną rękę. Przez miesiąc.

Møller gwałtownie uniósł głowę, mrużąc jedno oko. Harry wiedział, że szef go przejrzał.

– Ty przebiegły draniu, przez cały czas miałeś chęć na tę robotę, prawda? Tylko najpierw musiałeś trochę ponegocjować.

Harry wysunął dolną wargę i lekko kiwnął głową. Møller spojrzał w okno. W końcu westchnął.

– Okej, Harry. Zobaczę, co się da zrobić. Ale jeśli zawalisz, będę musiał podjąć parę decyzji, które w opinii kilku osób z szefostwa powinienem był podjąć już dawno temu. Wiesz, co to oznacza?

– Wywalisz mnie na zbity pysk, szefie – uśmiechnął się Harry. – Co to za robota?

– Mam nadzieję, że zdążyłeś już odebrać z pralni letni garnitur. I pamiętasz, gdzie schowałeś paszport. Twój samolot odlatuje za dwanaście godzin. Lecisz daleko.

– Im dalej, tym lepiej, szefie.

Harry siedział na krześle w ciasnym mieszkaniu socjalnym na Sogn. Jego siostra obserwowała przez okno płatki śniegu wirujące w świetle latarni. Kilka razy pociągnęła nosem. Ponieważ siedziała do niego tyłem, nie wiedział, czy to przeziębienie, czy pożegnanie. Sio mieszkała tu już od dwóch lat i zważywszy na możliwości, radziła sobie dobrze. Wkrótce po gwałcie i aborcji Harry spakował trochę ubrań, przyborów toaletowych i przeniósł się do niej, ale już po kilku dniach siostra oświadczyła, że wystarczy. Że jest już dużą dziewczynką.

– Niedługo wrócę, Sio.

– Kiedy?

Siedziała tak blisko szyby, że za każdym razem, gdy się odzywała, para z jej oddechu malowała na szkle różę.

Harry przysunął się do niej i położył rękę na jej plecach. Po ich lekkim drżeniu poznał, że Sio zaraz się rozpłacze.

– Kiedy złapię tych złych ludzi. Wtedy od razu wrócę do domu.

– Czy to...

– Nie, to nie on. Za niego wezmę się później. Rozmawiałaś dzisiaj z tatą?

Pokręciła głową. Harry westchnął.

– Jeśli do ciebie nie zadzwoni, to chciałbym, żebyś ty zadzwoniła do niego. Możesz to dla mnie zrobić, Sio?

– Tata nigdy nic nie mówi.

– Tacie jest przykro, bo mama nie żyje, Sio.

– Ale to już tak dawno.

– Dlatego najwyższa pora namówić go, żeby znów zaczął się odzywać. Musisz mi w tym pomóc. Dobrze, Sio? Zgadzasz się?

Odwróciła się bez słowa, zarzuciła mu ręce na szyję i wtuliła głowę w jego pierś.

Gładząc ją po włosach, czuł, że koszulę ma coraz bardziej wilgotną.

*

Walizka była spakowana. Harry zadzwonił do Aunego i poinformował go, że wyjeżdża służbowo do Bangkoku. Psycholog niewiele miał na ten temat do powiedzenia i Harry właściwie nie bardzo wiedział, dlaczego do niego zatelefonował. Czyżby przyjemnie było dzwonić do kogoś, kto może zacząłby się zastanawiać, gdzie Harry się podział? Do obsługi U Schrødera raczej nie wypadało dzwonić.

– Weź ze sobą te zastrzyki z witaminą B, które ci dałem – poradził Aune.

– Po co?

– Trochę ci pomogą, jeśli zechcesz wytrzeźwieć. Nowe otoczenie, Harry, to może być niezła okazja.

– Zastanowię się.

– Zastanawianie się nie wystarczy, Harry.

– Wiem. Dlatego nie muszę zabierać tych zastrzyków.

Aune zaburczał. To była jego wersja śmiechu.

– Powinieneś być komikiem, Harry.

– Jestem już na dobrej drodze.

Jeden z chłopaków ze schroniska znajdującego się kawałek dalej na tej samej ulicy trząsł się pod ścianą domu w obcisłej dżinsowej kurtce, gorączkowo zaciągając się dymem z papierosa, kiedy Harry ładował walizkę do bagażnika taksówki.

– Wyjeżdżasz gdzieś? – spytał.

– No właśnie.

– Na południe czy gdzie indziej?

– Do Bangkoku.

– Sam?

– No.

– *Say no more…*

Podniósł do góry kciuk i puścił do Harry'ego oko.

Harry odebrał bilet od kobiety na stanowisku odprawy i odwrócił się.

– Harry Hole? – Mężczyzna nosił okulary w stalowych oprawkach i przyglądał mu się ze smutnym uśmiechem.

– A pan to…

– Dagfinn Torhus z Ministerstwa Spraw Zagranicznych. Chcieliśmy tylko życzyć panu powodzenia. No i upewnić się, że rozumie pan… delikatną naturę tego zlecenia. Wszystko przecież potoczyło się tak szybko.

– Dziękuję za troskę. Zrozumiałem, że moja praca polega na wyłowieniu zabójcy bez zbędnego głośnego pluskania w wodzie. Møller mnie poinstruował.

– To dobrze. Dyskrecja jest ważna. Proszę nikomu nie ufać. Nawet ludziom, którzy podają się za przedstawicieli MSZ-etu. Może się okazać, że są na przykład z… hm… „Dagbladet".

Torhus otworzył usta jak do śmiechu, a Harry zrozumiał, że ten człowiek mówi poważnie.

– Dziennikarze z „Dagbladet" nie chodzą ze znaczkiem MSZ-etu w klapie marynarki, panie Torhus. Ani nie noszą prochowca w styczniu. W dokumentach sprawy przeczytałem zresztą, że to pan jest tą osobą w ministerstwie, z którą mam się kontaktować.

Torhus kiwnął głową, głównie do siebie. Potem wysunął brodę i ściszył głos o pół tonu.

– Twój samolot odlatuje niedługo, więc nie będę cię zatrzymywał, ale wysłuchaj tych kilku słów, które mam ci do przekazania. – Wyjął ręce z kieszeni i złożył je przed sobą. – Ile masz lat, Hole? Trzydzieści trzy, trzydzieści cztery? Ciągle masz szansę na zrobienie kariery. Trochę o ciebie wypytałem. Nie jesteś pozbawiony talentu i najwyraźniej na górze są osoby, które cię lubią. I chronią. To może tak trwać, dopóki wszystko będzie się układało, jak należy. Ale nie trzeba wielkiego błędu, żebyś zjechał z lodowiska na dupie, a upadając, pociągniesz za sobą swojego partnera. Wtedy się zorientujesz, że wszyscy tak zwani przyjaciele zniknęli gdzieś daleko za górami, za lasami. Więc nawet jeśli nie będziesz się ślizgał dostatecznie szybko, to przynajmniej staraj się utrzymać na nogach. Dla dobra wszystkich. Radzę ci to ze szczerego serca jako stary łyżwiarz.

Uśmiechał się ustami, ale oczy badawczo wpatrywały się w Harry'ego.

– Wiesz co, Hole? Tu, na Fornebu, zawsze ogarnia mnie takie deprymujące poczucie końca. Zamknięcia czegoś i zerwania.

– Doprawdy? – spytał Harry, zastanawiając się, czy zdąży jeszcze wypić piwo w barze, zanim zamkną bramkę. – No cóż, czasami z końca może wyniknąć coś dobrego. Mam na myśli nowy początek.

– Miejmy nadzieję, że tak będzie – powiedział Torhus. – Miejmy taką nadzieję.

5

Harry Hole poprawił ciemne okulary i spojrzał na rząd taksówek stojących przed Międzynarodowym Portem Lotniczym Don Muang. Miał wrażenie, że wszedł do łazienki, w której ktoś właśnie zakręcił gorący prysznic. Wiedział, że tajemnica radzenia sobie z wysoką wilgotnością powietrza polega na nieprzejmowaniu się nią. Po prostu trzeba pozwolić, żeby człowiek oblewał się potem, i myśleć o czymś innym. Gorsze było światło. Bez trudu przenikało przez tani przydymiony plastik okularów, ostro rażąc błyszczące od alkoholu oczy i wzmagając ból głowy, który do tej pory tylko lekko ćmił w skroniach.

– 250 baht ol metel taxi, sil?

Harry próbował się skupić, żeby zrozumieć, co mówi stojący przed nim taksówkarz. Podróż samolotem okazała się piekłem. W kiosku na lotnisku w Zurychu sprzedawano wyłącznie książki po niemiecku, a w samolocie puszczali *Uwolnić orkę 2*.

– Niech będzie taksometr – odparł Harry.

Gadatliwy Duńczyk, który w samolocie zajmował sąsiedni fotel, postanowił nie zważać na fakt, że Harry jest pijany, i zasypał go mnóstwem dobrych rad, jak nie paść ofiarą oszustwa w Tajlandii – a był to najwyraźniej niewyczerpany temat. Zapewne uważał, że Norwegowie są czarująco naiwni i do oczywistych obowiązków każdego Duńczyka należy ratowanie ich przed oszwabieniem.

– O wszystko trzeba się targować – stwierdził. – Im właśnie o to chodzi.

– A co się stanie, jeśli nie będę się targował?

– Popsujesz wszystko innym.

– Słucham?

– Przyczynisz się do podniesienia cen. Dla następnych Tajlandia będzie droższa.

Harry już wcześniej przyjrzał mu się uważnie – Duńczyk miał na sobie beżową koszulę Marlboro i nowe skórzane sandały. Nie pozostawało mu nic innego, niż zamówić jeszcze coś do picia.

– Surasak Road sto jedenaście. – Podał adres, na co taksówkarz się uśmiechnął, wrzucił walizkę do bagażnika i przytrzymał drzwi Harry'emu, który wsunął się do środka i odkrył, że kierownica jest po prawej stronie.

– W Norwegii narzekamy na Anglików, którzy upierają się przy lewostronnym ruchu – powiedział, kiedy wyjeżdżali na autostradę. – Ale niedawno słyszałem, że na świecie więcej ludzi jeździ lewą stroną drogi niż prawą. A wie pan dlaczego?

Kierowca spojrzał w lusterko i uśmiechnął się jeszcze szerzej.

– *Surasak Road, yes?*

– Dlatego że lewostronny ruch jest w Chinach – mruknął Harry, ciesząc się, że autostrada przecina zamglony pejzaż drapaczy chmur niczym prosta szara strzała. Czuł, że parę ostrych zakrętów wystarczyłoby, żeby zostawił serwowany przez Swissair omlet na tylnym siedzeniu.

– Dlaczego taksometr nie jest włączony?

– *Surasak Road, 500 baht, yes?*

Harry oparł się wygodniej i spojrzał w niebo. To znaczy spojrzał w górę, bo nie było widać żadnego nieba, a jedynie mgliste sklepienie prześwietlone równie niewidocznym słońcem. Bangkok. „Miasto aniołów". Anioły musiały nosić maseczki ochronne i kroić powietrze nożem, żeby przypomnieć sobie, jaki kolor niebo miało kiedyś.

Chyba zasnął, bo kiedy otworzył oczy, stali. Podciągnął się na siedzeniu i zobaczył, że otaczają ich samochody. Nieduże otwarte warsztaty stały jeden przy drugim wzdłuż chodników, na których roiło się od ludzi. Wszyscy sprawiali wrażenie, że wiedzą, dokąd idą. I że bardzo im się spieszy. Taksówkarz otworzył okno, z dźwiękami radia zmieszała się kakofonia odgłosów miasta. W rozpalonym wnętrzu taksówki śmierdziało spalinami i potem.

– Korek?

Kierowca z uśmiechem pokręcił głową.

Harry'emu zatrzeszczało w zębach. Co on takiego czytał? Że cały ołów, który się wdycha, prędzej czy później trafia do mózgu? Zdaje się, że od tego można stracić pamięć. A może popaść w psychozę?

Nagle niczym za sprawą cudu wszystko ruszyło. Dookoła zaroiło się od motocykli i motorowerów, jakby opadł ich rój wściekłych owadów, pragnących pokonać skrzyżowanie i mających śmierć w pogardzie. Harry naliczył cztery sytuacje, które o mały włos nie doprowadziły do wypadku.

– Aż nie chce się wierzyć, że to się dobrze skończyło – odezwał się, żeby w ogóle coś powiedzieć.

Kierowca spojrzał w lusterko i uśmiechnął się szeroko.

– Czasami kończy się źle. Często.

Kiedy wreszcie stanęli przed komendą policji na Surasak Road, Harry już zdecydował: nie lubi tego miasta. Postanowił na wstrzymanym oddechu dokończyć tę robotę, a potem wsiąść w pierwszy, niekoniecznie lepszy samolot do Oslo.

– Witaj w Bangkoku, *Hally*.

Komendant policji był drobny, miał czarne włosy, ciemną cerę i najwyraźniej postanowił pokazać, że również w Tajlandii potrafią się witać na sposób zachodni. Ścisnął dłoń Harry'ego i entuzjastycznie nią potrząsnął. Ceremonii towarzyszył szeroki uśmiech.

– Przykro mi, że nie mogliśmy odebrać cię z lotniska, ale ruch uliczny w Bangkoku... – Ręką wskazał na okno za plecami. – Na mapie to wcale niedaleko, ale...

– Wiem – powiedział Harry. – To samo mówili w ambasadzie.

Stali naprzeciwko siebie w milczeniu. Komendant policji nie przestawał się uśmiechać. W końcu rozległo się pukanie do drzwi.

– Proszę!

W drzwiach ukazała się ogolona na łyso głowa.

– Wejdź, Crumley. Przyjechał norweski detektyw.

– Detektyw, aha.

Do głowy dołączyło ciało. Harry musiał dwa razy mrugnąć, by się upewnić, że dobrze widzi. Osoba nosząca nazwisko Crumley miała szerokie bary, a wzrostem niemal dorównywała Harry'emu. W jej twarzy uderzały mocno zarysowane mięśnie szczęki i para intensywnie niebieskich oczu nad prostymi wąskimi ustami. Strój składał się z jasnoniebieskiej mundurowej koszuli, pary olbrzymich butów Nike i spódnicy.

– Liz Crumley, komisarz z Wydziału Zabójstw – przedstawił komendant.

– Podobno cholernie dobry z ciebie śledczy, Harry – odezwała się Crumley z mocnym amerykańskim akcentem i ujmując się pod boki, stanęła naprzeciwko niego.

– No, nie wiem, czy na pewno…

– Nie? No ale coś w tym musi być, skoro wysłali cię na drugą stronę kuli ziemskiej, nie sądzisz?

– Jasne.

Harry przymknął oczy. Akurat w tej chwili najmniej potrzebował zbyt energicznej kobiety.

– Przyjechałem tu, żeby pomóc. Jeśli w ogóle mogę się do czegoś przydać. – Zmusił się do uśmiechu.

– No to może pora wreszcie wytrzeźwieć, Harry?

Gdzieś z tyłu komendant policji zaśmiał się piskliwie.

– Oni tacy są – powiedziała Crumley głośno i wyraźnie, jakby tajskiego policjanta nie było. – Starają się, jak mogą, żeby tylko nikt nie stracił twarzy. Akurat w tej chwili on usiłuje ratować twoją twarz – udając, że żartuję. Ale ja wcale nie żartuję. Jestem odpowiedzialna za Wydział Zabójstw i kiedy coś mi się nie podoba, od razu o tym mówię. W tym kraju uważa się to za zły obyczaj, ale trzymam się tej zasady od dziesięciu lat.

Harry całkiem zamknął oczy.

– Po kolorze twojej gęby widzę, że sytuacja jest dla ciebie kłopotliwa, Harry. Ale na pewno rozumiesz, że nie mogę angażować do pracy pijanych śledczych. Wróć jutro. Poszukam kogoś, żeby odwiózł cię do mieszkania, w którym się zatrzymasz.

Harry pokręcił głową i odchrząknął.

– Boję się latać.

– Słucham?

– Boję się latać samolotem. Dżin z tonikiem pomaga. A gębę mam czerwoną, bo alkohol zaczął się ulatniać przez pory w skórze.

Liz Crumley długo mu się przyglądała. W końcu podrapała się w łysą czaszkę.

– Przykra sprawa, detektywie. A co z *jet lag*?

– Jestem najzupełniej przytomny.

– Świetnie. Wobec tego o mieszkanie zahaczymy, jadąc na miejsce zdarzenia.

Mieszkanie, które udostępniła mu ambasada, znajdowało się w modnym apartamentowcu dokładnie naprzeciwko hotelu Shangri-La. Było maleńkie i urządzone po spartańsku, ale miało łazienkę, wentylator nad łóżkiem i widok na wielką brunatną rzekę Chao Phraya. Harry podszedł do okna. Smukłe łódki z drewna pływały po rzece wzdłuż i wszerz, ubijając pianę z brudnej wody śrubami zamocowanymi na długich drągach. Na przeciwległym brzegu nad nieokreśloną masą białych budynków wznosiły się nowo wybudowane hotele i biurowce. Trudno było w jakikolwiek sposób zorientować się w rozmiarach miasta, bowiem kilka kwartałów dalej ginęło w żółtobrązowej mgle, gdy próbowało się dojrzeć coś za nimi – ale Harry domyślał się, że jest wielkie. Bardzo wielkie. Pchnął okno i zaraz dotarł do niego ryk. Uszy zatkane po podróży samolotem odetkały mu się w windzie. Dopiero teraz zorientował się, jak ogłuszający jest hałas metropolii. Samochód Liz Crumley na dole przy chodniku wyglądał jak matchbox, samochodzik-zabawka. Harry otworzył puszkę z ciepłym piwem, którą zabrał z samolotu, i z zadowoleniem stwierdził, że Singha jest równie niedobre, jak piwo norweskie. Dalszy ciąg tego dnia wydawał się już łatwiejszy.

6

Komisarz Crumley z całej siły naciskała klakson. Dosłownie. Napierała biustem na kierownicę jeepa – wielkiej toyoty – i klakson wył.

– To bardzo nie po tajsku – powiedziała ze śmiechem. – Poza tym nie działa. Jeśli trąbisz, to już na pewno cię nie przepuszczą. Ma to jakiś związek z buddyzmem. Ale ja i tak nie mogę się powstrzymać. Cholera, pochodzę z Teksasu, jestem z całkiem innej gliny.

Znów położyła się na kierownicy, ale kierowcy wokół nich demonstracyjnie odwracali głowy.

– Więc on wciąż leży w tym samym pokoju? – spytał Harry, tłumiąc ziewnięcie.

– Polecenie z góry. Z reguły błyskawicznie przeprowadzamy sekcję i następnego dnia kremujemy zwłoki. Ale oni chcieli, żebyś ty najpierw na niego spojrzał. Nie pytaj mnie dlaczego.

– Jestem, do diabła, śledczym od zabójstw. Już zapomniałaś?

Spojrzała na niego kątem oka, po czym wcisnęła się w lukę z prawej strony i dodała gazu.

– Nie sil się na dowcip, przystojniaczku. Może ci się wydawać, że Tajowie będą cię mieli za Bóg wie kogo, bo jesteś *farangiem*, ale będzie raczej przeciwnie.

– *Farangiem*?

– Białasem. Gringo. Określenie na pół obelżywe, na pół neutralne, zależy, jak na to spojrzysz. Ale zapamiętaj sobie, że poczuciu własnej wartości Tajów nic nie dolega, nawet jeśli potraktują cię wyjątkowo uprzejmie. Na szczęście dla ciebie będą tam moi dwaj młodzi policjanci, którym na pewno zdołasz zaimponować. Przynajmniej taką mam nadzieję – ze względu na ciebie. Jeśli się wygłupisz, możesz mieć duże problemy z dalszą współpracą z wydziałem.

– O rany. A ja w zasadzie odniosłem wrażenie, że to ty wszystkim rządzisz.

– Właśnie to miałam na myśli.

Wjechali na autostradę. Liz natychmiast wcisnęła gaz do dechy, nie zważając na protesty silnika. Zaczęło się już ściemniać, a na zachodzie wiśniowe słońce osuwało się we mgłę między wieżowcami.

– Efektem zanieczyszczenia powietrza są przynajmniej piękne zachody słońca – odezwała się Crumley, jakby odpowiadając na myśli Harry'ego.

– Opowiedz mi o tutejszych prostytutkach – poprosił Harry.

– Jest ich mniej więcej tyle, co samochodów.

– To już zrozumiałem. Ale co tu się liczy? Jak to się odbywa? Czy to tradycyjna prostytucja uliczna z alfonsami, stałe domy publiczne z burdelmamami, czy może raczej dziwki są wolnymi strzelcami? Chodzą po barach, robią striptiz, ogłaszają się w gazetach czy szukają klientów w centrach handlowych?

– Wszystko to, co wymieniłeś, i jeszcze więcej. Tego, czego nie wypróbowano w Bangkoku, tego w ogóle nie próbowano. Ale większość dziewczyn pracuje w barach go-go, gdzie tańczą i starają się namówić gości na kupowanie drinków – od tego mają procent. Właściciel baru nie ponosi żadnej odpowiedzialności za dziewczyny, oprócz tego, że zapewnia im lokal, w którym mogą się reklamować. One natomiast są zobowiązane zostać w barze aż do zamknięcia. Jeśli klient chce z którąś iść, musi ją wykupić na resztę wieczoru. Pieniądze trafiają do właściciela baru, ale dziewczyna z reguły jest zadowolona, że nie musi już do rana kręcić tyłkiem na scenie.

– Czyli dobry interes dla właściciela baru.

– To, co dziewczyna dostaje już po wykupieniu jej z baru, trafia prosto do jej kieszeni.

– Czy ta, która znalazła naszego człowieka, też była z takiego baru?

– Owszem. Pracuje w którymś z barów King Crown na Patpongu. Ale właściciel motelu prowadzi również coś w rodzaju kręgu *call girl* dla cudzoziemców, którzy mają specjalne życzenia. Tyle że dziewczyny niełatwo skłonić do mówienia, bo w Tajlandii prostytutki są karane tak samo jak alfonsi. Na razie powiedziała nam jedynie, że mieszkała w tym motelu i pomyliła drzwi.

Liz wyjaśniła, że Atle Molnes najprawdopodobniej zamówił dziewczynę po przybyciu do motelu, ale recepcjonista i właściciel w jednej osobie zapiera się, że nie miał z tą sprawą nic wspólnego, wynajął mu tylko pokój.

– No, jesteśmy na miejscu – oznajmiła Crumley, podjeżdżając pod niski biały murowany budynek. – Wygląda na to, że najlepsze burdele w Bangkoku mają słabość do greckich nazw – stwierdziła z kwaśną miną i wysiadła.

Harry spojrzał na duży neon informujący, że motel nosi nazwę Olympussy. „M" nieprzerwanie migało, „l" natomiast zgasło już na zawsze, przydając budynkowi atmosfery smutku, kojarzącej się Harry'emu z norweskimi grill-barami na obrzeżach miasta.

Obiekt przypominał do złudzenia amerykański wariant motelu z szeregiem dwuosobowych pokoi usytuowanych wokół patia i parkingiem przy każdym z nich. Dookoła ciągnęła się długa weranda, na której goście mogli siedzieć w zszarzałych, zniszczonych przez deszcz wyplatanych fotelach.

– Przyjemnie tu.

– Możesz w to nie wierzyć, ale kiedy ten burdel pojawił się podczas wojny w Wietnamie, stał się jednym z najpopularniejszych miejsc w całym mieście. Zbudowano go dla napalonych amerykańskich żołnierzy, wysyłanych na R&R.

– R&R?

– *Rest and Rehabilitation.* Popularnie zwane I&I – *Intercourse and Intoxication.* Przywozili tu żołnierzy samolotami z Sajgonu na dwudniowe przepustki. Przemysł seksualny w tym kraju nie wyglądałby dzisiaj tak, jak wygląda, gdyby nie US Army. Jedna z ulic nosi nawet oficjalną nazwę Soi Cowboy.

– Dlaczego więc tam nie zostawali? Tutaj to już przecież prawie wieś.

– Żołnierze najbardziej tęskniący za domem woleli się pieprzyć na sposób w pełni amerykański, to znaczy w samochodzie albo w motelu. Właśnie dlatego zbudowano ten tutaj. Wynajmowali amerykańskie samochody w centrum, przyjeżdżali tutaj, a w minibarach w pokojach było dostępne wyłącznie amerykańskie piwo.

– O rany, skąd ty to wszystko wiesz?

– Matka mi opowiadała.

Harry odwrócił się do niej, lecz mimo że wciąż działające litery w neonie Olympussy rzucały zimną niebieskawą poświatę na czaszkę Crumley, zrobiło się już za ciemno, by mógł dostrzec wyraz jej twarzy. Zanim weszli do recepcji, włożyła jeszcze czapkę z daszkiem.

Pokój w hotelu był skromnie umeblowany, lecz wciąż nosił ślady lepszych dni w postaci zszarzałej od brudu jedwabnej tapety. Harrym wstrząsnął dreszcz. Nie ze względu na żółty garnitur, z którego powodu bliższa identyfikacja zwłok była zbędna, wiedział bowiem, że jedynie członkowie Chrześcijańskiej Partii Ludowej i Partii Postępu są w stanie dobrowolnie włożyć takie ubranie. Dreszczu nie wywołał także nóż z orientalnymi motywami, który przygwoździł marynarkę do pleców w taki sposób, że na ramionach utworzyło się nieładne wybrzuszenie. Po prostu w pomieszczeniu było lodowato. Crumley wyjaśniła mu, że w tym klimacie termin przydatności zwłok mija prędko, więc kiedy dowiedzieli się, że na norweskiego detektywa trzeba będzie czekać przez blisko dwie doby, włączyli klimatyzację na full, to znaczy na dziesięć stopni z pełnym nawiewem.

Muchy to jednak wytrzymywały i cały rój uniósł się w powietrze, gdy dwaj młodzi tajlandzcy policjanci ostrożnie wyjęli nóż i obrócili ciało na plecy. Martwe oczy Atlego Molnesa wpatrywały się w grzbiet jego nosa, jakby ambasador usiłował dojrzeć czubki swoich butów Ecco. Chłopięca grzywka sprawiała, że wyglądał młodziej niż na pięćdziesiąt dwa lata; wypłowiała na słońcu, układała się na czole tak, jakby wciąż pozostało w niej życie.

– Żona i nastoletnia córka – odezwał się Harry. – Żadna nie przyszła go tu obejrzeć?

– Nie. Powiadomiliśmy ambasadę norweską, powiedzieli, że przekażą wiadomość rodzinie. Na razie polecono nam nikogo tu nie wpuszczać.

– A był ktoś z ambasady?

– Radca. Nie pamiętam, jak się nazywa...

– Tonje Wiig?

– Tak, właśnie tak. Dzielnie się trzymała, dopóki nie obróciliśmy go, żeby go zidentyfikowała.

Harry przyglądał się ambasadorowi. Czy był przystojnym mężczyzną? Takim, który – gdy umiało się przymknąć oko na paskudny garnitur i kilka wałków tłuszczu na brzuchu – mógł sprawić, że serce młodej pani radcy ambasady biło szybciej? Opalona skóra poszarzała, a siny język sprawiał wrażenie, że chce się przecisnąć między wargami.

Harry usiadł na krześle i rozejrzał się po pokoju. Wygląd człowieka po śmierci prędko się zmienia, a on naoglądał się już dostatecznie dużo zwłok, by wiedzieć, że wpatrywanie się w zmarłego niewiele mu da. Tajemnice swojej osobowości Atle Molnes zabrał już ze sobą, pozostała po nich jedynie pusta skorupa.

Przysunął się z krzesłem do łóżka. Dwaj młodzi funkcjonariusze pochylili się nad nim.

– I co widzisz? – spytała Crumley.

– Norweskiego dziwkarza, który przypadkiem jest ambasadorem, więc ze względu na króla i ojczyznę trzeba chronić jego dobre imię.

Crumley, zaskoczona, podniosła oczy i przyjrzała mu się badawczo.

– Bez względu na to, jak dobrze działa klimatyzacja, tego smrodu i tak nie da się stłumić – powiedział Harry. – Ale to mój problem. A jeśli chodzi o tego faceta... – Poruszył szczęką zmarłego ambasadora. – *Rigor mortis*. Jest sztywny, ale ta sztywność już zaczęła ustępować, co jest normalne po dwóch dniach. Ma siny język, a nóż raczej nie wskazuje na uduszenie. Ale trzeba to sprawdzić.

– Już sprawdzone – odparła Liz. – Ambasador pił czerwone wino.

Harry mruknął coś pod nosem.

– Nasz lekarz mówi, że śmierć nastąpiła między godziną szesnastą a dwudziestą drugą – ciągnęła Crumley. – Ambasador opuścił biuro o wpół do dziewiątej rano, a ta kobieta znalazła go około jedenastej wieczorem, więc opinia lekarza trochę zawęża przedział czasowy.

– Między szesnastą a dwudziestą drugą? To przecież sześć godzin!

– Umiesz liczyć, detektywie. – Crumley skrzyżowała ręce na piersi.

– No cóż. – Harry spojrzał jej w oczy. – W Oslo w wypadku zwłok znalezionych po kilku godzinach zazwyczaj udaje nam się określić czas zgonu z dokładnością co do dwudziestu minut.

– To dlatego, że wy mieszkacie na biegunie północnym. Tu, gdzie jest trzydzieści pięć stopni ciepła, zwłoki raczej nie stygną. Czas zgonu ocenia się na podstawie stężenia pośmiertnego, a to da się obliczyć tylko w przybliżeniu.

– A co z plamami opadowymi? Powinny wystąpić mniej więcej po trzech godzinach.

– *Sorry*. Jak widzisz, ambasador lubił się opalać, więc są niewidoczne.

Harry przeciągnął palcem wskazującym po materiale marynarki w miejscu, gdzie przeciął go nóż. Na jego paznokciu zebrała się szara, przypominająca wazelinę substancja.

– Co to jest?

– Broń najwyraźniej nasmarowano tłuszczem. Wysłaliśmy już próbki do analizy.

Harry sprawnie przeszukał kieszenie ambasadora. Znalazł brązowy zniszczony portfel, zawierający pięćsetbahtowy banknot, legitymację MSZ-etu i zdjęcie uśmiechniętej dziewczynki, która leżała na łóżku, chyba szpitalnym.

– Znaleźliście przy nim coś jeszcze?

– Nie. – Crumley zdjęła czapkę i odganiała nią muchy. – Sprawdziliśmy, co miał, i wszystko zostawiliśmy.

Harry rozpiął ambasadorowi pasek, ściągnął spodnie i odwrócił go z powrotem na brzuch. Podsunął do góry marynarkę i koszulę.

– Spójrz. Krew spłynęła po plecach. – Wsunął palec pod gumkę slipek marki Dovre. – I ściekła między pośladki. Więc nie zabito go na leżąco. Musiał stać. Mierząc wysokość, na jakiej został wbity nóż, i kąt, pod jakim wszedł, możemy powiedzieć coś o wzroście zabójcy.

– Jeżeli założymy, że morderca – albo morderczyni – stał na tym samym poziomie co ofiara – zauważyła Crumley. – Ale mógł też zostać uderzony nożem, kiedy leżał na podłodze, a krew spłynęła przy przenoszeniu go na łóżko.

– Krew byłaby wtedy na dywanie. – Harry podciągnął ambasadorowi spodnie, zapiął pasek, odwrócił się i popatrzył Crumley w oczy. – A poza tym nie musiałabyś spekulować, wiedziałabyś o tym na pewno. Wasi technicy znaleźliby włókna dywanu na całym jego garniturze, prawda?

Liz nie uciekła wzrokiem, ale Harry wiedział, że przejrzał jej mały test. Lekko skinęła głową, więc odwrócił się z powrotem do zwłok.

– Jeszcze jeden wiktymologiczny szczegół, który może potwierdzać, że spodziewał się wizyty kobiety.

– Tak?

– Widzicie ten pasek? Kiedy go rozpinałem, był zapięty o dziurkę dalej niż ta zniszczona wyrobiona dziurka. Mężczyźni w średnim wieku, którym obwód w pasie się powiększa, chętnie ściskają się trochę mocniej, gdy zamierzają się spotkać z młodymi kobietami.

Trudno było stwierdzić, czy komuś zaimponował. Tajowie przenieśli ciężar ciała z lewych nóg na prawe, a ich młode twarze wciąż pozostawały kamienne. Crumley odgryzła strzępek paznokcia i wypluła go przez zaciśnięte wargi.

– A tu jest minibar. – Harry otworzył drzwiczki niedużej lodówki. Piwo Singha, miniaturki Johnniego Walkera i Canadian Club, butelka białego wina. Wszystko wyglądało na nietknięte.

– Co jeszcze mamy? – zwrócił się Harry do Tajów.

– Samochód.

Wyszli na zewnątrz, gdzie stał granatowy, nowszy model Mercedesa z tablicami korpusu dyplomatycznego. Jeden z policjantów otworzył drzwiczki od strony kierowcy.

– Kluczyki? – spytał Harry.

– Leżały w kieszeni marynarki... – Policjant skinieniem głowy wskazał na pokój w motelu.

– Odciski palców?

Taj z lekką rezygnacją popatrzył na szefową. Crumley chrząknęła.

– Oczywiście, że sprawdziliśmy odciski palców na kluczykach, Hole.

– Nie pytałem o to, czy sprawdziliście, tylko co znaleźliście.

– Jego własne. Gdyby było inaczej, od razu byśmy ci o tym powiedzieli.

Harry zacisnął zęby, powstrzymując się od ostrej repliki.

Siedzenia i podłoga mercedesa były zasypane śmieciami. Harry zauważył jakieś tygodniki, kasety, puste paczki po papierosach, puszkę po coli i parę sandałów.

– Co jeszcze znaleźliście?

Jeden z funkcjonariuszy wyciągnął listę i zaczął odczytywać. Jak on miał na imię? Nho? Obce nazwiska z trudem zapadały w pamięć. Może Tajom było równie trudno zapamiętać, jak on się nazywa. Nho był szczupłej, niemal dziewczęcej budowy, miał krótko obcięte włosy i życzliwą szczerą twarz. Harry wiedział, że za kilka lat ten wyraz twarzy się zmieni.

– Chwileczkę – przerwał. – Możesz powtórzyć to ostatnie?

– Kupony z wyścigów koni, *sir*.

– Ambasador najwyraźniej obstawiał konie – powiedziała Crumley. – Popularny sport w Tajlandii.

– A co to jest?

Harry nachylił się nad siedzeniem kierowcy i podniósł przezroczystą plastikową ampułkę, która leżała wciśnięta pod mocowanie siedzenia, w połowie zasłonięta wycieraczką.

– W takich ampułkach można kupić ecstasy w płynie – wyjaśniła Crumley, która podeszła bliżej, żeby lepiej się przyjrzeć.

– Ecstasy? – Harry pokręcił głową. – Chadecy w średnim wieku mogą się pieprzyć na lewo i prawo, ale nie zażywają ecstasy.

– Zabierzemy to do analizy – oświadczyła Crumley.

Harry poznał po jej minie, że jest zła z powodu przeoczenia tej ampułki.

– Zajrzyjmy na tył – zaproponował.

W przeciwieństwie do bałaganu w środku w bagażniku panował absolutny ład.

– Lubił porządek – stwierdził Harry. – W kabinie najwyraźniej rządziły kobiety z jego rodziny, ale do bagażnika ich nie dopuszczał.

W świetle kieszonkowej latarki Crumley błysnęła dobrze wyposażona skrzynka z narzędziami, idealnie czysta, jedynie czubek śrubokręta pokrywała odrobina wapiennego pyłu, ujawniająca, że w ogóle był używany.

– Jeszcze trochę wiktymologii, kochani. Zakładam, że Molnes nie znał się na sprawach technicznych. Te narzędzia nigdy nie miały kontaktu z silnikiem samochodowym. Śrubokręt posłużył co najwyżej do zawieszenia w domu rodzinnej fotografii.

Jakiś komar zaczął mu bić oklaski tuż przy uchu. Harry klepnął go ręką i poczuł, że wilgotna skóra wydaje się chłodna w dotyku. Upał nie zelżał, mimo że słońce zaszło, ale powietrze znieruchomiało i wydawało się, że wilgoć sączy się z ziemi pod ich stopami, nasycając powietrze tak, że można było je wręcz pić.

Obok zapasowego koła leżał lewarek, najwyraźniej też nieużywany, oraz wąska brązowa skórzana aktówka z rodzaju tych, jakich można się spodziewać w samochodzie dyplomaty.

– Co jest w tej teczce? – spytał Harry.

– Zamknięta – odparła Crumley. – Samochód formalnie stanowi teren ambasady i nie podlega naszej jurysdykcji, więc nie próbowaliśmy jej otwierać. Jednak w sytuacji, gdy Norwegia ma wśród nas swojego przedstawiciela, to może...

– Przykro mi, nie mam statusu dyplomaty – uśmiechnął się Harry, po czym wyjął aktówkę z bagażnika i położył ją na ziemi. – Ale stwierdzam, że w obecnej chwili nie znajduje się już na terytorium Norwegii. Proponuję więc, żebyście ją otworzyli, a ja w tym czasie pójdę do recepcji i porozmawiam z właścicielem motelu.

Wolnym krokiem ruszył przez patio. Stopy mu spuchły po podróży samolotem, kropla potu, łaskocząc, spływała pod koszulą, a poza tym czuł, że musi się napić. Oprócz tego powrót do prawdziwej pracy nie był wcale najgorszy. Trochę czasu minęło, odkąd pracował na poważnie. Zauważył, że „m" w neonie zgasło na dobre.

7

„Wang Lee, Manager", głosił napis na wizytówce, którą wręczył Harry'emu siedzący za kontuarem kościsty mężczyzna w koszuli w kwiaty, prawdopodobnie dając mu tym samym znać, że powinien raczej przyjść innego dnia. Miał zmarszczki w kącikach oczu i sprawiał wrażenie, że przynajmniej w tej chwili nie chce mieć z Harrym do czynienia. Zajmował się przeglądaniem pliku papierów i burknął coś ze złością, gdy podniósł głowę i zobaczył, że Harry wciąż tam stoi.

– Widzę, że jesteś zajętym człowiekiem – odezwał się Harry. – Dlatego proponuję, żeby to trwało jak najkrócej. Najważniejsze, abyśmy się nawzajem rozumieli. Jestem wprawdzie cudzoziemcem, a ty Tajem...

– Nie Tajem, Chińczykiem – rozległo się kolejne burknięcie.

– Czyli że sam jesteś cudzoziemcem. Rzecz w tym...

Zza lady dobiegł dźwięk, który miał być chyba drwiącym śmiechem. W każdym razie właściciel motelu otworzył usta, odsłaniając kolekcję zbrązowiałych, rozmieszczonych przypadkowo zębów.

– Nie jestem cudzoziemcem, jestem Chińczykiem. To dzięki nam Tajlandia funkcjonuje. Nie ma Chińczyków, nie ma biznesu.

– W porządku. Jesteś biznesmenem, Wang. Wobec tego mam dla ciebie propozycję handlową. Prowadzisz burdel i możesz sobie przerzucać tyle papierów, ile sobie chcesz, ale tego nie zmienisz.

Chińczyk zdecydowanie pokręcił głową.

– To nie burdel. Motel. Wynajem pokoi.

– Daj spokój. Mnie interesuje tylko to zabójstwo. Zamykanie alfonsów to nie moja sprawa, chyba że ją za taką uznam. Dlatego, tak jak mówiłem, mam propozycję handlową. Tu, w Tajlandii, władze niezbyt pilnie przyglądają się ludziom takim jak ty, po prostu jest was na to zdecydowanie zbyt wielu. Zwyczajne zawiadomienie policji też nie wystarczy. Może płacisz kilka bahtów w brązowej kopercie, żeby cię zostawiono w spokoju. Dlatego też za bardzo się nas nie boisz.

Właściciel motelu znów pokręcił głową.

– Nie daję żadnych pieniędzy. To nielegalne.

Harry się uśmiechnął.

– Kiedy ostatnio to sprawdzałem, Tajlandia zajmowała trzecie miejsce na świecie wśród krajów o najwyższym stopniu korupcji, więc bardzo proszę, nie traktuj mnie jak idioty.

Harry pilnował się, żeby nie podnosić głosu. Groźby zazwyczaj działają mocniej, gdy wypowiada się je neutralnym tonem.

– Ale problem i twój, i mój polega na tym, że ten facet, którego znaleziono u ciebie w pokoju, to dyplomata z mojego kraju. Jeśli będę musiał napisać w sprawozdaniu, że podejrzewamy, iż zginął w burdelu, nagle stanie się to sprawą polityczną i twoi przyjaciele z policji nie będą mogli ci już pomóc. Władze poczują się zmuszone zamknąć ten przybytek, a Wanga Lee wpakować do więzienia.

Będą przecież musiały okazać dobrą wolę i zademonstrować skuteczne stosowanie prawa w swoim kraju. Nie mam racji?

Po kamiennej twarzy Azjaty trudno było poznać, czy Harry trafił w sedno.

– Ale z drugiej strony może się przecież zdarzyć co innego: napiszę w raporcie, że to ta kobieta umówiła się z tym mężczyzną, a motel został wybrany przypadkowo.

Chińczyk popatrzył na Harry'ego. Mrugnął, zaciskając powieki, jakby wpadł mu do oczu jakiś paproch. W końcu się odwrócił, odsunął na bok kotarę zasłaniającą drzwi i skinął na Harry'ego. Za kotarą znajdował się nieduży pokoik ze stołem i dwoma krzesłami. Chińczyk dał Harry'emu znak, że ma usiąść. Postawił przed nim filiżankę i nalał do niej płynu z termosu. Zapachniało miętą tak mocno, że aż zapiekło w oczach.

– Żadna z dziewczyn nie chce pracować, dopóki zwłoki tu leżą – powiedział Wang. – Jak szybko możecie je stąd zabrać?

Biznesmeni pozostają biznesmenami na całym świecie, pomyślał Harry, zapalając papierosa.

– To zależy od tego, jak szybko uda nam się wyjaśnić, co tu zaszło.

– Ten człowiek przyjechał tutaj około dziewiątej wieczorem i zażyczył sobie pokoju. Obejrzał menu i powiedział, że chce Dim, tylko najpierw musi trochę odpocząć. Miał zadzwonić i dać znać, kiedy dziewczyna może przyjść. Zapowiedziałem, że i tak płaci za godziny wynajęcia pokoju. Stwierdził, że w porządku, i dostał klucz.

– Menu?

Chińczyk podał mu coś, co rzeczywiście wyglądało na kartę dań. Harry zaczął ją przeglądać. Były tam zdjęcia młodych Tajek w strojach pielęgniarek, w siatkowych pończochach, w obcisłych lakierowanych gorsetach, z batem, z mysimi ogonkami w szkolnych fartuszkach i nawet w mundurach policyjnych. Pod zdjęciami i nagłówkiem *VITAL INFORMATION* wpisano wiek, cenę i informacje o pochodzeniu dziewczyn. Harry zauważył, że miały od osiemnastu do dwudziestu dwóch lat. Ceny wahały się od tysiąca do trzech tysięcy bahtów. Prawie wszystkie dziewczyny podobno znały języki i miały doświadczenie pielęgniarskie.

– Przyjechał sam? – spytał Harry.

– Tak.

– I w samochodzie też nikogo nie było?

Wang pokręcił głową.

– Skąd ta pewność? Przecież mercedes ma przyciemniane szyby, a ty siedziałeś tu, w środku.

– Zwykle wychodzę sprawdzić. Zdarza się, że niektórzy przyjeżdżają z kolegą, a kiedy jest dwóch, to muszą płacić za dwuosobowy pokój.

– Rozumiem. Dwuosobowy pokój, podwójna cena.

– Nie podwójna. – Wang znów pokazał szczerbaty uśmiech. – Na osobę wychodzi taniej.

– I co było potem?

– Nie wiem. Mężczyzna podjechał samochodem pod numer sto dwadzieścia, tam, gdzie teraz leży. To w głębi, więc po ciemku nie widzę, co się tam dzieje. Zadzwoniłem do Dim, przyjechała tu i czekała. Po jakimś czasie posłałem ją do niego.

– A jak Dim była przebrana? Za konduktorkę w tramwaju?

– Nie, nie. – Wang przerzucił menu na ostatnią stronę i z dumą pokazał zdjęcie młodej, szeroko uśmiechniętej Tajki w krótkiej sukience ze srebrnymi pajetkami i białych butach z łyżwami. Stała z jedną nogą za drugą, z lekko ugiętymi kolanami i rękami uniesionymi w bok, jakby właśnie zakończyła udany program dowolny. Na smagłej twarzy miała namalowane duże czerwone piegi.

– I to ma być… – zaczął Harry z niedowierzaniem, odczytując nazwisko pod zdjęciem.

– No właśnie. Tak, tak, Tonya Harding. Ta, która pobiła tę drugą Amerykankę, tę ładną. Jak chcesz, Dim może być też tą drugą…

– Dziękuję, nie skorzystam – odparł Harry.

– Bardzo popularna. Szczególnie wśród Amerykanów. Jak chcesz, będzie płakać. – Wang palcami pokazał łzy na policzkach.

– Znalazła go w pokoju z nożem w plecach. Co było dalej?

– Przybiegła tu z krzykiem.

– Na łyżwach?

Wang spojrzał na Harry'ego z wyrzutem.

– Łyżwy wkłada, dopiero jak zdejmie majtki.

Harry pojął praktyczną zaletę takiego rozwiązania i dał Chińczykowi znak, żeby mówił dalej.

– To już wszystko, policjancie. Wróciliśmy do tego pokoju i sprawdziliśmy jeszcze raz, zamknąłem go na klucz i zadzwoniliśmy na policję.

– Według Dim drzwi były otwarte, kiedy tam przyszła. Wspomniała, czy były uchylone, czy po prostu niezamknięte na klucz?

Wang wzruszył ramionami.

– Zamknięte, ale nie na klucz. To ważne?

– Nigdy nie wiadomo. Widzieliście tamtego wieczoru kogoś jeszcze w pobliżu tego pokoju?

Wang pokręcił głową.

– A gdzie masz książkę gości? – spytał Harry. Zmęczenie zaczynało porządnie dawać mu się we znaki.

Chińczyk gwałtownie podniósł głowę.

– Nie ma żadnej książki gości.

Harry patrzył na niego w milczeniu.

– Nie ma żadnej książki gości – powtórzył Wang. – Po co nam ona? Nikt by tu nie przyszedł, gdyby musiał wpisać pełne nazwisko i adres.

– Nie jestem głupi, Wang. Wszystkim się wydaje, że nie są rejestrowani, ale ty prowadzisz własny rejestr. Na wszelki wypadek. Z pewnością zagląda tu od czasu do czasu dużo ważnych osób i książka gości może być niezłym atutem, gdybyś któregoś dnia wpadł w tarapaty. Nie mam racji?

Właściciel motelu mrugał jak żaba.

– Nie utrudniaj, Wang. Ktoś, kto nie ma nic wspólnego z tym zabójstwem, nie ma się czego obawiać. A już szczególnie osoby publiczne. Słowo honoru. Daj mi teraz tę książkę.

Książka okazała się niedużym zeszytem. Harry prędko obejrzał strony gęsto zapisane niezrozumiałymi tajskimi znaczkami.

– Ktoś tu przyjdzie i zrobi kopię – oświadczył.

Trójka przy mercedesie już na niego czekała. W świetle włączonych reflektorów samochodu leżała otwarta aktówka.

– Znaleźliście coś?

– Wygląda na to, że ambasador miał perwersyjne zainteresowania seksualne.

– Już wiem. Tonya Harding to rzeczywiście perwersja – powiedział i znieruchomiał przy walizce.

Żółte światła wydobyły szczegóły czarno-białej fotografii. Harry poczuł, że cierpnie. Oczywiście o tym słyszał, nawet czytał raporty i rozmawiał z kolegami z obyczajówki, ale pierwszy raz na własne oczy zobaczył stosunek dorosłego z dzieckiem.

8

Jechali w górę Sukhumvit Road, przy której stały obok siebie trzygwiazdkowe hotele, luksusowe wille i lepianki zbudowane z blachy i desek. Harry i tak nic nie widział. Spojrzenie miał wbite w jakiś punkt przed sobą.

– Ruch trochę się zmniejszył – zauważyła Crumley.

– Aha.

Uśmiechnęła się, nie pokazując zębów.

– Przepraszam, ale tu, w Bangkoku, rozmawiamy o ruchu ulicznym tak, jak gdzie indziej mówi się o pogodzie. Nie musisz mieszkać tu długo, żeby zrozumieć, dlaczego tak jest. Pogoda będzie identyczna od teraz aż do maja. W zależności od monsunu w którymś momencie lata zacznie padać i będzie lało przez trzy miesiące. Więcej o pogodzie trudno coś powiedzieć. Oprócz tego, że jest gorąco. Ten fakt akurat podkreślamy w rozmowach na okrągło przez cały rok, ale do żadnej ciekawej konwersacji to nie prowadzi. Słuchasz mnie?

– Mhm.

– Natomiast ruch uliczny ma większy wpływ na codzienne życie mieszkańców Bangkoku niż jakieś nędzne tajfuny. Kiedy rano wsiadam do samochodu, nigdy nie wiem, ile czasu zajmie mi dojazd do pracy. To może być od czterdziestu minut do czterech godzin. Dziesięć lat temu potrzebowałam dwudziestu pięciu minut.

– I co się stało?

– Rozwój. Stał się rozwój. Dwadzieścia ostatnich lat to nieprzerwany okres boomu gospodarczego. Bangkok zmienił się w kukułcze gniazdo Tajlandii. To tu jest praca, tutaj ściągają ludzie ze wsi. Coraz większa masa musi dojechać rano do pracy, coraz więcej gąb trzeba nakarmić i coraz więcej trzeba przetransportować. Liczba samochodów dosłownie wybuchła, ale politycy tylko obiecują nowe drogi i zacierają ręce, ciesząc się z takich dobrych czasów.

– Dobre czasy to chyba nic złego?

– Nie mam ludziom za złe kolorowych telewizorów w bambusowych chatach, ale to wszystko potoczyło się cholernie szybko. I moim zdaniem wzrost dla samego wzrostu to logika komórki rakowej. Czasami prawie się cieszę, że w zeszłym roku trafiliśmy na ścianę. Odkąd trzeba było zdewaluować pieniądz, stało się tak, jakby ktoś włożył całą gospodarkę do zamrażalnika, no i już się to odczuwa w ruchu ulicznym.

– Chcesz powiedzieć, że było jeszcze gorzej?

– Oczywiście. Spójrz... – Crumley wskazała na gigantyczny parking, na którym stały setki betoniarek. – Rok temu ten parking był prawie pusty, a teraz nikt już nie buduje, więc całą flotę odstawiono na bocznicę. A do centrów handlowych ludzie chodzą tylko dlatego, że tam jest klimatyzacja. Przestali kupować.

Przez chwilę jechali w milczeniu.

– Jak myślisz, kto się kryje za tym gównem? – spytał Harry.

– Spekulanci giełdowi.

Popatrzył na nią zdezorientowany.

– Miałem na myśli te zdjęcia.

– Aha. – Zerknęła na niego. – Nie podobały ci się, co?

Wzruszył ramionami.

– Nie jestem tolerancyjny. Czasami uważam, że powinno się rozważyć wprowadzenie kary śmierci.

Komisarz Crumley spojrzała na zegarek.

– Po drodze do twojego mieszkania będziemy mijać restaurację. Co powiesz na błyskawiczny kurs tradycyjnej tajskiej kuchni?

– Bardzo chętnie, ale nie odpowiedziałaś na moje pytanie.

– Kto stoi za tymi zdjęciami, Harry? W Tajlandii istnieje najprawdopodobniej największe zagęszczenie dewiantów na świecie.

Ludzi, którzy przyjechali tu wyłącznie dlatego, że posiadamy rozwinięty przemysł seksualny zaspokajający wszelkie potrzeby. Naprawdę wszelkie. Skąd miałabym wiedzieć, kto stoi za jakimiś nędznymi fotkami z pornografią dziecięcą?

Harry skrzywił się i zatoczył głową koło.

– Tak tylko pytam. Czy parę lat temu w Tajlandii nie było awantury w związku z jakimś pedofilem z ambasady?

– Rzeczywiście. Rozpracowaliśmy siatkę pedofilską, składającą się między innymi z dyplomatów. Wśród nich znalazł się ambasador Australii. Przykra historia.

– Chyba nie dla policji?

– Oszalałeś? Dla nas to było jak zdobycie mistrzostwa świata w piłce nożnej i Oscara jednocześnie. Premier przysłał telegram z gratulacjami, minister turystyki wpadł w ekstazę, a odznaczenia posypały się jak grad. Takie akcje podnoszą wiarygodność policji w oczach ludzi. Sam wiesz.

– Może więc zacząć od tego?

– Nie sądzę. Po pierwsze, wszyscy członkowie tej siatki albo siedzą za kratkami, albo zostali odesłani do ojczyzny. Po drugie, wcale nie jestem pewna, czy te zdjęcia mają jakikolwiek związek z zabójstwem.

Crumley zjechała na parking, na którym strażnik wskazał jej niemożliwie wąskie miejsce między dwoma samochodami. Wcisnęła guzik, elektronika zaszumiała, kiedy obie duże boczne szyby jeepa zaczęły opadać. Wrzuciła automatyczny bieg na wsteczny i dodała gazu.

– Wydaje mi się… – zaczął Harry, ale Liz zdążyła już zaparkować. Boczne lusterka po obu stronach wciąż były całe i tylko lekko drżały. – A jak wyjdziemy? – spytał.

– Niedobrze jest tak się wszystkim zamartwiać, detektywie.

Przytrzymując się obiema rękami dachu, wysunęła się do połowy przez boczne okno, postawiła nogę na desce rozdzielczej, odbiła się i wyskoczyła na maskę jeepa. Harry ze sporym wysiłkiem zdołał wykonać podobne ćwiczenie.

– Z czasem się tego nauczysz – powiedziała Liz. – W Bangkoku jest ciasno.

– A co z radiem? – spytał Harry. – Liczysz, że jak wrócimy, wciąż tam będzie?

Crumley mignęła policyjnym identyfikatorem przed oczami strażnika, który natychmiast wyprężył się na baczność.

– Tak.

– Żadnych odcisków palców na nożu – oświadczyła Crumley i cmoknęła z zadowoleniem.

Sôm-tam, coś w rodzaju sałatki z zielonej papai, smakowało wcale nie tak dziwacznie, jak Harry przypuszczał. Prawdę mówiąc, było całkiem niezłe. I ostre.

Crumley głośno siorbała pianę z piwa. Harry spojrzał na innych gości, ale chyba nikt nie zwracał na to uwagi, prawdopodobnie dlatego, że panią komisarz zagłuszała grająca polkę orkiestra smyczkowa na podeście w głębi restauracji, orkiestrę zaś z kolei zagłuszały odgłosy z ulicy. Harry zdecydował się na dwa piwa. Potem stop. Po drodze do mieszkania mógł sobie jeszcze kupić sześciopak.

– A zdobienia na rękojeści noża? Coś znaczą?

– Nho uważa, że nóż może pochodzić z północy, być wytworem któregoś z górskich plemion w prowincji Chiang Rai lub gdzieś w pobliżu. Miałaby na to wskazywać inkrustacja z kawałeczków kolorowego szkła. Nie był pewien, ale w każdym razie nie jest to zwyczajny nóż, jaki można kupić w tutejszych sklepach, więc jutro wyślemy go profesorowi historii sztuki z Muzeum Narodowego Benchamabophit. On wie wszystko o starych nożach.

Liz dała znak kelnerowi, który zaraz podszedł z wazą i nalał im parującej zupy z mleczka kokosowego.

– Uważaj na te małe białe. I na te małe czerwone. One cię spalą. – Pokazała Harry'emu łyżką. – Na zielone zresztą też.

Harry nieufnie przyglądał się rozmaitym cząstkom pływającym w jego misce.

– Czy wobec tego mogę zjeść cokolwiek?

– Kłącza galangi są w porządku.

– Macie jakieś teorie? – spytał, żeby zagłuszyć siorbanie Liz.

– Na temat zabójcy? Oczywiście. Mamy wiele teorii. Przede wszystkim mogła to zrobić ta prostytutka. Albo właściciel motelu. Albo oboje. Takie jest moje wstępne założenie.

– A jaki mieliby mieć motyw?

– Pieniądze.

– W portfelu Molnesa było pięćset bahtów.

– Jeśli ambasador wyjął portfel w recepcji i nasz przyjaciel Wang zobaczył, że Molnes ma w nim dużo pieniędzy, co wcale nie jest takie nieprawdopodobne, pokusa mogła stać się zbyt silna. Wang nie mógł wiedzieć, że to dyplomata i że wyniknie z tego taka awantura.

– A jak by się to miało odbyć?

Crumley uniosła widelec do góry i pochyliła się podekscytowana.

– Czekają, aż ambasador wejdzie do pokoju, pukają do drzwi i wbijają mu nóż w plecy, kiedy odwraca się tyłem. Molnes pada na łóżko, oni opróżniają portfel, zostawiając pięćset bahtów, żeby nie wyglądało na rabunek. Odczekują trzy godziny i dzwonią na policję. Wang z całą pewnością ma w policji jakichś przyjaciół, którzy zatroszczą się o to, żeby nie było problemów. Brak motywu, brak podejrzanych, wszyscy chcą zamieść pod dywan sprawę, która ma związek z prostytucją – i następny, proszę.

Harry'emu nagle oczy zaczęły wychodzić z orbit. Natychmiast sięgnął po szklankę z piwem i przyłożył ją do ust.

– To te czerwone? – uśmiechnęła się Crumley.

Harry zdołał w końcu odzyskać oddech.

– Niezła teoria. Myślę jednak, że pani komisarz się myli – wydusił zachrypniętym głosem.

Crumley zmarszczyła czoło.

– Dlaczego?

– Po pierwsze, czy jesteśmy zgodni co do tego, że kobieta nie mogła popełnić zabójstwa bez współpracy z Wangiem?

Zastanowiła się.

– Zaraz zobaczymy. Jeżeli Wang nie brał w tym udziału, to musimy przyjąć, że nie kłamie. A więc nie mogła go zabić, zanim poszła tam sama o wpół do dwunastej. A lekarz stwierdził, że śmierć nastąpiła najpóźniej o dziesiątej. Zgadzam się, Hole. Nie mogła tego zrobić solo.

Para przy sąsiednim stoliku zaczęła się gapić na komisarz Crumley.

– Dobrze. Po drugie, zakładasz, że Wang w chwili zabójstwa nie wiedział, że Molnes jest pracownikiem ambasady, bo w takim razie nie zdecydowałby się na morderstwo – ze względu na wiążące się z tym dużo większe zamieszanie niż w wypadku śmierci zwykłego turysty. Mam rację?

– No tak...

– Rzecz w tym, że facet prowadzi prywatną książkę gości. Na pewno naszpikowaną nazwiskami polityków i pracowników administracji państwowej. Odnotowuje daty i godziny każdej wizyty. Zabezpiecza się, na wypadek gdyby ktoś chciał robić mu trudności w prowadzeniu interesu. Ale jeśli zjawia się ktoś, czyjej gęby nie zna, to przecież nie może go poprosić o identyfikator. Tłumaczy się więc, że musi sprawdzić, czy nikogo innego nie ma w samochodzie, i wychodzi, prawda? Żeby się dowiedzieć, kim jest gość.

– Nie bardzo rozumiem.

– Spisuje numery rejestracyjne samochodu. Już wiesz? Potem sprawdza w rejestrze pojazdów. Kiedy zobaczył niebieskie tablice mercedesa, od razu wiedział, że Molnes to dyplomata.

Crumley obserwowała go w zamyśleniu. Potem nagle gwałtownie odwróciła się z szeroko otwartymi oczami do sąsiedniego stolika. Siedzącej przy nim parze od razu zaczęło się spieszyć z powrotem do jedzenia. Crumley podrapała się widelcem po łydce.

– Od trzech miesięcy nie padało – powiedziała.

– Słucham?

Skinęła na kelnera, prosząc o rachunek.

– Jaki to ma związek ze sprawą? – spytał Harry.

– Niewielki.

Była już prawie trzecia w nocy. Hałas miasta wydawał się przytłumiony przez równy warkot wentylatora na nocnym stoliku. Mimo to Harry od czasu do czasu słyszał, jak duża ciężarówka przejeżdża przez most Taksina, i ryk silnika samotnej łodzi odbijającej od pirsu na Chao Phraya.

Kiedy wszedł do mieszkania, zobaczył światełko mrugające na aparacie telefonicznym i po naciskaniu przez chwilę rozmaitych guziczków udało mu się odsłuchać dwie wiadomości. Pierwsza była z ambasady norweskiej. Radca ambasady Tonje Wiig mówiła przez nos, a słowa wymawiała tak, jakby pochodziła z zamożnych zachodnich dzielnic Oslo albo bardzo pragnęła stamtąd pochodzić. Nosowy głos prosił Harry'ego o przyjście do ambasady o dziesiątej następnego dnia, ale w trakcie nagrania wiadomości zmienił tę godzinę na dwunastą, bo pani radca zorientowała się, że o dziesiątej piętnaście ma już umówione spotkanie.

Druga wiadomość była od Bjarnego Møllera. Życzył Harry'emu powodzenia i nic więcej. Chyba nie lubił rozmawiać z automatyczną sekretarką.

Harry leżał, mrugając w ciemności. Mimo wszystko nie kupił tego sześciopaku. I jak się okazało, zastrzyki z witaminą B_{12} znalazły się jednak w walizce. Po tamtym pijaństwie w Sydney leżał bez czucia w nogach, a jeden taki zastrzyk sprawił, że podniósł się jak Łazarz. Westchnął. Kiedy właściwie podjął decyzję? Gdy poinformowano go o tej pracy w Bangkoku? Nie, wcześniej. Już kilka tygodni temu wyznaczył sobie końcową datę: urodziny Sio. Bogowie jedni wiedzą, dlaczego się zdecydował. Może po prostu miał dosyć tego, że stale jest nieobecny. Dosyć dni, które przychodziły i odchodziły, nawet się z nim nie witając. Mniej więcej. Nie miał siły na starą dyskusję o tym, dlaczego Jeppe* nie chce teraz pić, bo tak czy owak jak zwykle, kiedy Harry podjął decyzję, była ona niewzruszona, nieubłaganie ostateczna. Żadnych kompromisów, żadnego odkładania w czasie. „Mogę to rzucić z dnia na dzień". Ileż to razy słuchał, jak U Schrødera chłopaki próbowały się przekonywać, że nie są od dawna pełnokrwistymi alkoholikami. On sam był tak samo pełnokrwisty, ale rzeczywiście nie znał nikogo innego, kto tak jak on naprawdę potrafiłby rzucić picie, kiedy zechciał. Urodziny Sio wypadały dopiero za dziewięć

* Jeppe – wieśniak-pijaczyna, bohater XVIII-wiecznej komedii Ludviga Holberga *Jeppe ze Wzgórza* (przyp. tłum.).

dni, lecz ponieważ Aune miał rację, mówiąc, że wyjazd jest dobrym punktem początkowym, Harry jeszcze to przyspieszył.

Jęknął i obrócił się na bok. Zastanawiał się, co robi Sio, czy odważyła się wieczorem wyjść z domu, czy zadzwoniła do ojca, jak obiecała, a jeśli tak, to czy z nią rozmawiał, czy powiedział coś więcej oprócz „tak" i „nie".

Minęła już trzecia, a mimo że w Norwegii była zaledwie dziewiąta, to przecież niewiele spał od półtorej doby i powinien zasnąć bez najmniejszych problemów. Ale za każdym razem, kiedy zamykał oczy, widział przed sobą fotografię małego nagiego tajskiego chłopca, widoczną w świetle reflektorów samochodowych, wolał więc trzymać je otwarte jeszcze przez jakiś czas. Może mimo wszystko powinien był kupić ten sześciopak. Kiedy w końcu zasnął, na moście Taksina zaczął się już poranny ruch.

9

Nho wszedł do komendy policji głównym wejściem, ale zatrzymał się na widok wysokiego jasnowłosego policjanta, usiłującego dogadać się z uśmiechniętym strażnikiem.

– Dzień dobry, *mister* Hole, mogę w czymś pomóc?

Harry się odwrócił. Oczy miał zapuchnięte i przekrwione.

– Owszem, możesz mi pomóc wyminąć tego uparciucha.

Nho skinął głową strażnikowi, który odsunął się na bok i przepuścił obu mężczyzn.

– Twierdził, że mnie nie poznaje – mruknął Harry, kiedy czekali na windę. – Cholera, potrafi chyba zapamiętać człowieka z dnia na dzień?

– Nie wiem. Jesteś pewien, że to on stał tam wczoraj?

– W każdym razie ktoś podobny.

Nho wzruszył ramionami.

– Pewnie uważasz, że wszystkie tajskie twarze są identyczne?

Harry już miał odpowiedzieć, ale w porę dostrzegł kwaśny uśmieszek na wargach Nho.

– Rozumiem. Próbujesz mi powiedzieć, że my, białasy, wszyscy wydajemy się wam tacy sami.

– No nie. Potrafimy odróżnić Arnolda Schwarzeneggera od Pameli Anderson.

Harry wyszczerzył zęby. Polubił młodego policjanta.

– Jasne. Rozumiem. Jeden zero dla ciebie, Nho.

– Nho.

– No tak, Nho. Nie tak powiedziałem?

Taj z uśmiechem pokręcił głową.

Winda była przepełniona i cuchnąca. Wsiadanie do niej przypominało wciskanie się do worka z używanym strojem treningowym. Harry górował o dwie głowy nad innymi. Niektórzy przyglądali się wysokiemu Norwegowi, śmiejąc się z podziwem. Jeden z mężczyzn spytał o coś Nho i zaraz zawołał:

– *Ah, Norway... that's... that's... I can't remember his name... please help me.*

Harry uśmiechnął się i próbował przepraszającym gestem rozłożyć ręce, ale było za ciasno.

– *Yes, yes. Very famous!* – upierał się mężczyzna.

– Ibsen? – spróbował Harry. – Nansen?

– *No, no. More famous.*

– Hamsun? Grieg?

– *No, no.*

Kiedy wysiadali na piątym piętrze, mężczyzna patrzył na nich ponuro.

– To jest twoje biuro – pokazała Crumley.

– Przecież tam ktoś siedzi – zdziwił się Harry.

– Nie tam. Tam.

– Tam? – Dostrzegł krzesło przyciśnięte do czegoś w rodzaju długiego stołu, przy którym ludzie siedzieli jeden obok drugiego. Na stole przy wolnym krześle mieścił się akurat notatnik i telefon.

– Zobaczę, może uda mi się załatwić coś innego, gdyby twój pobyt miał się przedłużyć.

– Mam nadzieję, że nie – mruknął Harry.

Komisarz Crumley zebrała swoje wojsko na poranną odprawę u siebie w pokoju. Oddział składał się z Nho i Sunthorna, dwóch policjantów, których Harry miał już okazję poznać poprzedniego wieczoru, oraz Rangsana, najstarszego śledczego w wydziale.

Rangsan siedział pozornie zatopiony w lekturze gazety. Od czasu do czasu rzucał po tajsku jakiś komentarz, który Crumley pilnie zapisywała w swoim czarnym notesie.

– Okej – stwierdziła w końcu, zatrzaskując notes. – Nasza piątka ma rozwiązać tę sprawę. Ponieważ jest wśród nas kolega z Norwegii, od tej pory cała komunikacja będzie się odbywać po angielsku. Zaczniemy od omówienia śladów kryminalistycznych. To Rangsan utrzymuje kontakt z chłopakami z Wydziału Technicznego. Słuchamy.

Rangsan starannie złożył gazetę i chrząknął. Miał przerzedzone włosy, okulary na łańcuszku ledwie trzymały się na czubku nosa. Przypominał Harry'emu mającego już dość szkoły nauczyciela, bo przyglądał się światu lekko pogardliwym, sarkastycznym spojrzeniem.

– Rozmawiałem z Supawadee z technicznego. W pokoju znaleźli całe mnóstwo odcisków palców, co oczywiście nie było niespodzianką, ale żaden nie należał do ofiary. Pozostałych odcisków nie zidentyfikowano. To zresztą nie będzie łatwe – powiedział Rangsan. – Wprawdzie do Olympussy nie ciągną tłumy, ale i tak w tym pokoju są odciski co najmniej stu osób.

– Znaleźliście coś na klamce? – spytał Harry.

– Niestety aż za dużo, i żadnego w całości.

Crumley oparła stopy w wielkich butach Nike na stole.

– Molnes pewnie zaraz po wejściu się położył. Nie miał powodów, żeby tańczyć po pokoju i wszystkiego dotykać. A po zabójcy co najmniej dwie osoby chwytały za klamkę: Dim i Wang. – Skinęła głową Rangsanowi, który znów sięgnął po gazetę.

– Sekcja wykazuje to, co przypuszczaliśmy, a mianowicie, że ambasador zginął od ciosu nożem. Ostrze przebiło lewe płuco, a potem skaleczyło serce i osierdzie wypełniło się krwią.

– Tamponada – stwierdził Harry.

– Słucham?

– Tak to się nazywa. To trochę tak, jakby napchać waty do dzwonka. Serce nie ma siły bić. Dławi się własną krwią.

Crumley się skrzywiła.

– Okej. Zostawmy na razie te techniczne drobiazgi i wróćmy do całościowego obrazu. Nasz norweski kolega już zdążył odrzucić teorię, w której motywem mógłby być rabunek. Może więc zechcesz nam powiedzieć, Harry, co myślisz o tym zabójstwie?

Wszyscy odwrócili się do niego. Harry pokręcił głową.

– Nic jeszcze nie myślę. Ale parę rzeczy mnie dziwi.

– Słuchamy.

– No cóż. HIV jest dość rozpowszechniony w Tajlandii, prawda?

Zapadła cisza. Rangsan zerknął znad gazety i mruknął:

– Oficjalne statystyki mówią o pół miliona zarażonych. Są obawy, że w ciągu najbliższych pięciu lat liczba nosicieli zwiększy się o dwa do trzech milionów.

– Dziękuję. Molnes nie miał przy sobie kondomów. Komu przyszłoby do głowy uprawiać seks z prostytutką w Bangkoku bez zabezpieczenia?

Nikt nie odpowiedział. Rangsan wymamrotał coś po tajsku, pozostali wybuchnęli głośnym śmiechem.

– Jest takich więcej, niż ci się wydaje – przetłumaczyła Crumley.

– Zaledwie dwa lata temu mało która prostytutka w Bangkoku w ogóle słyszała o HIV – wyjaśnił Nho. – Ale teraz większość zaczęła nosić przy sobie prezerwatywy.

– No dobrze. Ale gdybym był ojcem rodziny jak Molnes, to chyba miałbym dla pewności własne.

Sunthorn parsknął.

– Gdybym ja był ojcem rodziny, nie chodziłbym do *sõphenii*.

– Do prostytutki – przetłumaczyła Crumley.

– Oczywiście. – Harry w roztargnieniu stukał ołówkiem w podłokietnik krzesła.

– Coś jeszcze cię zdziwiło, Hole?

– Owszem. Pieniądze.

– Pieniądze?

– Miał przy sobie tylko pięćset bahtów, czyli około dziesięciu dolarów amerykańskich, a kobieta, którą sobie wybrał, kosztowała tysiąc pięćset.

Na chwilę zapadła cisza.

– Słuszna uwaga – zauważyła w końcu Crumley. – Ale może wzięła sobie honorarium, zanim podniosła alarm, że znalazła trupa?

– Chcesz powiedzieć, że go obrabowała?

– No cóż, czy to był rabunek? Ze swojej strony dotrzymała umowy.

Harry pokiwał głową.

– Może i tak. Kiedy możemy z nią porozmawiać?

– Dziś po południu. – Crumley odchyliła się na krześle. – Jeżeli nikt nie ma nic więcej do powiedzenia, to muszę was prosić, żebyście wyszli.

Nikt się nie odezwał.

Za radą Nho Harry zostawił sobie na dotarcie do ambasady trzy kwadranse. W ciasnocie, która panowała w wiozącej go na dół windzie, usłyszał nagle znajomy głos:

– *I know now, I know now! Solskjaer! Solskjaer*!

Harry odwrócił głowę i uśmiechnął się potakująco.

A więc to jest najsłynniejszy Norweg na świecie. Piłkarz, który był rezerwowym napastnikiem w drużynie z przemysłowego miasta w Anglii, pokonał wszystkich podróżników, malarzy i pisarzy. Po dłuższym zastanowieniu Harry doszedł jednak do wniosku, że mężczyzna w windzie najprawdopodobniej miał rację.

10

Na osiemnastym piętrze za wielkimi dębowymi drzwiami i dwiema śluzami bezpieczeństwa Harry znalazł metalową tabliczkę z norweskim królewskim lwem. Recepcjonistka, młoda, pełna wdzięku Tajka o maleńkich ustach, jeszcze mniejszym nosku i aksamitnych piwnych oczach w okrągłej twarzy, przestudiowała jego identyfikator. Na jej czole pojawiła się głęboka zmarszczka. W końcu dziewczyna podniosła słuchawkę telefonu, wyszeptała do niej trzy sylaby i zaraz się rozłączyła.

– Gabinet panny Wiig to drugie drzwi po prawej stronie, *sir* – oznajmiła z uśmiechem tak promiennym, że Harry zaczął się zastanawiać, czy od razu się w niej nie zakochać.

– Proszę wejść – rozległo się wołanie, kiedy zapukał. Tonje Wiig siedziała pochylona nad wielkim tekowym biurkiem, wyraźnie zajęta robieniem notatek. Podniosła wzrok, uśmiechnęła się lekko, uniosła z krzesła długie chude ciało w kostiumie z białego jedwabiu i ruszyła w stronę Harry'ego z wyciągniętą ręką.

Tonje Wiig była dokładną odwrotnością recepcjonistki; na podłużnej twarzy nos, usta i oczy walczyły o miejsce, i nos zdawał się wygrywać. Przypominał nieregularną bulwę jakiejś rośliny, lecz zapewniał przynajmniej minimum przerwy między wielkimi, mocno umalowanymi oczami. Panna Wiig nie była jednak brzydka, a z pewnością znaleźliby się mężczyźni, którzy stwierdziliby, że jest obdarzona swoistą klasyczną urodą.

– Dobrze, że wreszcie pan tu jest, sierżancie. Szkoda tylko, że z powodu tak smutnych wydarzeń.

Harry ledwie zdążył dotknąć jej kościstych palców, bo zaraz przyciągnęła rękę do siebie.

Tonje Wiig upewniła się, czy w mieszkaniu ambasady, które oddano mu do dyspozycji, wszystko jest w porządku, i poprosiła, by od razu zgłaszał, jeśli tylko ona lub ktoś inny z pracowników placówki będzie mógł w czymkolwiek pomóc.

– Bardzo byśmy chcieli mieć tę sprawę już za sobą – powiedziała, pocierając delikatnie skrzydełko nosa, tak aby nie rozmazać makijażu.

– Rozumiem.

– To były dla nas ciężkie dni. Być może zabrzmi to brutalnie, ale świat idzie naprzód, a my z nim. Niektórzy uważają, że pracownicy ambasady wyłącznie chodzą na koktajle i świetnie się bawią, ale w rzeczywistości trudno bardziej oddalić się od prawdy. Akurat w tej chwili mam ośmioro Norwegów w szpitalu i sześcioro w więzieniu, w tym czworo skazanych za posiadanie narkotyków. „VG" dzwoni codziennie. Okazuje się, że na dodatek jedna z osadzonych jest w ciąży, a w zeszłym miesiącu Norweg zginął w Pattai, wypadł przez okno. To już drugi taki wypadek w tym roku. Mnóstwo zamieszania. – Z rezygnacją pokręciła głową. – Pijani marynarze i przemytnicy heroiny. Widział pan tutejsze więzienia? Straszne. A myśli pan, że jak ktoś zgubi paszport, to ma ubezpieczenie albo pieniądze na powrót do domu? Skąd. O wszystko musimy zadbać my. Dlatego sam pan się domyśla, jak ważny jest powrót do normalnej pracy.

– O ile dobrze rozumiem, to pani automatycznie przejęła obowiązki ambasadora po jego śmierci?

– Tak, to ja jestem chargé d'affaires.

– Ile czasu minie, zanim zostanie mianowany nowy ambasador?

– Mam nadzieję, że niedużo. Zwykle trwa to miesiąc albo dwa.

– Nie lubi pani być sama odpowiedzialna za wszystko?

Tonje Wiig uśmiechnęła się krzywo.

– Nie to miałam na myśli. Pełniłam już obowiązki chargé d'affaires przez pół roku, zanim przysłano tu Molnesa. Mówię tylko, że liczę na możliwie najszybsze wprowadzenie jakiegoś stałego rozwiązania.

– Więc ma pani nadzieję na objęcie stanowiska ambasadora?

– No cóż. – Podciągnęła kąciki ust do góry. – To byłoby naturalne, ale obawiam się, że z Królewskim Norweskim Ministerstwem Spraw Zagranicznych nigdy nic nie wiadomo.

Przez pokój przemknął jakiś cień, a przed Harrym nagle stanęła filiżanka.

– Pije pan *chaa rawn*? – spytała panna Wiig.

– Nie wiem.

– Przepraszam – roześmiała się. – Tak szybko zapominam, że ktoś może tu być nowy. To gorąca tajska czarna herbata. Ja praktykuję tutaj *high tea*, czyli podwieczorek, chociaż według angielskich tradycji nie powinien być podawany przed drugą.

Harry poprosił o herbatę i gdy następnym razem spuścił wzrok, okazało się, że ktoś już napełnił jego filiżankę.

– Sądziłem, że tego rodzaju tradycje zniknęły wraz z kolonistami.

– Tajlandia nigdy nie była niczyją kolonią – uśmiechnęła się Tonje Wiig. – Ani angielską, ani francuską, w przeciwieństwie do sąsiednich krajów. Tajowie są z tego bardzo dumni. Moim zdaniem aż za bardzo. Odrobina angielskich wpływów jeszcze nikomu według mnie nie zaszkodziła.

Harry wyjął notatnik i spytał, czy ambasador mógł być zamieszany w jakieś ciemne sprawki.

– Ciemne sprawki, sierżancie?

Krótko wyjaśnił, co przez to rozumie, dodał też, że ofiary ponad siedemdziesięciu procent wszystkich zabójstw są zamieszane w jakieś nielegalne przedsięwzięcia.

– Nielegalne? Molnes? – Energicznie pokręciła głową. – On nie jest... to znaczy nie był takim typem.

– Czy mógł mieć wrogów?

– Nie wyobrażam sobie. Dlaczego pan o to pyta? Raczej niemożliwe, żeby to był zamach.

– Na razie wiemy bardzo mało, więc wszystkie ewentualności pozostają otwarte.

Panna Wiig wyjaśniła, że w poniedziałek, w który zginął, Molnes bardzo wcześnie pojechał na spotkanie. Nie mówił, dokąd się wybiera, lecz to akurat nie było niczym niezwykłym.

– Zawsze miał przy sobie telefon komórkowy, więc mogliśmy się z nim kontaktować, gdyby coś się wydarzyło.

Harry poprosił o pokazanie mu gabinetu ambasadora. Panna Wiig musiała otworzyć dwie kolejne pary drzwi, zamontowane „ze względów bezpieczeństwa". Pokój był nietknięty, tak jak Harry prosił przed wyjazdem z Oslo. Zarzucony papierami i teczkami, zabałaganiony pamiątkami, które nie zdążyły jeszcze trafić na półki lub zawisnąć na ścianach.

Ponad stosami papieru majestatycznie spoglądała na nich z góry norweska para królewska, zwrócona w stronę okna wychodzącego na The Queen Regent's Park, jak wyjaśniła panna Wiig.

Harry znalazł terminarz, ale notatek w nim było mało. Sprawdził dzień zabójstwa, lecz pod tą datą ambasador zapisał jedynie „Man U".

Powszechnie stosowany skrót od Manchester United, jeśli się nie mylił. Może Molnes chciał pamiętać o meczu w telewizji, pomyślał Harry. Z obowiązku wyciągnął kilka szuflad, jednak prędko się zorientował, że przeszukiwanie gabinetu ambasadora to dla jednego człowieka beznadziejne zadanie, zwłaszcza kiedy nie wiadomo, czego szukać.

– Nie widzę jego komórki – stwierdził Harry.

– Tak jak mówiłam, zawsze miał ją przy sobie.

– Nie znaleźliśmy jej na miejscu zdarzenia. A nie wydaje mi się, żeby zabójca był złodziejem.

Panna Wiig wzruszyła ramionami.

– Może któryś z pańskich tajskich kolegów po fachu ją „zarekwirował"?

Harry postanowił nie komentować tej uwagi. Spytał tylko, czy tamtego dnia ktoś z ambasady mógł dzwonić do Molnesa. Tonje Wiig miała co do tego wątpliwości, ale obiecała, że sprawdzi. Harry po raz ostatni obrzucił wzrokiem gabinet.

– Kto z ambasady widział Molnesa jako ostatni?

Zastanowiła się.

– Chyba Sanphet. Kierowca. Bardzo się zaprzyjaźnili z ambasadorem. Sanphet ogromnie przeżył tę śmierć, więc dałam mu kilka dni wolnego.

– Dlaczego w dzień zabójstwa nie woził ambasadora, skoro jest kierowcą?

Wzruszyła ramionami.

– Ja też się nad tym zastanawiałam, zwłaszcza że ambasador nie lubił sam jeździć po Bangkoku.

– A co może mi pani powiedzieć o tym kierowcy?

– O Sanphecie? Pracuje u nas od niepamiętnych czasów. Nigdy nie był w Norwegii, ale potrafi wymienić z pamięci wszystkie miasta. I wszystkich królów po kolei. No i kocha Griega. Nie wiem, czy ma w domu gramofon, ale przypuszczam, że ma wszystkie płyty. To bardzo kochany stary Taj.

Przekrzywiła głowę i w uśmiechu odsłoniła dziąsła. Harry spytał, czy wie, gdzie będzie mógł spotkać Hilde Molnes.

– W domu. Obawiam się, że jest strasznie załamana. Radziłabym panu wstrzymać się trochę z tą rozmową.

– Dziękuję za radę, panno Wiig, ale czas to luksus, na który nas nie stać. Zechciałaby pani zadzwonić i zapowiedzieć moje przybycie?

– Rozumiem. Przepraszam.

Odwrócił się do niej.

– Skąd pani pochodzi, panno Wiig?

Tonje Wiig spojrzała na niego zaskoczona. W końcu zaśmiała się głośno i odrobinę sztucznie.

– Czy to przesłuchanie, sierżancie?

Harry nie odpowiedział.

– Jeśli już koniecznie musi pan to wiedzieć, dorastałam we Fredrikstad.

– Tak właśnie mi się wydawało – rzucił i puścił do niej oko.

Delikatna kobieta w recepcji odchylała się do tyłu na krześle i przykładała do małego noska buteleczkę ze sprejem. Drgnęła przestraszona, kiedy Harry dyskretnie kaszlnął, i zawstydzona zaśmiała się z załzawionymi oczami.

– Przepraszam. Powietrze w Bangkoku jest bardzo zanieczyszczone.

– Sam to zauważyłem. Czy może mi pani pomóc w znalezieniu numeru telefonu do waszego kierowcy?

Pokręciła głową, pociągając nosem.

– On nie ma telefonu.

– Aha. A ma jakieś miejsce zamieszkania?

Miało to być zabawne, ale po minie kobiety Harry poznał, że żart niezbyt jej się spodobał. Zapisała mu adres i na pożegnanie obdarowała maleńkim uśmiechem.

11

Kiedy Harry nadszedł aleją prowadzącą do rezydencji ambasadora, służący już czekał w drzwiach. Przeprowadził Harry'ego przez dwa wielkie salony, gustownie urządzone meblami z rattanu i drewna tekowego, do drzwi prowadzących na taras i do ogrodu na tyłach domu. Pyszniły się tu żółte i niebieskie orchidee, a pod wielkimi, rzucającymi cień wierzbami latały motyle, które wyglądały jak wycięte z kolorowego papieru. Żonę ambasadora, Hilde Molnes, znaleźli przy basenie w kształcie klepsydry. Siedziała w wyplatanym fotelu, ubrana w różowy szlafrok. Drink w tym samym kolorze stał przed nią na stoliku, a okulary przeciwsłoneczne zasłaniały pół twarzy.

– Pan musi być sierżantem Hole – odezwała się twardym dialektem z Sunnmøre. – Tonje dzwoniła i uprzedziła mnie, że pan już idzie. Napije się pan czegoś, sierżancie?

– Nie, dziękuję.

– Ależ tak. W tym upale trzeba dużo pić. Proszę myśleć o równowadze płynów, nawet jeśli nie czuje pan pragnienia. Tutaj można się odwodnić tak szybko, że organizm nawet nie zdąży wysłać sygnałów.

Zdjęła okulary, odsłaniając – tak jak Harry sądził po kruczoczarnych włosach i smagłej cerze – piwne oczy. Były pełne życia, lecz odrobinę zaczerwienione. Od płaczu albo południowych drinków, pomyślał. Albo i od jednego, i od drugiego.

Zgadywał, że Hilde Molnes ma około czterdziestu pięciu lat, ale trzymała się dobrze. Lekko wyblakła piękność w średnim wieku z wyższej klasy średniej. Widywał już podobne kobiety.

Usiadł w sąsiednim fotelu, który ułożył się wokół jego ciała, jakby spodziewał się jego przybycia.

– W takim razie poproszę o szklankę wody, pani Molnes.

Wydała polecenie służącemu i kazała mu odejść.

– Czy przekazano pani, że może już pani zobaczyć męża?

– Owszem.

Harry wychwycił ton złości.

– Dopiero teraz mi na to pozwalają. A przecież byłam jego żoną przez dwadzieścia lat.

Piwne oczy mocno pociemniały, a Harry pomyślał, że to chyba rzeczywiście prawda – niektórzy twierdzili, że na wybrzeże Sunnmøre morze wyrzucało wielu rozbitków z Hiszpanii i Portugalii.

– Będę musiał zadać pani kilka pytań.

– Więc proszę pytać teraz, dopóki dżin jeszcze działa.

Założyła nogę na nogę, odsłaniając szczupłą, opaloną i najprawdopodobniej świeżo ogoloną łydkę.

Harry wyjął notes. Wprawdzie nie potrzebował notatek, ale przynajmniej nie będzie musiał patrzeć ambasadorowej w oczy. Takie zachowanie z reguły ułatwiało rozmowę z bliskimi ofiar.

Hilde Molnes powiedziała, że jej mąż wyszedł z domu rano, nie wspominając ani słowem o tym, że może wrócić późno. Ale często coś mu niespodziewanie wypadało. Kiedy minęła dziesiąta, a ona wciąż nie miała od niego żadnych wiadomości, próbowała do niego dzwonić, ale nie odbierał ani telefonu w ambasadzie, ani komórki. Mimo to wcale się nie zaniepokoiła. Po północy zadzwoniła Tonje Wiig z informacją, że męża znaleziono martwego w pokoju w jakimś motelu.

Harry obserwował twarz Hilde Molnes. Mówiła spokojnym tonem, nie dramatyzowała.

Przez telefon Tonje Wiig sprawiała wrażenie, że nie znają jeszcze przyczyny zgonu. Następnego dnia radca ambasady poinformowała Hilde Molnes, że ambasador został zamordowany, lecz instrukcje z Oslo nakazują wszystkim bezwzględnie zachować w tajemnicy przyczynę śmierci. Dotyczyło to również Hilde Molnes, mimo że nie była pracownikiem ambasady, ponieważ obowiązek dochowania tajemnicy można nałożyć na każdego obywatela Norwegii, gdy przemawiają za tym „względy bezpieczeństwa kraju". Te ostatnie słowa ambasadorowa wymówiła z gorzkim sarkazmem i uniosła szklankę z drinkiem do toastu.

Harry tylko kiwał głową i notował. Spytał, czy jest pewna, że ambasador nie zostawił komórki w domu. Potwierdziła. Wiedziony impulsem zadał pytanie, jaką komórkę miał mąż. Odparła, że nie jest pewna, ale chyba fińską. Nie umiała mu podać nazwiska żadnej osoby, która ewentualnie miałaby motyw, by zamordować ambasadora.

Harry postukał ołówkiem w notes.

– Czy pani mąż lubił dzieci?

– O tak, bardzo – odparła spontanicznie Hilde Molnes, a Harry po raz pierwszy usłyszał drżenie w jej głosie. – Atle był najlepszym ojcem na świecie. Musi pan o tym wiedzieć.

Harry wbił wzrok w notatki. W spojrzeniu Hilde Molnes nic nie zdradzało, by wychwyciła drugie dno w jego pytaniu. Był niemal pewien, że o niczym nie wiedziała. Miał jednak świadomość, że do jego przeklętych obowiązków należy zrobienie następnego kroku i zapytanie wprost, czy wiedziała, że ambasador lubił pornografię dziecięcą.

Przeciągnął ręką po twarzy. Czuł się jak chirurg ze skalpelem w dłoni, niebędący w stanie zrobić pierwszego nacięcia. Niech to szlag trafi, że też nigdy nie może zapanować nad tą swoją miękkością w sytuacjach, kiedy niewinnym osobom trzeba ujawnić szczegóły, o które nie prosiły ani na które nie zasługiwały, by rzucić im nimi w twarz.

Hilde Molnes go uprzedziła.

– Mąż tak lubił dzieci, że zastanawialiśmy się nad adopcją dziewczynki. – Teraz w oczach miała łzy. – Maleńkiej, z rodziny uchodźców z Birmy. Wiem, w ambasadzie bardzo się pilnują, żeby mówić Myanmar i nikogo nie urazić, ale ja jestem dostatecznie stara, żeby się tym nie przejmować.

Zaśmiała się cierpkim śmiechem przez łzy, ale zaraz się opanowała. Harry spojrzał w bok. Czerwony ptaszek wydawał się tkwić nieruchomo przy orchidei, zawisł w powietrzu jak maleńki helikopter.

No to już po wszystkim, zdecydował. Ona o niczym nie wie. A gdyby miało się okazać, że te zdjęcia mają jakieś znaczenie dla sprawy, porozmawia z nią o tym później. Jeśli nie, spróbuje ją oszczędzić.

Spytał, od jak dawna się znali. Bez proszenia opowiedziała, że poznali się, kiedy Atle Molnes jako świeżo upieczony absolwent politologii przyjechał na Boże Narodzenie do domu, do Ørsta. Rodzina Molnesów była bardzo bogata, posiadała dwie fabryki mebli, a młody dziedzic stanowił doskonałą partię dla każdej dziewczyny we wsi, konkurencji więc nie brakowało.

– Ja byłam tylko Hilde Melle, z zagrody Mellegården. Ale byłam najładniejsza – powiedziała z tym samym cierpkim śmiechem. Nagle jednak po jej twarzy przemknął grymas bólu i czym prędzej podniosła szklankę do ust.

Harry nie miał żadnych problemów z wyobrażeniem sobie wdowy jako młodziutkiej piękności. Zwłaszcza że obraz właśnie się zmaterializował w rozsuniętych drzwiach na taras.

– Runa, moja droga, tutaj jesteś! Ten młody człowiek nazywa się Harry Hole, to śledczy z Norwegii, który pomoże odkryć, co spotkało ojca.

Dziewczyna ledwie zawadziła o nich wzrokiem i bez słowa przeszła na przeciwną stronę basenu. Miała ciemną cerę i oczy matki, a Harry ocenił jej wysmukłe ciało w obcisłym kostiumie kąpielowym na mniej więcej siedemnaście lat. Powinien to wiedzieć, przecież informację zamieszczono w raporcie, który dostał przed wyjazdem.

Byłaby idealną pięknością, podobnie jak matka, gdyby nie pewien szczegół, nieujęty przez sporządzającego raport. Kiedy dziewczyna okrążyła basen i zrobiła trzy powolne, pełne gracji kroki na trampolinie, jeszcze zanim złączyła nogi i uniosła się w niebo, Harry poczuł ściskanie w żołądku. Z prawego barku Runy zwisał cienki kikut, który nadawał ciału dziwacznej asymetrii, przywodzącej na myśl samolot z odstrzelonym skrzydłem, wirujący w nierównym salcie. Rozległ się jedynie cichy plusk, kiedy Runa przecięła zieloną taflę wody i zniknęła. Na powierzchnię z szumem wydobyły się banieczki powietrza.

– Runa trenuje skoki do wody – wyjaśniła zupełnie niepotrzebnie Hilde Molnes.

Harry wciąż nie mógł oderwać wzroku od miejsca, w którym zniknęła dziewczyna, kiedy jej postać wyłoniła się przy drabince basenowej po drugiej stronie. Wspięła się po stopniach, widział jej umięśnione plecy, słońce odbijające się w kroplach wody na skórze, lśniące w mokrych czarnych włosach. Kikut zwisał bezwładnie jak złamane skrzydełko kurczaka. *Sortié* odbyło się równie bezgłośnie jak *entré*. Dziewczyna bez słowa zniknęła w drzwiach do domu.

– Nie wiedziała, że pan tu jest – powiedziała Hilde Molnes przepraszająco. – Nie lubi, żeby obcy oglądali ją bez protezy. Rozumie pan?

– Rozumiem. Jak ona przyjmuje to, co się stało?

– Trudno stwierdzić. – Hilde Molnes wciąż patrzyła na drzwi, w których zniknęła córka. – Jest w takim wieku, że o niczym mi nie mówi. Nikomu innemu zresztą też, jeśli chodzi o ścisłość. – Podniosła szklankę. – Obawiam się, że Runa to bardzo niezwykła dziewczyna.

Harry wstał, podziękował za informacje i uprzedził, że jeszcze się odezwie. Hilde Molnes przypomniała, że nawet nie tknął wody. Ukłonił się wtedy i zaproponował, że może odłożą to do następnego razu. Uświadomił sobie, że chyba niezręcznie się wyraził, lecz ona mimo wszystko się roześmiała i jeszcze raz na pożegnanie uniosła szklankę.

Kiedy Harry szedł do bramy, na podjazd wjechało czerwone porsche kabriolet. Zanim samochód go minął i zniknął w cieniu przed domem, Harry zdążył jeszcze dostrzec jasne włosy, ciemne okulary Ray Ban i szary garnitur od Armaniego.

12

Komisarz Crumley nie było, kiedy Harry wrócił na komendę, ale Nho podniósł kciuk i powiedział „Tak jest", gdy Harry uprzejmie poprosił go o skontaktowanie się ze spółką telekomunikacyjną i sprawdzenie wszystkich rozmów wychodzących i przychodzących na komórkę ambasadora w dniu zabójstwa.

Dochodziła już prawie piąta, kiedy udało mu się w końcu złapać Liz. Ponieważ było tak późno, zaproponowała, żeby spotkanie odbyło się na łodzi. Będą mogli obejrzeć kanały i, jak się wyraziła, „mieć z głowy zwiedzanie".

W jednym z portów rzecznych zaproponowano im wynajęcie długiej łodzi za sześćset bahtów, ale gdy Crumley warknęła coś po tajsku, cena zaraz spadła do trzystu.

Popłynęli kawałek w dół Chao Phraya, zanim skręcili w jeden z wąskich kanałów. Drewniane chaty wyglądające tak, jakby mogły się rozpaść w każdej chwili, tkwiły wczepione w pale wbite w dno rzeki, zapachy jedzenia, kloaki i benzyny napływały falami. Harry miał wrażenie, że przepływa bezpośrednio przez salony mieszkających tam ludzi. Zajrzenie do wnętrza chat utrudniały jedynie rzędy roślin doniczkowych, ale nikt nie przejmował się intruzami, przeciwnie, machano im z uśmiechem.

Na jednym z pomostów siedziało trzech chłopców w krótkich spodenkach, jeszcze mokrych po wyjściu z mętnej brunatnej wody. Coś do nich wołali. Crumley dobrotliwie pogroziła im pięścią, a sternik się roześmiał.

– Co oni krzyczą? – zainteresował się Harry.

– *Mâe chii.* – Crumley pokazała na swoją głowę. – To znaczy matka kapłanka, czyli mniszka. Mniszki w Tajlandii golą głowy. Gdybym jeszcze miała białą szatę, z pewnością traktowaliby mnie z większym szacunkiem – roześmiała się.

– Ach tak? Wydawało mi się, że na brak szacunku nie możesz narzekać. Twoi ludzie...

– To dlatego, że i ja ich szanuję – przerwała mu. – I znam się na swojej robocie. – Odchrząknęła i splunęła za burtę. – Ale ciebie może to dziwi, ponieważ jestem kobietą.

– Nic takiego nie powiedziałem.

– Wielu obcokrajowców ogarnia zdumienie, kiedy widzą, że kobiecie udało się do czegoś dojść w tym kraju. Ale tu kultura macho nie rozpowszechniła się aż tak bardzo. Większym problemem jest dla mnie to, że jestem cudzoziemką.

Leciutki powiew wiatru odrobinę chłodził, poruszając wilgotne powietrze. Z kępy drzew dobiegała szeleszcząca piosenka cykad, a przed nimi na niebie wisiało takie samo krwawoczerwone słońce jak poprzedniego wieczoru.

– Co cię skłoniło, żebyś się tu przeniosła? – Harry domyślał się, że być może przekracza jakąś niewidzialną granicę, ale nie zamierzał się wycofywać.

– Moja matka jest Tajką – odpowiedziała Crumley po chwili. – Ojciec stacjonował w Sajgonie podczas wojny wietnamskiej i poznał ją w Bangkoku w sześćdziesiątym siódmym. – Roześmiała się i wsunęła sobie poduszkę pod plecy. – Matka twierdzi, że zaszła w ciążę już pierwszej nocy, którą spędzili razem.

– To byłaś ty?

Potwierdziła.

– Po kapitulacji ojciec zabrał nas do Stanów do Fort Lauderdale, gdzie służył w stopniu podpułkownika. Po przyjeździe do Ameryki matka odkryła, że kiedy się poznali, on był żonaty. Napisał do domu i załatwił rozwód, gdy się dowiedział, że matka jest w ciąży. – Pokręciła głową. – Miał nieskończenie wiele możliwości, żeby uciec od nas z Bangkoku, gdyby tylko zechciał. Może zresztą w głębi duszy chciał, kto wie?

– Nie pytałaś go?

– Na takie pytanie nie zawsze pragnie się szczerej odpowiedzi, prawda? Poza tym wiem, że nigdy by mi nie odpowiedział. Taki już po prostu był.

– Był?

– Tak. Nie żyje. – Popatrzyła na Harry'ego. – Przeszkadza ci to, że mówię o swojej rodzinie?

Harry przygryzł filtr papierosa.

– Ani trochę.

– W przekonaniu mojego ojca ucieczka nigdy nie wchodziła w grę, bo miał w sobie coś takiego, co się nazywa odpowiedzialność. Kiedy miałam jedenaście lat, rodzice pozwolili mi wziąć od sąsiadów w Fort Lauderdale małego kotka. Długo marudziłam, aż ojciec w końcu się zgodził, pod warunkiem że będę o niego dbała. Ale mnie po dwóch tygodniach kotek się znudził i spytałam, czy mogę go oddać z powrotem. Ojciec zabrał wtedy mnie i kociaka do garażu. „Od odpowiedzialności nie można uciekać – oświadczył – bo przez to giną cywilizacje". Wyjął służbową broń i strzelił kociakowi w głowę dwunastomilimetrową kulą. Musiałam potem przynieść wodę z mydłem i wyszorować podłogę w garażu. Taki był. Właśnie dlatego... – Zdjęła ciemne okulary i zaczęła je czyścić rąbkiem koszuli, mrużąc oczy przed zachodzącym słońcem. – Dlatego nie mógł zaakceptować, że wycofali się z Wietnamu. Matka i ja wróciłyśmy tutaj, kiedy skończyłam osiemnaście lat.

Harry pokiwał głową.

– Wyobrażam sobie, że po wojnie w bazie wojskowej w Stanach twojej matce z azjatyckim wyglądem musiało być trudno.

– W bazie nie było jeszcze tak źle. Natomiast reszta Amerykanów – ci, którzy nie służyli w Wietnamie, ale stracili na tej wojnie syna czy narzeczonego – nas nienawidziła. Dla nich wszystko, co miało skośne oczy, było Charliem*.

Przed zniszczoną ogniem chatą siedział mężczyzna w garniturze i palił cygaro.

– A później poszłaś do szkoły policyjnej, zajęłaś się zabójstwami i ogoliłaś głowę?

– Nie w takiej kolejności. I nie zgoliłam włosów. Wypadły w ciągu tygodnia, kiedy miałam siedemnaście lat. Rzadka postać łysienia plackowatego. Ale w tym klimacie to całkiem praktyczne.

Pogładziła się ręką po głowie i uśmiechnęła zmęczonym uśmiechem. Harry dopiero teraz zauważył, że Crumley nie ma też brwi ani rzęs.

Podpłynęła do nich inna łódź, wyładowana aż po brzegi żółtymi słomkowymi kapeluszami, a siedząca w niej stara kobieta wskazała najpierw na ich głowy, a potem na kapelusze. Crumley uśmiechnęła się uprzejmie i rzuciła kilka słów, ale kobieta przed odpłynięciem nachyliła się jeszcze do Harry'ego i podała mu biały kwiat. Ze śmiechem pokazała na Crumley.

– Jak się mówi po tajsku „dziękuję"?

– *Khàwp khun khráp* – odparła Crumley.

– Aha. No to ty jej to powiedz.

Minęli świątynię, *wat,* stojącą tuż nad brzegiem kanału, z jej otwartych drzwi dochodziło monotonne mamrotanie mnichów. Na schodach siedzieli pogrążeni w modlitwie ludzie ze złożonymi rękami.

– O co oni się modlą? – spytał Harry.

– Nie wiem. O pokój. O miłość. O lepsze życie, to albo następne. O to samo, czego pragną ludzie na całym świecie.

– Wydaje mi się, że Atle Molnes nie czekał na dziwkę. Mam wrażenie, że był umówiony z kimś innym.

Płynęli dalej, głosy mnichów ucichły.

– Z kim?

– Nie mam pojęcia.

– Dlaczego tak myślisz?

---

* W alfabecie fonetycznym NATO skrót „VC" oznaczający Wietkong literowano jako „Victor Charlie" (przyp. tłum.).

– Pieniędzy wystarczyło mu jedynie na wynajęcie pokoju, więc gotów jestem się założyć, że nie zamierzał kupować usług prostytutki. W motelu nie miał nic do roboty, chyba że chciał się z kimś spotkać, prawda? Wang twierdzi, że kiedy go znaleźli, drzwi nie były zamknięte. Czy to nie trochę dziwne? Kiedy zamyka się bezmyślnie drzwi w hotelu, zatrzaskują się automatycznie. Musiał świadomie wcisnąć przycisk w klamce, żeby się nie zatrzasnęły. Nie było żadnego powodu, żeby zrobił to zabójca. Prawdopodobnie nie zdawał sobie sprawy, że odchodzi, zostawiając drzwi otwarte. Więc dlaczego Molnes zablokował zamek? Większość ludzi przebywających w tego rodzaju przybytku wolałaby mieć drzwi porządnie zamknięte, kiedy śpi, nie sądzisz?

Crumley zakołysała głową z boku na bok.

– Może chciał się przespać, ale bał się, że nie usłyszy pukania do drzwi, kiedy przyjdzie ta osoba, na którą czekał.

– No właśnie. A nie było powodu, by zostawiać otwarte drzwi dla Tonyi Harding, bo umówił się z recepcjonistą, że najpierw po nią zadzwoni. Zgadzasz się ze mną?

W zapale Harry przesunął się za bardzo na bok łodzi. Sternik krzyknął, wyjaśniając, że pasażer musi siedzieć na środku, bo inaczej się wywrócą.

– Wydaje mi się, że chciał ukryć, z kim się umówił. Prawdopodobnie liczyło się położenie motelu poza miastem. Dobre miejsce na potajemne spotkanie. W dodatku takie, w którym nie prowadzi się oficjalnej rejestracji gości.

– Hm. Myślisz o tych zdjęciach?

– Chyba nie da się o nich nie myśleć?

– W Bangkoku takie fotki można kupić w wielu miejscach.

– Może on posunął się o krok dalej. Może rozmawiamy o dziecięcej prostytucji?

– Może. Mów dalej.

– Komórka. Nie miał jej przy sobie, kiedy go znaleźliśmy, nie leży też u niego w gabinecie ani w domu.

– Zabójca mógł ją zabrać.

– No tak, ale po co? Jeśli to złodziej, to dlaczego nie ukradł również pieniędzy i samochodu?

Crumley podrapała się w ucho.

– Ślady – powiedział Harry. – Zabójca jest cholernie dokładny w zacieraniu śladów. Może zabrał telefon, bo znajdowała się tam ważna nitka prowadząca do kłębka.

– To znaczy?

– A co robi typowy użytkownik telefonu komórkowego, który siedzi w motelu i czeka na kogoś, kto być może również ma komórkę i usiłuje dojechać, pokonując nieprzewidywalny ruch uliczny w Bangkoku?

– Dzwoni i pyta, czy ta osoba jest daleko. – Crumley wciąż wyglądała tak, jakby nie wiedziała, do czego Harry zmierza.

– Molnes miał nokię, tak jak ja. – Harry wyjął swój telefon. – Jak większość nowoczesnych komórek ten telefon zapamiętuje od pięciu do dziesięciu ostatnich numerów, pod które się dzwoni. Może Molnes rozmawiał z zabójcą tuż przed jego przyjściem i zabójca wiedział, że może zostać zidentyfikowany, jeśli komórka wpadnie nam w ręce.

– Hm. – Najwyraźniej Harry niezbyt jej zaimponował. – Mógł po prostu skasować numery i zostawić telefon, a tak podsunął nam pośredni ślad, wskazujący, że to był ktoś, kogo Molnes znał.

– A jeśli telefon był wyłączony? Hilde Molnes próbowała dzwonić do męża, ale nie udało jej się z nim skontaktować. Nie znając PIN-u, zabójca nie mógł skasować numerów.

– No dobrze. Ale my możemy teraz po prostu zwrócić się do operatora i dowiedzieć się, pod jakie numery Molnes dzwonił tego wieczoru. Ci, którzy zwykle pomagają nam w takich sytuacjach, poszli już raczej do domu, ale jutro rano się z nimi skontaktuję.

Harry podrapał się w brodę.

– To nie będzie konieczne. Rozmawiałem z Nho, już nad tym pracuje.

– Ach tak? Jakiś szczególny powód, że nie załatwiłeś tego za moim pośrednictwem?

Nie wychwycił w jej głosie irytacji ani wyzwania. Pytała, ponieważ Nho był jej podwładnym, a Harry zadziałał wbrew określonej hierarchii. Nie chodziło tu jednak o to, kto jest szefem, a kto nim nie jest, tylko o skuteczne kierowanie śledztwem, a to należało do jej obowiązków.

– Nie było cię, Crumley. Przepraszam, jeśli zadziałałem trochę za szybko.

– Nie masz za co przepraszać, Harry. Sam mówisz, że mnie nie było. I możesz mi mówić po imieniu – Liz.

Przepłynęli już spory kawałek w górę rzeki. Crumley pokazała mu budynek stojący w wielkim ogrodzie.

– Tutaj mieszka twój rodak.

– Skąd wiesz?

– W gazetach podniósł się krzyk, kiedy facet stawiał ten dom. Jak widzisz, przypomina świątynię. Buddyści buntowali się przeciwko temu, że poganin ma tak mieszkać. Uważali to za bluźnierstwo. Poza tym wyszło na jaw, że dom zbudowano z materiałów pochodzących z birmańskiej świątyni położonej na spornych terenach na granicy z Tajlandią. Panowała wtedy bardzo napięta atmosfera, było sporo incydentów z użyciem broni, więc ludzie się stamtąd wyprowadzali. Norweg za nieduże pieniądze kupił świątynię, a ponieważ w północnej Birmie świątynie są zbudowane wyłącznie z drewna tekowego, to mógł zdemontować całość i przenieść do Bangkoku.

– Rzeczywiście dziwne – przyznał Harry. – Co to za człowiek?

– Ove Klipra. Jeden z największych przedsiębiorców budowlanych w Bangkoku. Przypuszczam, że dowiesz się o nim więcej, jeśli zostaniesz tu przez jakiś czas.

Poprosiła sternika, żeby zawrócił.

– Nho powinien już niedługo mieć tę listę. Lubisz jedzenie na wynos?

Lista rzeczywiście przyszła, ale skutecznie obaliła teorię Harry'ego.

– Ostatnią rozmowę zarejestrowano o godzinie siedemnastej pięćdziesiąt pięć – poinformował Nho. – Inaczej mówiąc, po przyjeździe do motelu do nikogo nie dzwonił.

Harry wpatrywał się w plastikową miskę z zupą, w której pływał makaron. Białe sznureczki wyglądały na bladą, wychudzoną wersję spaghetti, powierzchnia zupy poruszała się w nieoczekiwanych miejscach, kiedy ciągnął za kluski pałeczkami.

– Mimo wszystko zabójca może być na tej liście – zauważyła Liz z ustami pełnymi jedzenia. – Inaczej dlaczego zabierałby telefon?

Wszedł Rangsan i zameldował, że Tonya Harding zgłosiła się na pobranie odcisków palców.

– Jeśli chcecie, możecie z nią teraz porozmawiać. I jeszcze jedno: Supawadee powiedział, że sprawdzają teraz tę ampułkę. Wyniki powinny być gotowe na jutro. Dają nam priorytet na wszystko.

– Pozdrów ich i powiedz *kop kon krap* – rzucił Harry.

– Co mam powiedzieć?

– Dziękuję.

Harry uśmiechnął się głupio, a Liz w gwałtownym ataku kaszlu parsknęła ryżem na ścianę.

13

Harry nie miał pojęcia, naprzeciwko ilu dziwek siedział w pokoju przesłuchań, ale wiedział, że na pewno było ich wiele. Ich obecność w sprawach zabójstw to taka sama oczywistość, jak fakt, że muchy przylatują do krowich placków. Dziwki niekoniecznie musiały być zamieszane w przestępstwo, ale prawie zawsze miały coś do powiedzenia.

Słuchał, jak śmieją się, płaczą i przeklinają. Zaprzyjaźniał się z nimi, robił sobie z nich wrogów, wchodził w układy, łamał obietnice, znosił opluwanie i bicie. Mimo to w losach tych kobiet, w okolicznościach, które je ukształtowały, było coś, co – jak mu się wydawało – rozpoznawał i potrafił zrozumieć. Nie mieścił mu się natomiast w głowie ich niewzruszony optymizm, to, że chociaż zaglądały w najgłębsze ludzkie otchłanie, przynajmniej pozornie nie traciły wiary w istnienie gdzieś dobrych ludzi. Znał dostatecznie wielu policjantów, którym się to nie udawało.

Dlatego zanim zaczęli, Harry poklepał Dim po ramieniu i poczęstował ją papierosem. Nie sądził, by dzięki temu osiągnął coś więcej, po prostu wydawało mu się, że ona tego potrzebuje.

Dziewczyna miała bystre oczy i rysunek ust mówiący, że nie da się łatwo przestraszyć. Ale w tej chwili siedziała na krześle przy niedużym stoliku ze sztucznego tworzywa, nerwowo splatała palce na kolanach i wyglądała tak, jakby w każdej chwili miała się rozpłakać.

– *Pen yangai?* – spytał. – Jak leci? – Liz nauczyła go tych dwóch słów po tajsku, zanim wszedł do pokoju przesłuchań.

Nho przetłumaczył odpowiedź. Dim miała kłopoty ze snem i nie chciała więcej pracować w tym motelu.

Harry usiadł naprzeciwko niej, położył ręce na stole i próbował pochwycić jej spojrzenie. Lekko opuściła ramiona, ale nadal nie patrzyła mu w oczy. Ręce skrzyżowała na piersi.

Punkt po punkcie omawiali zdarzenie, lecz Dim nie miała nic nowego do dodania. Potwierdziła, że drzwi do pokoju w motelu były zamknięte, ale nie na klucz. Żadnego telefonu komórkowego nie zauważyła. Nie widziała też nikogo spoza obsługi motelu, ani kiedy przyszła, ani kiedy wychodziła.

Kiedy Harry wspomniał o mercedesie i spytał, czy zauważyła tablice korpusu dyplomatycznego, pokręciła tylko głową. Nie widziała żadnego samochodu. Do niczego więcej nie doszli. W końcu Harry zapalił papierosa i prawie od niechcenia spytał, kto jej zdaniem mógł to zrobić. Nho przetłumaczył i wtedy Harry po wyrazie twarzy Dim poznał, że w coś utrafił.

– Co ona mówi?

– Że ten nóż wskazuje na Khun Sa.

– Co to znaczy?

– Nie słyszałeś o Khun Sa? – Nho przyglądał mu się z niedowierzaniem.

Harry pokręcił głową.

– Khun Sa to największy w historii dostawca heroiny. Wraz z rządami państw w Indochinach i z CIA od lat pięćdziesiątych steruje przemytem opium w Złotym Trójkącie. To stąd Amerykanie czerpali pieniądze na swoje operacje w tym regionie. Facet miał w dżungli własną armię.

Harry'emu zaczęło się przypominać, że słyszał coś o azjatyckim Escobarze.

– Dwa lata temu Khun Sa oddał się w ręce władz birmańskich i został internowany, podobno w raczej luksusowych warunkach. Mówi się, że to on finansuje nowe hotele w Birmie, a niektórzy uważają, że wciąż kieruje mafią opiumową na północy. Khun Sa oznacza, że jej zdaniem to mafia, dlatego tak się boi.

Harry popatrzył na dziewczynę w zamyśleniu, w końcu skinął głową Nho.

– Puścimy ją. Niech idzie.

Kiedy Nho przetłumaczył, Dim wydawała się zaskoczona. Odwróciła się i spojrzała na Harry'ego, po czym ukłoniła się, złożywszy dłonie na wysokości twarzy. Dziewczyna najwyraźniej była przekonana, że zatrzymają ją za prostytucję.

Odpowiedział jej uśmiechem. Dim nachyliła się wtedy przez stół.

– *You like ice-skating, sir?*

– Khun Sa? CIA?

Na linii telefonicznej z Oslo dominowały trzaski, a echo sprawiało, że Harry cały czas słyszał własne słowa, jakby mówił równocześnie z Torhusem.

– Przepraszam, sierżancie Hole, ale czyżbyś miał udar cieplny? Ambasadora znajdują z wbitym w plecy nożem, który mógł zostać kupiony w każdym miejscu na północy Tajlandii, prosimy cię o dyskrecję, a ty mi mówisz, że zamierzasz rzucić się na przestępczość zorganizowaną w południowo-wschodniej Azji?

– Nie. – Harry położył nogi na stole. – Nie zamierzam nic z tym zrobić, Torhus. Chciałem ci po prostu powiedzieć tyle: specjalista z jakiegoś muzeum twierdzi, że to rzadki nóż, prawdopodobnie wytwór rzemiosła ludu Szan, a takich antyków nie kupi się w zwykłym sklepie. Tutejsza policja uważa, że to może być wiadomość od mafii opiumowej, sugestia, żebyśmy trzymali się z daleka, ale ja w to nie wierzę. Gdyby mafia chciała nam coś przekazać, istnieją łatwiejsze sposoby niż poświęcanie antycznego noża.

– Wobec tego o co ci chodzi?

– Mówię ci tylko, że w tej chwili ślady wskazują taki kierunek. Ale tutejszy komendant policji prawie zwariował, kiedy wspomniałem o opium. Okazuje się, że akurat teraz w tej dziedzinie panuje tu kompletny chaos. Rząd do niedawna zachowywał jako taką kontrolę. Wdrożono programy motywacyjne dla najuboższych chłopów uprawiających opium, żeby nie stracili za dużo po przejściu na inne uprawy, a jednocześnie zezwolono im na uprawę określonej ilości opium na własny użytek.

– Na własny użytek?

– Owszem. Górskim plemionom się na to pozwala. Przecież palą opium od pokoleń i wszelkie próby, by ich od tego odwieść, raczej na nic się nie zdają. Problem w tym, że import opium z Laosu i Birmy gwałtownie zmalał, więc ceny poszybowały w górę i aby zaspokoić popyt, produkcja w Tajlandii wzrosła niemal dwukrotnie. W obiegu jest mnóstwo pieniędzy, mnóstwo nowych aktorów, którzy chcą się w to zaangażować, więc sytuacja akurat w tej chwili jest cholernie nieprzejrzysta. Komendant, jeśli można tak powiedzieć, nie miał zbyt wielkiej ochoty wkładać ręki do gniazda os. Dlatego postanowiłem zacząć od wyeliminowania przynajmniej niektórych możliwości. Na przykład tej, że sam ambasador był zamieszany w przestępczą działalność. Chociażby w pornografię dziecięcą.

Na drugim końcu zapadła cisza.

– Nie mamy żadnych powodów, aby przypuszczać... – zaczął Torhus, ale reszta jego słów utonęła w hałasie na linii.

– Możesz powtórzyć?

– Nie mamy powodów, aby przypuszczać, że ambasador Molnes był pedofilem, jeśli do tego zmierzasz.

– Co? Nie mamy żadnych powodów, aby przypuszczać? Nie rozmawiasz teraz z prasą, Torhus. Muszę wiedzieć takie rzeczy, żeby posunąć się dalej.

Kolejny raz zapadła cisza i Harry'emu przez moment wydawało się, że połączenie zostało przerwane. W końcu jednak głos Torhusa rozległ się ponownie, a Harry nawet przy tak marnym połączeniu z drugim końcem kuli ziemskiej zdołał wyczuć w nim chłód.

– Powiem ci wszystko, co musisz wiedzieć, Hole. A wiedzieć musisz jedynie, że masz znaleźć mordercę. Że nas wszystkich gówno obchodzi, kto to jest. Że mnie gówno obchodzi, w co był zamieszany ambasador. Dla mnie mógł szmuglować heroinę albo być pedofilem, byle tylko prasa niczego nie zwąchała. Każdy skandal, bez względu na to, czego by dotyczył, zostanie uznany za katastrofę, za którą ty będziesz odpowiedzialny osobiście. Wyraziłem się dostatecznie jasno, Hole, czy chcesz dowiedzieć się czegoś więcej?

Torhus ani razu nie zrobił przerwy na oddech.

Harry kopnął w biurko tak mocno, że podskoczył aparat telefoniczny, a także siedzący obok koledzy.

– Słyszę cię dobrze i wyraźnie – wycedził przez zaciśnięte zęby. – Ale teraz ty mnie przez chwilę posłuchaj. – Harry zrobił przerwę na oddech. Jedno piwo, tylko jedno piwo. Wsunął do ust papierosa i usiłował odepchnąć od siebie te myśli. – Jeśli Molnes jest w coś zamieszany, to z pewnością nie jako jedyny Norweg. Bardzo wątpię, by sam zdołał nawiązać istotne kontakty w tajskim podziemiu przez tak krótki czas, jaki tu spędził. Poza tym dowiedziałem się, że obracał się głównie wśród Norwegów mieszkających w Bangkoku. Nie ma powodów, by większości z nich nie uważać za uczciwych ludzi. Ale wszyscy mieli powody, żeby opuścić kraj, a niektórzy z pewnością lepsze powody niż inni. Kłopoty z policją bywają z reguły nadzwyczaj dobrym powodem pospiesznej emigracji do państwa o przyjemnym klimacie, które dodatkowo nie ma umowy o ekstradycji z Norwegią. Czytałeś o tym Norwegu przyłapanym z chłopczykiem w hotelowym pokoju w Pattai? Sprawa była na pierwszych stronach „VG" i „Dagbladet". Tutejsza policja lubi takie rzeczy. Prasa się tym interesuje, a łatwiej złapać pedofilów, niż ukręcić łeb mafii narkotykowej. Załóżmy, że tajska policja już teraz wietrzy łatwą zdobycz. Ale czekają z dalszymi działaniami do czasu formalnego zamknięcia tego śledztwa i mojego powrotu do domu. A za parę miesięcy wypłynie sprawa dziecięcej pornografii, w którą zamieszani są Norwegowie. Jak myślisz, co się wtedy stanie? Norweskie gazety przyślą tu całą sforę dziennikarzy i zanim zdążysz się zorientować, nazwisko ambasadora wypłynie. Gdyby udało nam się złapać tych chłopaków teraz, kiedy obowiązuje jeszcze porozumienie z tajską policją o wyciszeniu sprawy, może udałoby się uniknąć takiego skandalu.

Po reakcji naczelnika Harry zorientował się, że tamten zrozumiał.

– Czego ty chcesz?

– Chcę wiedzieć to, czego mi nie mówisz. Co macie na Molnesa? W co on jest zamieszany?

– Wiesz już to, czego potrzebujesz. Nic więcej nie ma. To tak trudno pojąć? – jęknął Torhus. – Co ty właściwie chcesz osiągnąć, Hole? Myślałem, że tak samo jak nam chodzi ci o to, żeby mieć to już za sobą.

– Jestem policjantem i po prostu staram się wykonywać swoją robotę, Torhus.

– Wzruszające, Hole – zarechotał Torhus. – Ale nie zapominaj, że wiem o tobie parę rzeczy i nie kupię tej gadki o uczciwym policjancie.

Harry kaszlnął w słuchawkę, echo wróciło do niego jak stłumiony wystrzał z pistoletu. Mruknął coś.

– Co?

– Mówię, że połączenie jest marne. Zastanów się trochę, Torhus, i zadzwoń do mnie, kiedy będziesz miał mi coś do powiedzenia.

Harry drgnął, gwałtownie obudzony. Poderwał się z łóżka i na szczęście zdążył do łazienki, zanim zaczął wymiotować. Potem usiadł na desce, teraz już szarpało nim na oba końce. Z ciała lał się pot, chociaż czuł, że w mieszkaniu jest chłodno.

Tłumaczył sobie, że poprzednim razem było gorzej. Teraz będzie lepiej. O wiele lepiej. Miał taką nadzieję.

Zanim się położył, zrobił sobie zastrzyk z witaminy B w pośladek. Piekło jak wszyscy diabli. Nie lubił zastrzyków, robiło mu się od nich słabo. Przypomniała mu się Vera, prostytutka z Oslo, która od piętnastu lat brała heroinę. Powiedziała mu kiedyś, że wciąż o mało nie mdleje za każdym razem, kiedy daje sobie w żyłę.

W półmroku zobaczył coś poruszającego się na umywalce. Parę kołyszących się czułków. Karaluch. Był wielkości jego kciuka, a przez środek pancerza biegła pomarańczowa pręga. Nigdy takiego nie widział, ale może nic w tym dziwnego. Czytał, że jest ponad trzy tysiące gatunków karaluchów. Podobno ukrywają się, kiedy czują wibracje wywoływane czyimś nadejściem, a na każdego karalucha, którego człowiek zobaczy, przypada co najmniej dziesięć tych, które zdążyły się schować. To oznaczało, że są wszędzie. Ile waży karaluch? Dziesięć gramów? Jeżeli jest ich ponad sto, ukrytych w szczelinach i pod deskami, może to oznaczać, że w pokoju znajduje się ponad kilogram karaluchów. Przeszył go dreszcz. Nie przyniosła pociechy świadomość, że karaluchy boją się bardziej niż on. Od czasu do czasu ogarniało go uczucie, że alkohol zaczął więcej robić dla niego niż przeciwko niemu. Zamknął oczy, starając się nie myśleć.

14

W końcu zaparkowali i zaczęli szukać adresu na piechotę. Nho usiłował wyjaśnić Harry'emu zawiły system adresowy w Bangkoku, Harry dowiedział się więc, że główne ulice mają nazwy, a boczne – *soi* – numery. Problem polegał na tym, że sąsiadujące domy niekoniecznie miały rosnącą numerację, bo nowe budynki otrzymywały wolne numery, bez względu na to, w którym miejscu ulicy stały.

Szli przez ciasne zaułki, w których chodniki funkcjonowały jako część bawialni. Ludzie czytali tam gazety, szyli na maszynach do szycia z pedałami, przygotowywali jedzenie i odbywali poobiednią drzemkę. Kilka rozchichotanych dziewczynek w wieku szkolnym zaczęło coś za nimi wołać. Nho odpowiedział, pokazując na Harry'ego. Dziewczynki zaniosły się śmiechem, ale zaraz zakryły usta rękami.

Nho zwrócił się z pytaniem do kobiety przy maszynie do szycia. Wskazała jakieś drzwi. Zapukali, po chwili otworzył Taj, ubrany w krótkie spodnie koloru khaki i rozpiętą koszulę. Harry ocenił go na mniej więcej sześćdziesiąt lat, lecz jedynie oczy i zmarszczki świadczyły o wieku. W gładko zaczesanych czarnych włosach ledwie dawało się dostrzec ślady siwizny, a szczupłe żylaste ciało równie dobrze mogło należeć do trzydziestolatka.

Nho powiedział kilka słów, mężczyzna kiwnął głową, patrząc na Harry'ego. Potem przeprosił i wszedł do środka. Po minucie wrócił, teraz miał na sobie koszulę z krótkimi rękawami zaprasowanymi w kanty i długie spodnie.

Przyniósł też dwa krzesła, które ustawił na chodniku. Zaskakująco dobrą angielszczyzną zaproponował Harry'emu, żeby usiadł na jednym, sam zajął drugie. Nho stanął obok. Dyskretnie pokręcił głową, gdy Harry dał mu znak, że może przysiąść na schodach.

– Panie Sanphet, nazywam się Harry Hole, jestem z policji norweskiej. Chciałbym zadać panu kilka pytań dotyczących Molnesa.

– Ma pan na myśli a m b a s a d o r a Molnesa.

Harry spojrzał na Taja. Sanphet siedział prosty jak świeca, a smagłe, pokryte ciemniejszymi plamkami dłonie leżały spokojnie na jego kolanach.

– Oczywiście, ambasadora Molnesa. Z tego, co wiem, już od trzydziestu lat jest pan kierowcą w ambasadzie norweskiej.

Sanphet potwierdził przymknięciem oczu.

– I wysoko cenił pan ambasadora?

– Ambasador Molnes był wielkim człowiekiem. Wielkim człowiekiem o wielkim sercu. I umyśle.

Stuknął się palcem w czoło, jednocześnie posyłając Harry'emu ostrzegawcze spojrzenie.

Harry'ego przeszedł dreszcz, gdy kropelka potu spłynęła mu wzdłuż kręgosłupa pod pasek spodni. Zaczął się rozglądać za cieniem, w który mogliby przesunąć krzesła, ale słońce stało wysoko, a domy na tej uliczce były niskie.

– Przychodzimy do pana, bo pan znał zwyczaje ambasadora. Wie pan, gdzie bywał i z kim rozmawiał. A poza tym wasze osobiste relacje najwyraźniej też układały się dobrze. Co wydarzyło się tego dnia, kiedy zginął?

Sanphet, wciąż siedząc nieruchomo, zaczął opowiadać, że ambasador poszedł na lunch, nie mówiąc dokąd, oświadczył tylko, że sam będzie prowadził auto, co było wysoce niezwykłe w godzinach pracy, ponieważ kierowca nie miał innych obowiązków. Sanphet siedział w ambasadzie do piątej, a potem poszedł do domu.

– Mieszka pan sam?

– Żona zginęła w wypadku samochodowym czternaście lat temu.

Coś podpowiedziało Harry'emu, że Sanphet mógłby mu podać dokładną liczbę miesięcy, a nawet dni, jakie minęły od tego czasu. Dzieci nie mieli.

– Dokąd jeździł ambasador?

– Do innych ambasad. Na spotkania. Odwiedzał Norwegów.

– Jakich Norwegów?

– Przeróżnych. Ludzi ze Statoil, z Hydro, z Jotun i Statskonsult.

Wymawiał nazwy firm z idealnym norweskim akcentem.

– Zna pan któreś z tych nazwisk? – Harry podał kierowcy listę. – To są osoby, z którymi ambasador kontaktował się przez komórkę w dniu śmierci. Dostaliśmy ten wydruk od operatora.

Sanphet włożył okulary, lecz mimo tego musiał przytrzymywać kartkę na odległość ramienia, kiedy czytał na głos:

– Godzina jedenasta dziesięć. Bangkok Betting Service. – Spojrzał znad okularów. – Ambasador lubił obstawiać konie. Czasami wygrywał – dodał z uśmiechem.

Nho przestąpił z nogi na nogę.

– Godzina jedenasta trzydzieści cztery. Doktor Sigmund Johansen.

– Kto to jest?

– Bardzo bogaty człowiek. Na tyle bogaty, że kilka lat temu mógł sobie kupić w Anglii tytuł lorda. Osobisty przyjaciel tajlandzkiej rodziny królewskiej. A co to jest Worachak Road?

– Rozmowa przychodząca z budki telefonicznej. Proszę czytać dalej, dobrze?

– Godzina jedenasta pięćdziesiąt pięć. Ambasada norweska.

– Dziwne jest to, że dzwoniliśmy dziś rano do ambasady i nikt sobie nie przypomina, żeby rozmawiał z ambasadorem tego dnia, nawet recepcjonistka.

Sanphet wzruszył ramionami, Harry poprosił więc, by wrócił do listy.

– Godzina dwunasta pięćdziesiąt. Ove Klipra. O nim pewnie pan słyszał.

– Być może.

– To jeden z najbogatszych ludzi w Bangkoku. Czytałem w gazecie, że właśnie sprzedał elektrownię wodną w Laosie. Mieszka w świątyni – zaśmiał się Sanphet. – Z ambasadorem znali się już wcześniej, pochodzili z tego samego regionu. Słyszał pan o Ålesund? Ambasador zaprosił... – Machnął ręką, nie było już o czym mówić. Znów podniósł kartkę. – Godzina trzynasta piętnaście, Jens Brekke. Nie znam. Godzina siedemnasta pięćdziesiąt pięć. Mangkon Road?

– Znów ktoś dzwonił do niego z budki.

Więcej nazw ani nazwisk na liście nie było. Harry klął w duchu. Nie bardzo wiedział, czego się spodziewał, ale kierowca nie powiedział mu nic, o czym nie usłyszałby przed godziną w telefonicznej rozmowie z Tonje Wiig.

– Czy pan choruje na astmę, panie Sanphet?

– Na astmę? Nie, a dlaczego pan pyta?

– Znaleźliśmy w samochodzie prawie pustą plastikową ampułkę. Poprosiliśmy w laboratorium, żeby zbadali ją na obecność narkotyków. Nie, niech pan nie robi takiej przerażonej miny, to rutynowe działanie w takich sytuacjach. Okazało się, że to po prostu lekarstwo na astmę. Ale w rodzinie Molnesów nikt na nią nie choruje. Nie wie pan, do kogo może należeć?

Sanphet pokręcił głową.

Harry przyciągnął krzesło bliżej kierowcy. Nie był przyzwyczajony do prowadzenia przesłuchania na ulicy i miał wrażenie, że podsłuchują go wszyscy przechodzący wąską uliczką. Zniżył głos.

– Z całym szacunkiem, ale pan kłamie. Na własne oczy widziałem, jak recepcjonistka w ambasadzie zażywała lek na astmę, panie Sanphet. Siedzi pan w ambasadzie pół dnia, pracuje pan tam od trzydziestu lat i zapewne nie da się założyć nowej rolki papieru toaletowego bez pana wiedzy. I twierdzi pan, że nie wie o jej chorobie?

Sanphet patrzył na niego spokojnym, zimnym wzrokiem.

– Mówię tylko, że nie wiem, kto mógł zostawić ampułkę po lekarstwie na astmę w samochodzie, *sir*. W Bangkoku bardzo wielu ludzi cierpi na astmę, a niektórzy spośród nich z całą pewnością siedzieli w aucie ambasadora. Ale z tego, co wiem, nie należy do nich panna Ao.

Harry przyjrzał się kierowcy. Jak on może tak siedzieć bez jednej kropli potu w słońcu, które drży na niebie niczym mosiężne czynele? Zajrzał do notesu, jakby miał w nim zapisane kolejne pytanie.

– A co z dziećmi?

– Słucham?

– Czy zabieraliście dokądś jakieś dzieci? Odwoziliście je do przedszkola czy w inne miejsca? Rozumie pan?

Sanphet nawet się nie skrzywił, ale plecy wyprostował jeszcze bardziej.

– Rozumiem. Ambasador nie był jednym z nich.

– Skąd pan to wie?

Jakiś mężczyzna w pobliżu oderwał wzrok od gazety. Harry zorientował się, że podniósł głos. Sanphet się ukłonił.

Harry'emu zrobiło się głupio. Głupio, nieprzyjemnie i mokro od potu. W tej kolejności.

– Przepraszam – powiedział. – Nie chciałem pana urazić.

Stary kierowca nie patrzył na niego i udawał, że go nie słyszy. Harry wstał.

– Już sobie pójdziemy. Słyszałem, że lubi pan Griega, więc przyniosłem panu to. – Wyciągnął rękę z kasetą. – To symfonia c-moll Griega. Prawykonanie w Norwegii odbyło się dopiero w 1981 roku. Pomyślałem więc, że może pan tego nie ma. A wszyscy, którzy kochają Griega, powinni mieć to nagranie. Proszę.

Sanphet wstał i zdumiony wziął kasetę.

– Do widzenia. – Harry złożył ręce w niezdarnym, ale serdecznym geście pożegnania, *wai*, sygnalizując Nho, że odchodzą.

– Zaczekajcie – odezwał się Sanphet. Wciąż nie odrywał oczu od kasety. – Ambasador był dobrym człowiekiem. Ale nie był szczęśliwy. Miał jedną słabość. Nie chcę splamić jego pamięci, ale obawiam się, że na koniach więcej tracił, niż wygrywał.

– Jak większość graczy.

– Ale nie o pięć milionów bahtów więcej.

Harry próbował liczyć w pamięci, Nho pospieszył mu na ratunek.

– Sto tysięcy dolarów.

Harry gwizdnął.

– No, no, skoro było go na to stać…

– Nie było – stwierdził Sanphet. – Pożyczał pieniądze od lichwiarzy w Bangkoku. W ostatnich tygodniach dzwonili do niego wiele razy. – Spojrzał na Harry'ego, ale z oczu Azjaty trudno było coś wyczytać. – Osobiście uważam, że długi zaciągnięte na grę należy zwracać, lecz jeśli ktoś zabił go dla tych pieniędzy, to powinien zostać ukarany.

– Więc ambasador nie był szczęśliwym człowiekiem?

– Nie miał łatwego życia.

Harry'emu nagle coś się przypomniało.

– Czy mówi panu coś „Man U"?

Kierowca popatrzył zdziwiony.

– Miał tak zapisane w terminarzu pod datą, kiedy zginął. Sprawdzałem program telewizyjny, żadna stacja nie pokazywała wtedy meczu Manchester United.

– A, Manchester United – uśmiechnął się Sanphet. – Chodzi o Kliprę. Ambasador nazywał go Mister Man U, bo on lata do Anglii, żeby zobaczyć, jak gra ta drużyna. Kupił też mnóstwo udziałów w klubie. Bardzo dziwny człowiek.

– Zobaczymy. Porozmawiam z nim.

– Jeśli pan go złapie.

– To znaczy?

– Klipry się nie łapie. To on łapie ludzi.

Tylko tego brakowało, pomyślał Harry. Postać jak z komiksu.

– Ta sprawa długów z hazardu radykalnie zmienia obraz – stwierdził Nho, kiedy wsiedli do samochodu.

– Być może – przyznał Harry. – Trzy czwarte miliona koron to dużo pieniędzy. Ale czy wystarczy?

– W Bangkoku zabijano ludzi za mniejsze sumy. O wiele mniejsze, możesz mi wierzyć.

– Nie myślę o lichwiarzach, tylko o Atlem Molnesie. Facet pochodził przecież z cholernie bogatej rodziny. Nie powinien mieć problemów ze spłatą, zwłaszcza jeśli to kwestia życia i śmierci. Coś mi się tu nie zgadza. Co myślisz o panu Sanphecie?

– Kłamał, kiedy mówił o recepcjonistce, pannie Ao.

– Tak? A co cię skłania do takiego twierdzenia?

Nho nie odpowiedział, uśmiechnął się tylko tajemniczo, wskazując na swoją głowę.

– Co ty mi próbujesz wmówić, Nho? Że wiesz, kiedy ludzie kłamią?

– Nauczyłem się tego od matki. Podczas wojny w Wietnamie utrzymywała się z gry w pokera na drugim piętrze baru na Soi Cowboy.

– Bzdury. Znam policjantów, którzy przez całe życie przesłuchiwali ludzi, i wszyscy mówią to samo. Dobrego kłamcy nigdy nie zdołasz przejrzeć.

– Rzecz w tym, żeby mieć oczy na właściwym miejscu. To widać po drobiazgach. Na przykład takich, że nie otwierałeś ust tak jak normalnie, kiedy mówiłeś, że wszyscy miłośnicy Griega powinni mieć egzemplarz tej kasety.

Harry poczuł rumieniec wypełzający na policzki.

– Kasetę przypadkiem miałem w walkmanie. O symfonii c-moll Griega opowiedział mi pewien policjant z Australii. Kupiłem tę kasetę jako coś w rodzaju pamiątki po nim.

– W każdym razie zadziałała.

Nho ledwie uciekł ciężarówce, która z hukiem nadjechała z przeciwka.

– Cholera! – Harry'emu serce nawet nie zdążyło podskoczyć do gardła. – Przecież on nie jechał swoim pasem!

Nho wzruszył ramionami.

– Był ode mnie większy.

Harry spojrzał na zegarek.

– Powinniśmy zajrzeć na komendę. Muszę zdążyć na pogrzeb. – Ze strachem myślał o ciepłym garniturze wiszącym w szafie koło jego „biura". – Mam nadzieję, że w kościele jest klimatyzacja. A tak w ogóle to dlaczego musieliśmy siedzieć na ulicy w tej spiekocie? Dlaczego stary nie zaprosił nas do cienia?

– Duma mu nie pozwoliła – odparł Nho.

– Duma?

– Mieszka w maleńkim pokoiku, któremu bardzo daleko do samochodu, którym jeździ, i do miejsca, w którym pracuje. Nie chciał nas zaprosić do siebie, bo to mogło być nieprzyjemne nie tylko dla niego, ale i dla nas.

– Dziwny człowiek.

– To Tajlandia – stwierdził Nho. – Ja też bym cię do siebie nie zaprosił. Poczęstowałbym cię herbatą na schodach.

Gwałtownie skręcił w prawo, a dwa trzykołowe tuk-tuki uciekły przerażone. Harry odruchowo wyciągnął ręce przed siebie.

– Jestem...

– ...większy od nich. Dziękuję, Nho, zrozumiałem już tę zasadę.

15

– No to poszedł z dymem – powiedział sąsiad Harry'ego i przeżegnał się. Był to potężny smagły mężczyzna o jasnoniebieskich oczach, przywodzący Harry'emu na myśl bejcowane drewno i sprany dżins. Jedwabną koszulę miał rozpiętą pod szyją, na której wisiał lśniący w słońcu gruby złoty łańcuch. Nos pokrywała delikatna siateczka naczyń krwionośnych, a opalona czaszka pod resztką włosów błyszczała jak kula bilardowa. Roald Bork miał bystre oczy, przez co z bliska wyglądał młodziej niż na swoje siedemdziesiąt lat.

Mówił. Głośno i najwyraźniej nie krępując się tym, że są na pogrzebie. Dialekt z północy Norwegii niósł się aż pod sklepienie kościoła, ale nikt się nie odwrócił, żeby skarcić go choćby wzrokiem.

Kiedy wyszli przed krematorium, Harry się przedstawił.

– Aha. A więc przez cały czas miałem koło siebie policjanta, w ogóle o tym nie wiedząc. Dobrze, że nie powiedziałem nic takiego, co mogłoby mnie słono kosztować – zaśmiał się grzmiąco i wyciągnął suchą sękatą starczą dłoń. – Roald Bork. Emeryt z najniższą emeryturą. – Ironia nie dotarła do oczu.

– Tonje Wiig mówiła mi, że w tutejszym środowisku Norwegów jest pan kimś w rodzaju duchowego przywódcy.

– No to będę musiał pana rozczarować. Jak pan widzi, jestem stary i poszedłem już w odstawkę. Żaden ze mnie przewodnik stada. Poza tym przeniosłem się na peryferie, dosłownie i w przenośni.

– Tak?

– Do siedliska grzechu. Do tajskiej Sodomy.

– Do Pattai?

– Owszem. Mieszka tam sporo Norwegów, których usiłuję jako tako utrzymać w ryzach.

– Będę mówił wprost. Próbowaliśmy dzwonić do Ovego Klipry, ale natknęliśmy się jedynie na odźwiernego, który twierdzi, że nie wie, gdzie Klipra jest ani kiedy wróci.

– To rzeczywiście cały Ove – zaśmiał się Borg.

– Z tego, co zrozumiałem, woli sam nawiązywać kontakty. Ale prowadzimy śledztwo w sprawie zabójstwa i mam mało czasu. A pan jest, zdaje się, bliskim przyjacielem Klipry, swoistym ogniwem łączącym go ze światem zewnętrznym?

Bork przekrzywił głowę.

– Nie jestem jego adiutantem, jeśli to pan ma na myśli. Ale rzeczywiście czasami się zdarza, że pośredniczę w nawiązaniu kontaktów. Klipra niechętnie rozmawia z ludźmi, których nie zna.

– To za pana pośrednictwem kontakt z Kliprą nawiązał ambasador?

– Za pierwszym razem tak. Ale Klipra polubił ambasadora, więc zaczęli spotykać się częściej. Ambasador sam pochodził z regionu Sunnmøre, chociaż ze wsi – nie był prawdziwym chłopakiem z Ålesund, tak jak Klipra.

– Wobec tego dziwne, że go tu dziś nie ma.

– Klipra cały czas jest w biegu. Od kilku dni nie odpowiada na telefony, przypuszczam więc, że dogląda swoich budów gdzieś w Wietnamie albo Laosie i nawet nie wie o śmierci ambasadora. Gazety nie rozpisywały się za bardzo o tej sprawie.

– Tak to bywa, kiedy człowiek umiera na atak serca – powiedział Harry.

– I dlatego przyjechała tu norweska policja? – spytał Bork, wycierając pot z karku dużą białą chusteczką.

– To rutyna, gdy ambasador umiera za granicą – odparł Harry i na odwrocie wizytówki zapisał numer komendy. – Tu jest numer telefonu, pod którym może pan mnie łapać, kiedy Klipra się pojawi.

Bork przestudiował wizytówkę. Zrobił taką minę, jakby chciał coś powiedzieć, ale zmienił zdanie, wsunął wizytówkę do kieszonki na piersi i kiwnął głową.

– Przynajmniej mam pana telefon – rzucił, pożegnał się i podszedł do starego land rovera. Za nim błyszczał świeżo umyty czerwony lakier. To samo porsche, które Harry widział podjeżdżające pod dom Molnesa.

Pojawiła się Tonje Wiig.

– Mam nadzieję, że Bork mógł panu pomóc.

– Nie tym razem.

– A co powiedział o Kliprze? Zdradził, gdzie go szukać?

– Nic nie wiedział.

Tonje Wiig dalej stała, a Harry'ego ogarnęło niejasne wrażenie, że pani radca czeka na coś więcej. W przypływie chwilowej paranoi przypomniało mu się ostre spojrzenie Torhusa na Fornebu. „Żadnych skandali, zrozumiano?" Czy to możliwe, by kazano jej mieć oko na Harry'ego i informować, gdyby posunął się za daleko? Spojrzał na nią i natychmiast taki pomysł odrzucił.

– Czyje jest to czerwone porsche? – spytał.

– Porsche?

– To, które tam stoi. Myślałem, że dziewczyny z Østfold znają wszystkie marki samochodów, zanim skończą szesnaście lat.

Tonje Wiig puściła komentarz mimo uszu i włożyła ciemne okulary.

– To samochód Jensa – stwierdziła.

– A kto to jest Jens?

– Jens Brekke. Dealer walutowy. Kilka lat temu przeszedł z DnB do banku Barclay Thailand. Tam stoi.

Harry się odwrócił i zobaczył na schodach Hilde Molnes, ubraną w dramatyczne czarne jedwabne szaty, a obok niej poważnego

Sanpheta w ciemnym garniturze. Za nimi widać było jasnowłosego mężczyznę. Harry zwrócił na niego uwagę już w kościele, bo młody człowiek pod marynarką nosił kamizelkę, mimo że termometry wskazywały trzydzieści pięć stopni w cieniu. Oczy ukrywał za drogimi okularami przeciwsłonecznymi, rozmawiał cicho z jakąś kobietą, również ubraną na czarno. Harry zaczął się w nią wpatrywać, a ona jakby wyczuła jego spojrzenie, bo się odwróciła. Nie rozpoznał Runy Molnes od razu, a teraz zorientował się dlaczego – zniknęła jej dziwna asymetria. Wzrostem dziewczyna górowała nad pozostałymi osobami stojącymi na schodach. Spojrzenie, które padło na Harry'ego, było przelotne i nie zdradzało żadnych innych uczuć oprócz znudzenia.

Harry przeprosił Tonje Wiig, wszedł na schody i złożył kondolencje Hilde Molnes. Miała bezwładną, pozbawioną woli dłoń. Patrzyła na niego zamglonym wzrokiem, a aromat ciężkich perfum prawie zdołał przyćmić zapach dżinu bijący z jej ust.

Potem Harry odwrócił się do Runy. Przysłoniła dłonią oczy i spojrzała na niego tak, jakby dopiero teraz go zobaczyła.

– Cześć – powiedziała. – Nareszcie ktoś jest ode mnie wyższy w tej krainie pigmejów. To ty jesteś ten detektyw, który był u nas w domu?

W jej głosie dźwięczał agresywny ton, sztuczna pewność siebie nastolatki. Uścisk dłoni mocny i twardy. Spojrzenie Harry'ego odruchowo powędrowało ku drugiej ręce. Z czarnego rękawa wystawała woskowa z wyglądu proteza.

– Detektyw?

To odezwał się Jens Brekke.

Zdjął ciemne okulary i mrużył niemal przezroczyste niebieskie oczy, na które spadała nieporządna jasna grzywka. Na szczerej, okrągłej twarzy zachowały się jeszcze resztki szczenięcego tłuszczyku, ale zmarszczki wokół oczu świadczyły o tym, że na pewno przekroczył trzydziestkę. Garnitur od Armaniego zamienił na klasyczny Del Georgio, a ręcznie szyte buty od Bally'ego przypominały raczej czarne lusterka, ale coś w jego wyglądzie przywodziło Harry'emu na myśl dwunastoletniego łobuziaka, który przebrał się za dorosłego.

– Jestem tu z ramienia policji norweskiej – przedstawił się. – Mam przeprowadzić rutynowe śledztwo.

– Ach tak? To normalne w takich sytuacjach?

– Pan rozmawiał z ambasadorem w dniu jego śmierci, prawda?

Brekke popatrzył na Harry'ego z lekkim zaskoczeniem.

– Owszem, a skąd pan wie?

– Znaleźliśmy jego komórkę. Pański numer był wśród ostatnich pięciu, pod jakie dzwonił.

Harry obserwował go uważnie, ale twarz Brekkego nie zdradziła ani zaskoczenia, ani zmieszania, wyrażała jedynie szczere zdziwienie.

– Możemy porozmawiać? – spytał Harry.

– Niech pan do mnie wpadnie. – Brekke niezauważalnym gestem wyczarował wizytówkę. Trzymał ją między palcem wskazującym a środkowym.

– Do domu czy do pracy?

– W domu śpię – odparł Brekke.

Nie dało się zobaczyć uśmiechu na jego ustach, lecz Harry tym bardziej go wyczuł, jakby rozmowa ze śledczym była po prostu czymś wyjątkowo emocjonującym, nie do końca prawdziwym.

– Przepraszam, ale muszę już iść.

Brekke szepnął kilka słów Runie do ucha, skinął głową Hilde Molnes i lekkim truchtem zbiegł do swojego porsche. Placyk powoli pustoszał. Sanphet odprowadził Hilde Molnes do samochodu ambasady, a Harry został sam z Runą.

– W ambasadzie jest zorganizowane przyjęcie – powiedział.

– Wiem. Mama nie ma ochoty tam iść.

– Rozumiem. Może odwiedzili was jacyś krewni?

– Nie – odparła tylko.

Harry patrzył, jak Sanphet zamyka drzwiczki za ambasadorową i obchodzi samochód.

– Aha. Możesz pojechać ze mną taksówką, jeśli masz ochotę. – Poczuł, że koniuszki uszu zaczynają go palić, gdy usłyszał, jak to zabrzmiało. Powinien dodać: „tam jechać".

Popatrzyła na niego. Oczy miała czarne. Nie wiedział, co w nich widzi.

– Nie mam ochoty – powiedziała i ruszyła do samochodu ambasady.

16

Panowała atmosfera przygnębienia, niewiele rozmawiano. Tonje Wiig osobiście prosiła, żeby Harry przyszedł. Stali w kącie i obracali w dłoniach szklanki z napojami. Tonje wypiła już dużą część drugiego martini. Harry prosił o wodę, ale dostał jakiś słodki i lepki napój pomarańczowy.

– Pewnie masz w kraju jakąś rodzinę?

– Niewielką – odparł Harry, niepewny, co ma oznaczać ta nagła zmiana tematu rozmowy i formy zwracania się do niego.

– To tak jak ja – stwierdziła. – Mam rodziców i rodzeństwo. Kilka ciotek i wujków, ale nie mam dziadków. To tyle. A ty?

– Mniej więcej podobnie.

Panna Ao przemknęła obok nich z tacą z drinkami. Ubrana była w prostą tradycyjną tajską suknię z długim rozcięciem na boku. Harry śledził ją wzrokiem. Nietrudno było sobie wyobrazić, że ambasador uległ pokusie.

Na drugim końcu pokoju pod wielką mapą świata stał samotny mężczyzna. Kołysał się na szeroko rozstawionych nogach, przenosząc ciężar ciała z palców na pięty. Miał głęboko osadzone oczy, proste plecy, szerokie barki, a jego srebrnosiwe włosy były obcięte równie krótko, jak u Harry'ego. Mięśnie szczęki wyraźnie pracowały pod skórą, dłonie trzymał złączone za plecami. Na odległość czuć było wojskiem.

– Kto to jest?

– Ivar Løken. Ambasador nazywał go po prostu LM.

– Løken? Dziwne. Nie było go na liście pracowników, którą przywiozłem z Oslo. Czym on się zajmuje?

– Dobre pytanie. – Tonje Wiig zachichotała lekko i wypiła jeszcze łyk drinka. – Przepraszam, Harry. Mogę się tak do ciebie zwracać? Chyba się trochę wstawiłam. Ostatnio było dużo pracy i mało snu. Løken przyjechał tu w zeszłym roku, zaraz po Molnesie. Mówiąc nieco brutalnie, należy do tej części służby zagranicznej, która nie jest już w drodze dokądkolwiek.

– Co to znaczy?

– Że jego kariera wjechała w ślepą uliczkę. Zajmował jakieś stanowisko w armii, lecz w pewnym momencie do nazwiska przyczepiło się o kilka „ale" za dużo.

– Ale?

– Nie słyszałeś, jak ludzie z MSZ-etu o sobie mówią? „To świetny dyplomata, a l e pije, a l e lubi kobiety" i tak dalej. To, co następuje po „ale", jest o wiele ważniejsze od tego, co jest przed. Bo właśnie to decyduje o dalszej karierze w resorcie. Dlatego jest aż tyle bogobojnych miernot na szczycie.

– Jakie więc są jego „ale"? Dlaczego znalazł się tutaj?

– Szczerze mówiąc, nie wiem. Widzę, że chodzi na rozmaite spotkania, czasami wysyła jakieś raporty do Oslo, ale niewiele go widujemy. Wydaje mi się, że najlepiej czuje się sam. Od czasu do czasu zabiera namiot, pigułki przeciw malarii, plecak ze sprzętem fotograficznym i wyrusza na wyprawę do Wietnamu, Laosu albo Kambodży. Kompletnie sam. Znasz ten typ?

– Być może. A jakiego rodzaju raporty pisze?

– Nie wiem. Tym zajmował się ambasador.

– Nie wiesz? Przecież w ambasadzie jest tak niewielu pracowników. On jest z wywiadu?

– A co miałby śledzić?

– Bangkok to węzeł komunikacyjny dla całej Azji.

Uśmiechnęła się rozbawiona.

– Chciałabym, żebyśmy się zajmowali takimi ciekawymi rzeczami. Wydaje mi się jednak, że MSZ po prostu pozwala mu tu przebywać w ramach wdzięczności za długą i na ogół wierną służbę królowi i ojczyźnie. W dodatku z całą pewnością mam obowiązek dochowania tajemnicy. – Znów zachichotała i dotknęła ramienia Harry'ego. – Pomówmy o czymś innym, dobrze?

Harry pomówił więc o czymś innym, a potem poszedł poszukać sobie jeszcze czegoś do picia. Ludzkie ciało w sześćdziesięciu procentach składa się z wody, on zaś miał wrażenie, że jej większość w ciągu dnia wyparowała z niego i jak obłok uniosła się ku niebieskoszaremu niebu.

Pannę Ao znalazł stojącą razem z Sanphetem w głębi sali. Kierowca w milczeniu skinął mu głową.

– Woda? – spytał Harry.

Ao podała mu szklankę.

– Co to za skrót „LM”?

Sanphet uniósł brew.

– Myśli pan o panu Løkenie?

– Owszem.

– Dlaczego sam pan go o to nie zapyta?

– Na wypadek gdybyście mówili tak o nim za jego plecami.

Sanphet uśmiechnął się.

– „L” jak *Living*, „M” jak *Morphine*. To stare przezwisko, które dostał, kiedy pracował dla ONZ-etu w Wietnamie pod koniec wojny.

– W Wietnamie?

Sanphet ledwie dostrzegalnie skinął głową i Ao się oddaliła.

– W siedemdziesiątym piątym Løken był w wietnamskim oddziale. Czekali w strefie lądowania na helikopter, który miał ich stamtąd zabrać, kiedy zostali zaatakowani przez Wietkong. To była krwawa łaźnia, Løken też został ranny, kula przeszyła mu mięśnie karku. Amerykanie już dawno wycofali swoich żołnierzy z Wietnamu, ale oddziały sanitarne jeszcze zostały. Biegali w trawie słoniowej od żołnierza do żołnierza i udzielali pierwszej pomocy. Robili kawałkiem kredy znaki na hełmach rannych. To było coś w rodzaju karty choroby. „D” oznaczało, że dany człowiek nie żyje. Dzięki temu ci, którzy przychodzili później z noszami, nie tracili już czasu na badanie. „L” oznaczało, że ranny żyje, a „M”, że dostał już morfinę. Unikali w ten sposób zrobienia tej samej osobie kilku zastrzyków, a co za tym idzie, jej śmierci.

Ruchem głowy Sanphet wskazał na Løkena.

– Kiedy go znaleźli, zdążył zemdleć. Nie dali mu więc morfiny, ale na hełmie napisali „L” i razem z innymi wrzucili na pokład helikoptera. Ocknął się, słysząc własne krzyki bólu, i w pierwszej chwili nie mógł się zorientować, gdzie jest, ale kiedy odrzucił zmarłego, który leżał na nim, zobaczył człowieka z białą przepaską robiącego zastrzyk komuś innemu. Zrozumiał i sam zaczął się domagać morfiny. Inny sanitariusz puknął go w hełm, mówiąc: „*Sorry*, *buddy*, już jesteś napompowany". Løken nie mógł w to uwierzyć, więc zdarł z głowy hełm, na którym rzeczywiście zobaczył litery „L" i „M". Tylko że to nie był jego hełm. Spojrzał na żołnierza, któremu właśnie wstrzyknięto morfinę. On miał na hełmie samo „L". Løken od razu rozpoznał zmiętą paczkę papierosów wciśniętą pod obwódkę ze znaczkiem ONZ-etu i pojął, co się stało. Tamten nieszczęśnik zamienił hełmy, żeby dostać jeszcze jedną porcję morfiny. Løken zaczął krzyczeć, ale zagłuszył go warkot silnika, bo helikopter właśnie wystartował. Løken krzyczał przez pół godziny, dopóki nie dotarli na pole golfowe.

– Pole golfowe?

– Do obozu. Tak go nazywaliśmy.

– Więc pan też tam był?

Sanphet pokiwał głową.

– Dlatego tak dobrze zna pan tę historię?

– Byłem wolontariuszem w oddziałach sanitarnych, przyjmowałem ich.

– I jak to się skończyło?

– Løken tam stoi. Tamten drugi już nigdy się nie obudził.

– Przedawkowanie?

– I tak by umarł od tego postrzału w brzuch.

Harry pokręcił głową.

– A teraz pracujecie z Løkenem w tym samym miejscu.

– Przypadek.

– Jakie są szanse, żeby tak się stało?

– Świat jest mały – odparł Sanphet.

– LM – westchnął Harry, wypił wodę, mruknął, że potrzebuje więcej płynu, i poszedł szukać Ao.

– Brakuje pani ambasadora? – spytał, kiedy znalazł ją w kuchni. Owijała kieliszki serwetkami i mocowała je gumką.

Popatrzyła na niego zdumiona i kiwnęła głową.

Harry trzymał w dłoniach pustą szklankę.

– Od jak dawna byliście kochankami?

Widział, jak jej małe piękne usta otwierają się, formułują odpowiedź, której mózg na razie nie był w stanie przygotować, potem zamykają się i znów otwierają jak u złotej rybki. Kiedy gniew dotarł do oczu, Harry już się przygotowywał na to, że Tajka go uderzy, ale złość zaraz zgasła. Za to do oczu napłynęły jej łzy.

– Przepraszam – powiedział Harry bez przeprosin w głosie.

– Pan…

– Przepraszam. Po prostu musimy pytać o takie rzeczy.

– Ale ja… – Chrząknęła, uniosła i opuściła ramiona, jak gdyby otrząsała się z przykrej myśli. – Ambasador był żonaty, a ja…

– Pani też jest mężatką?

– Nie, ale…

Harry lekko ujął ją pod ramię i odprowadził dalej od kuchennych drzwi. Popatrzyła na niego. Gniew znów się budził.

– Posłuchaj, Ao! Ambasadora znaleziono w motelu. Wiesz, co to oznacza. Nie byłaś jedyną osobą, z którą się pieprzył.

Przyglądał jej się uważnie, sprawdzając, jakie wrażenie wywarły na niej jego słowa.

– Prowadzimy śledztwo w sprawie zabójstwa. Nie masz żadnych powodów do lojalności wobec tego mężczyzny, rozumiesz?

Jęknęła cicho, dopiero wtedy zorientował się, że szarpie ją za ramię. Puścił. Źrenice miała duże i czarne.

– Boisz się? O to chodzi?

Jej pierś podnosiła się i opadała.

– Czy coś pomoże, jeśli powiem, że nic z tego nie będzie musiało wyjść na jaw, jeżeli nie ma związku z zabójstwem?

– Nie byliśmy kochankami!

Harry popatrzył na nią, ale widział jedynie czarne źrenice. Żałował, że nie ma tu teraz Nho.

– Okej. Wobec tego, co robi młoda dziewczyna, taka jak ty, w samochodzie żonatego ambasadora? Oprócz tego, że zażywa leki na astmę?

Odstawił pustą szklankę na tacę i wyszedł. Plastikową ampułkę wrzucił do środka. Wiedział, że to idiotyczny gest, ale był gotów robić idiotyczne rzeczy, byle tylko coś zaczęło się dziać. Cokolwiek.

17

Elisabeth Dorothea Crumley była w złym humorze.

– Niech to szlag trafi! Cudzoziemiec z nożem w plecach znaleziony w motelu, kompletny brak odcisków palców, żadnych podejrzanych, żadnego pieprzonego śladu. Jedynie mafia, recepcjonistki, Tonye Harding, właściciele hoteli. O czymś zapomniałam?

– O lichwiarzach – podsunął Rangsan zza „Bangkok Post".

– To się zawiera w mafii – stwierdziła Crumley.

– Nie ten lichwiarz, z którego usług korzystał ambasador – odparł Rangsan.

– Co masz na myśli?

Rangsan odłożył gazetę.

– Harry, wspomniałeś, że zdaniem kierowcy ambasador był winien pieniądze jakimś lichwiarzom. A co robi lichwiarz, kiedy dłużnik umiera? Próbuje odzyskać dług od rodziny, prawda?

Liz nie była przekonana.

– A to dlaczego? Długi hazardowe to sprawa osobista, nie ma związku z rodziną.

– Ale są jeszcze ludzie, dla których wciąż liczy się coś takiego jak dobre imię rodu. A lichwiarze to ludzie interesu, oczywiste więc, że starają się odzyskać pieniądze, jeśli tylko mogą.

– Wydaje mi się to zbyt wyrafinowane – skrzywiła się Liz.

Rangsan znów sięgnął po gazetę.

– Niemniej jednak znalazłem numer Thai Indo Travellers w trzech miejscach na liście rozmów przychodzących do rodziny Molnesów w ciągu ostatnich trzech dni.

Liz cicho gwizdnęła. Ten i ów z siedzących wokół stołu pokiwał głową.

– Co to znaczy? – Harry wiedział, że czegoś nie rozumie.

– Thai Indo Travellers to fasadowe biuro podróży – wyjaśniła Liz. – Ale na piętrze odbywa się prawdziwa działalność, a mianowicie pożyczanie pieniędzy ludziom, którzy nie dostaną pożyczki gdzie indziej. Pożyczają na wysoki procent, mają brutalny, ale skuteczny system egzekucji długów. Już od pewnego czasu im się przyglądamy.

– Ale nic na nich nie macie?

– Moglibyśmy mieć, gdybyśmy się bardziej postarali. Uważamy jednak, że konkurenci są gorsi, a to oni przejmą rynek Thai Indo, jeśli tych zamkniemy. Udaje im się działać obok mafii. Z tego, co wiemy, nie płacą nawet procentów bossom. Jeśli to któryś z ich ludzi zabił ambasadora, byłby to, o ile wiemy, pierwszy z ich strony przypadek zabójstwa.

– Może nadszedł czas, żeby zacząć działać przykładem – zasugerował Nho.

– Najpierw zabić człowieka, a dopiero potem dzwonić do rodziny i domagać się zwrotu pieniędzy? Chyba powinno być odwrotnie – zauważył Harry.

– Dlaczego? Ci, do których skierowana jest wiadomość o losie nieposłusznych dłużników, i tak już ją otrzymali. – Rangsan wolno przerzucał strony gazety. – A jeśli na dodatek uda im się odzyskać pieniądze, to będzie naprawdę wspaniale.

– No dobrze – westchnęła Liz. – Nho i Harry, możecie im złożyć grzecznościową wizytę. Aha, jeszcze jedno, właśnie rozmawiałam z technikami. Nie potrafią rozpoznać tego tłuszczu, który znaleźliśmy wokół przecięcia na marynarce Molnesa. Twierdzą, że to substancja organiczna, że musi pochodzić z jakiegoś zwierzęcia. Ale to wszystko, co na razie wiem, więc możecie już iść.

Rangsan podszedł do Harry'ego i Nho, gdy kierowali się do windy.

– Uważajcie. Te typy to twardziele. Słyszałem, że wobec niesolidnych dłużników stosują śrubę.

– Śrubę?

– Wywożą ich łodzią, przywiązują do pala wbitego w dno rzeki, wrzucają wsteczny bieg i wyjmują drążek ze śrubą z wody, wolno sunąc do tyłu. Umiesz to sobie wyobrazić?

Harry umiał.

– Parę lat temu znaleźliśmy faceta, który umarł na zawał serca. Skórę z twarzy miał dosłownie zdartą. Chyba komuś zależało na tym, żeby chodził po mieście i budził przerażenie w innych dłużnikach, ale kiedy usłyszał ryk silnika i zobaczył zbliżającą się śrubę, serce nie wytrzymało.

Nho pokiwał głową.

– Niedobrze. Lepiej płacić.

Nad barwnym zdjęciem tajskich tancerek widniał duży czarny napis „Amazing Thailand". Plakat wisiał na ścianie maleńkiego biura podróży na Sampeng Lane w dzielnicy Chinatown. Oprócz Harry'ego, Nho oraz mężczyzny i kobiety siedzących za biurkami w spartańsko urządzonym lokalu było pusto. Mężczyzna nosił okulary z tak grubymi szkłami, że wyglądał, jakby patrzył na nich z wnętrza wazy ze złotą rybką.

Nho właśnie pokazał mu odznakę policyjną.

– Co on mówi?

– Że policja zawsze jest mile widziana i gwarantuje nam specjalną cenę na jego wycieczki.

– Poproś o bezpłatną podróż na piętro.

Nho powiedział kilka słów i złota rybka sięgnęła po słuchawkę telefonu.

– Pan Sorensen dopije tylko herbatę – oznajmił mężczyzna po angielsku.

Harry chciał to skomentować, ale powstrzymało go ostrzegawcze spojrzenie Nho. Usiedli na krzesłach i czekali. Po kilku minutach Harry wskazał na nieruchomy wiatrak na suficie. Złota rybka z uśmiechem pokręciła głową.

– *Kaputt.*

Harry poczuł, że swędzi go głowa. Po paru minutach telefon złotej rybki zadzwonił. Mężczyzna kazał im iść za sobą. Przy schodach dał znak, że mają zdjąć buty. Harry pomyślał o swoich dziurawych przepoconych skarpetach tenisowych i stwierdził, że dla wszystkich najlepiej będzie, jeśli zostanie w butach, Nho jednak pokręcił głową, więc Harry, przeklinając pod nosem, zdjął je i głośno tupiąc, ruszył po schodach.

Złota rybka zapukała do jakichś drzwi, które otworzyły się, gwałtownie szarpnięte. Harry cofnął się o dwa kroki. Cały otwór drzwiowy od futryny do futryny wypełniała góra mięśni. W miejscu oczu miała dwie kreski, a oprócz tego długie czarne wąsy i głowę ogoloną na łyso, z wyjątkiem cieniutkiego warkoczyka z tyłu, przerzuconego przez ramię. Głowa przypominała wyblakłą kulę do kręgli, nie było pod nią szyi ani barków, a jedynie naprężony kark, który zaczynał się od uszu i przechodził w parę ramion tak grubych, że wyglądały na dokręcone. Harry jeszcze nigdy w życiu nie widział tak ogromnego człowieka.

Mężczyzna zostawił drzwi otwarte i kołyszącym się krokiem ruszył w głąb pokoju.

– On się nazywa Woo – szepnął Nho. – Goryl na zlecenie. Owiany bardzo złą sławą.

– O rany, przecież on wygląda jak marna karykatura łotra z Hollywood!

– Chińczyk z Mandżurii. Oni słyną ze swoich rozmiarów...

Okna były zasłonięte okiennicami, więc w półmroku Harry dostrzegł jedynie zarys postaci mężczyzny siedzącego za dużym biurkiem. Na suficie kręcił się wentylator, a ze ściany szczerzył na nich zęby wypchany łeb tygrysa. Drzwi na balkon były otwarte i samochody zdawały się sunąć środkiem pokoju. W tych drzwiach siedziała trzecia osoba. Woo wcisnął się na ostatnie wolne krzesło. Harry i Nho musieli stać.

– Czym mogę panom służyć?

Głos zza biurka był głęboki, wymowa angielska bliska oksfordzkiej. Kiedy mężczyzna uniósł rękę, błysnęło złoto pierścienia. Nho spojrzał na Harry'ego.

– No cóż. Jesteśmy z policji, panie Sorensen.

– To już wiem.

– Pożyczaliście pieniądze ambasadorowi Molnesowi. On nie żyje, więc próbowaliście dzwonić do jego żony, żeby od niej wyegzekwować spłatę długu.

– Nie mamy żadnych niezałatwionych rachunków z żadnym ambasadorem. Poza tym nie trudnimy się pożyczaniem na procent, panie...

– Hole. Pan kłamie, panie Sorensen.

– Co pan powiedział, Hole? – Sorensen wychylił się do przodu. Rysy twarzy miał tajskie, ale skórę i włosy białe jak śnieg, a oczy przezroczyście niebieskie.

Nho skubnął Harry'ego za ramię, ale ten przyciągnął rękę do siebie, wytrzymując spojrzenie Sorensena. Wiedział, że właśnie w coś wdepnął, wysunął groźbę, a reguły gry mówiły, że Sorensen straciłby twarz, gdyby teraz przyznał się do czegokolwiek. Ale Harry stał w samych skarpetkach, pocił się jak świnia i miał serdecznie dość zachowywania twarzy, taktu i dyplomacji.

– Jest pan teraz w Chinatown, panie Hole, a nie w kraju *farangów*. Nie mam żadnych zadrażnień z komendantem policji w Bangkoku. Proponuję, abyście sobie z nim porozmawiali, zanim powiecie coś jeszcze, a ja puszczę w niepamięć tę przykrą scenę.

– Zwykle to policja recytuje prawa Mirandy-Escobeda bandycie, a nie odwrotnie.

Zęby Sorensena błysnęły bielą między wilgotnymi czerwonymi wargami.

– A tak. *You have the right to remain silent* i tak dalej. No cóż, tym razem będzie odwrotnie. Woo was odprowadzi, moi panowie.

– Działalność, którą tu uprawiacie, nie znosi światła dziennego. Podobnie jak pan, Sorensen. Na pańskim miejscu szybko bym sobie sprawił krem do opalania z wysokim filtrem. Takich rzeczy nie sprzedają na więziennym spacerniaku.

Głos Sorensena zabrzmiał jeszcze odrobinę głębiej.

– Proszę mnie nie drażnić, panie Hole. Obawiam się, że pobyty za granicą wyczerpały nieco moją tajską cierpliwość.

– Nie ma obawy, po paru latach za kratkami wróci.

– Odprowadź pana Hole na zewnątrz, Woo.

Ogromne ciało poruszyło się z zaskakującą zwinnością. Harry poczuł kwaśny zapach curry i zanim zdążył podnieść ręce, sam został uniesiony i ściśnięty jak misiek, którego ktoś właśnie wygrał w wesołym miasteczku. Próbował się wyrwać, ale żelazny uścisk tylko się wzmagał za każdym razem, gdy Harry wypuszczał powietrze z płuc, tak jak wąż dusiciel odcina swojej ofierze dopływ tlenu. Pociemniało mu w oczach, ale słyszał, że odgłosy ulicy narastają. W końcu był wolny i unosił się w powietrzu. Kiedy otworzył oczy, wiedział, że stracił przytomność, jakby na sekundę zasnął. Zobaczył szyld z chińskimi znakami, pęk kabli między dwoma słupami telefonicznymi, szarobiałe niebo i jakąś twarz, która się nad nim pochylała. Zaraz powróciły też dźwięki, słyszał słowa wylewające się z ust tej twarzy. Pokazywała na balkon i na daszek tuk-tuka, paskudnie wgnieciony.

– Jak się czujesz, Harry? – Nho odepchnął kierowcę tuk-tuka.

Harry popatrzył na siebie. Bolały go plecy, a zdarte białe skarpety na tle brudnego szarego asfaltu miały w sobie coś niewypowiedzianie smutnego.

– No cóż. Ze Schrødera też mnie kiedyś wyrzucili. Wziąłeś moje buty?

Gotów był się założyć, że Nho z całej siły walczy z uśmiechem.

– Sorensen kazał mi następnym razem przyjść z nakazem aresztowania – odezwał się Nho, kiedy wsiedli do samochodu. – W każdym razie możemy ich wsadzić za przemoc wobec funkcjonariusza na służbie.

Harry pogładził palcem zadrapanie na łydce.

– Nie i c h, tylko tę górę mięsa. Ale może ten goryl będzie mógł coś nam powiedzieć. A tak w ogóle to co wy, Tajowie, macie do wysokości? Według Tonje Wiig jestem na przestrzeni krótkiego czasu już trzecim Norwegiem, którego wyrzucono przez okno.

– Stara metoda mafii. Lepsza od strzelania do ludzi. Policja, znajdując faceta pod oknem, nie może wykluczyć, że to był wypadek. Pieniądze przechodzą z rąk do rąk, sprawa zostaje umorzona, nie można tego krytykować. Wszyscy są zadowoleni. Dziura od kuli wprowadza jedynie niepotrzebne komplikacje.

Zatrzymali się na czerwonym świetle. Na dywaniku rozłożonym bezpośrednio na chodniku siedziała stara pomarszczona Chinka, szczerząc spróchniałe pieńki zębów. Jej twarz rozpływała się w niebieskim drżącym powietrzu.

18

Telefon odebrała żona Aunego.

– Późno już – powiedziała zaspana.

– Raczej wcześnie – poprawił ją Harry. – Przepraszam, jeśli dzwonię nie w porę, ale chciałem złapać Aunego, zanim wyjdzie do pracy.

– Właśnie wstajemy, Harry. Zaczekaj chwilę, zaraz ci go dam.

– Harry? O co chodzi?

– Potrzebuję trochę pomocy. Kto to jest pedofil?

Harry słyszał, jak Aune burczy pod nosem i obraca się w łóżku.

– Pedofil? Doprawdy, niezły początek dnia. Wersja skrócona mówi, że to osoba, którą seksualnie pociągają małoletni.

– A nieco bardziej pogłębiona?

– Wielu aspektów tego problemu wciąż jeszcze nie znamy, ale gdybyś zadzwonił do seksuologa, to najprawdopodobniej odróżniłby pedofila, którego zachowanie seksualne ma charakter preferencyjny, od takiego, u którego kontakty seksualne z dziećmi mają charakter zastępczy, uwarunkowany sytuacją. Klasyczny przykład mężczyzny z torebką cukierków w parku to pedofilia prawdziwa, preferencyjna. Jego pedofilskie zainteresowania zapewne zaczęły się w młodości, niekoniecznie pod wpływem jakiegoś zewnętrznego konfliktu. Taki człowiek identyfikuje się z dzieckiem, dostosowuje swoje zachowania do wieku dziecka, czasami przyjmuje rolę pseudorodzica. Czynność seksualna bywa z reguły starannie zaplanowana i jest dla niego próbą rozwiązania własnych życiowych problemów. Powiedz, zapłacą mi za to?

– A to uwarunkowanie sytuacją?

– To grupa bardziej niejasna. Tacy ludzie są przede wszystkim zainteresowani innymi dorosłymi, a dziecko często bywa substytutem kogoś, z kim pedofil doświadcza konfliktu. Podczas gdy pedofil klasyczny często bywa pederastą, czyli interesuje się małymi chłopcami, tego drugiego bardziej pociągają dziewczynki. W tej grupie znajdziesz wielu sprawców dopuszczających się jednocześnie kazirodztwa.

– Opowiedz mi raczej o tym z cukierkami. Jak jest skonstruowany jego mózg?

– Tak samo jak twój i mój, Harry, jedynie z paroma niewielkimi wyjątkami.

– Czyli?

– Po pierwsze, nie wolno generalizować, mówimy o ludziach. Po drugie, to nie jest dziedzina, w której się specjalizuję.

– Ale wiesz o tym więcej niż ja.

– No dobrze. Pedofile z reguły mają niskie mniemanie o sobie i tak zwaną kruchą seksualność. Oznacza to, że brak im pewności siebie, nie radzą sobie z dorosłą seksualnością, czują, że się nie sprawdzają. Jedynie podczas obcowania z dziećmi są w stanie kontrolować sytuację i zaspokoić swoje żądze.

– A jakie one mogą być?

– Spektrum jest tak szerokie, jak w wypadku seksualności innych ludzi. Od nieszkodliwego przytulania aż po gwałty i zabójstwo. Bardzo różne.

– I wszystko zależy od warunków dorastania, środowiska i całej tej reszty?

– Rzeczywiście nie należy do rzadkości sytuacja, w której sprawca sam był seksualnie wykorzystywany jako dziecko. Podobnie rzecz się dzieje w wypadku dzieci bitych w domu, a potem stosujących przemoc wobec małżonków i własnych dzieci. Po prostu powtarzają schemat z własnego dzieciństwa.

– Dlaczego?

– Może to zabrzmi dziwnie, ale prawdopodobnie ma to związek z modelami dorosłości i poczuciem bezpieczeństwa. Do takiego schematu są przyzwyczajeni.

– Jak ich odkryć?

– O co ci chodzi?

– Jakich cech szczególnych mam szukać?

Aune się roześmiał.

– Przykro mi, Harry, ale nie wydaje mi się, żeby wyróżniali się czymś szczególnym. To zazwyczaj mężczyźni, często samotni, niezbyt dobrze funkcjonujący społecznie. Ale chociaż mają zaburzoną seksualność, w innych dziedzinach życia mogą radzić sobie znakomicie. I znajdziesz ich prawdopodobnie wszędzie.

– Wszędzie? To znaczy ilu może ich być w Norwegii?

– Nie da się odpowiedzieć na to pytanie. Wszystko między innymi zależy od tego, w którym miejscu wyznaczy się granicę. W Hiszpanii tak zwany wiek przyzwolenia, uprawniający do współżycia seksualnego, to dwanaście lat, więc jak potraktować hebefila, czyli mężczyznę, którego podniecają wyłącznie dziewczynki w okresie dojrzewania? Albo takiego, którego nie interesuje wiek, dopóki partnerka seksualna ma fizyczne cechy dziecka, na przykład nieowłosione ciało i miękką skórę?

– Rozumiem. Mogą nosić najrozmaitsze przebrania, jest ich wielu i są wszędzie.

– Wstyd każe im się zręcznie maskować. Większość przez całe życie gromadzi doświadczenia uczące, jak ukrywać swoje skłonności, więc mogę ci jedynie powiedzieć, że jest ich o wiele więcej niż tych, których policja przyłapuje na gorącym uczynku.

– Dziesięciu na jednego ujawnionego.

– Co powiedziałeś?

– Nic, dziękuję. A tak w ogóle to zakorkowałem butelkę.

– Ojej, od ilu dni?

– Od osiemdziesięciu godzin.

– Trudno?

– No cóż. W każdym razie potwory nie wychodzą spod łóżka. Myślałem, że będzie gorzej.

– Ledwie zacząłeś. Pamiętaj, że możesz mieć złe dni.

– A są jakieś inne?

Był wieczór i taksówkarz, słysząc, że ma zawieźć Harry'ego na Patpong, wręczył mu niedużą kolorową broszurkę.

– Masaż, *sil*? Masaż dobry. Ja zawieźć.

W słabym świetle Harry zobaczył zdjęcia młodych Tajek, uśmiechających się prawie tak niewinnie, jak na reklamie Thai Air.

– Nie, dziękuję, chcę tylko coś zjeść. – Harry oddał folder, mimo że jego obite plecy uznały propozycję za całkiem niezłą. Ale kiedy z ciekawości spytał, o jaki masaż chodzi, taksówkarz wykonał międzynarodowy gest: z palca wskazującego i kciuka zrobił kółko, w które wsunął palec wskazujący drugiej dłoni.

Liz poleciła mu Le Boucheron na Patpongu i jedzenie rzeczywiście wyglądało na niezłe. Po prostu on nie miał apetytu. Uśmiechnął się przepraszająco do kelnerki, która zabrała prawie pełny talerz, zostawił hojny napiwek, by zrozumiała, że nie jest niezadowolony, po czym wyszedł na histeryczne życie uliczne Patpongu. Soi 1 była zamknięta dla ruchu, ale tym więcej znajdowało się na niej ludzi, którzy zdawali się płynąć rwącą rzeką w górę i w dół wzdłuż straganów i barów. Z każdego otworu w ścianie wylewała się dudniąca muzyka. Spoceni mężczyźni i kobiety zachowywali się jak na polowaniu, a zapachy ludzi, kanalizacji i jedzenia walczyły ze sobą o uwagę. W jakimś miejscu ktoś odsunął zasłonę i Harry w głębi zobaczył scenę, na której tańczyły dziewczęta ubrane w obowiązkowe majtki typu tanga i buty na wysokich obcasach.

– Żadnej opłaty za wstęp, dziewięćdziesiąt bahtów za drinka! – krzyknął mu ktoś do ucha. Harry szedł dalej, ale miał wrażenie, że stoi w miejscu, bo to samo powtarzało się wzdłuż całej zatłoczonej ulicy.

Czuł pulsowanie w żołądku i nie potrafił stwierdzić, czy to muzyka, jego własne serce, czy głuche dudnienie maszyn budowlanych, które przez całą dobę na okrągło wbijały filary pod nową nadziemną autostradę Bangkoku ponad Silom Road.

W jednym z barów pod gołym niebem dziewczyna ubrana w krzykliwą sukienkę z czerwonego jedwabiu pochwyciła jego spojrzenie i wskazała mu krzesło obok siebie. Harry szedł dalej, ale miał wrażenie, że jest pijany. Usłyszał ryk z innego baru, w głębi dojrzał odbiornik telewizyjny, jakaś drużyna piłkarska najwyraźniej właśnie strzeliła gola. Dwaj Anglicy o zaróżowionych karkach śpiewający *Blowing Bubbles* stuknęli się szklankami.

– Wejdź, *blondie*.

Wysoka szczupła kobieta zatrzepotała długimi rzęsami, wyprężyła duże piersi i założyła nogę na nogę, już niczego nie pozostawiając wyobraźni.

– Patrzy pan na *katoey* – padły nagle norweskie słowa i Harry się odwrócił.

To był Jens Brekke. Drobniutka Tajka w obcisłej skórzanej spódniczce wisiała uczepiona jego ramienia.

– Właściwie to zupełnie fantastyczne. Okrągłe kształty, piersi i wagina. Niektórzy mężczyźni wolą *katoey* od prawdziwego towaru. Zresztą, dlaczego nie? – Brekke pokazał pełen zestaw białych zębów w opalonej dziecinnej twarzy. – Jedyny problem w tym, że ich utworzone operacyjnie waginy nie oczyszczają się same jak u prawdziwych kobiet. W dniu, w którym im się to uda, sam zacznę się zastanawiać nad *katoey*. A jakie jest pańskie zdanie, sierżancie?

Harry zerknął na wysoką kobietę, która słysząc określenie *katoey*, z głośnym prychnięciem odwróciła się do nich plecami.

– No cóż, nie przyszło mi do głowy, że któraś z tych kobiet tutaj mogłaby nie być kobietą.

– Niewprawne oko łatwo oszukać. Ale można to poznać przede wszystkim po jabłku Adama, które z reguły nie daje się usunąć. Poza tym *katoey* są na ogół o głowę wyższe, odrobinę zbyt wyzywające i nieco zbyt agresywnie flirtują. No i za ładne. Z reguły to ostatnie je zdradza. Nie są w stanie się opanować, zawsze muszą trochę przesadzić.

Zawiesił głos, jakby na coś czekał, lecz jeśli nawet tak było, Harry nie spełnił jego oczekiwań.

– À propos, czy i pan w czymś nie przesadził, sierżancie? Widzę, że pan kuleje.

– Mam przesadnie dużą wiarę w zachodnie techniki konwersacji. Ale to minie.

– Co? Wiara czy obrażenia?

Brekke patrzył na Harry'ego z tym samym niewidzialnym uśmiechem co po pogrzebie. Jakby chciał go wciągnąć w jakąś zabawę. Ale Harry nie miał ochoty się bawić.

– Mam nadzieję, że i jedno, i drugie. Wracam do domu.

– Już? – Światło neonu odbiło się w spoconym czole Brekkego. – Wobec tego liczę, że zobaczę pana jutro w dobrej formie.

Na Surawong Road Harry złapał taksówkę.

– Masaż, *sil*?

19

Kiedy Nho zabrał Harry'ego spod River Garden, słońce ledwie wstało i świeciło na nich łaskawie między niskimi domami.

Barclay Thailand znaleźli przed ósmą. Uśmiechnięty parkingowy z fryzurą à la Jimi Hendrix i słuchawkami od walkmana w uszach wpuścił ich do garażu pod budynkiem, gdzie Nho udało się w końcu między bmw a mercedesami znaleźć samotne miejsce dla gości tuż przy windach.

Nho postanowił zostać w samochodzie, ponieważ jego zasób norweskich słów ograniczał się do „dziękuję", którego Harry nauczył go podczas przerwy na kawę. Liz żartem dodała, że „dziękuję" zawsze jest pierwszym słowem, jakiego biały człowiek usiłuje nauczyć tubylców.

Poza tym Nho nie podobało się otoczenie. Wszystkie te drogie wozy przyciągały złodziei i chociaż garaż był wyposażony w kamery wideo, Nho nie miał pełnego zaufania do strażników, którzy otwierając szlaban, pstrykają w takt niewidzialnej muzyki.

Harry wjechał windą na dziesiąte piętro i wszedł do recepcji Barclay Thailand. Przedstawił się i spojrzał na zegarek. Właściwie spodziewał się, że będzie musiał czekać na Brekkego, ale recepcjonistka zaprowadziła go z powrotem do windy, przeciągnęła kartę przez czytnik i wcisnęła „P" oznaczające, jak wyjaśniła, *penthouse*. Wyślizgnęła się z windy, a Harry poszybował do nieba.

Kiedy drzwi windy się rozsunęły, zobaczył na środku lśniącego brązowego parkietu Brekkego opartego o wielkie mahoniowe biurko, z jedną słuchawką telefoniczną przy uchu, a drugą przewieszoną przez ramię. Cała reszta pokoju była ze szkła. Ściany, sufit, niski stolik, a nawet krzesła.

– Zdzwonimy się, Tom. Uważaj, żeby cię dzisiaj nie zjedli. I tak jak mówiłem, trzymaj się z daleka od rupii.

Uśmiechnął się przepraszająco do Harry'ego, podniósł drugą słuchawkę, spojrzał na symbol giełdowy przesuwający się po monitorze komputera, rzucił krótkie „tak" i się rozłączył.

– Co to było? – spytał Harry.

– Moja praca.

– Czyli?

– Akurat w tej chwili chodziło o zabezpieczenie długu dolarowego dla klienta.

– Duże sumy? – spytał Harry. Spojrzał na Bangkok w dole, częściowo spowity mgłą.

– Pytanie, z czym się je porównuje. Przypuszczam, że to kwoty rzędu budżetu przeciętnej norweskiej gminy.

Któryś z telefonów zadzwonił, Brekke wcisnął guzik interkomu.

– Przyjmij tę wiadomość, Shena. Jestem zajęty. – Zwolnił przycisk, nie czekając na potwierdzenie.

– Dużo roboty?

Brekke się roześmiał.

– Nie czytasz gazet? Waluty w całej Azji lecą na łeb na szyję. Wszyscy sikają w majtki. I mało nóg nie połamią, tak uciekają w dolary. Banki i domy maklerskie bankrutują co drugi dzień. Ludzie już zaczęli wyskakiwać przez okna.

– Ale ty nie? – Harry odruchowo potarł krzyż.

– Ja? Ja jestem dealerem walutowym, to gatunek z rodziny sępów. – Kilka razy machnął rękami, naśladując ruch skrzydeł, i wyszczerzył zęby. – My i tak zarabiamy. Dopóki coś się dzieje i ludzie handlują. *Show time is good time*. A akurat teraz *show time* trwa na okrągło przez całą dobę.

– Więc ty jesteś krupierem w tej grze?

– *Yes*. Świetnie powiedziane, muszę to zapamiętać. A ci inni idioci to hazardziści.

– Idioci?

– Oczywiście.

– Sądziłem, że inwestorzy giełdowi to stosunkowo bystre typy.

– Owszem, są bystrzy, ale to i tak idioci. Odwieczny paradoks. Im są bystrzejsi, tym bardziej się napalają na spekulacje na rynkach walutowych. Przecież to oni lepiej niż inni powinni wiedzieć, że na ruletce nie da się zarabiać na dłuższą metę. Ja sam jestem dość głupi, ale tyle przynajmniej zrozumiałem.

– To znaczy, że nigdy nie grasz w ruletkę, Brekke?

– Zdarza mi się obstawiać zakłady.

– Nie stajesz się przez to jednym z idiotów?

Brekke podsunął mu pudełko z cygarami, ale Harry odmówił.

– Sprytnie. Są ohydne w smaku. Palę je wyłącznie z jednego powodu: wydaje mi się, że muszę. Ponieważ mnie na nie stać. – Pokręcił głową i wsunął cygaro do ust. – Widziałeś *Kasyno*, sierżancie? Ten film z Robertem de Niro i Sharon Stone.

Harry kiwnął głową.

– Pamiętasz tę scenę, w której Joe Pesci opowiada o jedynym facecie, jakiego zna, który systematycznie zarabia na hazardzie? Ale on nie uprawia hazardu, tylko obstawia zakłady. Gra na koniach, obstawia mecze koszykówki i tak dalej. To coś zupełnie innego niż ruletka.

Brekke przysunął Harry'emu szklane krzesło, sam usiadł naprzeciwko niego.

– W grze chodzi o szczęście, w zakładach nie. W zakładach najważniejsze są dwie rzeczy: psychologia i informacja. Wygrywa sprytniejszy. Na przykład ten facet z *Kasyna*. Człowiek poświęca cały swój czas na zbieranie informacji o drzewach genealogicznych poszczególnych koni, o tym, jak sobie radziły na treningu tydzień wcześniej, jaką paszę dostawały, ile ważył dżokej, kiedy wstał rano – wszystkie informacje, których innym nie chce się zbierać albo nie są w stanie ich wchłonąć. On je składa do kupy. Tworzy sobie obraz szans, jakie ma koń, i obserwuje, co robią inni gracze. Jeżeli koń ma wysokie szanse, stawia na niego, wszystko jedno, czy wierzy, że wygra, czy nie. Na dłuższą metę to on zarabia. A pozostali tracą.

– To takie proste?

Brekke uniósł rękę do góry i spojrzał na zegarek.

– Wiedziałem, że pewien japoński inwestor z Asahi Bank wybierał się wczoraj wieczorem na Patpong. W końcu znalazłem go na Soi cztery. Dolewałem mu i wyciągałem z niego informacje do trzeciej w nocy, potem zostawiłem go swojej kobiecie i poszedłem do domu. W pracy zjawiłem się o szóstej rano i od tamtej pory skupuję bahty. On niedługo weźmie się do roboty i będzie chciał kupić bahty za cztery miliony koron. Wtedy mu je sprzedam.

– To rzeczywiście wygląda na dużą sumę. Ale wygląda też na działanie nielegalne.

– Prawie, Harry. Tylko prawie. – Brekkego ogarnął większy zapał, mówił teraz jak chłopiec, który chce się pochwalić nową zabawką. – To nie jest kwestia moralności. Jeśli chcesz grać jak napastnik, musisz przez cały czas poruszać się na granicy spalonego. Zasady istnieją jedynie po to, żeby je naciągać.

– I ci, którzy naciągają te zasady najbardziej, wygrywają?

– Kiedy Maradona zdobył gola ręką w meczu przeciwko Anglii, ludzie zaakceptowali to jako element gry. Wszystko, czego nie zauważy sędzia, jest w porządku. – Brekke podniósł do góry palec. – Ale, tak czy owak, nie da się uniknąć oceny szans. Czasami tracisz, ale jeśli szanse są po twojej stronie, na dłuższą metę będziesz zarabiał. – Krzywiąc się, zgasił cygaro. – Dzisiaj to ten Japończyk zdecydował, co będę robił. Ale wiesz, co jest najprzyjemniejsze? Kiedy sam sterujesz grą. Możesz na przykład tuż przed upublicznieniem danych o inflacji w Stanach puścić plotkę: Greenspan w prywatnej rozmowie przy obiedzie powiedział, że odsetki muszą wzrosnąć. Dezorientujesz przeciwników. To w taki sposób możesz zgarnąć wielkie wygrane. To jest, cholera, przyjemniejsze niż seks. – Brekke roześmiał się i z zachwytem tupnął w podłogę. – Rynek walutowy to matka wszystkich rynków, Harry, Formuła 1. Równie odurzający, co śmiertelnie niebezpieczny. Wiem, że to perwersja, ale jestem jednym z tych, którzy mają świra na punkcie kontroli, i lubię mieć pewność, że jeśli zabiję się, jadąc samochodem, będzie to moja wina.

Harry rozejrzał się. Szalony profesor w szklanej klatce.

– A jak cię przyłapie drogówka?

– Dopóki zarabiam i nie przekraczam wyznaczonych ram, wszyscy są *happy*. Poza tym dzięki mnie firma osiąga najwyższe dochody. Widzisz to biuro? Wcześniej siedział tu szef Barclay Thailand. Pewnie się zastanawiasz, dlaczego ten *penthouse* należy do jakiegoś marnego dealera walutowego. Bo w biurze maklerskim liczy się tylko jedna rzecz: ile zarabiasz. Wszystko inne to sztafaż. Również szefowie. Oni są jedynie administratorami. Oni, ich praca i pensja są uzależnieni od nas, obecnych, działających na rynku. Mój szef przeniósł się do przyjemnego gabinetu piętro niżej, bo zagroziłem, że odejdę do konkurencji razem ze wszystkimi klientami, jeśli nie będę miał lepszej umowy bonusowej. Tym bonusem jest biuro. – Rozpiął kamizelkę i powiesił ją na szklanym krześle. – Ale dość już mówiliśmy o mnie. Jak mogę ci pomóc, Harry?

– Zastanawiałem się, o czym rozmawiałeś z ambasadorem przez telefon tego dnia, kiedy zginął.

– Zadzwonił, żeby potwierdzić nasze spotkanie. Potwierdziłem.

– I co dalej?

– Przyjechał tu o szesnastej, tak jak ustaliliśmy. Może pięć po. Shena z recepcji będzie znała dokładną godzinę, bo najpierw był tam, żeby się wpisać.

– O czym rozmawialiście?

– O pieniądzach. Miał trochę kasy, którą chciał zainwestować.

Żadne drgnienie mięśnia na twarzy nie świadczyło o tym, żeby kłamał.

– Siedzieliśmy tu do piątej. Potem odprowadziłem go do garażu, bo tam zostawił samochód.

– Zaparkował tam, gdzie my teraz stoimy?

– Jeśli stoisz na miejscu dla gości, to tak.

– I wtedy widziałeś go po raz ostatni?

– Zgadza się.

– Dziękuję, to już wszystko – powiedział Harry.

– O rany. Taka długa jazda, żeby zadać tych kilka pytań?

– Tak jak mówiłem, to rutynowe śledztwo.

– No tak, oczywiście. Ambasador zmarł na zawał, prawda? – Jens Brekke lekko się uśmiechnął.

– Na to wygląda.

– Jestem przyjacielem rodziny – oświadczył Jens. – Nikt nic nie mówi, ale rozumiem, w czym rzecz. Chcę, żebyś o tym wiedział.

Kiedy Harry wstawał, drzwi windy się rozsunęły i weszła recepcjonistka z tacą, na której stały szklanki i dwie butelki.

– Może trochę wody przed wyjściem, Harry? Raz w miesiącu przysyłają mi ją samolotem.

Nalał do szklanek wodę mineralną ze źródła Farris w norweskim Larvik.

– A tak przy okazji, Harry, godzina tej rozmowy telefonicznej, o której wczoraj wspomniałeś, była błędna.

Otworzył drzwi szafki przy ścianie i Harry ujrzał coś, co przypominało panel bankomatu. Brekke wstukał jakieś cyfry.

– To było o trzynastej trzynaście, nie trzynastej piętnaście. Pewnie to bez znaczenia, ale pomyślałem, że może chcielibyście znać prawidłową godzinę.

– Taką godzinę podał nam operator telefoniczny. Dlaczego uważasz, że twoja godzina jest właściwsza?

– Bo moja jest prawidłowa. – Znów błysk białych zębów. – To urządzenie nagrywa wszystkie moje rozmowy. Kosztowało pół miliona koron i ma zegar sterowany satelitarnie. Uwierz mi, na pewno dobrze chodzi.

Harry uniósł brwi.

– Kto, na miłość boską, płaci pół miliona koron za magnetofon?

– Więcej osób, niż ci się wydaje. Między innymi większość dealerów walutowych. Kiedy się dyskutuje z przeciwnikiem o tym, czy powiedział przez telefon „kupuj", czy „sprzedawaj", to pół miliona prędko zmienia się w śmieszne pieniądze. Magnetofon automatycznie wgrywa cyfrowy kod czasu na tej specjalnej taśmie. – Wziął do ręki coś, co przypominało zwykłą kasetę VHS. – Tego kodu nie da się zmienić. A kiedy rozmowa już jest nagrana, nie da się jej skasować, nie niszcząc kodu czasu. Jedyna rzecz, jaką można zrobić, to schować taśmę. Ale wtedy inni zorientują się, że brakuje nagrań z danego okresu. Rzecz jest robiona tak starannie, żeby taśmy mogły posłużyć jako dowód w razie ewentualnego procesu.

– Czy to oznacza, że masz nagraną swoją rozmowę z Molnesem?

– Oczywiście.

– Czy moglibyśmy…

– Chwileczkę.

Dziwnie było słuchać najzupełniej żywego głosu człowieka, którego Harry tak niedawno widział z nożem w plecach.

„No to o czwartej" – powiedział ambasador.

Zabrzmiało to obojętnie, niemal smutno. Zaraz się rozłączył.

20

– Jak twoje plecy? – spytała zaniepokojona Liz, kiedy Harry, kulejąc, wszedł do biura na poranną odprawę.

– Lepiej – skłamał i usiadł na krześle bokiem.

Nho poczęstował go papierosem, ale Rangsan chrząknął zza gazety, więc Harry nie zapalił.

– Mam parę nowych wiadomości, które mogą cię wprawić w dobry humor – powiedziała Liz.

– Ja już jestem w dobrym humorze.

– Po pierwsze, postanowiliśmy zwinąć Woo. Zobaczymy, co nam się uda z niego wyciągnąć, kiedy mu zagrozimy trzema latami za napaść na funkcjonariusza na służbie. Pan Sorensen twierdzi, że nie widzieli Woo od kilku dni, bo jest tylko wolnym strzelcem. Nie mamy żadnego adresu, ale wiemy, że zwykle jada w restauracji obok stadionu bokserskiego Ratchadamnoen. Ludzie obstawiają walki, często idzie o duże sumy, więc zazwyczaj kręcą się tam lichwiarze, żeby złapać nowych klientów i przypilnować tych, z którymi mają niezałatwione rachunki. Druga dobra wiadomość jest taka, że Sunthorn rozpytywał po hotelach, które, jak podejrzewamy, zapewniają panie do towarzystwa. Ambasador najwyraźniej odwiedzał regularnie jeden z nich. Zapamiętali samochód ze względu na tablice dyplomatyczne. Podobno Molnesowi towarzyszyła kobieta.

– No to dobrze.

Liz wyglądała na nieco rozczarowaną letnią reakcją Harry'ego.

– Dobrze?

– Zabierał pannę Ao do hotelu i tam sobie z nią używał. I co z tego? Najwidoczniej nie chciała zaprosić go do domu. Możemy z tego jedynie wyciągnąć motyw dla Hilde Molnes, że to ona załatwiła męża. Ewentualnie zrobił to facet panny Ao, jeśli go w ogóle ma.

– Panna Ao też miała motyw, jeżeli Molnes zamierzał ją rzucić – zauważył Nho.

– Wiele dobrych propozycji – podsumowała Liz. – Od czego zaczynamy?

– Od sprawdzenia alibi – padło zza gazety.

*

W sali konferencyjnej ambasady panna Ao patrzyła na Harry'ego i Nho oczami czerwonymi od płaczu. Zdecydowanie wyparła się wizyt w hotelu, powiedziała też, że mieszka z matką i siostrą, ale w wieczór zabójstwa nie było jej w domu. Twierdziła, że nie ma żadnych znajomych, lecz wróciła bardzo późno, po północy. Właśnie w momencie, gdy Nho usiłował ją nakłonić, żeby wyjawiła, gdzie była, zaczęła płakać.

– Lepiej żebyś nam to powiedziała teraz, Ao – stwierdził Harry i spuścił żaluzje, odgradzając ich od korytarza. – Już raz nas okłamałaś. Teraz sprawa jest poważna. Mówisz, że wieczorem w dniu zabójstwa byłaś poza domem, ale nie spotkałaś nikogo, kto mógłby to potwierdzić.

– Moja matka i siostra...

– One mogą zaświadczyć, że wróciłaś do domu po północy. To ci nie pomoże, Ao.

Po ślicznej lalkowatej buzi nie przestawały płynąć łzy.

– Musimy cię zabrać. – Harry westchnął. – Chyba że zmienisz zdanie i powiesz nam, gdzie byłaś.

Dziewczyna pokręciła głową, Harry i Nho popatrzyli na siebie. Nho wzruszył ramionami i lekko ujął recepcjonistkę za rękę, ale panna Ao ze szlochem przycisnęła głowę do blatu biurka. Ktoś delikatnie zapukał do drzwi, Harry otworzył i zobaczył Sanpheta.

– Sanphet, my...

Kierowca położył palec na wargach.

– Wiem – szepnął i gestem wywołał Harry'ego z sali.

Starannie zamknąwszy za sobą drzwi, Harry spytał:

– O co chodzi?

– Przesłuchujecie pannę Ao. Chcecie wiedzieć, gdzie była w chwili zabójstwa?

Harry nie odpowiedział. Sanphet chrząknął i wyprężył się jak struna.

– Skłamałem. Panna Ao jeździła samochodem ambasady.

– Ach tak? – zdziwił się lekko Harry.

– I to nie raz.

– Wiedział pan więc o jej romansie z ambasadorem?

– Nie z ambasadorem.

Minęło kilka sekund, zanim Harry uświadomił sobie, co to znaczy, i z niedowierzaniem spojrzał na starego Taja.

– Z panem, Sanphet? Pan i panna Ao?

– To długa historia. Obawiam się, że nie zrozumie pan wszystkiego. – Spojrzał nieśmiało na Harry'ego. – Panna Ao była u mnie tego wieczoru, kiedy zginął ambasador. Nigdy by tego nie zdradziła, bo oboje moglibyśmy za to zapłacić utratą pracy. Związki między pracownikami są niedopuszczalne.

Harry pogładził się po głowie.

– Wiem, co pan sobie myśli, sierżancie. Że jestem starym człowiekiem, a ona ledwie dziewczynką.

– No cóż. Rzeczywiście obawiam się, że nie wszystko rozumiem, Sanphet.

Kierowca uśmiechnął się lekko.

– Jej matka i ja byliśmy kiedyś kochankami, dawno, dawno temu, zanim urodziła się Ao. W Tajlandii istnieje coś, co nazywa się *phîi*. Można to przetłumaczyć jako „starszeństwo". To oznacza, że starsza osoba góruje nad młodszą, ale nie tylko. Również to, że ktoś starszy jest odpowiedzialny za młodszego. Panna Ao dostała pracę w ambasadzie z mojego polecenia, a jest ciepłą i pełną wdzięczności kobietą.

– Wdzięczności? – wyrwało się Harry'emu. – Ile miała lat... – urwał. – Co na to jej matka?

Sanphet uśmiechnął się ze smutkiem.

– Matka ma tyle lat co ja i rozumie. Panna Ao jest mi tylko wypożyczona na pewien krótki czas. Dopóki nie znajdzie mężczyzny, z którym założy rodzinę. To nic niezwykłego...

Harry z westchnieniem wypuścił powietrze.

– Więc pan jej daje alibi? I wie pan, że to nie pannę Ao ambasador zabierał do hotelu, który odwiedzał?

– Jeżeli ambasador jeździł do jakiegoś hotelu, to na pewno nie z Ao.

Harry uniósł palec.

– Już raz pan skłamał. Mógłbym więc pana oskarżyć o utrudnianie pracy policji w śledztwie dotyczącym zabójstwa. Jeżeli ma pan coś jeszcze do powiedzenia, to niech pan mówi teraz.

Stare piwne oczy patrzyły na Harry'ego bez mrugnięcia.

– Lubiłem pana Molnesa. Był moim przyjacielem. Mam nadzieję, że ten, kto go zamordował, zostanie ukarany. Ale nikt inny.

Harry chciał coś powiedzieć, lecz ugryzł się w język.

21

Bordowoczerwone słońce przecinały pomarańczowe smugi. Balansowało na szarej *skyline* Bangkoku niczym nowa planeta, która niezapowiedzianie pojawiła się na sklepieniu nieba.

– To jest właśnie stadion bokserski Ratchadamnoen – powiedziała Liz, kiedy toyota, którą jechali również Harry, Nho i Sunthorn, zatrzymała się przed szarym murowanym budynkiem. Dwóch melancholijnych koników rozjaśniło się na ich widok, ale Liz odprawiła ich gestem. – Może to nie wygląda zbyt imponująco, ale to tutejsza wersja teatru marzeń. Tu każdy ma szansę stać się bogiem, jeśli tylko może się pochwalić dostatecznie szybkimi nogami i rękami. Cześć, Ricki!

Do samochodu podszedł jeden ze strażników dyżurujących w bramie, a Liz włączyła urok w stopniu, o jaki Harry nawet jej nie podejrzewał. Po mnóstwie szybkich słów i wybuchów śmiechu odwróciła się do nich z pogodną miną.

– Postarajmy się aresztować Woo jak najszybciej. Załatwiłam bilety na miejsca tuż przy ringu dla siebie i dla turysty. Dziś wieczorem Ivan walczy w siódmej kategorii. Może być zabawnie.

Restauracja była z rodzaju bardzo skromnych. Sztuczne tworzywo, muchy i samotny wiatrak na suficie, wciągający kuchenne smrody do sali restauracyjnej. Nad bufetem portrety tajlandzkiej rodziny królewskiej.

Jedynie przy paru stolikach siedzieli ludzie, a Woo nigdzie nie było widać. Nho i Sunthorn zajęli miejsca przy dwóch różnych stolikach blisko drzwi, Liz i Harry weszli w głąb lokalu. Harry zamówił sajgonki i na wszelki wypadek dezynfekującą colę.

– Rick był moim trenerem, kiedy uprawiałam tajski boks – wyjaśniła Liz. – Ważyłam prawie dwa razy więcej niż chłopcy, z którymi trenowałam. Byłam od nich o trzy głowy wyższa i za każdym razem dostawałam w kość. Oni tutaj wysysają tajski boks z mlekiem matki, ale mówili, że nie lubią bić kobiety. Ja tego co prawda nie zauważyłam.

– A co z tymi królami? – spytał Harry, pokazując na portret. – Mam wrażenie, że zdjęcie tego faceta wisi wszędzie.

– Hm. Widać naród potrzebuje bohaterów. Rodzina królewska nie zajmowała zbyt wiele miejsca w sercach ludzi, aż do czasów przed drugą wojną światową, kiedy król najpierw zdołał sprzymierzyć się z Japończykami, a później, kiedy Japonia znalazła się w defensywie, z Amerykanami. Oszczędził narodowi krwawej łaźni.

Harry wzniósł filiżankę z herbatą w stronę portretu.

– Rzeczywiście sprytny lis.

– Musisz zrozumieć, Harry, że w Tajlandii nie wolno żartować z dwóch rzeczy…

– Z rodziny królewskiej i z Buddy. Dziękuję, już to załapałem.

Otworzyły się drzwi.

– Ojej – szepnęła Liz, unosząc bezwłose brwi. – Zwykle w rzeczywistości wydają się mniejsi.

Harry się nie odwracał. Zaplanowali, że zatrzymają Woo, kiedy już stanie przed nim jedzenie. Człowiek trzymający w ręku pałeczki potrzebuje więcej czasu na sięgnięcie po ewentualną broń.

– Usiadł – powiedziała Liz. – Dobry Boże, powinno się go zamknąć już za sam wygląd. Ale musimy się cieszyć z tego, że zatrzymamy go przynajmniej na tyle długo, żeby zadać mu chociaż kilka pytań.

– O czym ty mówisz? Przecież facet wyrzucił policjanta z pierwszego piętra!

– Wiem. Ale mimo wszystko ostrzegam cię przed zbyt dużymi oczekiwaniami. „Kucharz" Woo to nie byle kto. Pracuje dla jednej z rodzin, a oni mają dobrych adwokatów. Uważamy, że wyekspediował na tamten świat co najmniej tuzin ludzi, okaleczył co najmniej dziesięć razy tyle, a mimo to w kartotece nie ma nawet takiego śladu, jaki zrobiłaby mucha.

– „Kucharz"? – Harry rzucił się na parujące sajgonki, które wjechały na stół.

– Dorobił się tego przezwiska parę lat temu. Przywieziono jedną z jego ofiar, ja dostałam tę sprawę i byłam obecna, kiedy zaczynali sekcję. Zwłoki leżały na zewnątrz przez kilka dni i były tak rozdęte gazem, że przypominały granatowoczarną piłkę. Taki gaz jest trujący, więc patolog wyprawił nas z sali, a sam włożył maskę przeciwgazową, zanim nakłuł zwłoki. Stałam przy oknie i patrzyłam. Skóra na brzuchu dosłownie zafalowała i widać było, jak buchają zielonkawe kłęby.

Harry z urażonym wyrazem twarzy zostawił sajgonkę na talerzu, ale Liz nie zwracała na niego uwagi.

– Ale naprawdę szokujące było to, że w brzuchu dosłownie kipiało życie. Patolog aż odskoczył pod ścianę, kiedy czarne insekty rozpełzły się z żołądka po podłodze i pochowały po kątach. – Przyłożyła do czoła palce na kształt czułków. – Piekielne żuki.

– Żuki? – skrzywił się Harry. – Nie sądziłem, że atakują zwłoki.

– Zmarły, kiedy go znaleźliśmy, miał w ustach plastikową rurkę.

– On…

– W Chinatown grillowane żuki to delikates. Woo nakarmił nieszczęśnika siłą.

– Z pominięciem grillowania?

Harry odsunął talerz.

– Owady to niesamowite stworzenia – stwierdziła Liz. – Wyobrażasz sobie, jak mogły przeżyć w żołądku trupa, w trującym gazie?

– Nie, i wolałbym o tym nie myśleć.

– Za ostre?

Upłynęło kilka sekund, zanim Harry zrozumiał, że Liz ma na myśli jedzenie. Pchnął talerz na sam koniec stołu.

– Przyzwyczaisz się, Harry, tylko stopniowo. Wiesz, że tradycyjnych tajskich dań jest ponad trzysta? Proponuję, żebyś zabrał ze sobą kilka przepisów. Zaimponujesz w kuchni swojej dziewczynie.

Harry chrząknął znacząco.

– No to matce – poprawiła się Liz.

– Przykro mi, matki też nie mam.

– Przepraszam – powiedziała i już się nie odezwała. Właśnie wniesiono zamówienie dla Woo.

Liz wyciągnęła z kabury czarny służbowy rewolwer, odbezpieczyła.

– Smith & Wesson 650 – zauważył Harry. – Ciężka rzecz.

– Trzymaj się za mną. – Liz wstała.

Woo nawet się nie skrzywił, kiedy podniósł głowę i spojrzał prosto w lufę rewolweru. Pałeczki trzymał w lewej ręce, prawa leżała na kolanach. Liz warknęła coś po tajsku, on jakby nie usłyszał. Nie poruszył nawet głową, ale jego spojrzenie omiotło lokal. Zauważyło Nho i Sunthorna, w końcu zatrzymało się na Harrym. Jego wargi lekko rozciągnęły się w uśmiechu.

Liz krzyknęła jeszcze raz, Harry poczuł, że jeżą mu się włoski na karku. Kurek rewolweru się podniósł, prawa ręka Woo znalazła się nad stołem. Pusta. Harry usłyszał, jak Liz wypuszcza powietrze między zębami. Woo nie odrywał oczu od Harry'ego, kiedy Nho i Sunthorn go zakuwali. Wyprowadzanie go przypominało paradę w cyrku. Siłacz z dwoma karzełkami.

Liz schowała smith & wessona z powrotem do kabury.

– Wydaje mi się, że on cię nie lubi – stwierdziła, wskazując pałeczki wbite na sztorc w ryż w miseczce.

– Bo?

– To stary tajski symbol oznaczający, że życzy ci śmierci.

– No to musi ustawić się w kolejce. – Harry przypomniał sobie, że miał poprosić o wypożyczenie broni.

– Chodźmy już stąd, popatrzymy sobie trochę na *action* przed snem – zaproponowała Liz.

W hali bokserskiej przywitały ich ekstatyczne okrzyki tłumu, a także trzyosobowa orkiestra dzwoniąca i piszcząca jak szkolny zespół na odlocie.

Dwaj bokserzy z kolorowymi przepaskami na czołach i rękami obwiązanymi kawałkami materiału akurat weszli na ring.

– W niebieskich spodenkach jest nasz człowiek, Ivan – wyjaśniła Liz. Przed wejściem na stadion zabrała Harry'emu wszystkie banknoty, jakie miał w kieszeni, i wręczyła je bukmacherowi.

Znaleźli swoje miejsca w pierwszym rzędzie za sędzią ringowym. Liz cmoknęła z zadowoleniem. Zamieniła kilka słów z sąsiadem.

– Tak jak myślałam – stwierdziła. – Nic nie straciliśmy. Jeśli chcesz obejrzeć naprawdę dobrą walkę, to trzeba przychodzić we wtorki. Albo w czwartki do Lumphini, bo poza tym jest wiele... Sam rozumiesz.

– Bulionowych par.

– Słucham?

– Bulionowe pary, tak na to mówimy po norwesku, kiedy ścigają się dwaj marni łyżwiarze.

– A bulion?

– Bo wtedy można iść do baru i napić się bulionu.

Kiedy Liz się śmiała, jej oczy zmieniały się w dwie wąskie błyszczące szparki. Harry doszedł do wniosku, że w zasadzie lubi patrzeć i słuchać, jak pani komisarz się śmieje.

Dwaj bokserzy zdjęli przepaski z głów, obeszli ring i odprawili rytuał, dotykając głowami narożników, klękając i wykonując kilka tanecznych kroków.

– To się nazywa *ram muay* – wyjaśniła Liz. – Każdy tańczy na cześć swojego osobistego *khruu* – guru i ducha opiekuńczego boksu.

Muzyka się urwała. Ivan wrócił do swojego narożnika, obaj z trenerem nachylili się ku sobie i złączyli dłonie.

– Modlą się – powiedziała Liz.

– Potrzebuje tego? – spytał zaniepokojony Harry. W kieszeni wcześniej miał całkiem przyzwoitą sumę pieniędzy.

– Nie, jeśli ma sprostać swojemu imieniu.

– Ivan?

– Każdy bokser może wybrać sobie imię. On przyjął je od Ivana Hippolyte, Holendra, który w dziewięćdziesiątym piątym wygrał walkę na stadionie Lumphini.

– Tylko jedną?

– To jedyny cudzoziemiec, jaki wygrał na Lumphini. Kiedykolwiek.

Harry odwrócił się, żeby sprawdzić, czy wyraz twarzy Liz nie zdradza jeszcze czegoś, ale w tej samej chwili rozległ się gong i walka się rozpoczęła.

Bokserzy ostrożnie zbliżali się do siebie i okrążali się wzajemnie, zachowując sporą odległość. Sierpowy został w prosty sposób odparowany, kontra trafiła w powietrze. Muzyka zaczęła grać głośniej, głośniej krzyczała też publiczność.

– Najpierw muszą trochę podgrzać atmosferę! – zawołała Liz.

W końcu rzucili się na siebie. Poruszali się błyskawicznie w plątaninie nóg i rąk. Odbywało się to tak szybko, że Harry nie bardzo mógł się zorientować, ale Liz jęknęła. Ivanowi już krew leciała z nosa.

– Dostał łokciem – oznajmiła.

– Łokciem? Sędzia nic nie widział?

– Ciosy łokciem nie są zakazane – uśmiechnęła się Liz. – Wręcz przeciwnie. Uderzenia rękami i stopami przynoszą punkty, ale z reguły to łokcie i kolana zapewniają nokaut.

– Pewnie dlatego, że ci bokserzy nie mają równie dobrej techniki uderzenia stopą, jak karatecy.

– Zachowywałabym ostrożność w ocenach, Harry. Kilka lat temu Hongkong wysłał do Bangkoku pięciu swoich najlepszych mistrzów kung-fu, żeby się przekonać, który styl walki jest bardziej skuteczny. Rozgrzewka i ceremonie trwały nieco ponad godzinę, ale pięć walk łącznie zabrało sześć i pół minuty. Do szpitala odjechało pięć karetek. Zgadnij, kogo zawiozły?

– No, dzisiaj nie ma takiego zagrożenia. – Harry demonstracyjnie ziewnął. – To jest przecież… Cholera!

Ivan złapał przeciwnika za kark i błyskawicznym ruchem przygiął mu głowę do ziemi, a prawe kolano wystrzeliło jak z katapulty. Rywal upadł do tyłu, ale zdołał wpleść ręce w liny wiszące tuż przed Harrym i Liz. Krew tryskała, uderzając o płótno, jakby gdzieś pękła rura. Harry usłyszał za plecami krzyki protestów i zorientował się, że wstał. Liz pociągnęła go z powrotem na krzesło.

– Pięknie! – zawołała. – Widziałeś, jaki szybki był Ivan? Mówiłam, że będzie zabawnie, prawda?

Głowa boksera w czerwonych spodenkach była przekręcona na bok, Harry widział więc jego profil. Skóra wokół oka się poruszała, wypełniając się od środka krwią. Trochę tak, jakby pompowano nadmuchiwany materac.

Ogarnęło go dziwne, mdlące déjà vu, kiedy Ivan ruszył w stronę przeciwnika, który raczej nie wiedział już, że znajduje się na ringu.

Ivan się nie spieszył, przyglądał się przeciwnikowi mniej więcej tak, jak wybitny kucharz zastanawia się, czy ma zacząć od odcięcia kurczakowi skrzydełka, czy udka. Z tyłu między bokserami Harry widział sędziego. Stał z lekko przekrzywioną głową, z rękami zwieszonymi wzdłuż boków. Harry zrozumiał, że sędzia nie ma zamiaru nic zrobić, i poczuł, jak własne serce tłucze mu się o żebra. Trzyosobowa orkiestra przestała już grać taką muzykę, jaką się słyszy w Norwegii na pochodach z okazji święta narodowego 17 Maja, po prostu wyła i dzwoniła w ekstazie.

Stop, pomyślał Harry i w tej samej chwili usłyszał własny głos:

– Wal!

Ivan uderzył.

Harry nie śledził liczenia. Nie widział, jak sędzia unosi do góry rękę Ivana, ani *wai* zwycięzcy we wszystkich narożnikach ringu. Wpatrywał się w wilgotną popękaną cementową podłogę u swoich stóp, gdzie nieduży owad usiłował wydostać się z czerwonej kropli krwi, wciągnięty w przypadkowy zbieg wydarzeń. Harry był gdzie indziej. W innym kraju, w innych okolicznościach. I ocknął się dopiero, gdy poczuł uderzenie między łopatkami.

– Wygraliśmy! – krzyknęła mu Liz do ucha.

Stali w kolejce po odbiór pieniędzy u bukmachera, kiedy Harry usłyszał znajomy głos mówiący po norwesku:

– Coś mi mówi, że pan sierżant obstawił mądrze, nie zdając się wyłącznie na szczęście. W takim razie gratuluję.

– No cóż. – Harry się odwrócił. – Komisarz Crumley twierdzi, że jest ekspertem, więc twoje twierdzenie nie odbiega zbyt daleko od prawdy.

Przedstawił sobie Liz i Jensa Brekke.

– Pan również obstawiał? – spytała Liz.

– Pewien znajomy szepnął mi, że przeciwnik Ivana jest odrobinę przeziębiony. Przykra choroba. Aż dziwne, jakie poważne może mieć skutki. Prawda, *miss* Crumley? – Brekke uśmiechnął się szeroko i odwrócił do Harry'ego. – Pomyślałem, że będę na tyle bezczelny, żeby spytać, czy nie wybawiłbyś mnie z kłopotu, Hole. Zabrałem tu córkę Molnesa i właściwie powinienem odwieźć ją do domu, ale akurat zadzwonił na komórkę jeden z moich najważniejszych klientów w Stanach i muszę natychmiast jechać do biura. Zapanował prawdziwy chaos. Dolar leci w dół, a on ma na zbyciu kilka autobusów bahtów.

Harry spojrzał w kierunku wskazanym przez Brekkego głową. Rzeczywiście, pod ścianą, w koszulce Adidasa z długimi rękawami, częściowo zasłonięta ludźmi opuszczającymi stadion, stała Runa Molnes. Ręce miała skrzyżowane na piersi i patrzyła w inną stronę.

– Kiedy cię zobaczyłem, przypomniało mi się... Hilde Molnes mówiła, że zatrzymałeś się w mieszkaniu ambasady nad rzeką. Nie nadłożysz drogi, gdybyście pojechali jedną taksówką. Obiecałem jej matce... No wiesz. – Brekke machnął ręką, jakby dla podkreślenia, że tego rodzaju matczyna troska jest oczywiście przesadą, lecz mimo wszystko lepiej by było spełnić obietnicę.

Harry spojrzał na zegarek.

– Oczywiście, że ją odwiezie – powiedziała Liz. – Biedna dziewczyna. Nic dziwnego, że matka jest teraz trochę przewrażliwiona.

– Oczywiście. – Harry zmusił się do uśmiechu.

– Świetnie – ucieszył się Brekke. – Aha, i jeszcze jedno. Możecie być tak dobrzy i odebrać też moją wygraną? Powinna wystarczyć na taksówkę. A jeśli coś zostanie, to chyba jest jakiś fundusz policyjny dla wdów czy coś w tym rodzaju?

Podał Liz kwit i odszedł. Na widok sumy zrobiła wielkie oczy.

– Nie wiadomo tylko, czy znajdzie się dość wdów.

22

Runa Molnes nie wyglądała na szczególnie zachwyconą perspektywą powrotu do domu z obstawą.

– Dziękuję, dam sobie radę – powiedziała. – Bangkok jest mniej więcej tak niebezpieczny, jak centrum Ørsta w poniedziałkowy wieczór.

Harry, który nigdy nie był w Ørsta w poniedziałek wieczorem, złapał taksówkę i otworzył Runie drzwiczki. Wsiadła niechętnie, wymamrotała adres i zaczęła wyglądać przez okno.

– Kazałam mu jechać do River Garden – odezwała się po chwili. – Wysiadasz tam, prawda?

– Instrukcja, zdaje się, mówiła, że mam najpierw odwieźć do domu ciebie, panienko.

– Panienko? – roześmiała się i popatrzyła na niego czarnymi oczami matki. Niemal zrośnięte brwi przywodziły na myśl boginkę. – Mówisz jak moja ciotka. Ile ty właściwie masz lat?

– Człowiek ma tyle lat, na ile się czuje – odparł Harry. – Więc mam około sześćdziesiątki.

Teraz spojrzała na niego z zainteresowaniem.

– Pić mi się chce – oświadczyła nagle. – Postaw mi coś do picia, a potem będziesz mógł mnie odprowadzić pod same drzwi.

Harry sprawdził adres Molnesów w terminarzu Sparebanken NOR, stałym prezencie gwiazdkowym od ojca, i spróbował nawiązać kontakt z kierowcą.

– Zapomnij o tym – powiedziała Runa. – Będę się upierać przy River Garden. On pomyśli, że mnie napastujesz, i zacznie mnie ratować. Chcesz, żebym zrobiła scenę?

Harry postukał kierowcę w ramię, Runa zaczęła piszczeć. Taksówkarz gwałtownie zahamował, a Harry uderzył głową w sufit. Taksówkarz się odwrócił, Runa znów otworzyła usta do krzyku, Harry podniósł więc ręce do góry.

– Dobrze, dobrze, wobec tego dokąd jedziemy? Patpong jest chyba po drodze.

– Patpong? – Przewróciła oczami. – Rzeczywiście jesteś już dziadkiem. Tam chodzą tylko obleśni starcy i turyści. Jedziemy na Siam Square.

Zamieniła z kierowcą kilka słów, które w uszach Harry'ego zabrzmiały jak nieskazitelny tajski.

– Masz dziewczynę? – spytała, kiedy znów pod groźbą urządzenia sceny kelnerka przyniosła jej do stolika piwo.

Siedzieli w dużym zewnętrznym barze na szczycie szerokich monumentalnych schodów, pełnych młodych ludzi, prawdopodobnie studentów, jak Harry przypuszczał, którzy obserwowali wolno poruszający się ruch uliczny i siebie nawzajem. Runa zerknęła podejrzliwie na sok pomarańczowy Harry'ego, ale prawdopodobnie z uwagi na sytuację rodzinną była przyzwyczajona do niepijących mężczyzn. A może nie? Harry przypuszczał, że rodzina Molnesów nie przestrzegała wszystkich niepisanych zasad.

– Nie – odparł Harry i dodał: – Dlaczego, do cholery, wszyscy mnie o to pytają?

– Aż „do cholery"? – Obróciła się na krześle. – Chyba pytają głównie dziewczyny.

– Chcesz mnie zawstydzić? – roześmiał się Harry. – Opowiedz mi raczej o swoim chłopaku.

– O którym? – Lewą rękę trzymała ukrytą na kolanach, szklankę z piwem podnosiła prawą. Uśmiechnięta odchyliła głowę, przyglądając się Harry'emu. – Nie jestem dziewicą, jeśli tak ci się wydaje.

Harry zakrztusił się sokiem i o mało nie opluł stołu.

– Dlaczego miałabym nią być? – Runa wypiła łyk piwa.

– No właśnie, dlaczego?

Harry patrzył, jak grdyka w jej szyi porusza się, gdy przełykała. Przypomniał sobie, co mówił Jens o jabłku Adama, o tym, że z reguły nie da się go usunąć operacyjnie.

– Jesteś wstrząśnięty? – Odstawiła szklankę i nagle spoważniała.

– Dlaczego miałbym być? – Zabrzmiało to jak echo, więc czym prędzej dodał: – Sam debiutowałem w twoim wieku.

– Ale nie w wieku trzynastu lat.

Harry wziął oddech, zastanowił się i wolno wypuścił powietrze przez zęby. Wolał już zostawić ten temat.

– Tak? A on ile miał lat?

– To tajemnica. – Na twarzy Runy znów pojawił się żartobliwy wyraz. – Powiedz mi raczej, dlaczego nie masz dziewczyny.

Przez moment słowa same cisnęły mu się na usta, odruchowo, może po to, by sprawdzić, czy też jest w stanie ją zaszokować, mówiąc, że dwie kobiety, o których mógł z ręką na sercu powiedzieć, że je kochał, już nie żyją. Jedna zginęła z własnej ręki, druga z ręki mordercy.

– To długa historia – odparł. – Straciłem je.

– Je? To znaczy, że było ich kilka? Skoro byłeś z nimi na zmianę, to dlatego zerwały.

Harry słuchał dziecinnego ożywienia w jej głosie i śmiechu. Nie mógł się przemóc, żeby spytać, co ją łączy z Jensem Brekke.

– Nie – powiedział. – Po prostu niedostatecznie ich pilnowałem.

– Bardzo jesteś poważny.

– Przepraszam.

Siedzieli w milczeniu. Runa zdrapywała etykietkę z butelki po piwie. Podniosła wzrok na Harry'ego. Wyglądała tak, jakby próbowała podjąć decyzję. Etykietka w końcu się oderwała.

– Chodź! – Wzięła go za rękę. – Coś ci pokażę.

Zeszli po schodach, omijając studentów, i skierowali się na wąską kładkę nad szeroką aleją. Na środku się zatrzymali.

– Spójrz! – zawołała Runa. – Czy to nie piękne?

Harry patrzył na pojazdy jadące w obie strony. Droga wiodła aż po horyzont. Światła samochodów, motocykli i tuk-tuków przypominały strumień lawy gęstniejący w oddali w żółtą smugę.

– To wygląda jak wijący się wąż ze świetlnym wzorem na grzbiecie, widzisz? – Wychyliła się przez balustradę. – Wiesz, co jest dziwne? Mam świadomość, że są w tym mieście ludzie, którzy z radością zabiliby za tych parę groszy w mojej kieszeni. A mimo to nigdy się tu nie bałam. W Norwegii w weekendy zawsze jeździliśmy do domku w górach. Znam chatkę, okolicę i najmniejsze ścieżki jak własną kieszeń, a każde ferie spędzaliśmy w Ørsta, gdzie wszyscy się znają i o drobnej kradzieży w sklepie lokalna gazeta rozpisuje się na całą stronę. A mimo to tutaj czuję się bezpieczniej. Tu, gdzie wszędzie jest tylu ludzi, a ja nikogo nie znam. Czy to nie dziwne?

Harry nie wiedział, co odpowiedzieć.

– Gdybym mogła wybierać, zostałabym tu już do końca życia. I co najmniej raz w tygodniu przychodziłabym w to miejsce, żeby popatrzeć.

– Na ruch uliczny?

– Tak, na ruch. Kocham ulice. – Odwróciła się nagle do Harry'ego, oczy jej błyszczały. – Ty nie?

Pokręcił głową, Runa znów spojrzała w dół.

– Szkoda. Zgadnij, ile samochodów jeździ teraz ulicami Bangkoku. Trzy miliony. Codziennie przybywa tysiąc aut. Kierowca w Bangkoku dziennie spędza przeciętnie od dwóch do trzech godzin w samochodzie. Słyszałeś o Comfort 100? Sprzedają to na stacjach benzynowych. To takie torebki, do których można się wysikać, kiedy się stoi w korku. Myślisz, że Eskimosi mają jakąś nazwę na korki? Albo Maorysi?

Harry wzruszył ramionami.

– Pomyśl tylko, ile ich omija – ciągnęła. – Wszystkich tych, którzy żyją w miejscach, gdzie nie można pławić się w ludziach tak jak tutaj. Podnieś rękę… – Sama złapała jego dłoń i podniosła. – Czujesz to wibrowanie? To energia wszystkich tych, którzy są dookoła nas. Ona jest w powietrzu. Kiedy będziesz umierał i będzie ci się wydawało, że już nikt cię nie ocali, możesz po prostu wyjść, wyciągnąć ręce do góry i wchłonąć trochę tej energii. Możesz żyć wiecznie, naprawdę! – Oczy jej błyszczały, cała twarz się rozpromieniła. Przyłożyła sobie dłoń Harry'ego do policzka. – Już czuję, że będziesz żył długo. Bardzo długo. Jeszcze dłużej niż ja.

– Nie mów tak – powiedział Harry. Skóra dziewczyny paliła go w rękę. – To oznacza nieszczęście.

– Lepsze nieszczęście niż brak szczęścia. Tata tak powtarzał.

Harry cofnął dłoń.

– Nie chcesz żyć wiecznie? – spytała.

Zamrugał, wiedząc, że w tej chwili jego mózg robi im zdjęcie na kładce w otoczeniu ludzi mijających ich po obu stronach, ze świetlnym wężem w dole. Dokładnie tak, jak człowiek fotografuje miejsca, które odwiedza, ze świadomością, że nie zabawi tam długo. Zdarzało mu się to już wcześniej, pewnej nocy podczas skoku z wieży na kąpielisku Frogner, innej nocy w Sydney, gdy burzę rudych włosów rozwiewał wiatr, i w mroźne lutowe popołudnie na Fornebu, kiedy Sio czekała na niego w deszczu fleszy fotoreporterów. Wiedział, że bez względu na to, co się stanie, będzie kiedyś mógł wyciągnąć te zdjęcia, które nigdy nie zblakną, przeciwnie, z latami nabiorą pełni i kolorów.

W tej samej chwili poczuł na twarzy kroplę, potem jeszcze jedną. Zdziwiony spojrzał w górę.

– Ktoś mi mówił, że będzie padać dopiero w maju.

– Przelotna ulewa mango. – Runa obróciła twarz do nieba. – Czasami się pojawiają. To znaczy, że owoce mango już dojrzewają. Zaraz będzie lało. Chodź…

23

Harry zasypiał. Dźwięki nie były już tak natrętne, poza tym zauważył, że ruch uliczny ma w sobie pewien rytm, pewną przewidywalność. Pierwszej nocy budziło go nagłe głośne trąbienie. Za kilka dni pewnie zacznie się budzić, kiedy nikt nie będzie trąbił. Nawet strzelanie z uszkodzonego gaźnika nie rozlegało się przypadkowo, tylko miało swoje miejsce w pozornym chaosie. Po prostu trzeba czasu, by się w nim zanurzyć, tak jak błędnik musi się nauczyć kołysania łodzi.

Umówił się z Runą na spotkanie jutro w kawiarni przy uniwersytecie, żeby zadać jej kilka pytań o ojca. Kiedy wysiadała z taksówki, wciąż kapało jej z włosów.

Pierwszy raz od dawna śniła mu się Birgitta, włosy klejące się do bladej skóry. Ale uśmiechała się i żyła.

Adwokatowi na wyciągnięcie Woo z aresztu wystarczyły cztery godziny.

– Doktor Ling, pracuje dla Sorensena – oświadczyła Liz na porannej odprawie i westchnęła. – Nho ledwie zdążył spytać Woo o to, gdzie był w dniu zabójstwa, kiedy nastąpił koniec.

– I co chodzący wykrywacz kłamstw uzyskał z tej odpowiedzi? – spytał Harry.

– Nic – odparł Nho. – Nie interesowało go wyznanie nam czegokolwiek.

– Nic? Cholera, a ja myślałem, że wy tu jesteście świetni w torturach wodnych i elektrowstrząsach.

– Czy ktoś może powiedzieć, że ma do przekazania jakieś dobre wiadomości? – spytała Liz.

Zaszeleściła gazeta.

– Zadzwoniłem jeszcze raz do hotelu Maradiz. Ta pierwsza osoba, z którą rozmawiałem, mówiła tylko, że samochodem ambasady przyjeżdżał *farang* z kobietą. Człowiek, z którym kontaktowałem się dzisiaj, zapamiętał, że kobieta też była biała i że porozumiewali się chyba po niemiecku albo holendersku.

– Po norwesku – orzekł Harry.

– Próbowałem uzyskać jakiś rysopis tych dwojga, ale wiecie, jak to jest…

Nho i Sunthorn uśmiechnęli się i wbili oczy w podłogę. Nikt się nie odzywał.

– O co chodzi? – warknął Harry.

– Wyglądamy dla nich identycznie – westchnęła Liz. – Sunthorn, wyprawisz się tam z kilkoma zdjęciami. Sprawdzisz, czy zdołają zidentyfikować ambasadora i jego żonę.

Harry zmarszczył nos.

– Mąż i żona w miłosnym gniazdku za dwieście dolarów na dobę w odległości kilku kilometrów od własnego domu? To chyba jakaś perwersja.

– Człowiek, z którym dzisiaj rozmawiałem, twierdził, że zatrzymywali się tam w weekendy – uzupełnił Rangsan. – Podał mi kilka dat.

– Założę się o wczorajszą wygraną, że to nie była żona – powiedział Harry.

– Może i nie. Zresztą i tak mało prawdopodobne, żeby do czegoś nas to doprowadziło.

Komisarz Crumley zakończyła odprawę informacją, że mogą ten dzień poświęcić na odrobienie zaległej papierkowej roboty w sprawach, które porzucili, kiedy zabójstwu ambasadora nadano priorytet. Tajowie wyszli, ale Harry jeszcze został.

– A więc wyciągnęliśmy kartę z napisem „Cofnij się na start"? – spytał.

– W zasadzie w ogóle nie ruszyliśmy się z miejsca – odparła Liz. – Może będziecie mieli to, czego chcecie.

– A czego chcemy?

– Rozmawiałam dziś rano z naszym komendantem. Wczoraj odbył rozmowę z niejakim Torhusem, który pytał, jak długo mamy zamiar prowadzić śledztwo. Norweskie władze życzą sobie rozstrzygnięcia sprawy w ciągu tygodnia, jeśli nie wpadniemy na nic konkretnego. Komendant powiedział mu, że to sprawa Tajlandii, że tu się nie umarza spraw o zabójstwo ot, tak sobie. Ale później w ciągu dnia miał telefon z naszego Ministerstwa Sprawiedliwości. Chyba dobrze się stało, że zwiedzanie załatwiliśmy, kiedy było trochę czasu, bo wygląda na to, że w piątek powinieneś szykować się na powrót do domu, Harry. Chyba że pojawiłyby się jakieś konkrety.

– Harry! – Tonje Wiig powitała go w recepcji. Policzki miała zarumienione, a uśmiech tak czerwony, że podejrzewał ją o uszminkowanie ust tuż przed wyjściem z pokoju.

– Musimy się napić herbaty – oświadczyła. – Ao!

Kiedy Harry przyszedł do ambasady, Ao patrzyła na niego z niemym przerażeniem i choć czym prędzej zapewnił, że jego wizyta nie ma żadnego związku z nią, czuł na sobie jej spojrzenie. Zachowywała się jak antylopa przy wodopoju, która ma w zasięgu wzroku lwy. Teraz odwróciła się i odeszła.

– Śliczna dziewczyna – stwierdziła Tonje, badawczo przyglądając się Harry'emu.

– Pełna wdzięku. I taka młoda.

Tonje, widocznie zadowolona z tej odpowiedzi, zaprowadziła go do swojego gabinetu.

– Usiłowałam wczoraj do ciebie dzwonić – oznajmiła. – Ale cię nie zastałam.

Harry widział, że Tonje spodziewa się pytania, dlaczego dzwoniła, ale go nie zadał. Ao przyniosła herbatę, zaczekał, aż wyjdzie.

– Potrzebuję kilku informacji – powiedział.

– Jakich?

– Ponieważ pełniłaś funkcję chargé d'affaires podczas nieobecności ambasadora, spodziewam się, że masz gdzieś jakiś spis jego wyjazdów.

– Oczywiście.

Odczytał jej cztery daty, które sprawdziła we własnym kalendarzu. Ambasador wyjeżdżał we wszystkich tych terminach. Trzy razy do Chiang Mai, raz do Wietnamu. Harry wolno notował, wewnętrznie zbierając się do dalszej części rozmowy.

– Czy ambasador znał w Bangkoku jakieś Norweżki poza żoną?

– Nie... Nic o tym nie wiem. Oprócz mnie, oczywiście.

Harry zaczekał, aż Tonje odstawi filiżankę, nim spytał:

– A co powiesz na to, że podejrzewam cię o romans z ambasadorem?

Tonje opadła szczęka. Rzeczywiście mogła być chlubą norweskich dentystów.

– O mój Boże! – westchnęła bez cienia ironii.

Odchrząknął.

– Uważam, że te dni, które przed chwilą omawialiśmy, spędzałaś z ambasadorem w hotelu Maradiz, a jeśli mam rację, to proszę, żebyś mi opowiedziała o waszych relacjach i o tym, gdzie przebywałaś w dniu jego śmierci.

Zaskakujące było to, że osoba tak blada jak Tonje Wiig mogła jeszcze zblednąć.

– Czy powinnam porozumieć się z adwokatem?

– Jeśli nie masz nic do ukrycia, to nie.

Zobaczył, że w kąciku jej oka wzbiera łza.

– Nie mam nic do ukrycia.

– W takim razie powinnaś ze mną porozmawiać.

Dotknęła oka chusteczką, lekko, żeby nie rozmazać tuszu.

– Miałam ochotę go zabić, wie pan.

Harry natychmiast zwrócił uwagę na zmianę formy, ale czekał cierpliwie.

– Tak wielką, że ucieszyłam się, kiedy się dowiedziałam, że nie żyje.

Słyszał, że nabiera rozpędu. Wiedział, że teraz chodzi tylko o to, by nie powiedzieć lub nie zrobić czegoś głupiego, co wstrzymałoby potok słów. Wyznania rzadko pojawiają się pojedynczo.

– Dlatego że nie chciał odejść od żony?

– Nie. – Pokręciła głową. – Źle mnie pan zrozumiał. On mi wszystko psuł. Wszystko, co...

W pierwszym szlochu kryło się mnóstwo bólu; Harry wiedział, że na coś trafił. Tonje Wiig opanowała się jednak, wytarła oczy i chrząknęła.

– To była nominacja polityczna, on nie miał żadnych kwalifikacji do tej pracy. Już wcześniej dostawałam sygnały, że jestem kandydatką na stanowisko ambasadora, kiedy nagle spadła na mnie taka wiadomość. Przysłali go tu w pośpiechu, jakby nie mogli dostatecznie szybko pozbyć się go z Norwegii. Musiałam przekazać klucze do gabinetu ambasadora człowiekowi, który nie odróżniał radcy ambasady od attaché. I nigdy nie mieliśmy romansu. Z mojej strony to by było absurdalne, nie rozumie pan tego?

– Co było dalej?

– Kiedy mnie wezwali, żebym go zidentyfikowała, nagle zapomniałam o całym tym mianowaniu, o tym, że trafia mi się druga szansa. Pamiętałam jedynie, jakim był miłym i mądrym człowiekiem. Bo taki właśnie był! – powiedziała to tak głośno, jakby Harry protestował. – Mimo że nie nadawał się na ambasadora. Ale wie pan, dużo o tym później myślałam. Że może nie dokonałam właściwych wyborów w życiu. Że są rzeczy ważniejsze niż praca i kariera. Może nawet nie będę się ubiegać o stanowisko ambasadora, zobaczymy. Wiele rzeczy muszę przemyśleć. Teraz nic nie powiem na pewno. – Jeszcze parę razy pociągnęła nosem, ale już wyraźnie się uspokoiła. – Bardzo rzadko się zdarza, by radca ambasady zostawał ambasadorem w tej samej placówce. Właściwie z tego, co wiem, nigdy dotąd się to nie zdarzyło. – Sięgnęła po kieszonkowe lusterko, sprawdziła makijaż i mruknęła raczej do siebie: – Ale kiedyś chyba musi być ten pierwszy raz.

W taksówce wiozącej go z powrotem do komendy Harry postanowił skreślić Tonje Wiig z listy podejrzanych. Częściowo go przekonała, a poza tym mogła udowodnić, że przebywała gdzie indziej w tych dniach, które ambasador spędził w hotelu Maradiz. Tonje potwierdziła również, że niewiele jest Norweżek mieszkających na stałe w Bangkoku.

Dlatego poczuł się tak, jakby ktoś zadał mu cios pięścią w brzuch, gdy nagle zaczął myśleć o czymś, co było nie do pomyślenia. Bo to wcale nie było takie nie do pomyślenia.

*

Dziewczyna, która stanęła w szklanych drzwiach w Hard Rock Café, była zupełnie inną osobą niż ta zamknięta w sobie, ze znudzoną, zbuntowaną miną, którą widział w ogrodzie i na pogrzebie. Rozpromieniła się, gdy zobaczyła go nad gazetą przy pustej butelce po coli. Włożyła sukienkę w niebieskie kwiatki z krótkimi rękawami; niczym wprawny iluzjonista trzymała protezę w taki sposób, że właściwie nie zwracało się na nią uwagi.

– Czekałeś – skonstatowała zachwycona.

– Tutaj trudno obliczyć, ile zajmie jazda – mruknął. – Nie chciałem się spóźnić.

Usiadła i zamówiła mrożoną herbatę.

– Wczoraj. Twoja matka...

– Spała – odparła krótko. Tak krótko, że zdaniem Harry'ego zabrzmiało to jak ostrzeżenie, ale nie miał już czasu na dalsze chodzenie opłotkami.

– Chcesz powiedzieć, że była pijana?

Popatrzyła na niego, wesoły uśmiech zniknął, jakby wyparował.

– Zamierzasz wypytywać mnie o matkę?

– Między innymi. Jak się układało twoim rodzicom?

– Dlaczego nie spytasz jej?

– Bo uważam, że ty gorzej kłamiesz – odparł szczerze.

– Ach tak? W takim razie układało im się fantastycznie. – Na twarz Runy powróciła złość.

– Aż tak źle?

Nie odezwała się.

– Przepraszam cię, Runo, ale na tym polega moja praca.

Wzruszyła ramionami.

– Matka i ja niezbyt się ze sobą zgadzamy. Z tatą bardzo się przyjaźniłam. Wydaje mi się, że ona była zazdrosna.

– O kogo?

– O nas oboje. O niego. Nie wiem.

– Dlaczego o niego?

– On w pewnym sensie jej nie potrzebował. Traktował ją jak powietrze...

– Czy zdarzało się, żeby twój ojciec zabierał cię do hotelu, Runo? Na przykład do hotelu Maradiz?

Zauważył jej zdumienie.

– O co ci chodzi? Po co miałby to robić?

Harry wbił wzrok w gazetę leżącą na stoliku, ale w końcu zmusił się, by spojrzeć na Runę.

– Fuj! – zawołała, wrzucając łyżeczkę do filiżanki, aż herbata się rozprysnęła. – Dlaczego tak dziwnie mówisz? Do czego ty zmierzasz?

– Runo, wiem, że to trudne, ale wydaje mi się, że twój ojciec robił rzeczy, których powinien żałować.

– Tata? Tata zawsze żałował. Żałował wszystkiego, brał na siebie winę, przepraszał... A ta wiedźma nigdy nie chciała zostawić go w spokoju. Cały czas nim pomiatała. To nie tak, tamto nie tak, wciągnąłeś mnie w to i tak dalej. Myślała, że nie słyszę, ale ja słyszałam. Każde słowo. Że nie została stworzona po to, żeby żyć z eunuchem, że jest pełnej krwi kobietą. Sugerowałam, że powinien odejść, ale wytrzymywał. Dla mnie. Nie mówił o tym, ale wiem, że dla mnie.

Harry miał wrażenie, że przez ostatnie dwa dni pływał w rzece łez, ale teraz się nie pojawiły.

– Próbuję ci powiedzieć – schylił głowę, żeby popatrzeć Runie w oczy – że twój ojciec miał inne skłonności seksualne niż wszyscy.

– To dlatego tak się stresujesz? Wydaje ci się, że nie wiem o moim ojcu? O tym, że był skrzywiony?

Harry zapanował nad sobą i nie rozdziawił ust.

– Co masz na myśli, mówiąc „skrzywiony”? – spytał.

– Że był gejem. Pedałem. Ciotą. Jestem rezultatem jednego z kilku numerków, jakie ta wiedźma miała z tatą. Brzydziło go to.

– Mówił ci o tym?

– Za dużo miał w sobie dobroci, żeby coś powiedzieć, ale ja i tak wiedziałam. Byłam jego najlepszą przyjaciółką. To powtarzał głośno. Czasami sprawiał wrażenie, jakbym była jedyną bliską mu osobą. „Lubię tylko ciebie i konie”, powiedział mi kiedyś. Mnie i konie, niezłe, co? Wydaje mi się, że miał jakiegoś chłopaka w okresie studiów, zanim poznał matkę. Ale facet go zostawił. Nie chciał przyznać się do tego romansu. W porządku, tata też nie chciał. To było już dawno. Świat się od tamtej pory zmienił.

Wygłosiła to z niezachwianą pewnością nastolatki. Harry podniósł szklankę do ust i powoli wypił. Musiał zyskać na czasie. Sytuacja rozwinęła się zupełnie inaczej, niż się spodziewał.

– Chcesz wiedzieć, kto bywał w hotelu Maradiz? – spytała Runa.

W odpowiedzi tylko kiwnął głową.

– Matka i jej kochanek.

24

Białe od szadzi gałęzie wyciągały się do bladego zimowego nieba nad Parkiem Zamkowym. Dagfinn Torhus stał przy oknie i obserwował zmarzniętego mężczyznę, który biegł w górę Haakon VII's gate z głową wciśniętą w ramiona. Zadzwonił telefon. Torhus spojrzał na zegarek; nadeszła pora lunchu. Śledził mężczyznę wzrokiem, dopóki tamten nie zniknął przy stacji kolejki, w końcu podniósł słuchawkę i podał swoje nazwisko. Rozległy się trzaski i szumy, nim wreszcie dotarł do niego głos.

– Daję ci jeszcze jedną szansę, Torhus. Jeśli z niej nie skorzystasz, zadbam o to, żeby MSZ ogłosił nabór na twoje stanowisko szybciej, niż zdołasz powiedzieć głośno: „Norweski policjant świadomie oszukiwany przez naczelnika wydziału w MSZ-ecie". Albo: „Ambasador Molnes padł ofiarą zabójstwa na tle homoseksualnym". Jedno i drugie nieźle brzmi jako nagłówek w gazecie, nie sądzisz?

Torhus usiadł.

– Gdzie ty jesteś, Hole? – spytał, nie wiedząc, jak zareagować.

– Akurat odbyłem długą rozmowę z Bjarnem Møllerem. Wypytywałem go na piętnaście możliwych sposobów, co na miłość boską Atle Molnes robił w Bangkoku. Wszystko, co do tej pory odkryłem, wskazuje, że to najmniej odpowiedni kandydat na ambasadora od czasów Reiulfa Steena*. Nie udało mi się przeciąć

* Reiulf Steen – były przewodniczący Norweskiej Partii Pracy, w latach 1992–1996 ambasador Norwegii w Chile (przyp. tłum.).

wrzodu, ale przynajmniej potwierdziłem, że wrzód istnieje. Rozumiem, że Bjarnego Møllera obowiązuje tajemnica. Odesłał mnie do ciebie. Pytanie już znasz. Czego ja nie wiem, a ty wiesz? Dla twojej informacji powiem tylko, że siedzę tuż przy faksie, a na kartce mam wypisane numery do „VG", „Aftenposten" i „Dagbladet".

Głos Torhusa przeniósł zimowy chłód aż do Bangkoku.

– Nie wydrukują smętnych insynuacji policjanta-pijaka, Hole.

– Jeśli ten policjant-pijak jest gwiazdą, to owszem.

Torhus nie odpowiedział.

– Przypuszczam, że lokalna gazeta – mam na myśli „Sunnmøreposten" – też zainteresuje się sprawą.

– Masz obowiązek dochowania tajemnicy – przypomniał Torhus słabym głosem. – Zostaniesz za to ukarany.

Hole się roześmiał.

– Dżuma albo cholera, co? Wiedzieć to, co wiem, i nic z tym nie zrobić oznaczałoby zaniedbanie obowiązków służbowych. To, jak wiesz, również jest karalne. Z jakiegoś powodu mam wrażenie, że mniej stracę na złamaniu tajemnicy niż ty.

– Jaką gwarancję… – zaczął Torhus, ale przerwały mu trzaski na linii. – Halo?

– Jestem.

– Jaką mam gwarancję, że będziesz milczał o tym, co ci powiem?

– Żadnej. – Za sprawą echa słowo zabrzmiało powtórzone trzykrotnie.

Zapadła cisza.

– Musisz mi zaufać – dodał Harry.

– Dlaczego miałbym ci ufać? – prychnął Torhus.

– Bo nie masz wyboru.

Naczelnik wydziału spojrzał na zegarek i zorientował się, że spóźni się na lunch. Kanapki z rostbefem w kantynie na pewno już zniknęły. Cóż, trudno, i tak stracił apetyt.

– To nie może się wydostać – powiedział. – Mówię poważnie.

– Rozpowszechnianie tych informacji nie jest celem samym w sobie.

– Okej, Hole. O ilu skandalach w KrF wiesz?

– O niewielu.

– No właśnie. Przez lata nasza chadecja była tą niedużą przyjemną partią, którą nikt za bardzo się nie przejmował. Za to prasa gruntownie przekopywała wszystko wokół elit władzy z Partii Pracy i wariatów z Partii Postępu. Natomiast posłowie KrF na ogół mogli wieść spokojne, chociaż umiarkowanie prominentne życie. Zmiana gabinetu odmieniła wszystko. Kiedy przyszło do układania pasjansa rządowego, prędko stało się jasne, że kandydatura Atlego Molnesa na ministra, mimo jego bezdyskusyjnych zdolności i długiego doświadczenia w parlamencie, jest wykluczona. Gruntowne grzebanie w życiu prywatnym oznaczałoby ryzyko, na które chrześcijańska partia z hasłami o wartościach w programie nie mogła sobie pozwolić. Nie można odrzucać wyświęcania homoseksualnych kapłanów, mając jednocześnie homoseksualnych ministrów. Wydaje mi się, że sam Molnes to rozumiał. Kiedy jednak podano nazwiska nowych członków rządu, zareagowała nawet prasa. Dlaczego Atle Molnes nie wszedł do rządu? Po tym, jak swego czasu usunął się na bok, ustępując obecnemu premierowi miejsca na stanowisku szefa partii, większość traktowała go jako numer dwa, a przynajmniej trzy albo cztery. Zaczęto zadawać pytania i rozdmuchano plotki o jego homoseksualizmie, które, gdy wycofał się z kandydowania na przewodniczącego partii, ledwie zaczęły krążyć. Owszem, wiemy, że wielu spośród parlamentarzystów to homoseksualiści, mógłbyś więc spytać, po co to zamieszanie. No cóż, w tym wypadku, oprócz faktu, że Molnes należał do władz KrF, interesujące było również to, że blisko przyjaźnił się z premierem. Razem studiowali, a nawet razem mieszkali. Jedynie kwestią czasu było, że prasa to wywęszy. Molnes pozostawał poza rządem, lecz mimo wszystko cała ta historia prędko stała się osobistym obciążeniem dla premiera. Wszyscy wiedzieli, że premier i Molnes od samego początku byli dla siebie największym wsparciem, więc kto by mu uwierzył, że przez tyle lat nie wiedział o seksualnych preferencjach Molnesa? Co z wszystkimi wyborcami, którzy popierali premiera ze względu na jasno wyrażone przez partię poglądy na temat ustawy partnerskiej i innych bezeceństw, skoro – zahaczając o Biblię – wyhodował węża na własnym łonie? Jakie by to miało znaczenie dla zaufania? Osobista popularność premiera do tego czasu stanowiła jedną z najważniejszych gwarancji pozwalających na dalsze funkcjonowanie rządu mniejszościowego, więc rzeczą najmniej wszystkim potrzebną był skandal. Jasne się stało, że Molnes musi jak najszybciej wyjechać z kraju. Uznano, że najlepsze będzie stanowisko ambasadora za granicą. Nikt nie mógłby później zarzucić premierowi, że usunął partyjnego kolegę, który długo i wiernie mu służył. Wtedy skontaktowano się ze mną. Zadziałaliśmy szybko. Stanowisko ambasadora w Bangkoku formalnie nie było jeszcze obsadzone, a wyjazd odsunąłby Molnesa dostatecznie daleko od prasy, żeby zostawiła go w spokoju.

– Panie Jezu! – westchnął Harry po chwili.

– Owszem.

– Wiedzieliście, że jego żona ma kochanka?

Torhus zarżał cicho.

– Nie. Ale musiałbyś mnie długo przekonywać, żebym postawił na to, że go nie ma.

– Dlaczego?

– Po pierwsze, przypuszczam, że mąż-homoseksualista patrzy na takie rzeczy przez palce. Po drugie, wydaje się, że w kulturze stosunków międzynarodowych istnieje coś, co skłania do związków pozamałżeńskich. Często skutkiem są nowe małżeństwa. Po MSZ-ecie ludzie nie mogą swobodnie chodzić, nie natykając się na byłych małżonków, dawnych kochanków czy obecnych partnerów łóżkowych. Resort słynie z kazirodztwa. Jesteśmy pod tym względem, do cholery, gorsi niż telewizja NRK. – Torhus dalej się śmiał.

– Kochanek nie jest z MSZ-etu – wyjaśnił Harry. – To Norweg będący tutaj kimś w rodzaju miejscowego Gordona Gekko. Dealer walutowy na dużą skalę, Jens Brekke. Początkowo sądziłem, że związał się z córką ambasadora, ale okazuje się, że to kochanek Hilde Molnes. Poznali się prawie od razu, kiedy tylko Molnesowie tu przyjechali, i w opinii córki to coś więcej niż tylko numerek od czasu do czasu. Związek jest dość poważny, córka uważa, że prędzej czy później zamieszkają razem.

– To dla mnie nowość.

– W każdym razie daje ewentualny motyw żonie. I kochankowi.

– Dlatego że Molnes im przeszkadzał?

– Przeciwnie. Córka twierdzi, że to Hilde Molnes przez wszystkie te lata nie chciała rozstać się z mężem. Przypuszczam, że odkąd Molnes obniżył swoje polityczne aspiracje, ochronna skorupka, jaką dawało mu małżeństwo, przestała już być taka ważna. Zapewne ambasadorowa wykorzystywała prawo do opieki nad córką jako środek nacisku, zwykle chyba tak się dzieje, prawda? Nie, nie, ewentualny motyw jest z rodzaju tych mniej szlachetnych. Do rodziny Molnesa należy, zdaje się, połowa Ørsta.

– Owszem.

– Poprosiłem Møllera, żeby sprawdził, czy istnieje jakiś testament, ile akcji przedsiębiorstwa rodzinnego i innych dóbr było w posiadaniu Molnesa.

– No cóż, to nie mój fach, Hole. Ale czy ty za bardzo wszystkiego nie komplikujesz? Przecież równie dobrze ambasadora mógł zakłuć jakiś szaleniec.

– Być może. Ale czy masz z zasady coś przeciwko temu, żeby tym szaleńcem okazał się Norweg?

– O czym ty mówisz?

– Mordujący dla przyjemności nie wbijają ofierze noża w plecy i nie uprzątają potem wszystkich śladów. Prawdziwi szaleńcy zostawiają coś, żebyśmy potem mogli się bawić w policjantów i złodziei. W tym wypadku nie mamy nic. *Nada*. Uwierz mi, to było starannie zaplanowane zabójstwo, dokonane przez osobę, która w ogóle nie miała ochoty na zabawę, tylko chciała mieć już za sobą tę sprawę i śledztwo umorzone z braku dowodów. Ale kto wie, może po to, żeby zrealizować takie zabójstwo, też trzeba być szaleńcem? A jedyni szaleńcy, z jakimi do tej pory się tutaj zetknąłem, mówili po norwesku.

25

Harry wreszcie zdołał odszukać właściwe wejście między dwoma barami ze striptizem na Soi 1 na Patpongu. Wszedł na górę po schodach i znalazł się w pogrążonym w półmroku pomieszczeniu, w którym na suficie leniwie kręcił się gigantyczny wiatrak. Mimowolnie schylił się na widok ogromnych śmigieł, wiedząc już, że wysokość drzwi i innych konstrukcji w tym kraju nie była przeznaczona dla jego metra dziewięćdziesięciu.

Hilde Molnes siedziała przy stoliku w głębi restauracji. Ciemne okulary, które prawdopodobnie miały jej zapewniać anonimowość, raczej ściągały uwagę wszystkich.

– Właściwie nie lubię whisky z ryżu – oświadczyła, wypijając do dna. – Mekong jest wyjątkiem. Mogę panu zaproponować to samo, sierżancie?

Harry pokręcił głową. Pani Molnes pstryknęła palcami i jej szklaneczka zaraz znów była pełna.

– Znają mnie tutaj – wyjaśniła. – Przestają mi dolewać, kiedy sami uznają, że mam już dość. Zwykle się nie mylą – zaśmiała się ochryple. – Mam nadzieję, że odpowiada panu miejsce spotkania. W domu jest... trochę smutno. Jaki jest powód tej konsultacji, sierżancie?

Wymówiła te słowa z nieco zbyt wyraźną dykcją, charakteryzującą osoby, które mają w zwyczaju ukrywać, że piły.

– Akurat uzyskaliśmy z hotelu Maradiz potwierdzenie, że regularnie zatrzymywała się tam pani z Jensem Brekke.

– No proszę – pokiwała głową Hilde Molnes. – Nareszcie ktoś, kto robi swoją robotę. Jeśli porozmawia pan z tym kelnerem, on potwierdzi, że również tutaj spotykałam się z panem Brekke r e g u l a r n i e. – Ostatnie słowo wypluła. – Miejsce jest ciemne, anonimowe, nigdy nie przychodzą tu inni Norwegowie, a poza tym serwują najlepszego *plaa lòt* w mieście. Lubi pan węgorza, Hole? Słonowodnego węgorza?

Harry pomyślał o mężczyźnie, którego wyciągnęli na ląd w okolicy Drøbak. Topielec leżał w morzu przez kilka dni, blada twarz patrzyła na nich z dziecięcym zdumieniem. Coś zjadło mu powieki. Ale tym, co przykuło ich uwagę, był węgorz. Ogon wystawał z ust mężczyzny, wijąc się jak srebrny bat. Harry wciąż pamiętał słony smak powietrza, więc tamten musiał być słonowodny.

– Mój dziadek jadał niemal wyłącznie węgorze – powiedziała Hilde Molnes. – Od czasów przed wojną prawie do samej śmierci. Opychał się nimi, nigdy nie miał dość.

– Dostałem również kilka informacji w związku z testamentem.

– Wie pan, dlaczego jadł tyle węgorzy? Och, z pewnością pan tego nie wie. Dziadek był rybakiem, ale to się działo tuż przed wojną, a ludzie w Ørsta nie chcieli węgorzy. Wie pan, z jakiego powodu?

Dostrzegł na jej twarzy ten sam grymas bólu, który zauważył już w ogrodzie.

– Pani Molnes…

– Pytam, czy pan wie dlaczego?

Harry pokręcił głową.

Hilde Molnes zniżyła głos i palcem zakończonym czerwonym paznokciem zaczęła pukać w stół, akcentując sylaby.

– Tamtej zimy zatonął kuter. Kilkaset metrów od lądu. Nie było wtedy sztormu, ale taki mróz, że żaden z dziewięciu ludzi na pokładzie się nie uratował. Akurat tam, gdzie łódź zatonęła, przepływa prąd i żadnego ciała nie odnaleziono. Ale później ludzie twierdzili, że nagle w fiordzie pojawiło się mnóstwo węgorzy. Mówią, że węgorze to topielcy. Wielu z tych, którzy utonęli, było krewnymi mieszkańców Ørsta, więc sprzedaż węgorzy nagle całkiem zamarła. Ludzie bali się wręcz, że ktoś ich zobaczy z węgorzem w siatce. Dziadek stwierdził, że opłaca się sprzedawać wszystkie pozostałe ryby, a samemu jeść węgorze. Był z Sunnmøre, tam liczą każdy grosz, wie pan…

Zdjęła szklankę z podstawki i przestawiła ją na stół. Na obrusie pojawiła się ciemna plama.

– Chyba w nich zasmakował. Powtarzał: „Było ich tylko dziewięciu, nie mogło wystarczyć na tyle węgorzy. Może zjadłem jednego albo dwa z tych, które spróbowały tamtych nieszczęśników, i co z tego? Ja w każdym razie nie poczułem żadnej różnicy". Nie poczuł żadnej różnicy! Niezłe, co?

Zabrzmiało to jak echo.

– A pan jak myśli, Hole? Uważa pan, że węgorze zjadły tych ludzi?

Harry podrapał się za uchem.

– No cóż. Niektórzy twierdzą, że i makrele to ludożercy. Nie wiem. Myślę, że wszystkie skubią sobie po kawałku. To znaczy ryby.

Hilde Molnes triumfalnie uniosła szklankę.

– Wie pan co? Myślę dokładnie tak samo. Wszystkie skubią po kawałku.

Harry pozwolił jej wypić.

– Jeden z moich kolegów w Oslo rozmawiał właśnie z prawnikiem pani męża. Z Bjørnem Hardeidem z Ålesund. Jak pani być może wie, adwokaci mogą odstąpić od obowiązku dochowania tajemnicy po śmierci klienta, jeśli uznają, że przekazanie informacji nie zaszkodzi jego dobremu imieniu.

– Nie wiedziałam.

– Tyle że Bjørn Hardeid nie chciał nic powiedzieć. Kolega zadzwonił więc do brata Atlego Molnesa, ale i z niego, niestety, niewiele dało się wyciągnąć. A już całkiem odebrało mu mowę, gdy mój kolega wysunął teorię, że Atle Molnes nie dysponował tak dużą częścią rodzinnego majątku, jak wielu osobom się wydawało.

– Dlaczego pan tak uważa?

– Człowiek, który nie jest w stanie spłacić długów z hazardu, wynoszących siedemset pięćdziesiąt tysięcy koron, niekoniecznie musi być ubogi, lecz w każdym razie nie ma do dyspozycji swojej cząstki rodzinnej fortuny wynoszącej blisko dwieście milionów koron.

– Skąd...

– W Centralnym Rejestrze Przedsiębiorstw w Brønnøysund podano koledze przez telefon liczby z bilansu Molnes Møbler AS. Zaksięgowany kapitał własny jest, rzecz jasna, mniejszy. Kolega zorientował się jednak, że spółka jest notowana na giełdzie w sektorze małych i średnich przedsiębiorstw, zatelefonował więc do maklera, który wyliczył mu wartość giełdową. Spółka rodzinna Molnes Holding ma czterech udziałowców, trzech braci i siostrę. Wszyscy są członkami zarządu w Molnes Møbler AS, nie ma żadnych zawiadomień o wewnętrznej sprzedaży, odkąd Molnes senior przekazał akcje holdingowi. Więc jeśli pani mąż nie sprzedał swoich udziałów komuś z rodzeństwa, to powinien posiadać co najmniej... – Harry zerknął do notesu, w którym zanotował to, co przedyktowano mu przez telefon – ...pięćdziesiąt milionów koron.

– Widzę, że zajął się pan tym bardzo gruntownie.

– Nie rozumiem ponad połowy z tego, co teraz powiedziałem, wiem jedynie, że to musi oznaczać, iż ktoś trzyma rękę na pieniądzach pani męża, i bardzo chciałbym wiedzieć dlaczego.

Hilde Molnes spojrzała na niego znad drinka.

– Naprawdę chce pan to wiedzieć?

– A dlaczego nie?

– Nie jestem pewna, czy ci, którzy pana przysłali, życzyliby sobie, żeby grzebał pan aż tak głęboko w prywatnym życiu ambasadora.

– I tak wiem już za dużo, pani Molnes.

– Wie pan o…

– Tak.

– Aha.

Zrobiła przerwę, w której dopiła mekong. Podszedł kelner, żeby jej dolać, ale odprawiła go gestem.

– Jeśli pan na dodatek wie, że rodzina Molnesów ma długie tradycje w wysiadywaniu ławek w domach modlitwy Misji Wewnętrznej, i oczywiście w członkostwie w KrF, to reszty też może się pan domyślić.

– Być może. Ale byłbym wdzięczny, gdyby pani zechciała mi to opowiedzieć.

Zadrżała, jakby dopiero teraz poczuła ostry smak tajskiej whisky.

– Zdecydował o tym ojciec Atlego. Kiedy przy okazji wyborów nowego przewodniczącego KrF zaczęły krążyć plotki, Atle wyjaśnił ojcu, jak wygląda sprawa. Tydzień później ojciec zmienił testament. Oświadczył, że przypadająca Atlemu część rodzinnego majątku pozostanie zapisana na jego nazwisko, lecz prawo do dysponowania nią przechodzi na Runę, która akurat wtedy się urodziła. Runa będzie mogła w pełni dysponować majątkiem, kiedy skończy dwadzieścia trzy lata.

– A wcześniej? Kto miał dysponować pieniędzmi?

– Nikt. To znaczy miały być zaangażowane w rodzinne przedsiębiorstwo.

– A co teraz, kiedy pani mąż nie żyje?

– Teraz – Hilde Molnes przeciągnęła palcem wokół brzegu szklaneczki – teraz wszystko dziedziczy Runa. A prawo do dysponowania majątkiem do czasu ukończenia przez nią dwudziestu trzech lat przechodzi na osobę, która sprawuje nad nią władzę rodzicielską.

– Jeśli dobrze zrozumiałem, te pieniądze są teraz uwolnione i to pani nimi dysponuje.

– Rzeczywiście tak jest. Dopóki Runa nie skończy dwudziestu trzech lat.

– A co oznacza takie prawo do dysponowania majątkiem?

Hilde Molnes wzruszyła ramionami.

– Nad tym naprawdę się nie zastanawiałam. Dowiedziałam się o wszystkim zaledwie kilka dni temu. Od adwokata Hardeida.

– Wcześniej nie znała pani klauzuli o przekazaniu pani prawa do dysponowania majątkiem?

– Może i ktoś o tym wspominał, podpisywałam jakieś dokumenty, ale to bardzo skomplikowane sprawy, nie sądzi pan? W każdym razie wtedy nie poświęcałam temu żadnej uwagi.

– Nie? – rzucił Harry lekko. – Wydawało mi się, że przed chwilą wspominała pani coś o naturze mieszkańców Sunnmøre.

Uśmiechnęła się blado.

– Nigdy nie byłam lokalną patriotką.

Harry przyjrzał się jej uważnie. Czyżby udawała bardziej pijaną, niż była w rzeczywistości? Podrapał się w kark.

– Od jak dawna zna pani Jensa Brekke?

– Ma pan na myśli, od jak dawna się pieprzymy?

– Owszem, to również.

– Przedstawmy to więc we właściwej kolejności. Zobaczmy...

Hilde Molnes ściągnęła brwi, zmrużonymi oczami popatrzyła w sufit, spróbowała oprzeć głowę na dłoni, ale broda jej się obsunęła. Wtedy Harry zrozumiał, że się pomylił. Była pijana jak szewc.

– Poznaliśmy się na przyjęciu powitalnym Atlego, dwa dni po naszym przybyciu do Bangkoku. Zaczęło się o ósmej. Zaproszono całą kolonię norweską, a impreza odbywała się w ogrodzie przy rezydencji. Jens zerżnął mnie w garażu, pewnie jakieś dwie, może trzy godziny później. Mówię, że on mnie zerżnął, ponieważ prawdopodobnie w tym momencie byłam już tak pijana, że w zasadzie nie potrzebował mojego udziału. Ani zgody. Ale następnym razem ją dostał. Albo jeszcze kolejnym, nie pamiętam. W każdym razie po kilku rundkach zaczęliśmy się poznawać. Czy nie o to pan pytał? Później dalej się poznawaliśmy. Teraz znamy się już nieźle. To panu wystarczy, sierżancie?

Harry zorientował się, że jest zirytowany. Może przez sposób, w jaki wystawiała swoją obojętność i pogardę dla samej siebie na widok publiczny. W każdym razie nie dała mu powodów do pozostania w białych rękawiczkach.

– Zeznała pani, że w dniu, kiedy zginął mąż, była pani w domu. Gdzie dokładnie przebywała pani od godziny piątej do chwili otrzymania wiadomości o jego śmierci?

– Nie pamiętam!

Parsknęła głośnym śmiechem. Zabrzmiał jak wrzask kruka w cichy poranek w lesie. Harry spostrzegł, że inni goście zaczynają im się przyglądać. Przez moment zanosiło się na to, że Hilde Molnes spadnie z krzesła, ale odzyskała równowagę.

– Niech pan nie patrzy z takim przerażeniem, sierżancie. Mam alibi, czy nie tak się to nazywa? W dodatku doskonałe alibi, zapewniam pana. Moja córka z pewnością chętnie zaświadczy, że tego wieczoru nie byłam w stanie za bardzo się ruszać. Pamiętam, że po obiedzie otworzyłam butelkę dżinu, i przypuszczam, że zasnęłam, a kiedy się ocknęłam, wypiłam jeszcze jednego drinka, zasnęłam, obudziłam się i tak dalej. Pan to na pewno rozumie.

Harry rozumiał aż za dobrze.

– Coś jeszcze chciałby pan wiedzieć, sierżancie Hole?

Przeciągnęła samogłoski w jego nazwisku, nie bardzo, ale wystarczająco, by dał się sprowokować.

– Jedynie to, czy zabiła pani swego męża, pani Molnes.

Zaskakująco szybkim i zwinnym ruchem sięgnęła po szklankę. Zanim zdołał ją powstrzymać, poczuł, jak szkło muska jego ucho i rozbija się o ścianę za jego plecami. Skrzywiła się.

– Być może teraz pan nie uwierzy, ale strzeliłam najwięcej goli w drużynie dziewcząt w wieku od czternastu do szesnastu lat. – Głos miała spokojny, jak gdyby całe to zajście zostawiła już za sobą, ale Harry widział przerażone twarze zwrócone w ich stronę.

– Szesnaście lat. To musiało być już strasznie dawno temu. Byłam najładniejszą dziewczyną w... Ale o tym już chyba panu opowiadałam. I miałam ładną figurę, nie tak jak teraz. Razem z przyjaciółką wpadałyśmy do pokoju sędziów, owinięte tylko maleńkimi ręczniczkami, i tłumaczyłyśmy się, że pomyliłyśmy drzwi do szatni, wychodząc spod prysznica. Wszystko dla drużyny, rozumie pan? Myślę jednak, że to nie miało wielkiego wpływu na sędziowanie. Pewnie się tylko zastanawiali, co robiłyśmy pod prysznicem przed meczem. – Nagle podniosła się od stolika i krzyknęła: – Chłopcy z Ørsta, hej, chłopcy z Ørsta, hej, chłopcy z Ørsta, hej, hej, hej! – Z powrotem osunęła się na krzesło. W lokalu zapadła cisza.

– To był nasz okrzyk. „Dziewczyny" do niego nie pasuje. Brakowałoby rytmu. No cóż, kto wie, może po prostu lubiłyśmy się pokazać.

Harry ujął ją pod ramię i pomógł jej zejść ze schodów. Podał taksówkarzowi adres, wręczył mu banknot pięciodolarowy i poprosił o dopilnowanie, żeby pani Molnes znalazła się w domu. Taj prawdopodobnie niewiele rozumiał ze słów Harry'ego, ale chyba dotarło do niego, co ma zrobić.

Na Soi 2 przy samym Silom wszedł do jakiegoś baru. Przy kontuarze było pusto, a na scenie stały dwie tancerki go-go, jeszcze niewykupione na ten wieczór i najwyraźniej bez wielkich nadziei na to, że tak się stanie. Z takim samym zaangażowaniem, jakby zmywały naczynia, z obowiązku poruszały nogami, a piersi podskakiwały im w górę i w dół przy wtórze *When Susannah Cries*. Harry nie był pewien, co wydaje mu się smutniejsze.

Ktoś postawił przed nim piwo, którego nie zamawiał. Nie tknął go, ale zapłacił. Potem zadzwonił na komendę z automatu przy drzwiach do męskiej toalety. Drzwi do damskiej nigdzie nie zauważył.

26

Leciutki wiatr owiewał ostrzyżoną na jeża głowę. Harry stał na murku otaczającym krawędź dachu i patrzył na miasto. Kiedy mrużył oczy, zmieniało się w świetlny dywan, który błyszczał i migotał.

– Zejdź stamtąd! – usłyszał głos za plecami. – Denerwujesz mnie.

Liz siedziała na leżaku z puszką piwa w ręku. Harry wrócił na komendę i zastał ją zasypaną stosami raportów do przeczytania. Była już prawie północ, kiedy Liz zgodziła się wreszcie, że najwyższa pora się poddać. Zamknęła biuro na klucz, windą wjechali na dwunaste piętro, zobaczyli, że drzwi na dach są zamknięte na noc, więc wyszli przez okno i wspięli się po drabince przeciwpożarowej.

Monotonny szum samochodów rozdarł nagle ryk syreny statku.

– Słyszałeś? – spytała Liz. – Kiedy byłam mała, mój ojciec mówił, że w Bangkoku słychać, jak nawołują się słonie przewożone rzeką na łodziach. Przybywały z Malezji, bo lasy na Borneo wycinano. Stały przywiązane łańcuchami na pokładach, płynęły do lasów na północy Tajlandii. Kiedy tu przyjechałam, długo byłam przekonana, że dźwięk syren to trąbienie słoni.

Echo wybrzmiało.

– Pani Molnes ma motyw, ale czy wystarczający? – Harry zeskoczył z murku. – Zabiłabyś kogoś, żeby móc dysponować pięćdziesięcioma milionami koron przez sześć lat?

– Zależy, kogo musiałabym zabić. Znam parę osób, które udusiłabym za mniej.

– Chodzi mi o to, czy pięćdziesiąt milionów przez sześć lat jest tym samym, co pięć milionów przez sześćdziesiąt lat.

– Nie.

– No właśnie. Niech to wszyscy diabli!

– Chciałbyś, żeby to była ona? Pani Molnes?

– Nie. Chciałbym, żeby to był ktokolwiek. Chciałbym po prostu znaleźć zabójcę, żebym mógł, do jasnej cholery, wrócić do domu.

Liz beknęła imponująco głośno, z uznaniem dla samej siebie pokiwała głową i odstawiła piwo.

– Biedna ta córka. Jak ma na imię? Runa? Pomyśl tylko, co by było, gdyby matkę oskarżono o zabójstwo ojca, w dodatku dla pieniędzy.

– Wiem. Na szczęście to twarda dziewczyna.

– Taki jesteś tego pewien?

Harry wzruszył ramionami i wyciągnął rękę do nieba.
– Co robisz? – zainteresowała się Liz.
– Myślę.
– Pytałam o tę rękę. O co chodzi?
– O energię. Zbieram energię od wszystkich ludzi tam w dole. To podobno zapewnia życie wieczne. Wierzysz w takie rzeczy?
– W życie wieczne przestałam wierzyć w wieku szesnastu lat, Harry.
Odwrócił się, ale w mroku nie mógł dostrzec jej twarzy.
– Z powodu ojca? – spytał.
Dostrzegł poruszenie ostrego konturu głowy Liz.
– Tak. Mój ojciec dźwigał na barkach cały świat. Szkoda tylko, że okazał się dla niego za ciężki.
– Jak... – urwał.
Rozległ się trzask, kiedy zgniotła puszkę.
– To po prostu jeszcze jedna smutna historia weterana z Wietnamu, Harry. Znalazłyśmy go w garażu, w pełnym mundurze, obok leżała służbowa broń. Napisał długi list, ale nie do nas, tylko do US Army. Tłumaczył, że nie może dłużej znieść ucieczki od odpowiedzialności. Zrozumiał to, kiedy stał w drzwiach helikoptera startującego z dachu ambasady amerykańskiej w Sajgonie w siedemdziesiątym trzecim i z góry patrzył na zdesperowanych Wietnamczyków z południa szturmujących ambasadę w poszukiwaniu schronienia przed siłami zmierzającymi do miasta. Napisał, że czuł się za to odpowiedzialny w równym stopniu, jak policja wojskowa, która rozganiała ich kolbami karabinów. Wszystkich tych, którym obiecywali wygraną wojnę, którym obiecywali demokrację. Jako oficer uważał się za współodpowiedzialnego za to, że armia amerykańska na pierwszym miejscu stawia ewakuację własnych ludzi kosztem Wietnamczyków, którzy walczyli z nimi ramię w ramię. To im zadedykował swoje wojskowe osiągnięcia i przepraszał, że nie okazał się dostatecznie dorosły, by udźwignąć tę odpowiedzialność. Na koniec przekazywał pozdrowienia matce i mnie, ale dodał, że powinnyśmy o nim jak najszybciej zapomnieć.
Harry poczuł, że musi zapalić.
– To była wielka odpowiedzialność.

– Owszem. Ale wydaje mi się, że czasami łatwiej jest brać na siebie odpowiedzialność za martwych niż za żywych. My, inni, musimy ich opłakiwać, Harry. Żywi. To mimo wszystko ta odpowiedzialność nami kieruje.

Odpowiedzialność. Jeśli przez ostatni rok usiłował coś zakopać, to właśnie odpowiedzialność. Wszystko jedno – za żywych czy za martwych, za samego siebie czy za innych. Odpowiedzialność wywoływała jedynie poczucie winy, a i tak nigdy nie była nagradzana. Nie, nie uważał, że kieruje nim poczucie odpowiedzialności. Może Torhus miał rację, może i jego pragnienie dopełnienia się sprawiedliwości nie miało wcale aż tak szlachetnych motywów. Może to po prostu głupia ambicja nie pozwalała mu się pogodzić z umorzeniem sprawy. Kazała mu łapać wszystko jedno kogo, byle tylko mógł uzyskać wyrok skazujący i pieczątkę „Sprawa rozwiązana" na okładce akt. Czy nagłówki w gazetach i poklepywanie po plecach, kiedy wrócił z Australii, naprawdę miały tak małe znaczenie, jak lubił o tym myśleć? Czy pomysł, że może zniszczyć wszystko i każdego, tylko dlatego że musi wrócić do domu i zająć się sprawą Sio, nie był wyłącznie wymówką? Bo sukces stał się dla niego aż tak ważny?

Przez chwilę zrobiło się prawie cicho, jakby Bangkok łapał oddech, potem ciszę znów rozdarł ryk syreny. Pełen skargi, zabrzmiał jak ryk bardzo samotnego słonia, pomyślał Harry. I zaraz znów samochody zaczęły trąbić.

Kiedy wrócił do mieszkania, na wycieraczce znalazł kartkę: „Jestem na basenie, Runa".

Już wcześniej zauważył napis *Pool* przy piątce na tabliczce z przyciskami windy i kiedy zjechał na piąte piętro, rzeczywiście poczuł zapach chloru. Basen był zaraz za rogiem, pod gołym niebem, otoczony ścianami budynków z balkonami. Przykucnął przy brzegu i zanurzył rękę.

– Czujesz się tu jak w domu, prawda?

Runa nie odpowiedziała. Odbiła się tylko nogami, przepłynęła obok niego i zaraz znów zniknęła w wodzie. Ubranie i proteza leżały porzucone na leżaku.

– Wiesz, która jest godzina? – spytał.

Wynurzyła się tuż pod nim, złapała go za rękę, podciągnęła kolana i miękko się odbiła. Harry był kompletnie nieprzygotowany, stracił równowagę i z rękami dotykającymi nagiej gładkiej skóry wpadł do wody, czując dziewczynę pod sobą. Odbyło się to bezdźwięcznie, po prostu rozsunęli wodę na boki jak ciężką, ciepłą kołdrę i zapadli się w nią. Otoczyły ich bąbelki, łaskotało w uszach. Harry miał wrażenie, że głowa zaczyna mu się rozszerzać. Kiedy opadli na dno, opuścił nogi, odbił się i wynurzył na powierzchnię, ciągnąc ją za sobą.

– Jesteś szalona – powiedział, parskając.

Roześmiała się cicho i szybkimi ruchami odpłynęła.

Kiedy wyszła z basenu, on już leżał na brzegu w ubraniu ociekającym wodą. Otworzył oczy i zobaczył, że Runa sięga po siatkę do czyszczenia basenu, żeby złapać dużą ważkę, która utknęła na powierzchni wody.

– To jakiś cud – stwierdził Harry. – Byłem przekonany, że jedyne owady, jakie są w stanie przeżyć w tym mieście, to karaluchy.

– Niektórym dobrym stworzeniom też się to udaje – odparła, ostrożnie unosząc siatkę. Uwolniona ważka po chwili odleciała nad basenem, cicho bzycząc.

– Karaluchy nie są dobre?

– Fuj! Są obrzydliwe.

– Ale z tego powodu nie muszą wcale być złe.

– Może i nie, ale wydaje mi się, że nie są dobre. Po prostu są.

– Po prostu są – powtórzył Harry, ale nie sarkastycznie, tylko w zamyśleniu.

– Tak już zostały stworzone, że mamy ochotę je rozdeptać. Gdybyśmy tego nie robili, byłoby ich za dużo.

– Ciekawa teoria.

– Posłuchaj – szepnęła. – Wszyscy śpią.

– Bangkok nigdy nie zasypia.

– Właśnie że tak. To odgłosy snu.

Siatka była przymocowana do wydrążonej aluminiowej rurki, w którą Runa zaczęła dmuchać. Zabrzmiało to jak didgeridoo. Harry się wsłuchał. Miała rację.

Poszła z nim na górę, żeby skorzystać z prysznica. Stał już na korytarzu i przywoływał windę, kiedy wyszła z łazienki owinięta ręcznikiem.

– Twoje ubranie leży na łóżku – powiedział, zamykając zewnętrzne drzwi.

Potem stali na korytarzu, czekając na windę. Czerwone cyferki nad drzwiami odliczały w dół.

– Kiedy wyjeżdżasz? – spytała.

– Niedługo. Chyba że coś się wydarzy.

– Wiem, że dziś wieczorem miałeś się spotkać z matką.

Harry wsunął ręce w kieszenie spodni i spojrzał na swoje stopy. Powiedziała, że powinien obciąć paznokcie. Drzwi windy się otworzyły. Zablokował je.

– Twoja matka twierdzi, że tego wieczoru, kiedy zginął twój ojciec, była w domu i ty możesz to potwierdzić.

Westchnęła.

– Naprawdę chcesz, żebym odpowiedziała?

– Może i nie – odparł. Cofnął się o krok, przyglądali się sobie, czekając, aż winda ruszy.

– Jak myślisz, kto to zrobił? – spytał w końcu.

Kiedy drzwi windy się zasuwały, wciąż na niego patrzyła.

27

W połowie gitarowego solo Jimiego w *All Along the Watchtower* muzyka nagle zniknęła, a Jim Love podskoczył, kiedy zrozumiał, że ktoś właśnie ściągnął mu z głowy słuchawki.

Obrócił się na krześle i zobaczył wysokiego jasnowłosego faceta, który z całą pewnością nie stosował odpowiednich środków do opalania, górującego nad nim w ciasnej stróżówce. Oczy mężczyzny przesłaniały wątpliwej jakości ciemne okulary pilota. Jim był wyczulony na takie rzeczy, jego własne okulary kosztowały tygodniową pensję.

– Halo – odezwał się wysoki. – Pytałem, czy znasz angielski.

Facet mówił z nieokreślonym akcentem, Jim odparł z brooklyńskim:

– W każdym razie lepiej niż tajski. Czym mogę służyć? Którą firmę chcesz odwiedzić?

– Dziś nie chodzi mi o żadną firmę. Chcę pogadać z tobą.

– Ze mną? Chyba nie jesteś kontrolerem ze spółki ochroniarskiej? Jeśli tak, to zaraz się wytłumaczę z tego walkmana.

– Nie jestem ze spółki ochroniarskiej, tylko z policji. Nazywam się Hole. Mój kolega Nho... – Odstąpił na bok, a wtedy zza niego wyłonił się Taj z powszechnie noszoną fryzurą na jeża, w świeżo uprasowanej białej koszuli. Dzięki obu tym elementom Jim nawet przez moment nie miał wątpliwości, że jego identyfikator jest prawdziwy. Zmrużył oczy.

– Policja, tak? Powiedzcie mi, czy wy wszyscy chodzicie do tego samego fryzjera? Nigdy nie przyszło wam do głowy, żeby wymyślić coś nowego? Na przykład coś takiego? – Jim wskazał na własną szopę włosów i głośno się roześmiał.

Wysoki policjant też się uśmiechnął.

– Rzeczywiście, moda na retro z lat osiemdziesiątych nie dotarła jeszcze na posterunki.

– Co z lat osiemdziesiątych?

– Nie myśl o tym. Masz jakiegoś zastępcę i miejsce, gdzie moglibyśmy porozmawiać?

Jim wyjaśnił, że przyjechał do Tajlandii na wakacje z przyjaciółmi cztery lata temu. Wynajęli motocykle i wybrali się na północ. W niewielkiej wiosce tuż nad rzeką Mekong na granicy z Laosem jeden z nich był na tyle głupi, że kupił trochę opium, które zapakował do plecaka. Kiedy wracali, zatrzymała ich policja. Na zakurzonej wiejskiej drodze gdzieś na zapadłej tajlandzkiej prowincji nagle uświadomili sobie, że kumpla czeka niewiarygodnie długi pobyt w więzieniu.

– Prawo dopuszcza nawet karę śmierci dla tych, którzy przemycają narkotyki, wiedziałeś o tym? A my, trzej pozostali, którzy nie mieliśmy nic na sumieniu, pomyśleliśmy: „Cholera, my też możemy mieć kłopoty za współudział czy coś takiego". Chodzi mi o to, że jako czarny Amerykanin nieźle pasuję do obrazu typowego przemytnika heroiny, no nie? Modliliśmy się i błagaliśmy, nic nie pojmując, dopóki jeden z policjantów nie wspomniał, że mogliby to zamienić na grzywnę. Złożyliśmy więc do kupy całe nasze pieniądze, oni zabrali nam opium i puścili. Cieszyliśmy się jak jasna cholera. Problem polegał tylko na tym, że to były pieniądze na bilet lotniczy do Stanów, no nie? Więc...

Jim wieloma słowami i jeszcze większą liczbą gestów opisywał, jak jedno szło po drugim. Najpierw próbował sił jako przewodnik amerykańskich turystów, ale miał kłopoty z zezwoleniem na pobyt, więc później starał się już nie wychylać. Utrzymywała go tajska dziewczyna, którą poznał, kiedy koledzy zdecydowali się na powrót, a on postanowił zostać. Po wielu komplikacjach dostał w końcu pozwolenie na pracę, zaproponowano mu robotę parkingowego, bo do budynków, w których mieszczą się międzynarodowe firmy, potrzebni byli ludzie mówiący po angielsku.

Nie przestawał gadać, aż w końcu Harry musiał go powstrzymać.

– Cholera, mam nadzieję, że ten twój tajski kompan nie zna angielskiego. – Jim nerwowo spojrzał na Nho. – Te chłopaki, którym zapłaciliśmy na północy...

– Uspokój się, Jim. Przyszliśmy dowiedzieć się o coś innego. O granatowego mercedesa z tablicami korpusu dyplomatycznego, który podobno stał tu trzeciego stycznia mniej więcej o czwartej. Kojarzysz coś?

Jim zaczął się śmiać.

– Człowieku, gdybyś mnie spytał, jakiego utworu Jimiego Hendriksa akurat wtedy słuchałem, to może i mógłbym ci odpowiedzieć. Ale przy tych samochodach, które tu stale wjeżdżają i wyjeżdżają... – Rozłożył ręce.

– Kiedy my tu byliśmy, dostaliśmy kwit. Nie możesz tego sprawdzić po numerze rejestracyjnym czy jakoś tak?

Jim pokręcił głową.

– Nie jesteśmy aż tak skrupulatni. Garaż w większości jest monitorowany, więc jeśli coś się stanie, możemy to sprawdzić później.

– Później? Chcesz powiedzieć, że nagrywacie na wideo?

– Oczywiście.

– Nie zauważyłem żadnych monitorów.

– Bo ich nie ma. Parking to sześć poziomów, nie ma możliwości, żeby obserwować wszystkie naraz. Zresztą złodzieje w większości na widok kamery uznają, że są obserwowani, i wolą się ulotnić, no nie? Tym samym połowa celu jest już osiągnięta. Gdyby nawet ktoś okazał się na tyle głupi, żeby się tu wemknąć i obrobić samochód, to wszystko mamy na filmie, spakowane i gotowe dla was, chłopaki.

– Jak długo przechowujecie taśmy?

– Dziesięć dni. Większość ludzi w tym czasie powinna się zorientować, że coś im zginęło z samochodu. Potem wykorzystujemy te same taśmy drugi raz.

– To znaczy, że macie nagranie z trzeciego stycznia między godziną szesnastą a siedemnastą?

Jim spojrzał na kalendarz na ścianie.

– Jasne.

Zeszli po schodach do ciepłej wilgotnej piwnicy, w której Jim zapalił pojedynczą żarówkę i otworzył jedną z metalowych szafek pod ścianą. Kasety wideo stały w starannych rządkach na półkach.

– Sporo trzeba będzie obejrzeć, jeśli chcecie sprawdzić cały parking.

– Wystarczy mi parking dla gości – stwierdził Harry.

Jim zaczął szukać. Najwyraźniej każda kamera miała własną półkę, daty na grzbietach wypisano ołówkiem. W końcu Jim wybrał kasetę.

– *Show time.*

Otworzył inną szafkę, w której stał odtwarzacz i monitor, wrzucił kasetę i po kilku sekundach na ekranie ukazał się czarno-biały obraz. Harry od razu rozpoznał parking dla gości. Najwyraźniej nagranie pochodziło z tej samej kamery, którą zauważył, kiedy przyjechali tu ostatnio. Na dole w rogu widać było miesiąc, dzień i godzinę. Przewinęli do piętnastej pięćdziesiąt. Samochód ambasady się nie pojawił. Czekali, chociaż mogło się wydawać, że obraz jest zatrzymany, bo nic się nie działo.

– Włączymy przyspieszone odtwarzanie – zaproponował Jim.

Oprócz tego, że zegar zaczął poruszać się szybciej, nic się nie zmieniło. Była już siedemnasta piętnaście, bokiem przejechały dwa samochody, zostawiając mokry ślad na cemencie. O siedemnastej czterdzieści ślady wyschły i zniknęły, ale mercedes ambasadora wciąż się nie pojawiał. O osiemnastej piętnaście Harry kazał wyłączyć odtwarzacz.

– Na parkingu dla gości powinien tego dnia stać samochód ambasady – powiedział.

– Przykro mi – odparł Jim. – Wygląda na to, że otrzymaliście błędne informacje.

– A mógł zaparkować gdzie indziej?

– Oczywiście. Ale wszystkich, którzy nie mają stałego miejsca, kieruje się właśnie tędy, więc i tak muszą minąć tę kamerę. Wtedy zobaczylibyśmy przynajmniej przejeżdżający samochód.

– Wobec tego chcemy zobaczyć inną kasetę – zdecydował Harry.

– No dobrze. Jaką?

Nho pogrzebał w kieszeni.

– Wiesz, gdzie jest miejsce samochodu z takim numerem rejestracyjnym? – spytał, podając strażnikowi kartkę.

Jim spojrzał na niego podejrzliwie.

– Cholera, człowieku, ty jednak mówisz po angielsku!

– To czerwone porsche – uzupełnił Nho.

Jim natychmiast oddał mu kartkę.

– Nie muszę sprawdzać. Żaden ze stałych klientów nie jeździ czerwonym porsche.

– *Faen!* – wyrwało się Harry'emu.

– Co to miało być? – Jim wyszczerzył zęby.

– Norweskie słowo, którego nie powinieneś się uczyć.

Wrócili na słońce.

– Mogę ci niedrogo załatwić porządną parę – zaproponował Jim, wskazując na okulary Harry'ego.

– Dziękuję, nie skorzystam.

– Albo coś innego, czego byś szukał. – Jim puścił do niego oko i zaczął się śmiać. Już zaczął rytmicznie pstrykać palcami, widocznie nie mógł się doczekać, kiedy znów włoży słuchawki walkmana.

– Halo, sierżancie! – zawołał, kiedy odchodzili.

Harry odwrócił się.

– *Faen!* – Jego śmiech towarzyszył im aż do samochodu.

– I co wiemy? – spytała Liz, kładąc nogi na biurku.

– Wiemy, że Brekke kłamie – odparł Harry. – Powiedział, że po ich spotkaniu odprowadził ambasadora do garażu, gdzie stał zaparkowany jego samochód.

– Dlaczego miałby nie mówić prawdy akurat o tym?

– Ambasador przez telefon jedynie potwierdza, że się spotkają o szesnastej. Nie ma wątpliwości, że Molnes przyjechał do Brekkego. Rozmawialiśmy z recepcjonistką, ona to poświadcza. Potwierdziła również, że razem wyszli z biura, bo Brekke jeszcze do niej zajrzał, żeby zostawić jej wiadomość. Zapamiętała to, bo było około siedemnastej i sama szykowała się już do domu.

– Dobrze, że w ogóle ktoś coś pamięta.

– Ale co Brekke i ambasador robili później, tego nie wiemy.

– A gdzie był samochód? Raczej nieprawdopodobne, żeby Molnes ryzykował parkowanie na ulicy w tej części Bangkoku – stwierdziła Liz.

– Może się umówili, że pojadą gdzie indziej, i ambasador, zanim poszedł do Brekkego, poprosił kogoś o przypilnowanie samochodu – podsunął Nho.

Rangsan zakasłał i przerzucił stronę.

– W miejscu, gdzie roi się od złodziejaszków, którzy tylko czekają na taką okazję?

– Zgadzam się – powiedziała Liz. – Bardzo dziwne, że nie wjechał do garażu. To przecież najprostsze i najbezpieczniejsze rozwiązanie. Mógł zaparkować dosłownie tuż przy windzie. – Małym palcem grzebała w uchu z ekstatycznym wyrazem twarzy. – Ale właściwie do czego my zmierzamy?

Harry z rezygnacją rozłożył ręce.

– Liczyłem, że nagranie wideo pokaże, jak Brekke, wychodząc z ambasadorem o siedemnastej, opuszcza biuro, nie wracając tam już do końca dnia, i odjeżdża z Molnesem samochodem ambasady, a jego własne porsche zostaje w garażu na noc. Ale nie pomyślałem o tym, że Brekke nie jeździ swoim autem do pracy.

– Na razie zapomnijmy o samochodach – zarządziła Liz. – Wiemy już, że Brekke kłamie. Co w takim razie robimy? – Pstryknęła w gazetę Rangsana.

– Sprawdzamy alibi – rozległo się z drugiej strony.

28

Reakcje ludzi na aresztowanie bywają tak różne, jak nieprzewidywalne. Harry uważał, że miał okazję oglądać już większość wariantów, dlatego nie był szczególnie zaskoczony, widząc, jak opalona twarz Jensa Brekke przybiera szarą barwę, a wzrok zaczyna krążyć niespokojnie jak u ściganego zwierzęcia. Gesty też się zmieniły i nawet szyty na miarę garnitur od Armaniego nie leżał już jak ulał. Brekke trzymał głowę wysoko podniesioną, lecz cały jakby skulił się w sobie, jakby się zmniejszył.

Nie został wprawdzie aresztowany, a jedynie doprowadzony na przesłuchanie, ale dla kogoś, po kogo nigdy wcześniej nie przychodzili dwaj uzbrojeni funkcjonariusze bez uprzedniego pytania, czy pora mu odpowiada, różnica była akademicka. Kiedy Harry zobaczył go w pokoju przesłuchań, myśl o tym, że ten człowiek miałby zamordować z zimną krwią, wydała mu się absurdalna. Ale już wcześniej nieraz myślał podobnie i się mylił.

– Musimy rozmawiać po angielsku – zapowiedział Harry, siadając naprzeciwko niego. – Przesłuchanie będzie nagrywane. – Wskazał na stojący przed nimi mikrofon.

– Ach tak? – Brekke spróbował się uśmiechnąć, ale w taki sposób, jakby ktoś podciągał mu kąciki ust przy użyciu metalowych haczyków.

– Musiałem długo prosić o przeprowadzenie tego przesłuchania. Ponieważ ma być nagrywane, powinien cię przesłuchiwać tajski funkcjonariusz. Jesteś jednak obywatelem norweskim, więc komendant policji wyraził zgodę.

– Dziękuję.

– Nie wiem, czy masz za co. Uprzedzono cię, że masz prawo skontaktować się z adwokatem?

– Tak.

Harry chciał spytać, dlaczego Brekke nie skorzystał z tej możliwości, ale zrezygnował. Nie ma powodu prosić, by jeszcze raz to rozważył. Harry trochę poznał tajlandzki system prawny i stwierdził, że jest identyczny z norweskim. Przypuszczalnie adwokaci też się nie różnią. Mecenas natychmiast zakazałby klientowi mówienia o czymkolwiek, a ponieważ Brekke nie skorzystał z przysługującego mu prawa, można było bez przeszkód rozpocząć przesłuchanie.

Harry dał znak, że można nagrywać. Wszedł Nho, załatwił formalności, które musiały znaleźć się na początku taśmy, i zostawił ich samych.

– Czy to prawda, że ma pan romans z Hilde Molnes, żoną zmarłego Atlego Molnesa? – zaczął Harry oficjalnie.

– Co? – Zza biurka patrzyła na niego para oszalałych, szeroko otwartych oczu.

– Rozmawiałem z panią Molnes. Proponuję, żeby pan mówił prawdę.

Chwila ciszy.

– Tak.

– Trochę głośniej proszę.

– Tak!

– Od jak dawna to trwa?

– Nie wiem. Od dawna.

– Od przyjęcia powitalnego wydanego na cześć ambasadora półtora roku temu?

– No…

– Słucham?

– Tak, chyba można tak powiedzieć.

– Wiedział pan o tym, że pani Molnes w wypadku śmierci męża będzie dysponowała sporym majątkiem?

– Majątkiem?

– Czy ja mówię niewyraźnie?

Brekke wypuścił powietrze jak przebita piłka plażowa.

– To dla mnie nowość. Odnosiłem wrażenie, że dysponują stosunkowo ograniczonym kapitałem.

– Tak? Podczas naszej ostatniej rozmowy mówił pan, że pańskie spotkanie z Molnesem trzeciego stycznia u pana w biurze dotyczyło zainwestowania pieniędzy. Poza tym wiemy, że Molnes miał spore długi. Coś mi się tu nie zgadza.

Kolejna pauza. Brekke miał coś powiedzieć, ale się wstrzymał.

– Skłamałem – przyznał w końcu.

– Ma pan teraz szansę na powiedzenie prawdy.

– Przyszedł porozmawiać o moim związku z Hilde... z jego żoną. Chciał, żeby to się skończyło.

– Żądanie niepozbawione sensu, prawda?

Brekke wzruszył ramionami.

– Nie jestem pewien, ile wiecie o Atlem Molnesie.

– Proszę założyć, że nie wiemy nic.

– Pozwoli pan, że powiem w ten sposób: ze względu na jego skłonności seksualne nie było to udane małżeństwo. – Podniósł wzrok.

Harry skinieniem głowy dał mu znak, że ma mówić dalej.

– Zależało mu na tym, żebym przestał spotykać się z Hilde, ale nie z powodu zazdrości. Podobno w Norwegii zaczęły krążyć jakieś plotki. Mówił, że ujawnienie romansu jego żony będzie jak dolanie oliwy do ognia. Zaszkodzi nie tylko jemu, lecz również innym niewinnym osobom na wysokich stanowiskach. Próbowałem go wypytywać, ale nic więcej nie chciał zdradzić.

– Czym panu groził?

– Groził? O co panu chodzi?

– Chyba nie poprosił uprzejmie, żeby przestał pan spotykać się z kobietą, wobec której, jak przypuszczam, żywi pan jakieś uczucia?

– Właśnie, że tak. Tak. Wydaje mi się, że wręcz takiego słowa użył.

– Jakiego?

– Uprzejmie. – Brekke złożył ręce na stole. – To był dziwny człowiek. Uprzejmy. – Uśmiechnął się blado.

– Przypuszczam, że nieczęsto słyszy pan to słowo w swojej branży.

– Pan w swojej chyba też.

Harry gwałtownie poderwał głowę, ale w spojrzeniu Brekkego nie kryło się żadne wyzwanie.

– I co ustaliliście?

– Nic. Powiedziałem, że muszę się zastanowić. A co miałem mówić? On wydawał się bliski płaczu.

– Rozważał pan zerwanie?

Brekke zmarszczył brwi. Najwyraźniej była to dla niego nowa myśl.

– Nie, ja... Byłoby mi bardzo trudno przestać się z nią widywać.

– Powiedział mi pan, że po spotkaniu odprowadził pan ambasadora do garażu, gdzie Molnes zaparkował samochód. Chce pan teraz zmienić te zeznania?

– Nie... – Brekke spojrzał na niego zdziwiony.

– Sprawdziliśmy nagranie z tego dnia między godziną piętnastą pięćdziesiąt a siedemnastą piętnaście. Samochodu ambasadora nie było na parkingu dla gości. Chce pan zmienić zeznanie?

– Zmienić... – Brekke patrzył z niedowierzaniem. – Na miłość boską, człowieku, przecież wysiadłem z windy i widziałem, że jego samochód tam stoi. Musimy być obaj na tym filmie. Pamiętam nawet, że zamieniliśmy kilka słów, zanim wsiadł do wozu; obiecałem, że nie wspomnę Hilde o tej rozmowie.

– Możemy udowodnić, że tak nie było. Pytam po raz ostatni: chce pan zmienić zeznania?

– Nie!

Harry usłyszał w jego głosie zdecydowanie, którego nie było na początku przesłuchania.

– Co pan zrobił po odprowadzeniu, jak pan twierdzi, ambasadora do garażu?

Brekke odparł, że wrócił na górę do biura, żeby pracować nad analizami finansowymi, i przesiedział tam mniej więcej do północy, a do domu pojechał taksówką. Harry spytał, czy ktoś do niego zaglądał albo dzwonił w tym czasie, ale Brekke wyjaśnił, że aby wejść do biura, trzeba mieć kartę wstępu, telefon natomiast wyłączył, żeby móc pracować w spokoju. Zazwyczaj tak robi, gdy przygotowuje analizy.

– Nie ma nikogo, kto zapewniłby panu alibi? Nikt na przykład nie widział, jak pan wraca do domu?

– Ben, strażnik w budynku, gdzie mieszkam. Może pamięta. W każdym razie zazwyczaj zauważa, kiedy wracam późno i w garniturze.

– Strażnik, który widział pana wracającego do domu koło północy. To już wszystko?

Brekke usiłował się zastanawiać.

– Obawiam się, że tak.

– Okej – powiedział Harry. – Teraz ktoś inny przejmie przesłuchanie. Chce pan czegoś do picia? Kawy? Wody?

– Nie, dziękuję.

Harry wstał.

– Harry?

Odwrócił się.

– Lepiej, żeby zwracał się pan do mnie po nazwisku albo „sierżancie".

– Aha. Czy ja mam kłopoty? – spytał po norwesku.

Harry zmrużył oczy. Brekke przedstawiał sobą żałosny widok, zapadł się w sobie jak fotel worek Sacco.

– Na pana miejscu zadzwoniłbym do adwokata.

– Rozumiem. Dziękuję.

Harry stanął w drzwiach.

– A co z tą obietnicą, którą złożył pan ambasadorowi w garażu? Dotrzymał jej pan?

Brekke uśmiechnął się przepraszająco.

– To idiotyczne. Miałem zamiar powiedzieć Hilde o wszystkim, uznałem, że muszę, ale kiedy się dowiedziałem, że on nie żyje... To był naprawdę dziwny człowiek. Doszedłem do wniosku, że akurat tej obietnicy powinienem dotrzymać. Przecież i tak już praktycznie nie ma żadnego znaczenia.

– Chwileczkę, przełączę cię na głośnik.

– Halo?

– Słyszymy cię, Harry. Mów.

Bjarne Møller, Dagfinn Torhus i komendant okręgowa policji wysłuchali telefonicznego raportu Harry'ego, ani razu mu nie przerywając.

Potem głos zabrał Torhus:

– Mamy więc w areszcie Norwega podejrzanego o zabójstwo. Pytanie brzmi, jak długo da się to utrzymać w tajemnicy?

Komendantka chrząknęła.

– Ponieważ media jeszcze nie wiedzą o zabójstwie, policja nie jest pod presją. Załatwię później jeden telefon. Wydaje mi się, że mamy kilka dni. Zwłaszcza że oni właściwie nie znaleźli na Brekkego nic oprócz fałszywych zeznań i motywu. Jeśli trzeba będzie go wypuścić, będą woleli, żeby nikt się nie dowiedział o aresztowaniu.

– Harry, słyszysz mnie? – To mówił Møller. W odpowiedzi rozległ się szum przestworzy, który uznał za potwierdzenie. – Czy ten facet jest winny? On to zrobił, Harry?

Znów szum. Møller podniósł więc słuchawkę telefonu komendantki.

– Co powiedziałeś, Harry... że... Aha. No dobra, porozmawiamy sobie tutaj. Bądźmy w kontakcie.

Odłożył słuchawkę.

– I co powiedział?

– Że nie wie.

Harry wrócił do domu późno. W Le Boucheron było pełno, zjadł więc w restauracji na Patpongu na Soi 4, ulicy homoseksualistów. Przy głównym daniu do jego stolika podszedł mężczyzna, uprzejmie spytał, czy chce, żeby mu zrobić laskę, ale dyskretnie się wycofał, kiedy Harry pokręcił głową.

Wysiadł z windy na piątym piętrze. Było pusto, światła przy basenie przygaszono. Rozebrał się i wskoczył do wody. Otoczyła go chłodzącymi objęciami. Przepłynął kilka długości, czuł jej opór. Runa mówiła, że każdy basen jest inny, każda woda ma swoje właściwości, szczególną konsystencję, zapach i kolor. Twierdziła, że ten basen to wanilia, słodki, nieco lepki. Harry próbował oddychać głęboko, ale czuł jedynie zapach chloru i Bangkoku. Położył się na plecach i z zamkniętymi oczami unosił się na wodzie. Dźwięk własnego oddechu pod wodą przypominał wrażenie zamknięcia w niewielkim pomieszczeniu. Otworzył oczy. W jakimś mieszkaniu zgasło światło. Wśród gwiazd wolno krążył satelita. Motocykl z dziurawym tłumikiem próbował się przedrzeć przez ulicę. Jego spojrzenie znów przesunęło się po budynku. Jeszcze raz policzył piętra i zachłysnął się wodą. Światło zgasło w jego mieszkaniu.

W ciągu sekundy wyskoczył z wody, wciągnął spodnie i na próżno zaczął rozglądać się za czymś, co mogło posłużyć jako broń. W końcu złapał basenową siatkę stojącą pod ścianą, pobiegł do windy i wcisnął guzik. Drzwi się rozsunęły. Kiedy do niej wsiadł, poczuł leciutki zapach curry. Potem nagle jakby ktoś wyciął mu sekundę z życia i kiedy się ocknął, leżał na plecach na zimnej kamiennej posadzce. Cios na szczęście trafił go w czoło, ale pochylała się już nad nim ogromna postać i Harry natychmiast się zorientował, że szanse nie są po jego stronie. Uderzył siatką, która trafiła napastnika tuż ponad kolanami, ale trzonek z lekkiego aluminium przyniósł niewielki skutek. Harry'emu udało się uniknąć pierwszego kopniaka i uklęknąć, jednak drugi cios zadany nogą trafił go w bark i obrócił do połowy. Rozbolały go plecy, ale produkcja adrenaliny ruszyła i z rykiem bólu zdołał się podnieść na nogi. W świetle wpadającym z otwartej windy zobaczył warkoczyk tańczący wokół ogolonej na łyso głowy akurat w momencie, gdy ramię wystrzeliło w przód, trafiło go w czaszkę nad okiem i posłało do tyłu w stronę basenu. Potężna postać ruszyła za nim. Harry zadał lewy prosty, zanim posłał prawy w miejsce, gdzie, jak sądził, powinna znajdować się twarz. Miał wrażenie, że uderza w granit, a cios przyniósł więcej szkody jemu niż przeciwnikowi. Harry cofnął się i odwrócił głowę w bok, poczuł ruch powietrza towarzyszący uderzeniu i strach ściskający w piersi. Sięgnął do paska. Znalazł kajdanki i wsunął w nie palce. Poczekał, aż postać się zbliży, zaryzykował, że nie nadejdzie sierpowy, i schylił się. Potem uderzył, zarzucił biodrem, barkiem, całym ciałem we wściekłej desperacji, napierając na okute metalem knykcie. Usłyszał trzask mięśni i kości. Coś ustąpiło. Wymierzał kolejne ciosy, metal wbijał się w skórę. Czuł między palcami ciepłą lepką krew, nie wiedział, czy własną, czy tamtego, ale podniósł pięść, żeby uderzyć jeszcze raz, przerażony tym, że tamten wciąż stoi wyprostowany. Usłyszał cichy chrapliwy śmiech, a potem na jego głowę spadł ładunek betonu. Wszystko czarne jeszcze bardziej poczerniało i nie wiedział już, gdzie jest góra, a gdzie dół.

29

Obudziła go woda. Odruchowo nabrał powietrza i moment później został wciągnięty pod powierzchnię. Opór na nic się nie zdawał. Woda wzmocniła odgłos kliknięcia metalu, a przytrzymująca go ręka nagle zwolniła uchwyt. Otworzył oczy. Wszystko wokół było turkusowoniebieskie, pod sobą czuł kafelki basenu. Odbił się mocno nogami, ale szarpnięcie za nadgarstek powiedziało mu to, co mózg już wcześniej usiłował tłumaczyć, a co zdecydowanie wyparł: że utonie, bo Woo przykuł go do odpływu w dnie basenu jego własnymi kajdankami.

Podniósł głowę. Księżyc świecił na niego przez filtr wody, Harry wyprostował swobodną rękę i okazało się, że wystawił ją nad powierzchnię. Cholera, basen miał tu zaledwie metr głębokości. Spróbował wstać, wyciągnął się z całych sił, metalowe ogniwo wbiło się w nasadę kciuka, ale do wynurzenia ust cały czas brakowało dwudziestu centymetrów. Zauważył, że cień oddala się od basenu. Do diabła, nie wpadaj w panikę, myślał. Panika oznacza ogromne zużycie tlenu.

Opadł na dno, palcami zbadał kratkę odpływu. Była stalowa, umocowana na stałe, nie dawała się poruszyć, nawet gdy chwycił ją obiema rękami. Jak długo zdoła wstrzymywać oddech? Minutę? Dwie? Mięśnie już go bolały, w skroniach słyszał zgrzyty, a przed oczami tańczyły czerwone gwiazdy. Jeszcze raz spróbował się wyrwać, chociaż zdawał sobie sprawę, że wysiłek fizyczny zwiększa zużycie tlenu. W ustach zaschło mu ze strachu. Mózg zaczął wytwarzać obrazy będące, jak wiedział, halucynacjami: za mało paliwa, za mało wody. Przyszła mu do głowy absurdalna myśl. Gdyby zaczął pić tę wodę, być może jej poziom obniżyłby się na tyle, że zdołałby wynurzyć głowę. Wolną ręką uderzał o krawędź basenu, ale wiedział, że nikt go nie usłyszy, bo chociaż tu, pod wodą, panował świat ciszy, to na zewnątrz Bangkok niewzruszenie wydawał z siebie swój ryk stulecia, zagłuszając wszelkie dźwięki. A nawet gdyby ktoś go usłyszał, to co z tego? Mógł jedynie dotrzymać mu towarzystwa podczas umierania. Miał wrażenie, że na jego głowie zaciska się płonący hełm, i zaczął się szykować do tego, czego wszyscy tonący prędzej czy później muszą spróbować. Do oddychania wodą. Swobodna ręka natrafiła na metal. Siatka basenowa. Leżała na brzegu. Harry przyciągnął ją do siebie. Runa grała na niej jak na didgeridoo. To znaczy, że trzonek jest wydrążony. Że jest w nim powietrze. Zacisnął usta na końcu aluminiowej rurki i wziął oddech. Do ust wpadła mu woda, przełknął ją i poczuł, że się dusi. Na język spadały martwe suche owady, ale zacisnął zęby na metalu, walcząc z odruchem kaszlu. Powietrze miało słodki smak, nawet tu, w Bangkoku, było słodkie jak miód. Wciągał do ust paprochy, na śluzówce i w gardle zostawały opiłki aluminium, ale on tego nie czuł. Oddychał tak intensywnie, jakby przebiegł maraton.

Mózg znów zaczął pracować, dlatego Harry miał świadomość, że otrzymał jedynie odroczenie. Tlen we krwi zmieniał się w dwutlenek węgla – spaliny organizmu, a rurka była za długa, by całkiem wydmuchać z niej wydychane powietrze. Oddychał więc recyrkulującym powietrzem – mieszanką, w której z każdym jego oddechem zmniejszała się ilość tlenu, wzrastał natomiast poziom CO_2. Wiedział, że stan, w jakim się znajduje, to hiperkapnia i że wkrótce przez to umrze. Właściwie źle robił, oddychając tak szybko, bo jedynie przyspieszał ten proces. Z czasem stanie się senny, mózg straci ochotę na czerpanie powietrza, będzie oddychał coraz płyciej, aż w końcu przestanie.

Samotna śmierć, pomyślał Harry. Przykuty łańcuchem, jak słonie na rzecznych promach. Słonie! Z całych sił zaczął dąć w rurę.

Anne Verk mieszkała w Bangkoku od trzech lat. Jej mąż był szefem biura Shell Thailand, dzieci nie mieli. Małżeństwo układało się przeciętnie nieszczęśliwie i zdaniem Anne powinno przetrzymać jeszcze kilka lat. Później zamierzała wrócić do Holandii, dokończyć studia i poszukać sobie nowego mężczyzny. Z czystej nudy zgłosiła się jako wolontariuszka na stanowisko nauczycielki w Empire i ku swemu zaskoczeniu dostała tę pracę.

Empire było idealistycznym projektem polegającym na oferowaniu prostytuującym się dziewczętom w Bangkoku nauki, głównie angielskiego. Anne Verk uczyła ich słownictwa, które przydawało im się w barach, i właśnie dlatego przychodziły. Siedziały w ławkach, uśmiechnięte i zawstydzone, chichotały, gdy prosiła, żeby powtarzały za nią: „Czy mogę panu przypalić papierosa, *sir*?” albo „Jestem dziewicą, a pan jest bardzo przystojny, *sir*. Kupi pan drinka?”.

Dzisiaj jedna z dziewcząt włożyła nową czerwoną sukienkę, z której najwyraźniej była bardzo dumna. Łamaną angielszczyzną wyjaśniła klasie, że kupiła ją w Robertson Department Store. Niekiedy trudno było sobie wyobrazić, że te dziewczyny pracowały jako dziwki w najgorszych dzielnicach Bangkoku.

Jak większość Holendrów Anne świetnie mówiła po angielsku i raz w tygodniu prowadziła zajęcia dla innych nauczycieli. Wysiadła z windy na piątym piętrze. Dziś miała za sobą ciężki wieczór, ostry spór na temat metod nauczania, i marzyła jedynie o tym, żeby znaleźć się w swoim dwustumetrowym mieszkaniu i wreszcie zrzucić buty, gdy nagle usłyszała dziwne urywane ochrypłe dźwięki. W pierwszej chwili wydało jej się, że to odgłosy z rzeki, zaraz jednak zorientowała się, że dochodzą z basenu. Znalazła przełącznik światła i minęło dobrych kilka sekund, nim zrozumiała, co oznacza widok człowieka pod wodą i wystającej z niej basenowej siatki. Puściła się biegiem.

Harry widział zapalające się światło i postać, która pojawiła się na brzegu basenu. Po chwili zarys sylwetki jednak zniknął. Chyba była to kobieta. Wpadła w panikę? Harry zaczął już odczuwać pierwsze symptomy hiperkapni. W teorii miało to być wręcz przyjemne, jak zapadanie się w narkozę, ale on czuł jedynie strach płynący w żyłach niczym woda z lodowca. Usiłował się koncentrować, oddychać spokojnie, nie za dużo i nie za mało, ale myślenie przychodziło mu z wielkim trudem.

Dlatego nie zauważył, że poziom wody zaczyna opadać. Kiedy kobieta wskoczyła do basenu, żeby go podnieść, był pewien, że to anioł, który zjawił się, by zabrać go do siebie.

*

Dalsza część nocy koncentrowała się głównie na bólu głowy. Harry siedział na krześle w swoim mieszkaniu. Przyjechał lekarz, który zbadał mu krew i wyjaśnił, że miał naprawdę wielkie szczęście. Tak jakby ktoś musiał mu to tłumaczyć. Później stała nad nim Liz i notowała, co się wydarzyło.

– Czego on szukał w mieszkaniu?

– Nie mam pojęcia. Może chciał mnie nastraszyć.

– Zabrał stąd coś?

Harry szybko się rozejrzał.

– Jeżeli szczoteczka do zębów ciągle jest w łazience, to nic.

– Nie żartuj sobie. Jak się czujesz?

– Jak na kacu.

– Zaraz roześlę za nim list gończy.

– Zapomnij o tym. Wracaj do domu i trochę się prześpij.

– Straszny z ciebie chojrak.

– Po prostu dobrze udaję. – Potarł twarz dłońmi.

– To nie są żarty, Harry. Masz świadomość, że zatrułeś się dwutlenkiem węgla?

– Według słów lekarza nie bardziej niż przeciętny mieszkaniec Bangkoku. Naprawdę, Liz. Wracaj do domu. Nie mam siły dłużej z tobą rozmawiać. Do jutra wszystko będzie w porządku.

– Jutro zrobisz sobie wolne.

– Jak chcesz, tylko już idź.

Wepchnął do ust pigułki, które zostawił mu lekarz, zapadł w sen bez snów i obudził się dopiero przed południem, kiedy Liz zadzwoniła spytać, jak się czuje. Burknął coś w odpowiedzi.

– Nie chcę cię dzisiaj widzieć – oświadczyła.

– Ja też cię kocham – odparł i wstał, żeby się ubrać.

To był dotychczas najgorętszy dzień tego roku i na komendzie wszyscy prześcigali się w narzekaniach. Nawet w biurze Liz klimatyzacja nie radziła sobie z upałem. Harry'emu łuszczyła się skóra na nosie, zaczął przypominać odmianę renifera Rudolfa. Dotarł już do połowy trzeciej litrowej butelki wody.

– Jeżeli to jest pora chłodna, to jak wygląda…

– Proszę cię, Harry. – Liz uważała, że rozmowa o upale wcale nie uczyni go bardziej znośnym. – Co z Woo, Nho? Jakieś ślady?

– Nic. Odbyłem poważną rozmowę z panem Sorensenem z Thai Indo Travellers. Twierdzi, że nic nie wie o Woo, że on przestał już pracować dla jego firmy.

Liz westchnęła.

– Nie mamy pojęcia, co robił w mieszkaniu Harry'ego. Świetnie. Co z Brekkem?

Sunthorn kontaktował się z portierem w recepcji budynku, w którym mieszkał Brekke. Mężczyzna rzeczywiście pamiętał, że Norweg tamtego wieczoru wrócił do domu po północy, ale o której dokładnie, nie wiedział.

Liz przekazała, że technicy już przepatrują mieszkanie i biuro Brekkego. Szczególnie interesują ich ubrania i buty, szukają krwi, włosów, włókien, czegokolwiek, co mogłoby powiązać Brekkego z ofiarą albo miejscem przestępstwa.

– A ja – odezwał się Rangsan – mam do powiedzenia parę rzeczy o tych zdjęciach, które znaleźliśmy w aktówce Molnesa.

Przypiął trzy powiększone odbitki do tablicy przy drzwiach. Chociaż przedstawione na nich obrazy tkwiły w głowie Harry'ego już tak długo, że w pewnym stopniu ich szokujący efekt nieco osłabł, to mimo wszystko poczuł ściskanie w żołądku.

– Przekazaliśmy je do obyczajówki, żeby sprawdzić, co oni z tego wyciągną, ale nie byli w stanie powiązać tych zdjęć z żadnymi znanymi dystrybutorami pornografii dziecięcej. – Rangsan obrócił jedną z odbitek. – Po pierwsze, fotografie są wywołane na niemieckim papierze, którego w Tajlandii się nie sprzedaje, po drugie, są odrobinę nieostre i na pierwszy rzut oka przypominają zdjęcia amatorskie nieprzeznaczone do szerszej dystrybucji. Technicy rozmawiali z ekspertem od fotografii, który stwierdził, że zrobiono je z daleka, za pomocą teleobiektywu, najprawdopodobniej z zewnątrz. Wydaje mu się, że to jest szpros w oknie. – Rangsan wskazał na szary cień na górnym brzegu zdjęcia. – A jednak fotografie są na tyle profesjonalne, że mogą wskazywać na kolejną wymagającą wypełnienia niszę na rynku pornografii dziecięcej, a mianowicie na segment podglądaczy.

– Co?

– W Stanach branża pornograficzna zarabia wielkie pieniądze na sprzedaży tak zwanych prywatnych nagrań amatorskich, w rzeczywistości przygotowanych przez profesjonalnych aktorów i fotografików, którzy świadomie się starają, by ich prace wyglądały na amatorskie. Używają prostego sprzętu i unikają najbardziej znanych fotomodeli. Okazuje się, że ludzie są skłonni zapłacić więcej za to, co uważają za autentyczne nagrania z prywatnych sypialni. To samo dotyczy zdjęć i filmów uchodzących za zrobione z mieszkania naprzeciwko bez świadomości odtwórców głównych ról. Te ostatnie szczególnie interesują voyeurystów, a więc tych, których podnieca podglądanie innych bez ich wiedzy. Przypuszczamy, że nasze fotografie plasują się w tej właśnie kategorii.

– A może – wtrącił się Harry – może te zdjęcia wcale nie zostały przeznaczone do dystrybucji, tylko miały posłużyć do szantażu?

Rangsan pokręcił głową.

– Też o tym myśleliśmy, ale w takim wypadku dorosłego powinno dać się zidentyfikować. A dla pornografii dziecięcej charakterystyczna jest właśnie sytuacja taka jak tu. Twarz sprawcy pozostaje ukryta.

Wskazał na zdjęcia. Widać było tylko pośladki i dolną część pleców mężczyzny. Oprócz koszulki, na której dawało się dostrzec dolną część cyfr dwa i zero, człowiek ten był nagi.

– Załóżmy, że te zdjęcia miały jednak posłużyć do szantażu, tylko fotografowi nie udało się zrobić zbliżenia twarzy – kontynuował Harry. – Albo pokazał szantażowanemu jedynie te odbitki, na których nie można go zidentyfikować.

– Zaczekaj! – Liz zamachała ręką. – Co ty próbujesz powiedzieć, Harry? Że ten mężczyzna na zdjęciach to Molnes?

– To tylko jedna z teorii: ambasador padł ofiarą szantażu, ale nie mógł zapłacić ze względu na długi hazardowe.

– I co dalej? – spytał Rangsan. – Dla szantażysty to nie mogło być motywem do zamordowania Molnesa.

– Może zagroził, że zgłosi sprawę na policję?

– Doniesie na szantażystę, a sam zostanie oskarżony o pedofilię? – Rangsan przewrócił oczami, a Sunthorn i Nho nie potrafili ukryć uśmiechu.

Harry podniósł ręce do góry.

– Tak jak mówiłem, to tylko jedna z teorii i zgadzam się, żebyśmy ją porzucili. Druga to taka, że to Molnes był szantażystą…

– …a Brekke – pedofilem. – Liz oparła brodę na dłoni i w zamyśleniu popatrzyła przed siebie. – Hm. Molnes potrzebował pieniędzy, a dla Brekkego to mógł być motyw morderstwa, ale miał już wcześniej inny powód, więc dużo dalej nas to nie prowadzi. Co powiesz, Rangsan, da się wykluczyć, że na zdjęciach widzimy Brekkego?

Pokręcił głową.

– Te zdjęcia są na tyle nieostre, że nie możemy wykluczyć nikogo. Chyba że Brekke ma jakieś znaki szczególne.

– Kto się zgłasza na ochotnika, żeby obejrzeć tyłek Brekkego? – spytała Liz.

Odpowiedział jej wybuch śmiechu.

Sunthorn chrząknął dyskretnie.

– Jeżeli Brekke zamordował Molnesa z powodu tych zdjęć, to dlaczego je zostawił?

Zapadła długa cisza.

– Czy tylko ja mam wrażenie, że siedzimy tu i pieprzymy głupoty? – spytała w końcu Liz.

W urządzeniu klimatyzacyjnym zabulgotało, a Harry pomyślał, że ten dzień będzie równie długi, jak gorący.

Harry stanął w drzwiach prowadzących do ogrodu rezydencji ambasadora.

– Harry? – Runa mrugała, bo woda zalewała jej oczy, zaraz też wyszła z basenu.

– Cześć – rzucił. – Twoja matka śpi.

Wzruszyła ramionami.

– Aresztowaliśmy Jensa Brekke.

Spodziewał się, że coś powie, spyta dlaczego, ale się nie odezwała. Harry westchnął.

– Nie zamierzam cię dręczyć tymi sprawami, Runo, ale tkwię w tym po uszy. Ty też, więc pomyślałem, że musimy sobie trochę nawzajem pomóc.

– Aha?

Harry próbował rozszyfrować jej ton, w końcu zdecydował, że będzie mówił wprost.

– Muszę dowiedzieć się o nim trochę więcej. Co to za typ, czy jest tym, za kogo się podaje i tak dalej. Pomyślałem, że zacznę od jego romansu z twoją matką. Między nimi jest spora różnica wieku…

– Zastanawiasz się, czy on ją wykorzystuje?

– Tak, coś mniej więcej w tym rodzaju.

– Raczej moja matka wykorzystuje jego, ale czy odwrotnie?

Harry przysiadł na krześle pod wierzbą, Runa dalej stała.

– Matka nie lubi, żebym była w pobliżu, kiedy są razem, więc w pewnym sensie nigdy dobrze go nie poznałam.

– Ale i tak znasz go lepiej niż ja.

– Tak myślisz? Hm. Wydaje się gładki, ale może tylko na zewnątrz. W każdym razie stara się być dla mnie miły. To był na przykład jego pomysł, żeby mnie zabrać na boks tajski. Chyba z powodu tych moich skoków wbił sobie do głowy, że interesuję się sportem. Czy on ją wykorzystuje? Nie wiem. Przykro mi, ale nie potrafię ci pomóc. Nie mam pojęcia, jak myślą mężczyźni w tym wieku. Nie okazujecie za bardzo uczuć…

Harry poprawił ciemne okulary.

– Dziękuję, w porządku, Runo. Możesz poprosić matkę, żeby do mnie zadzwoniła, kiedy się obudzi?

Stanęła na brzegu basenu, obrócona plecami do wody, i odbiła się, zakreślając w powietrzu kolejną parabolę z plecami wygiętymi w łuk i odchyloną głową. Harry popatrzył, jak bąbelki powietrza unoszą się na powierzchnię, odwrócił się i wyszedł.

Szef Brekkego w Barclay Thailand miał włosy zaczesane „na pożyczkę" i zmartwienie wypisane na twarzy. Cały czas kasłał i trzy razy poprosił Harry'ego o powtórzenie nazwiska. Harry rozejrzał się po jego gabinecie i stwierdził, że Brekke nie kłamał. Szef miał znacznie mniejszy pokój niż dealer.

– Brekke to jeden z naszych najzdolniejszych pracowników – oznajmił dyrektor. – Ma świetną pamięć do liczb.

– Ach tak.
– I jest sprytny. Na tym polega jego praca.
– Okej.
– Niektórzy twierdzą, że czasami potrafi być brutalny, ale nigdy żaden z naszych klientów nie oskarżał go o grę nie fair.
– A jaki jest jako człowiek?
– Czy przed chwilą tego panu nie wyjaśniłem?

Z komendy Harry zadzwonił do Torego Bø, szefa wydziału walutowego DnB w Oslo. Bø powiedział, że Brekke miał krótki romans z dziewczyną z back office'u w dziale walutowym, ale związek został gwałtownie zerwany, podobno z jej inicjatywy. Mogło to być po części powodem, dla którego Brekke wkrótce potem złożył wymówienie i przyjął pracę w Bangkoku.
– Oczywiście do tego doszła jeszcze niezła odprawa, no i wyższa pensja.

Po lunchu Harry i Nho zjechali windą na drugie piętro, gdzie Jens Brekke wciąż siedział zamknięty w oczekiwaniu na transport do aresztu w Pratunam.
Brekke ciągle był w garniturze, w którym go aresztowano, ale rozpiął koszulę i podwinął rękawy. Nie wyglądał już jak finansista. Spocona grzywka lepiła się do czoła, a oczy jakby ze zdumieniem wpatrywały się w dłonie nieruchomo spoczywające na stole.
– To Nho, mój kolega – przedstawił Taja Harry.
Brekke podniósł wzrok, uśmiechnął się dzielnie i kiwnął głową.
– Mam właściwie tylko jedno pytanie – odezwał się Nho. – Odprowadził pan ambasadora do garażu, gdzie stał jego samochód, w poniedziałek trzeciego stycznia o siedemnastej?
Brekke spojrzał na Harry'ego, potem na Nho.
– Tak – odparł.
Nho, kiwając głową, popatrzył na Harry'ego.
– Dziękuję – powiedział Harry. – To już wszystko.

30

Samochody poruszały się w ślimaczym tempie, Harry'ego bolała głowa, a klimatyzacja niebezpiecznie pogwizdywała. Nho zatrzymał się przed szlabanem przy wjeździe do garażu przy Barclay Thailand, opuścił szybę i od Taja o płaskiej twarzy w odprasowanym uniformie uzyskał informację, że Jima Love nie ma w pracy.

Nho pokazał odznakę policyjną i wyjaśnił, że chcieliby obejrzeć jedną z kaset wideo, ale strażnik niechętnie pokręcił głową i kazał im zadzwonić do biura ochrony. Nho odwrócił się do Harry'ego i wzruszył ramionami.

– Wyjaśnij mu, że chodzi o zabójstwo.

– Już wyjaśniałem.

– No to trzeba wyjaśnić bardziej szczegółowo.

Harry wysiadł z samochodu. Wilgotny upał dosłownie go uderzył, jakby podniosło się pokrywkę garnka z wrzącą wodą. Wyprostował się, wolno obszedł samochód, czując, że już odrobinę kręci mu się w głowie. Strażnik zmarszczył czoło na widok niemal dwumetrowego, czerwonego jak burak *faranga*, który w dodatku trzymał dłoń na rękojeści rewolweru.

Harry stanął przed nim, odsłonił zęby w czymś na kształt uśmiechu i lewą ręką chwycił strażnika za pasek. Taj krzyknął, ale nie zdążył stawić oporu, bo Harry odciągnął pasek i wsunął za niego prawą rękę. Ochroniarz uniósł się z ziemi, a kiedy Harry szarpnął, majtki pękły z trzaskiem. Nho coś krzyknął, ale było już za późno. Harry triumfalnie trzymał białe bokserki nad głową. W następnej chwili bielizna poszybowała nad dachem budki i poleciała w krzaki. Harry wolno wsiadł do samochodu.

– Stara sztuczka, jeszcze z gimnazjum – oświadczył zdumionemu Nho. – Teraz ty możesz przejąć negocjacje. Cholera, ale gorąco…

Nho po krótkich parlamentarnych przemowach wsunął głowę do samochodu, dał Harry'emu znak i we trzech ruszyli do pomieszczenia w piwnicy. Strażnik nie przestawał zerkać na Harry'ego spode łba i trzymać się od niego w bezpiecznej odległości.

Zaszumiał mechanizm odtwarzacza wideo. Harry zapalił papierosa. Żył w przekonaniu, że w pewnych sytuacjach nikotyna stymuluje myślenie. Na przykład wtedy, gdy człowiek ma ochotę zapalić.

– No tak – odezwał się. – Więc uważasz, że Brekke mówi prawdę?

– Ty też tak myślisz – odparł Nho. – Inaczej nie zabierałbyś mnie tutaj.

– Masz rację. – Dym zapiekł Harry'ego w oczy. – A tu widzisz, dlaczego uważam, że on nie kłamie.

Nho wpatrywał się w obrazy, ale w końcu musiał się poddać i pokręcił głową.

– To jest kaseta z poniedziałku dziesiątego stycznia – stwierdził Harry. – Około godziny dziesiątej wieczorem.

– Mylisz się – zaprotestował Nho. – To jest to samo nagranie, które oglądaliśmy ostatnio. Z dnia zabójstwa, trzeciego stycznia, przecież w rogu jest data.

Harry wydmuchał kółko z dymu, ale gdzieś musiał być przeciąg, bo natychmiast się rozwiało.

– To jest to samo nagranie, tylko data przez cały czas była nieprawdziwa. Przypuszczam, że nasz pozbawiony majtek przyjaciel potwierdzi, że przeprogramowanie daty i godziny nagrania to dla nich żaden problem.

Nho spojrzał na strażnika, który wzruszył ramionami i pokiwał głową.

– Ale to nie tłumaczy, skąd wiesz, kiedy zrobiono to nagranie – zauważył Nho.

Harry wskazał na ekran.

– Uświadomiłem to sobie dzisiaj rano, kiedy obudził mnie ruch na moście Taksina w pobliżu mojego mieszkania. Na tym nagraniu ruch jest za mały. To sześciopiętrowy garaż biurowca, w którym pracuje mnóstwo ludzi, godzina między czwartą a piątą po południu, a my w ciągu sześćdziesięciu minut widzimy dwa przejeżdżające samochody. – Strzepnął popiół z papierosa. – Kolejną rzeczą, o jakiej pomyślałem, jest to. – Wstał i wskazał na pasma wilgoci na cemencie. – Ślady mokrych opon. Zostawione przez oba te samochody. Kiedy ostatnio ulice Bangkoku były mokre?

– Dwa miesiące temu, jeśli nie dawniej.

– Mylisz się. Cztery dni temu, dziesiątego stycznia, między dziesiątą a wpół do jedenastej wieczorem spadła ulewa mango. Wiem o tym, bo większość wlała mi się za koszulę.

– Cholera, masz rację! – Nho zmarszczył czoło. – Ale przecież te kamery powinny nagrywać bez przerwy. Jeżeli to nagranie jest nie z trzeciego, a z dziesiątego stycznia, to znaczy, że kaseta, która powinna w tym czasie znajdować się w nagrywarce, została z niej wyjęta.

Harry poprosił strażnika o odszukanie kasety z datą dziesiąty stycznia i trzydzieści sekund później mogli skonstatować, że nagranie kończy się na godzinie dwudziestej pierwszej trzydzieści. Później nastąpiła pięciosekundowa burza śnieżna i obraz znów się uspokoił.

– W tym miejscu wyjęto kasetę – stwierdził Harry. – Zdjęcia, które teraz oglądamy, nagrano wcześniej. – Wskazał na datę. – Pierwszy stycznia, godzina piąta dwadzieścia pięć.

Harry polecił strażnikowi zatrzymać obraz. Długo się w niego wpatrywali. Harry dopalał papierosa.

Nho złożył dłonie na wysokości ust.

– Więc ktoś sfabrykował kasetę, z której wynika, że samochód ambasadora w ogóle nie stał w tym garażu. Dlaczego?

Harry nie odpowiedział. Siedział ze wzrokiem wbitym w godzinę. 05.25. Trzydzieści pięć minut przed początkiem nowego roku w Oslo. Gdzie wtedy był? Co robił? Siedział U Schrødera? Nie, na pewno było zamknięte. Pewnie spał. W każdym razie fajerwerków sobie nie przypominał.

W siedzibie spółki ochroniarskiej potwierdzono, że Jim Love miał nocny dyżur dziesiątego stycznia i bez zbędnych protestów podano im jego adres i numer telefonu. Nho od razu zadzwonił, żeby sprawdzić, czy ktoś odbierze, ale bez skutku.

– Poślijcie tam patrol – poleciła Liz. Chyba cieszyła się, że nareszcie mają coś konkretnego, nad czym mogą pracować.

Do pokoju wszedł Sunthorn i podał jej teczkę.

– Jim Love nie ma kartoteki – oznajmił. – Ale Maisan, wywiadowca z narkotykowego, rozpoznał go po opisie. Jeżeli to ten sam facet, to wielokrotnie obserwowano go w Miss Duyen.

– Co to znaczy? – spytał Harry.

– Że w tej sprawie z opium, o której nam opowiadał, niekoniecznie był aż tak niewinny, jak to przedstawił – wyjaśnił Nho.

– Miss Duyen to palarnia opium w Chinatown – dodała Liz.

– Palarnia opium? Czy to nie jest… hm… zakazane?

– Oczywiście.

– *Sorry*, głupie pytanie – przyznał Harry. – Wydawało mi się tylko, że policja zwalcza takie rzeczy.

– Nie wiem, jak jest tam, skąd pochodzisz, Harry, ale my tutaj staramy się podchodzić do problemu praktycznie. Moglibyśmy zamknąć Miss Duyen, ale za tydzień albo otwarto by nową palarnię, albo biedacy musieliby palić na ulicy. Zaletą Miss Duyen jest to, że mamy nad nią kontrolę. Nasi wywiadowcy mogą tam wchodzić i wychodzić, jak chcą, a ci, którzy postanowili zniszczyć sobie mózgi opium, niszczą je we w miarę przyzwoitym otoczeniu.

Ktoś zakasłał.

– No i jeszcze to, że Miss Duyen z pewnością nieźle płaci – padły słowa zza „Bangkok Post".

Liz udała, że tego nie słyszy.

– Ponieważ Jim nie pojawił się dziś w pracy i nie ma go w domu, przypuszczam, że leży wyciągnięty na macie w Miss Duyen. Nho, proponuję, żebyście się tam wybrali z Harrym. Pogadajcie z Maisanem, on wam pomoże. Naszego turystę może to zainteresować.

Maisan i Harry weszli w ciasną uliczkę, na której gorący wiatr podrywał w górę śmieci wzdłuż nędznych fasad domów. Nho został w samochodzie, bo zdaniem Maisana na odległość czuć go było gliną. Poza tym w Miss Duyen nabrano by podejrzeń, gdyby nagle zjawili się we trzech.

– Palenie opium nie jest rozrywką towarzyską – tłumaczył Harry'emu Maisan z silnym amerykańskim akcentem, a Harry zastanawiał się, czy ten akcent razem z T-shirtem z The Doors nie jest pewną przesadą u wywiadowcy z wydziału narkotykowego.

Maisan zatrzymał się przed otwartą bramą z kutego żelaza funkcjonującą jako drzwi, obcasem wdeptał niedopałek w asfalt i wszedł do środka.

Zejście ze słońca sprawiło, że Harry w pierwszej chwili nic nie widział, słyszał za to ściszone mamroczące głosy. Ruszył za plecami dwóch osób, które już znikały w głębi.

– Psiakrew! – Zawadził głową o futrynę i odwrócił się, słysząc za sobą znajomy śmiech. Wydało mu się, że w mroku pod ścianą dostrzega ogromną postać, ale możliwe, że się pomylił. Czym prędzej ruszył naprzód, żeby się nie zgubić. Ci dwaj, którzy szli przodem, już zniknęli na schodach. Harry pobiegł za nimi. Kilka banknotów przeszło z rąk do rąk i drzwi uchyliły się na tyle, by mogli się wemknąć do środka.

Za drzwiami czuć było ziemią, moczem, dymem i słodkim opium.

Wyobrażenia palarni opium Harry'ego pochodziły z filmu Sergia Leone, w którym Robertem de Niro zajmowały się kobiety w jedwabnych sarongach, upozowane na miękkich łożach z olbrzymimi poduchami, a żółtawe łaskawe światło spowijało wszystko sakralną poświatą. Tak w każdym razie to zapamiętał. Tutaj światło też było przytłumione, lecz poza tym nic więcej nie przypominało Hollywood. Kurz wiszący w powietrzu utrudniał oddychanie, a z wyjątkiem kilku piętrowych łóżek pod ścianami ludzie leżeli na kocach i bambusowych matach ułożonych wprost na ubitej ziemi.

Mrok i gęste powietrze, w którym pobrzmiewało przytłumione pokasływanie i chrząkanie, sprawiły, że Harry w pierwszej chwili sądził, iż w środku jest zaledwie garstka ludzi. Jednak w miarę jak przyzwyczajał się do ciemności, coraz lepiej widział, że to duże pomieszczenie, w którym mieściło się kilkaset osób – byli to prawie wyłącznie mężczyźni. Z wyjątkiem kaszlu panowała tu dziwna cisza. Większość ludzi jakby spała, niektórzy ledwie się poruszali. Dostrzegł starego człowieka trzymającego ustnik fajki obiema rękami i zaciągającego się tak mocno, że pomarszczona skóra napinała mu się na kościach policzkowych.

Szaleństwo było jednak zorganizowane. Ludzie leżeli rzędami podzieleni na kwadraty, między którymi dało się chodzić, trochę tak jak na cmentarzu. Harry szedł za Maisanem, przyglądając się twarzom, i próbował wstrzymywać oddech.

– Widzisz swojego faceta? – spytał wywiadowca.

Harry pokręcił głową.
– Cholernie ciemno.
Maisan uśmiechnął się krzywo.
– Na jakiś czas spróbowali powiesić jarzeniówki, żeby ukrócić kradzieże, ale wtedy ludzie przestali tu przychodzić. Zresztą większość z nich sama kradnie.
Maisan zniknął w głębi sali. Po pewnym czasie wyłonił się z półmroku i wskazał na wyjście.
– Dowiedziałem się, że Murzyn od czasu do czasu zatrzymuje się w Yupa House, kawałek dalej na tej samej ulicy. Niektórzy goście przynoszą tam własne opium, właściciel przymyka na to oko.
Akurat w chwili, kiedy źrenice Harry'ego rozszerzyły się na tyle, by mógł cokolwiek dojrzeć w mroku, znów zostały narażone na działanie olbrzymiej lampy dentystycznej, która wiernie wisiała na niebie. Czym prędzej włożył okulary.
– Posłuchaj, znam jedno miejsce, gdzie mógłbyś sobie załatwić tanie...
– Nie, dziękuję, te są w porządku.
Poszli po Nho. W Yupa House na pewno zażądają tajlandzkiego identyfikatora policyjnego, jeśli będą chcieli obejrzeć książkę gości, a Maisan nie miał ochoty ujawniać się w tej okolicy.
– Bądźcie ostrożni – rzucił na pożegnanie i zniknął w cieniach.

31

Recepcjonista w Yupa House przypominał odbicie w jednym z luster w lunaparku – takim, w którym człowiek wygląda na chudszego. Nad wąskimi, opadającymi ramionami na cienkiej szyi drapieżnego ptaka tkwiła podłużna twarz. Miał rzadkie rozwichrzone włosy, bardzo skośne oczy i cienkie długie wąsy. Swoją formalną uprzejmością i czarnym garniturem przypominał Harry'emu agenta zakładu pogrzebowego.
Mężczyzna zapewnił Harry'ego i Nho, że nie mieszka u nich nikt o nazwisku Love. Kiedy opisali wygląd poszukiwanego, uśmiechnął

się jeszcze szerzej i pokręcił głową. Na ścianie wisiała tabliczka z prostymi zasadami obowiązującymi w hotelu: nie wolno wnosić broni i cuchnących przedmiotów, nie wolno palić w łóżku.

– Przepraszamy na chwilę – rzucił Harry do recepcjonisty i pociągnął Nho w stronę drzwi. – I co?

– Trudna sprawa – przyznał Nho. – To Wietnamczyk.

– Co z tego?

– Nie słyszałeś, co Nguyen Cao Ky mówił o swoich rodakach podczas wojny w Wietnamie? Twierdził, że Wietnamczycy to urodzeni kłamcy, kłamstwo mają w genach, ponieważ przez pokolenia uczyli się, że prawda może sprowadzić na nich jedynie nieszczęście.

– Uważasz, że on kłamie?

– Nie mam pojęcia. Jest w tym naprawdę dobry.

Harry odwrócił się, podszedł do kontuaru i poprosił o klucz uniwersalny. Recepcjonista uśmiechnął się niepewnie.

Harry odrobinę podniósł głos, przeliterował: *master key* i odpowiedział sztucznym uśmiechem.

– Sprawdzimy ten hotel, pokój po pokoju. Rozumiesz? Jeśli znajdziemy coś nieregulaminowego, oczywiście będziemy musieli zamknąć hotel, żeby przeprowadzić dalsze śledztwo. A myślę, że bez problemu coś znajdziemy.

Recepcjonista pokręcił głową i nagle zaczął mieć duże kłopoty ze zrozumieniem angielskiego.

– Mówię, że nie będzie problemu, bo, jak widzę, wisi tu regulamin zakazujący palenia w łóżku. – Harry sięgnął po tabliczkę i rzucił ją na kontuar.

Wietnamczyk długo się jej przyglądał. Pod skórą szyi drapieżnego ptaka coś się poruszyło.

– W pokoju numer trzysta cztery mieszka mężczyzna, który nazywa się Joncs – wykrztusił w końcu. – Może to on?

Harry z uśmiechem odwrócił się do Nho, który wzruszył ramionami.

– Czy pan Jones jest u siebie w pokoju?

– Nie wychodził, odkąd się zameldował.

Recepcjonista poszedł z nimi na górę. Zapukali, ale nikt nie odpowiadał. Nho dał sygnał Wietnamczykowi, żeby otworzył, sam zaś wyjął z kabury na łydce czarną berettę, naładował ją i odbezpieczył. Przez szyję recepcjonisty zaczęły przebiegać lekkie skurcze. Obrócił klucz w zamku i pospiesznie się cofnął. Harry ostrożnie pchnął drzwi. Zasłony były zaciągnięte, w środku panował niemal całkowity mrok, wsunął więc rękę i wymacał przełącznik. Jim Love leżał na łóżku nieruchomo, z zamkniętymi oczami i ze słuchawkami walkmana w uszach. Zasłony lekko falowały, poruszane strumieniem powietrza z wentylatora na suficie. Fajka wodna stała na niskim stoliku przy łóżku.

– Jim Love! – zawołał Harry, ale Jim Love nie zareagował.

Albo śpi, albo walkman gra za głośno, pomyślał Harry, rozglądając się, żeby się upewnić, czy Jim jest sam. Dopiero gdy dostrzegł muchę bezczelnie wyłaniającą się z prawej dziurki od nosa Jima, zorientował się, że Murzyn nie oddycha. Podszedł do łóżka i dotknął ręką jego czoła. Miał wrażenie, że dotyka zimnego marmuru.

Harry siedział na niewygodnym krześle w hotelowym pokoju i czekał. Nucił jakąś piosenkę, ale nie mógł sobie uprzytomnić jaką.

Przybyły lekarz stwierdził, że Jim Love nie żyje od ponad dwunastu godzin, o czym Harry mógł mu powiedzieć już wcześniej, a kiedy zadał pytanie, jak długo będą musieli czekać na wyniki sekcji, wiedział, że odpowiedź będzie identyczna: ponad dwanaście godzin.

Wieczorem w biurze Liz zebrali się wszyscy z wyjątkiem Rangsana. Przedpołudniowy świetny humor pani komisarz zniknął jak zdmuchnięty.

– Powiedzcie mi, że coś mamy – zaczęła groźnie.

– Technicy zebrali całą masę śladów – odparł Nho. – Zajęło się tym trzech ludzi, znaleźli mnóstwo odcisków palców, włosów i włókien. Ich zdaniem w Yupa House nie sprzątano od co najmniej pół roku.

Sunthorn i Harry się roześmieli, ale Liz popatrzyła na nich z ponurą miną.

– Żadnych śladów, które dałoby się powiązać z zabójstwem?

– Na razie nie wiemy, czy to było zabójstwo – zauważył Harry.

– Owszem, do jasnej cholery – warknęła Liz. – Ludzie podejrzewani o współudział w innym zabójstwie nie umierają przypadkiem z przedawkowania na kilka godzin przed tym, jak do nich dochodzimy.

– Co ma wisieć, nie utonie – powiedział Harry.

– Słucham?

– Mówię, że masz rację.

Nho potwierdził, że wśród palaczy opium przedawkowanie to prawdziwa rzadkość. Z reguły tracą przytomność, zanim są w stanie zażyć aż tyle.

Otworzyły się drzwi i wszedł Rangsan.

– Mam nowiny – oświadczył, rozkładając gazetę. – Już odkryli przyczynę śmierci.

– Myślałem, że wyniki sekcji będą dopiero jutro? – zdziwił się Nho.

– Niepotrzebne. Technicy znaleźli w opium cyjanek. Facet musiał umrzeć po pierwszym machu.

Na moment zapadła cisza.

– Odszukajcie Maisana. – Liz w końcu znów się ożywiła. – Musimy się dowiedzieć, skąd Love wziął to opium.

– Odradzam przesadny optymizm – ostrzegł Rangsan. – Maisan już rozmawiał ze stałym dealerem Love'a, on twierdzi, że nie widział go od dawna.

– W porządku – powiedział Harry. – Ale teraz przynajmniej oczywiste jest, że ktoś świadomie próbuje wskazać policji Brekkego jako zabójcę.

– Nam to nie pomoże – stwierdziła Liz.

– Nie byłbym taki pewien. Nie wiadomo, czy Brekke był przypadkowo wybranym kozłem ofiarnym. Może zabójca miał motyw, żeby zwalić winę akurat na niego. Na przykład jakieś niezałatwione rachunki.

– I co z tego?

– Jeśli wypuścimy Brekkego, może coś się wydarzy. Na przykład wywabi zabójcę na otwarty teren.

– *Sorry*. – Liz wbiła wzrok w stół. – Zatrzymamy Brekkego.

– Co? – Harry nie wierzył własnym uszom.

– Polecenie komendanta.

– Ale…

– Tak po prostu ma być.

– Poza tym jest kolejna poszlaka wskazująca na Norwegię – dodał Rangsan. – Technicy wysłali próbki tego tłuszczu, którym musiał być pokryty nóż, do swoich norweskich kolegów, żeby sprawdzić, czy oni do czegoś nie dojdą. Tamci stwierdzili, że to tłuszcz renifera, a w Tajlandii jest ich raczej niewiele. Któryś z techników zaproponował, żebyśmy aresztowali Świętego Mikołaja.

Nho i Sunthorn zachichotali.

– W Oslo powiedzieli, że sadła renifera do ochrony stalowych ostrzy używają zazwyczaj Lapończycy.

– Tajski nóż i norweski tłuszcz – mruknęła Liz. – Sprawa robi się coraz ciekawsza. – Podniosła się gwałtownie. – Życzę wszystkim dobrej nocy. Mam nadzieję, że jutro stawicie się wypoczęci.

Harry zatrzymał ją przy windzie, prosząc o wyjaśnienie.

– Posłuchaj, Harry. Tu jest Tajlandia i obowiązują inne reguły. Nasz komendant trochę przesadził i oznajmił pani komendant w Oslo, że już mamy zabójcę. On uważa, że to Brekke. Kiedy poinformowałam go o ostatnich odkryciach, rozzłościł się i uparł, żeby zatrzymać Brekkego przynajmniej do czasu, gdy ten nie znajdzie sobie alibi.

– Ale…

– Twarz, Harry. Chodzi o twarz. Tajom wpaja się od dzieciństwa, że nigdy nie mogą przyznać się do błędu, nie zapominaj o tym.

– Nawet kiedy wszyscy wiedzą, kto go popełnił?

– Wtedy wszyscy się starają, żeby to nie wyglądało na błąd.

Na szczęście drzwi windy zasunęły się za Liz, zanim Harry zdążył powiedzieć, co o tym myśli. Przypomniał sobie natomiast, jaka piosenka krążyła mu po głowie. *All Along the Watchtower*. Pamiętał teraz nawet słowa: *There must be some way out of here, said the joker to the thief.*

Oby tak było.

Pod drzwiami do mieszkania leżał list. Z tyłu Runa napisała swoje imię.

Harry rozpiął koszulę. Pot cieniutką oleistą warstewką pokrywał pierś i brzuch. Próbował sobie przypomnieć, jak to było, kiedy on sam miał siedemnaście lat. Czy się zakochiwał? Na pewno.

Schował list do szuflady nocnej szafki, nie otwierając go – w takim stanie zamierzał go oddać. Położył się do łóżka, a pół miliona samochodów i jeden klimatyzator usiłowały ukołysać go do snu.

Myślał o Birgitcie. O Szwedce, którą poznał w Australii i która mówiła, że go kocha. Co też takiego powiedział Aune? „Boisz się przywiązywać do innych ludzi". Tuż przed zaśnięciem pomyślał jeszcze o tym, że wyzwolenie też przynosi kaca. I odwrotnie.

32

Jens Brekke wyglądał tak, jakby nie spał, odkąd Harry widział się z nim ostatnio. Oczy miał przekrwione, a dłonie przesuwał bez celu po blacie stołu.

– Więc nie pamiętasz tego czarnego parkingowego z afro? – spytał Harry.

Brekke pokręcił głową.

– Mówiłem już, że nigdy nie korzystam z garażu.

– Na razie zapomnijmy o Jimie Love, skupmy się raczej na tym, kto próbuje cię posłać za kratki.

– O czym ty mówisz?

– Ktoś bardzo się natrudził, żeby ci popsuć alibi.

Jens podniósł brwi tak wysoko, że niemal zniknęły pod włosami.

– Dziesiątego stycznia ktoś włożył do nagrywarki kasetę wideo z trzeciego stycznia i nowym nagraniem skasował zapis, na którym powinniśmy zobaczyć samochód ambasadora i ciebie, jak odprowadzasz Molnesa do garażu.

Brwi Jensa znów się ukazały, tym razem ułożone w literę M.

– Co?

– Zastanów się.

– Chcesz powiedzieć, że mam wrogów?

– Być może. Albo po prostu z powodów praktycznych można z ciebie zrobić kozła ofiarnego.

Jens potarł kark.

– Wrogów? Nie mogę nikogo takiego sobie przypomnieć. – Nagle się rozpromienił. – Ale to znaczy, że stąd wyjdę.

– *Sorry*, wciąż nie jesteś poza podejrzeniami.

– Przecież właśnie powiedziałeś, że…

– Komendant policji nie zwolni cię, dopóki nie będziesz miał alibi. Dlatego proszę, żebyś się dobrze zastanowił. Czy w ogóle ktokolwiek widział cię w czasie od pożegnania z ambasadorem do powrotu do domu? Może ktoś w garażu, kiedy wychodziłeś z biura albo kiedy wsiadałeś do taksówki? Może zajrzałeś do kiosku czy coś w tym rodzaju?

Jens oparł czoło na palcach. Harry zapalił papierosa.

– Cholera, Harry. Całkiem mi pomieszałeś w głowie tymi nagraniami. Nie jestem w stanie myśleć. – Brekke jęknął i uderzył ręką w stół. – Wiesz, co było dziś w nocy? Śniło mi się, że zabiłem ambasadora. Że razem wyszliśmy głównym wejściem, pojechaliśmy jego samochodem do motelu i tam wbiłem mu w plecy wielki rzeźnicki nóż. Próbowałem się powstrzymać, ale nie panowałem nad ciałem, byłem jakby zamknięty w środku robota, a ten zadawał cios za ciosem…

Urwał.

Harry nic nie mówił, ale też i go nie poganiał.

– Rzecz w tym, że ja nie znoszę zamknięcia – wyznał Jens. – Nigdy nie znosiłem. Mój ojciec miał zwyczaj… – Przełknął ślinę i zacisnął prawą pięść.

Harry zobaczył, że kostki mu bieleją. Jens ciągnął teraz prawie szeptem:

– Gdyby ktoś tu przyszedł z tekstem przyznania się do winy i powiedział, że jeśli podpiszę, będę mógł stąd wyjść, to nie wiem, do diabła, co bym zrobił.

Harry wstał.

– Spróbuj sobie coś przypomnieć. Teraz, kiedy ten dowód na taśmie wideo już nie istnieje, może zdołasz myśleć przytomniej.

Podszedł do drzwi.

– Harry?

Ciekawe, z jakiego powodu ludzie robią się tacy rozmowni na widok moich pleców, pomyślał Harry.

– Słucham.

– Dlaczego uważasz, że jestem niewinny, skoro wszyscy inni są przekonani, że jest odwrotnie?

Harry się nie odwrócił, ale odpowiedział:

– Przede wszystkim dlatego, że nie mamy nic, co byłoby choć cieniem dowodu przeciwko tobie, a jedynie brak alibi i dość mglisty motyw.

– I dlaczego jeszcze?

Harry uśmiechnął się i odwrócił głowę.

– Ponieważ uznałem cię za gnojka od pierwszej chwili, kiedy cię zobaczyłem.

– I?

– Raczej nie znam się na ludziach. Miłego dnia.

Bjarne Møller otworzył jedno oko, zerknął na budzik na nocnej szafce i zadał sobie pytanie, kto, u diabła ciężkiego, mógł uważać, że szósta rano to odpowiednia pora na telefonowanie.

– Wiem, która godzina – odezwał się Harry, zanim Møller zdążył w jakikolwiek sposób to skomentować. – Posłuchaj, jest facet, którego musisz dla mnie sprawdzić. To na razie nic konkretnego, jedynie łaskotanie w brzuchu.

– Łaskotanie w brzuchu? – powtórzył Møller zdziwiony. Jego głos zabrzmiał jak kawałek tektury uderzający o szprychy roweru.

– Takie domysły. Wydaje mi się, że chodzi o Norwega, a w takiej sytuacji wybór jest dość ograniczony.

Møller wykasłał wiadro śluzu.

– Dlaczego Norweg?

– Na marynarce Molnesa znaleźliśmy ślady sadła renifera, prawdopodobnie pochodzące z noża. A kąt, pod jakim zadano cios, wskazuje, że musiała to być stosunkowo wysoka osoba. Tajowie, jak być może wiesz, są ogólnie raczej nieduzi.

– No dobrze, ale nie mogłeś poczekać z tym ze dwie godziny?

– Oczywiście, mogłem – odparł Harry.

Zapadła cisza.

– No to dlaczego nie zaczekałeś?

– Bo jest tu nas pięciu śledczych i jeden komendant policji. I wszyscy czekają na to, żebyś ruszył tyłek, szefie.

Møller oddzwonił dwie godziny później.

– Dlaczego chciałeś, żebyśmy sprawdzili akurat tego faceta, Hole?

– Pomyślałem, że ktoś, kto stosuje sadło renifera, musiał być w północnej Norwegii. Przypomnieli mi się kumple, którzy odbywali służbę wojskową w Finnmark. Przywozili stamtąd wielkie lapońskie noże. Ivar Løken przez lata służył w armii, stacjonował w Vardø. Poza tym mam wrażenie, że ten człowiek wie, jak użyć noża.

– To się może zgadzać. Co jeszcze o nim wiesz?

– Niewiele. Tonje Wiig uważa, że parkuje tu do emerytury.

– W rejestrze karnym nic na niego nie ma... – Møller zawiesił głos.

– Ale?

– A jednak znaleźliśmy jakiś plik.

– To znaczy?

– Jego nazwisko pojawiło się na ekranie, ale do pliku nie mogłem się dostać. Godzinę później miałem telefon z Kwatery Głównej Armii na Huseby z pytaniem, dlaczego próbowałem otworzyć jego kartotekę.

– O, cholera!

– Kazali mi przysłać pismo, jeżeli życzę sobie informacji na temat Ivara Løkena.

– Nie myśl o tym, szefie.

– Już nie myślę, Harry, i tak nic nam z tego nie przyjdzie.

– Rozmawiałeś z Hammervollem z obyczajówki?

– Tak.

– I co powiedział?

– Że oczywiście nie ma żadnego archiwum norweskich pedofilów w Tajlandii.

– Tak myślałem. Przeklęty Urząd Ochrony Danych!
– To nie ma żadnego związku.
– Nie ma?
– Kilka lat temu sporządziliśmy listę, ale musieliśmy zrezygnować z aktualizacji. Było ich po prostu zbyt wielu.

Kiedy Harry zadzwonił do Tonje Wiig z prośbą o jak najszybsze spotkanie, nalegała, żeby poszli na herbatę do Salonu Pisarzy w hotelu Oriental.
– Wszyscy tam chodzą – oświadczyła.
Harry przekonał się, że „wszyscy" oznaczało białych, zamożnych i dobrze ubranych.
– Witaj w najlepszym hotelu na świecie, Harry! – zaćwierkała Tonje z głębi fotela w lobby.
Włożyła niebieską bawełnianą sukienkę, a na kolanach trzymała słomkowy kapelusz, przez co wraz z innymi osobami zaludniającymi lobby przydawała temu miejscu posmaku dawnego beztroskiego kolonializmu.
Przeszli do Salonu Pisarzy, dostali swoją herbatę i uprzejmie kiwali głowami innym białasom, uważającym, że rasa jest wystarczającym powodem do pozdrowień. Harry nerwowo dzwonił porcelaną.
– Może to miejsce nie jest w twoim typie, Harry?
Tonje udało się wypić łyk herbaty i jednocześnie posłać mu szelmowskie spojrzenie.
– Usiłuję zrozumieć, dlaczego uśmiecham się do Amerykanów w strojach do golfa.
Roześmiała się dźwięcznie.
– Odrobina kulturalnego otoczenia nie może przecież zaszkodzić.
– A od kiedy spodnie w kratkę są takie kulturalne?
– Miałam na myśli kulturalnych ludzi.
Harry stwierdził, że Fredrikstad niewiele zrobiło dla siedzącej przed nim dziewczyny. Pomyślał o Sanphecie, starym Taju, który przebierał się w świeżo wyprasowaną koszulę i długie spodnie, gdy ktoś przychodził do niego z wizytą, i siedział w palącym słońcu,

żeby nikogo nie urazić prostotą swojego mieszkania. To była kultura większa niż cokolwiek, z czym dotychczas miał do czynienia wśród cudzoziemców w Bangkoku.

Spytał Tonje, co wie o pedofilach.

– Nic poza tym, że Tajlandia przyciąga sporą ich liczbę. Na pewno pamiętasz, że w zeszłym roku w Pattai przyłapano Norwega dosłownie bez spodni. Norweskie gazety wydrukowały czarująco ustawione zdjęcie trzech chłopców, którzy wskazali go policji. Twarz mężczyzny była zamazana, chłopców nie. W angielskojęzycznym wydaniu „Pattaya Mail" zrobili odwrotnie. Poza tym wymienili pełne nazwisko faceta w nagłówku, po czym konsekwentnie nazywali go *The Norwegian*. – Tonje pokręciła głową. – Tajlandczycy, którzy do tej pory nie słyszeli o Norwegii, nagle się dowiedzieli, że stolica nazywa się Oslo, ponieważ w gazecie napisano, że władze norweskie domagają się przetransportowania swojego rodaka samolotem do Oslo. Wszyscy się zastanawiali, dlaczego, u diabła, chcieli, żeby wrócił. Tutaj przynajmniej posiedziałby zamknięty przez ładnych kilka lat.

– Skoro kary są takie surowe, to dlaczego w Tajlandii jest tylu pedofilów?

– Władze się starają, żeby Tajlandia pozbyła się piętna eldorado dla pedofilów, bo to bardzo szkodzi tej części turystyki, która nie skupia się wokół seksu. Ale w policji takie śledztwa nie mają odpowiednich priorytetów, bo wynika z nich mnóstwo problemów z aresztowaniem cudzoziemców. Pedofile pochodzą głównie z bogatych krajów w Europie, z Japonii i ze Stanów, a ich ojczyzny natychmiast wprawiają w ruch cały aparat, domagając się ekstradycji. Ludzie z ambasad zaczynają biegać po korytarzach, stawiać zarzuty o łapówkarstwo i tak dalej.

– Więc w efekcie władze sobie przeciwdziałają?

Twarz Tonje rozjaśniła się w promiennym uśmiechu, przeznaczonym, jak Harry się zorientował, wcale nie dla niego, tylko dla jednego ze „wszystkich", który akurat przechodził za jego plecami.

– I tak, i nie – odparła. – Niektóre współpracują. Władze Szwecji i Danii uzgodniły na przykład z władzami tajlandzkimi, że przyślą tu swoich policjantów, by zajęli się w szczególności sprawami duńskich i szwedzkich pedofilów. Poza tym przyjęto ustawę, dzięki której obywatele duńscy i szwedzcy mogą być sądzeni w ojczyźnie za przestępstwa popełnione przeciwko dzieciom w Tajlandii.

– A Norwegia?

Tonje wzruszyła ramionami.

– Nie mamy żadnej umowy z Tajlandią. Wiem, że norweska policja stara się wdrożyć podobny system, ale wydaje mi się, że nasze władze nie całkiem rozumieją to, co się dzieje w Pattai i Bangkoku. Widziałeś dzieci, które chodzą i sprzedają gumę do żucia?

Harry kiwnął głową. Rzeczywiście roiło się od nich wokół barów go-go na Patpongu.

– To jest tak zwany tajny kod. Guma do żucia oznacza, że są na sprzedaż.

Harry'ego przeszył dreszcz, kiedy uświadomił sobie, że kupił paczkę gumy Wrigley's od bosego czarnookiego chłopczyka, który wyglądał na śmiertelnie przestraszonego. Harry doszedł jednak do wniosku, że mały boi się tłumu i hałasu.

– Możesz mi opowiedzieć coś więcej o fotograficznych zainteresowaniach Ivara Løkena? Widziałaś jakieś jego zdjęcia?

– Nie, ale widziałam sprzęt. Z całą pewnością jest imponujący.

Policzki odrobinę jej się zaczerwieniły, gdy zrozumiała, dlaczego Harry mimowolnie się uśmiechnął.

– A te podróże po Indochinach? Jesteś pewna, że tam był?

– Czy jestem pewna? Dlaczego miałby kłamać?

– Masz jakiś pomysł?

Złożyła ręce na piersi, jakby nagle poczuła chłód.

– Właściwie nie. Jak ci smakuje herbata?

– Muszę cię prosić o przysługę, Tonje.

– Słucham.

– Zaproszenie na kolację.

Spojrzała na niego zaskoczona.

– Jeśli masz czas – dodał.

Poświęciła chwilę na zmianę wyrazu twarzy, ale w końcu wróciła do szelmowskiego uśmiechu.

– Dla ciebie mój terminarz jest zawsze pusty, Harry. W każdej chwili.

– To świetnie. – Harry oblizał zęby. – Wobec tego chciałbym, żebyś zaprosiła na kolację Ivara Løkena. Dziś wieczorem, między siódmą a dziesiątą.

Tonje miała dostateczne doświadczenie w utrzymywaniu maski na twarzy, żeby sobie z tym teraz poradzić. A kiedy wyjaśnił jej, o co chodzi, nawet się z nim zgodziła. Harry jeszcze przez chwilę podzwonił porcelaną i w końcu dość niezdarnie się pożegnał.

33

Każdy może się włamać do cudzego domu. Wystarczy wsunąć łom w drzwi na wysokości zamka i naprzeć całym ciałem, aż pójdą drzazgi. Ale wejść do środka w taki sposób, by osoba, która tam mieszka, nigdy się nie zorientowała, że miała nieproszonych gości, to sztuka. Sztuka, którą, jak się okazało, Sunthorn opanował do perfekcji.

Ivar Løken mieszkał w apartamentowcu po drugiej stronie mostu Phra Pin-klao. Sunthorn i Harry siedzieli w samochodzie blisko godzinę, nim w końcu zobaczyli, jak wychodzi. Odczekali jeszcze dziesięć minut dla pewności, że Løken nie wróci po jakąś zapomnianą rzecz.

Ochrona była z rodzaju tych ospałych. Dwaj strażnicy w uniformach rozmawiali przy bramie do garażu. Na widok kierujących się do windy białego mężczyzny i stosunkowo elegancko ubranego Taja kiwnęli im głowami i wrócili do rozmowy.

Kiedy Harry i Sunthorn stanęli przed drzwiami Løkena na trzynastym piętrze, a raczej na piętrze 12B, bo taki był napis przy przycisku w windzie, Sunthorn wyjął dwa cieniusieńkie jak włosy wytrychy, po jednym do każdej ręki, i wsunął je w zamek. Natychmiast znów je wyciągnął.

– Spokojnie – szepnął Harry. – Nie stresuj się. Mamy mnóstwo czasu. Spróbuj jakimś innym wytrychem.

– Nie mam żadnego innego – uśmiechnął się Sunthorn i pchnął drzwi.

Harry nie wierzył własnym oczom. Może to jednak nie był żart, kiedy Nho wspomniał, z czego utrzymywał się Sunthorn, nim zaczął pracować w policji. Ale nawet jeśli Sunthorn wcześniej nie był przestępcą, to z całą pewnością stał się nim teraz, pomyślał Harry, zdejmując buty i wchodząc w grobową ciemność mieszkania. Liz wyjaśniła, że wydanie nakazu przeszukania wymagałoby podpisu prokuratora, a w takim wypadku należało poinformować komendanta. To zaś mogło być kłopotliwe, skoro z tak wielkim naciskiem przykazał skupić całe śledztwo wokół osoby Jensa Brekke. Harry przypomniał, że on nie podlega komendantowi tajlandzkiej policji i wobec tego sam pokręci się wokół mieszkania Løkena, żeby sprawdzić, czy coś się wydarzy. Liz zrozumiała w lot jego zamiary i powiedziała tylko, że chce jak najmniej wiedzieć o jego planach. Przebąknęła jednak, że Sunthorn często okazuje się dobrym towarzyszem.

– Zejdź do samochodu i zaczekaj – szepnął Harry do Sunthorna. – Jeśli Løken się pojawi, zadzwoń z komórki pod jego numer i rozłącz się po trzecim dzwonku.

Sunthorn kiwnął głową i zniknął.

Harry zapalił światło, upewniwszy się wcześniej, że żadne z okien nie wychodzi na ulicę. Odszukał telefon i sprawdził, czy jest sygnał. Dopiero potem zaczął się rozglądać. To było mieszkanie kawalera, pozbawione przytulności i niepotrzebnych ozdóbek. Trzy gołe ściany, czwarta pokryta książkami, stojącymi i leżącymi, skromny przenośny telewizor. Naturalne centrum dużej otwartej przestrzeni stanowił masywny drewniany stół na kozłach i lampa z rodzaju tych, które Harry widział u architektów przy deskach kreślarskich.

W kącie stały dwie otwarte torby ze sprzętem fotograficznym i statyw oparty o ścianę. Na stole pełno było skrawków papieru, prawdopodobnie odciętych brzegów, bo leżały też dwie pary nożyczek, duże i małe.

Dwa aparaty Leica i Nikon F5 z teleobiektywem ślepo wpatrywały się w Harry'ego, przy aparatach – noktowizor. Harry widział takie już wcześniej, typ izraelski, korzystali z nich przy prowadzeniu obserwacji. Baterie wzmacniały wszelkie zewnętrzne źródła światła i można było coś zobaczyć nawet wtedy, gdy gołym okiem widziało się jedynie nieprzeniknioną ciemność.

Drugie drzwi w mieszkaniu prowadziły do sypialni. Łóżko było niepościelone, uznał więc, że Løken należy do mniejszości cudzoziemców w Bangkoku niekorzystającej z pomocy domowej. Wynajęcie kogoś kosztowało niewiele, a po cudzoziemcach chyba wręcz się spodziewano, że przyczynią się w ten sposób do zmniejszenia bezrobocia.

Z sypialni wchodziło się do łazienki.

Harry zapalił światło i natychmiast zrozumiał, dlaczego Løken nie ma gosposi.

Łazienka najwyraźniej funkcjonowała również jako ciemnia, cuchnęło tu chemikaliami, a ściany pokrywały czarno-białe zdjęcia. Na sznurku nad wanną wisiał rząd suszących się odbitek. Ukazywały stojącego bokiem mężczyznę od piersi w dół, a Harry mógł się teraz przekonać, że to nie szpros uniemożliwiał pokazanie całej jego postaci, tylko górna część okna ze starannie wykonaną mozaiką ze szkła, przedstawiającą kwiaty lotosu i motywy buddyjskie.

Chłopczyk, który nie mógł mieć więcej niż dziesięć lat, trzymał członek mężczyzny w ustach, a obiektyw tak przybliżył tę scenę, że widać było spojrzenie małego – bez wyrazu, dalekie, pozornie niepatrzące na nic. Ubrany był w T-shirt ze znajomym logo Nike.

– *Just do it* – mruknął Harry do siebie. Próbował sobie wyobrazić, o czym myśli chłopiec.

Dziecko miało na sobie tylko koszulkę. Harry podszedł bliżej do ziarnistego zdjęcia. Mężczyzna jedną rękę opierał na biodrze, drugą przytrzymywał chłopca za głowę. Za szklaną mozaiką widać było profil mężczyzny, lecz rysów twarzy nie dało się rozróżnić. Nagle Harry'ego ogarnęło uczucie, że ciasna cuchnąca łazienka zaczyna się kurczyć, a zdjęcia na ścianach napierają na niego. Uległ impulsowi i zerwał fotografie ze ścian, ogarnięty wściekłością i rozpaczą. Miał wrażenie, że krew pulsuje mu w skroniach. Przez moment spojrzał na własną twarz w lustrze, po czym chwiejąc się na nogach, wyszedł do salonu z plikiem zdjęć pod pachą. Usiadł na krześle.

– Cholerny amator! – zaklął, zły na siebie, kiedy znów mógł oddychać normalnie.

To było kompletnie sprzeczne z planem. Ponieważ nie mieli nakazu przeszukania, ustalili, że nie zostawią żadnych śladów, jedynie sprawdzą, co jest w mieszkaniu, i jeśli coś znajdą, wrócą tu już z podpisanym dokumentem.

Próbował znaleźć jakieś miejsce na ścianie, na którym mógłby zatrzymać wzrok, przekonując samego siebie, że zabranie konkretnych dowodów było konieczne, aby nakłonić upartego komendanta do zmiany zdania. Gdyby się pospieszyli, może jeszcze tego wieczoru zdołaliby dopaść jakiegoś prokuratora i czekać z niezbędnym nakazem, kiedy Løken wróci z kolacji. Wysuwając argumenty za i przeciw, sięgnął po noktowizor, włączył go i wyjrzał przez okno. Wychodziło na tylne podwórze. Odruchowo zaczął się rozglądać za szklaną mozaiką, ale widział jedynie pomalowane na biało ściany skąpane w zielonkawym świetle noktowizora.

Zerknął na zegarek. Doszedł do wniosku, że powinien z powrotem powiesić zdjęcia. Komendant policji będzie musiał uwierzyć mu na słowo. W tym samym momencie zamarł.

Usłyszał jakiś dźwięk. To znaczy słyszał tysiąc dźwięków, ale wśród tego tysiąca ten jeden nie należał do znajomej już kakofonii ulic. Poza tym dobiegł z przedpokoju. Miękkie kliknięcie. Smar i metal. Czując powiew powietrza, Harry zrozumiał, że ktoś otworzył drzwi. Pomyślał najpierw o Sunthornie, zanim nie uświadomił sobie, że człowiek, który właśnie wszedł, starał się zachowywać jak najciszej. Widok na drzwi wejściowe zasłaniał Harry'emu przedpokój, wstrzymał więc oddech, podczas gdy mózg w błyskawicznym tempie przeszukiwał bibliotekę dźwięków. Pewien ekspert od dźwięków z Australii powiedział mu, że membrana ucha jest w stanie wychwycić różnice ciśnienia miliona różnych częstotliwości. To nie był odgłos klamki, tylko odbezpieczania świeżo nasmarowanego pistoletu.

Harry stał w głębi pokoju na tle białych ścian niczym żywa tarcza. Przełącznik światła znajdował się po przeciwnej stronie, na ścianie od strony przedpokoju. Harry, niewiele się namyślając, sięgnął po leżące na stole duże nożyczki, nachylił się, powiódł wzrokiem po przewodzie lampy aż do gniazdka, wyciągnął wtyczkę i z całej siły wbił nożyczki w twardy plastik.

Z gniazdka wytrysnęły niebieskie błyskawice, którym towarzyszył przytłumiony trzask. Światło zgasło.

Kopnięcie prądu sparaliżowało mu rękę. Z zapachem palonego plastiku w nosie zaczął sunąć wzdłuż ściany. Nasłuchiwał, ale docierały do niego jedynie odgłosy ulicy i bicie własnego serca. Czuł, jak wali, miał wrażenie, że dosiada konia w pełnym galopie. Z przedpokoju usłyszał, że coś zostało ostrożnie odstawione na podłogę, i zrozumiał, że ten człowiek zdjął buty. Harry wciąż trzymał w ręku nożyczki. Czyżby poruszył się jakiś cień? Trudno było to stwierdzić, bo w tej ciemności zniknęły nawet białe ściany. Zazgrzytały drzwi sypialni. Później rozległo się kliknięcie. Harry zrozumiał, że przybysz próbował zapalić tam światło, ale spięcie najwyraźniej wysadziło wszystkie bezpieczniki w mieszkaniu. Powiedziało mu to jednak, że ten człowiek nie jest tu obcy. Gdyby to był Løken, Sunthorn by zadzwonił. Ale czy na pewno? W głowie mignął mu obraz opartej o boczną szybę głowy Sunthorna z maleńką dziurką tuż za uchem.

Rozważał, czy nie powinien spróbować przemknąć się do drzwi wejściowych, ale coś mu podpowiadało, że ten człowiek właśnie tam na niego czeka, a w momencie otwarcia drzwi zarys jego postaci będzie wyglądał jak tarcza w strzelnicy na Økern. Niech to szlag! Facet najprawdopodobniej siedział gdzieś na podłodze i celował dokładnie w drzwi.

Gdyby tylko mógł się porozumieć z Sunthornem! Nagle zorientował się, że nadal trzyma w ręku noktowizor. Przyłożył go do oczu, ale zobaczył jedynie zieloną kaszę, jakby ktoś nasmarował obiektyw tłuszczem. Nastawił odległościomierz. Wciąż nie uzyskał pełnej ostrości, ale teraz dostrzegł zarys postaci stojącej przy ścianie po drugiej stronie stołu, z ugiętą ręką i pistoletem celującym w sufit. Od brzegu stołu do ściany mogło być ze dwa metry.

Harry wziął rozbieg, uchwycił stół obiema rękami i pchnął go przed sobą jak taran. Usłyszał jęk i stukot, gdy pistolet upadł na podłogę, wtedy przesunął się po stole i złapał za coś, co wydawało się głową. Otoczył ramieniem szyję i ścisnął.

– Policja! – krzyknął, a tamten zamarł, gdy Harry przyłożył mu na płask zimne nożyczki do twarzy. Przez chwilę tkwili spleceni ze sobą, dwaj nieznajomi mężczyźni w kompletnej ciemności, obaj ciężko dysząc, jak po biegu.

– Hole? – w końcu wydusił z siebie tamten.

Harry uświadomił sobie, że z przejęcia krzyknął po norwesku.

– Dobrze by było, żebyś mnie puścił. Jestem Ivar Løken. Nie będę próbował żadnych sztuczek.

34

Løken zapalał świece, a Harry oglądał jego pistolet, specjalnie skonstruowanego glocka 31. Wyjął magazynek i schował go do kieszeni, mimo to pistolet był cięższy niż jakikolwiek inny, jaki Harry miał okazję trzymać w ręku.

– Załatwiłem sobie tę broń, kiedy służyłem w Korei – powiedział Løken.

– Ach tak, w Korei? Co tam robiłeś?

Løken schował zapałki do szuflady i usiadł przy stole naprzeciwko Harry'ego.

– Norwegia zorganizowała tam szpital polowy pod sztandarami ONZ-etu. Byłem młodym podporucznikiem i wydawało mi się, że lubię napięcie. Po zawarciu pokoju w pięćdziesiątym trzecim dalej pracowałem dla ONZ-etu w nowo powstałym Urzędzie Wysokiego Komisarza do spraw Uchodźców. Od granicy Korei Północnej płynął strumień uciekinierów, właściwie panował stan bezprawia. Spałem z nim pod poduszką. – Wskazał na pistolet.

– Mhm. A co robiłeś potem?

– Potem były Bangladesz i Wietnam. Głód, wojna i uchodźcy na łodziach. Po czymś takim życie w Norwegii wydawało się niewiarygodnie trywialne. Byłem w stanie wytrzymać w kraju nie dłużej niż dwa lata i znów musiałem wyjeżdżać. Sam wiesz.

Harry nie wiedział. Nie wiedział też, co myśleć o tym chudym mężczyźnie, który siedział naprzeciwko niego. Z orlim nosem i głęboko osadzonymi, intensywnie spoglądającymi oczami wyglądał jak stary mądry wódz. Kojarzył się Harry'emu z Erikiem Bye, wielką postacią norweskiej kultury i dziennikarstwa. Poza tym Løken sprawiał wrażenie kompletnie niezdenerwowanego sytuacją, co Harry'emu kazało jeszcze bardziej wzmóc czujność.

– Dlaczego wróciłeś? I jak ominąłeś mojego kolegę?

Siwowłosy Norweg uśmiechnął się wilczym uśmiechem, w migotliwym blasku świecy błysnął złoty ząb.

– Samochód, w którym siedzieliście, nie jest stąd. Tutaj na ulicy parkują tylko tuk-tuki, taksówki i stare wraki. Zauważyłem w aucie dwie osoby, obie miały zbyt proste plecy, poszedłem więc za róg do kawiarni, skąd mogłem was obserwować. Po jakimś czasie zobaczyłem, że światło w samochodzie się zapala. Wysiedliście. Liczyłem, że jeden będzie stał na czatach, i zaczekałem, aż twój kolega zejdzie. Dopiłem kawę w kawiarni, złapałem taksówkę i kazałem się zawieźć do garażu, z którego przyjechałem windą. Niezła sztuczka z tym krótkim spięciem...

– Zwykli ludzie nie zwracają uwagi na samochody parkujące na ulicy. Chyba że są odpowiednio wyćwiczeni albo wyjątkowo czujni.

– No cóż. Tonje Wiig nie tak prędko dostanie Oscara.

– Czym ty się właściwie zajmujesz?

Løken wskazał ręką fotografie i sprzęt, rozrzucony teraz na podłodze.

– Utrzymujesz się z robienia... takich zdjęć? – spytał Harry.

– Owszem.

Harry poczuł, że puls mu przyspiesza.

– Wiesz, ile lat będą cię za to trzymać? Na dziesięć na pewno wystarczy.

Løken zaśmiał się krótko i cierpko.

– Masz mnie za głupca, sierżancie? Nie musiałbyś się tu włamywać, gdybyś miał nakaz przeszukania. Jeżeli rzeczywiście ryzykowałem tym, co trzymam w mieszkaniu, to ty i twój kolega właśnie uwolniliście mnie z haczyka. Każdy sędzia odrzuci dowody zdobyte w taki sposób. Nie dość, że to nieprzepisowe, to jeszcze wręcz nielegalne. Może sam powinieneś pomyśleć o przedłużonym pobycie tu, w Tajlandii, Hole.

Harry uderzył go pistoletem. To było jak odkręcenie kranu. Krew z nosa Løkena dosłownie trysnęła.

Løken się nie ruszał, patrzył tylko na siebie, na czerwony kwiat wykwitający na koszuli i białych spodniach.

– To prawdziwy tajski jedwab – powiedział. – Nie jest tani.

Harry powinien uspokoić się po wybuchu przemocy, tymczasem czuł narastającą wściekłość.

– Stać cię na to, pieprzony pederasto! Przypuszczam, że dobrze ci płacą za to gówno. – Harry kopniakiem rozrzucił zdjęcia na podłodze.

– To nie są żadne kokosy. – Løken przycisnął do nosa białą chusteczkę. – Zwykła państwowa posada według grupy zaszeregowania. No i oczywiście dodatek za pracę za granicą.

– Co ty wygadujesz?

Znów mignął złoty ząb. Harry poczuł, że od ściskania pistoletu rozbolała go ręka. Cieszył się, że wyjął magazynek.

– Paru rzeczy nie wiesz, Hole. Może i powinieneś je wiedzieć, ale twoja pani komendant uznała, że nie ma takiej potrzeby, skoro to i tak bez związku ze sprawą zabójstwa, nad którą pracujesz. Ale ponieważ mnie odkryłeś, to równie dobrze mogę ci opowiedzieć resztę. Komendant policji i Dagfinn Torhus poinformowali mnie o zdjęciach, które znalazłeś w aktówce Molnesa. I oczywiście domyśliłeś się, że ja je zrobiłem. Tamte, a także wszystkie inne fotografie tu, w mieszkaniu, to element śledztwa w sprawie pedofilii, które z różnych przyczyn pozostaje na razie tajemnicą. Obserwuję tego człowieka już ponad sześć miesięcy, zdjęcia to materiał dowodowy.

Harry nie musiał się zastanawiać. Wiedział, że to prawda. Wszystkie klocki powpadały na swoje miejsce, tak jakby w głębi ducha wiedział o tym przez cały czas. Cała ta aura tajemniczości wokół osoby Løkena, sprzęt fotograficzny, noktowizor, tak zwane wyprawy do Wietnamu i Laosu, wszystko to nagle zaczęło się zgadzać. A zakrwawiony mężczyzna naprzeciwko niego nagle przestał być wrogiem i stał się kolegą, sojusznikiem, któremu Harry na poważnie usiłował złamać nos. Pokiwał głową i odłożył pistolet na stół.

– W porządku, wierzę ci. Ale po co takie sekrety?

– Słyszałeś o umowie, jaką Szwecja i Dania zawarły w sprawie śledztw dotyczących seksualnego wykorzystywania dzieci w Tajlandii?

Harry potaknął.

– Norwegia też negocjuje z władzami tajlandzkimi, ale takiej umowy na razie nie ma. Ja w tym czasie prowadzę nieoficjalną działalność. Mamy dość dowodów na to, żeby go dopaść, ale musimy czekać. Gdybyśmy go teraz aresztowali, musielibyśmy ujawnić, że nielegalnie prowadziliśmy śledztwo na terytorium Tajlandii, a politycznie to rzecz nie do zaakceptowania.

– Dla kogo więc pracujesz?

– Dla ambasady.

– No dobrze, ale od kogo otrzymujesz polecenia? Kto za tym stoi? Czy parlament jest poinformowany?

– Jesteś pewien, że masz ochotę dowiedzieć się więcej, Hole?

Løken spojrzał znacząco. Harry chciał coś powiedzieć, ale powstrzymał się i tylko pokręcił głową.

– Powiedz mi w takim razie, kim jest ten człowiek na zdjęciach.

– Nie mogę. Przykro mi, Hole.

– Czy to jest Atle Molnes?

Løken spojrzał na stół i się uśmiechnął.

– Nie, to nie ambasador. Właśnie z jego inicjatywy zostało wszczęte to śledztwo.

– Czy to…

– Już ci mówiłem, że nie mogę teraz ci tego wyjawić. Jeśli się okaże, że nasze sprawy się ze sobą wiążą, może to będzie wchodziło w grę, ale o tym zdecydują nasi zwierzchnicy. – Wstał. – Jestem zmęczony.

– I jak poszło? – spytał Sunthorn, kiedy Harry wsiadł do samochodu.

Harry poprosił go o papierosa, zapalił i chciwie wciągnął dym w płuca.

– Niczego nie znalazłem. Pomyłka. Przypuszczam, że facet jest czysty.

Harry siedział w mieszkaniu.

Rozmawiał z Sio przez telefon przez prawie pół godziny. To znaczy mówiła głównie ona. Niewiarygodne, ile może się wydarzyć w życiu człowieka przez nieco ponad tydzień. Ale Sio powiedziała także, że dzwoniła do taty i że w niedzielę wybiera się do niego na obiad. Na klopsiki. Sama zamierzała je przyrządzić i miała nadzieję, że tata zechce z nią porozmawiać. Harry podzielał tę nadzieję.

Później zajrzał do swojego notesu i wybrał inny numer.

– Halo – rozległo się na drugim końcu.

Wstrzymał oddech.

– Halo – powtórzył głos.

Rozłączył się. Głos Runy zabrzmiał niemal błagalnie. Naprawdę nie rozumiał, dlaczego do niej zadzwonił. Kilka sekund później telefon pisnął. Podniósł słuchawkę i czekał na jej głos, ale to był Jens Brekke.

– Przypomniałem sobie – zaczął z ożywieniem. – Kiedy wjeżdżałem windą z garażu do biura, na parterze wsiadła jakaś dziewczyna. Wysiadła na piątym. Myślę, że mnie zapamiętała.

– Dlaczego tak sądzisz?

Nerwowy śmiech w słuchawce.

– Bo zaprosiłem ją na kawę.

– Ty ją zaprosiłeś?

– Tak, to jedna z tych dziewczyn, które pracują w McEllis. Widziałem ją wcześniej kilka razy. Byliśmy w windzie tylko we dwoje, uśmiechała się tak miło, że zaproszenie po prostu mi się wyrwało.

Zapadła cisza.

– I teraz ci się to przypomniało?

– Nie, ale dopiero teraz przypomniałem sobie, kiedy to było. Właśnie po odprowadzeniu ambasadora na dół. Wydawało mi się, że to miało miejsce dzień wcześniej, ale ponieważ ona wsiadła na parterze, to znaczyło, że musiałem jechać z samego dołu, a przecież prawie nigdy nie bywam w tym garażu.

– I co ci odpowiedziała?

– Zgodziła się, a ja natychmiast pożałowałem. To był tylko taki flirt. Poprosiłem więc o wizytówkę, żebym mógł do niej któregoś dnia zadzwonić. Żebyśmy mogli się umówić. Oczywiście nic z tego nie wyszło, ale myślę, że przynajmniej mnie zapamiętała.

– Masz tę jej wizytówkę? – Harry nie krył zdziwienia.

– Owszem, czy to nie wspaniale?

Harry się zastanowił.

– Posłuchaj, Jens. Wszystko się dobrze składa, ale to nie takie proste. Ciągle nie masz alibi. Teoretycznie mogłeś zaraz z powrotem zjechać windą na dół, a do biura wpaść jedynie po coś, czego wcześniej zapomniałeś, prawda?

– O! – Jens był wyraźnie zaskoczony. – Ale... – urwał i Harry usłyszał tylko westchnienie. – Niech to szlag trafi! Masz rację, Harry.

35

Harry obudził się przestraszony. Poprzez monotonny warkot dochodzący z mostu Taksina przedzierał się ryk rzecznego promu ruszającego na Chao Phraya. Zawyła syrena, światło zapiekło w oczy. Harry usiadł na łóżku i czekał, aż wycie ustanie, gdy nagle uświadomił sobie, że to telefon. Niechętnie podniósł słuchawkę.

– Obudziłem cię?

To znów był Jens.

– Wszystko jedno – odparł Harry.

– Jestem idiotą. Jestem tak głupi, że nie wiem, czy starczy mi odwagi, żeby to powiedzieć.

– No to nie mów.

Zapadła cisza, przerwana jedynie kliknięciem monety wpadającej do automatu.

– Żartuję. Mów.

– Okej, Harry. Całą noc nie spałem, leżałem i myślałem. Próbowałem sobie przypomnieć, co robiłem, kiedy tamtego wieczoru siedziałem w biurze. Wiesz, pamiętam co do dziesiętnej po przecinku transakcje walutowe, które przeprowadziłem przed kilkoma miesiącami, a nie jestem w stanie odtworzyć prostych zdarzeń, kiedy siedzę w więzieniu podejrzany o zabójstwo. Rozumiesz to?

– Może właśnie dlatego. Chyba rozmawialiśmy o tym już wcześniej?

– No tak, ale posłuchaj, co się stało. Pamiętasz, powiedziałem, że tamtego wieczoru, który spędziłem w biurze, wyłączyłem telefon, prawda? Leżałem i przeklinałem w duchu, bo gdyby był włączony i ktoś by do mnie zadzwonił, miałbym to na taśmie i mógłbym udowodnić, że tam siedziałem. Przy rejestracji czasu nagrania nie można majstrować, tak jak to zrobił ten parkingowy z taśmą z garażu.

– Do czego zmierzasz?

– Przypomniało mi się, że przecież, do cholery, możliwe, że sam gdzieś dzwoniłem, mimo że rozmowy przychodzące były zablokowane. Zadzwoniłem do recepcjonistki i poprosiłem, żeby sprawdziła magnetofon. I posłuchaj: znalazła rozmowę! Wtedy wszystko sobie przypomniałem. O ósmej dzwoniłem do siostry do Oslo. Przebij to!

Harry nawet nie próbował.

– Siostra może ci zapewnić alibi, a ty naprawdę o tym nie pamiętałeś?

– Nie. A wiesz dlaczego? Bo nie było jej w domu. Zostawiłem jej tylko wiadomość na sekretarce.

– I nie zapamiętałeś tego? – powtórzył Harry.

– Do diabła, Harry, o takich rzeczach się zapomina, jeszcze zanim człowiek odłoży słuchawkę, prawda? A ty pamiętasz wszystkie telefony, kiedy dzwonisz, a nikt nie odbiera?

Harry musiał przyznać mu rację.

– Rozmawiałeś ze swoim adwokatem?

– Dzisiaj jeszcze nie. Chciałem najpierw uprzedzić ciebie.

– Okej, Jens. Zadzwoń teraz do adwokata, a ja wyślę kogoś do twojego biura, żeby to sprawdził.

– Takie nagranie liczy się jako dowód na procesie. – W jego głosie pojawił się ton lekkiej histerii.

– Uspokój się, Jens. Już niedługo. Teraz będą musieli cię wypuścić.

W słuchawce zatrzeszczało, kiedy Brekke oddychał z ulgą.

– Bardzo cię proszę, powiedz to jeszcze raz, Harry.

– Będą musieli cię wypuścić.

Jens zaśmiał się dziwnym, cierpkim śmiechem.

– W takim razie zapraszam na kolację, sierżancie.

– Wolałbym nie.
– Dlaczego?
– Jestem policjantem.
– Możesz to nazwać przesłuchaniem.
– Raczej nie, Jens.
– Jak chcesz.
Z ulicy dobiegł huk, strzeliła petarda albo przebita opona.
– Zastanowię się.
Harry odłożył słuchawkę, poszedł do łazienki i przejrzał się w lustrze. Zadał sobie pytanie, jak to możliwe, żeby tak długo przebywać w tropikach i wciąż być takim bladym. Nigdy specjalnie nie lubił słońca, ale kiedyś nie było mu tak trudno się opalić. Może sposób, w jaki przeżył ostatni rok, załamał produkcję pigmentu, ale to chyba niemożliwe. Oblał twarz zimną wodą, pomyślał o ogorzałych pijakach U Schrødera i znów spojrzał w lustro. No cóż, słońce przynajmniej dało mu pijacki nos.

– Wracamy do punktu wyjścia – oznajmiła Liz. – Brekke ma alibi, a tego Løkena musimy na razie skreślić. – Odchyliła się razem z krzesłem i popatrzyła w sufit. – Jakieś propozycje, kochani? Jeśli nie, uważam odprawę za zakończoną. Możecie sobie robić, co wam się, u diabła, podoba. Ale ciągle czekam na kilka raportów i liczę, że dostanę je najpóźniej jutro rano.
Zaczęli się rozchodzić. Harry nie ruszał się z miejsca.
– I co? – spytała Liz.
– Nic – mruknął z niezapalonym papierosem zwisającym z kącika ust. Pani komisarz ostatecznie zabroniła palenia w biurze.
– Przecież widzę, że o coś ci chodzi.
Harry się uśmiechnął.
– Właśnie to chciałem wiedzieć. Pani komisarz rozumie, że coś jest na rzeczy.
Na czole Liz zarysowała się zmarszczka.
– No to zgłoś się, kiedy będziesz miał coś do powiedzenia.
Harry wyjął papierosa z ust i schował go z powrotem do paczki.
– Dobrze – odparł, wstając. – Zgłoszę się.

36

Jens siedział rozparty na krześle, uśmiechał się, policzki miał zarumienione, a pod szyją muszkę. Przypominał Harry'emu chłopczyka na własnym przyjęciu urodzinowym.

– Prawie się cieszę, że na jakiś czas mnie zamknęliście, to pozwala znacznie bardziej doceniać proste przyjemności. Na przykład butelkę Dom Pérignon 1985. – Przywołał kelnera, który pospieszył do stolika, wyjął ociekającą wodą butelkę szampana z wiaderka z lodem i nalał.

– Uwielbiam, kiedy to robią. Czuję się wtedy prawie jak nadczłowiek. A ty, co na to powiesz, Harry?

Harry obracał kieliszek w palcach.

– Nie mam nic przeciwko temu, ale to chyba nie bardzo w moim guście.

– Różnimy się od siebie, Harry. – Jens stwierdził to z uśmiechem. Znów wypełniał sobą garnitur albo po prostu przebrał się w prawie identyczny, Harry nie miał pewności. – Niektórzy ludzie potrzebują luksusu tak jak inni powietrza. Dla mnie drogi samochód, eleganckie ubranie i porządna obsługa są wręcz konieczne do dobrego samopoczucia, do tego, żebym w ogóle poczuł, że istnieję. Rozumiesz to?

Harry pokręcił głową.

– No tak. – Jens trzymał kieliszek za nóżkę. – Z nas dwóch to ja jestem dekadentem. Powinieneś był zaufać swojemu pierwszemu wrażeniu, Harry. Jestem gnojkiem. Ale dopóki na świecie jest miejsce dla gnojków, zamierzam nim pozostać. Zdrowie!

Potrzymał szampana w ustach, zanim go przełknął. Potem obnażył zęby i westchnął z zachwytu. Harry musiał się uśmiechnąć. Uniósł swój kieliszek, a Jens popatrzył na niego z dezaprobatą.

– Woda? Nie pora na to, żebyś sam zaczął cieszyć się życiem, Harry? Chyba nie musisz być wobec siebie aż tak surowy?

– Czasami trzeba.

– Bzdura. Wszyscy ludzie w głębi duszy są hedonistami. Tylko niektórym potrzeba więcej czasu, żeby to do nich dotarło. Masz kobietę?

– Nie.

– Chyba już najwyższy czas?

– Z pewnością, ale nie widzę, jaki to ma związek z korzystaniem z życia.

– To prawda. – Jens zajrzał do kieliszka. – Opowiadałem ci o mojej siostrze?

– Tej, do której dzwoniłeś?

– Tak. Wiesz, ona jest wolna.

Harry się roześmiał.

– Nie musisz czuć wobec mnie żadnego długu wdzięczności, Jens. Niewiele zrobiłem, oprócz tego, że cię aresztowałem.

– Ja nie żartuję, to fantastyczna dziewczyna. Jest redaktorem w wydawnictwie, ale chyba za dużo pracuje, żeby znaleźć sobie męża. Poza tym odstrasza mężczyzn. Jest dokładnie taka jak ty. Surowa i nie da sobie w kaszę dmuchać. Zauważyłeś zresztą, że wszystkie młode Norweżki, które zostają miss tego czy tamtego, opisując swój charakter dziennikarzom, mówią, że nie dadzą sobie dmuchać w kaszę? Straszna podaż tej kaszy ostatnio. – Jens się zamyślił. – Siostra przybrała panieńskie nazwisko matki w dniu, w którym skończyła osiemnaście lat i mogła w pełni stanowić o sobie. Od razu bezwzględnie zaczęła z tego korzystać.

– Nie wydaje mi się, żebyśmy tak znakomicie do siebie pasowali.

– Dlaczego?

– No cóż, jestem tchórzem. Szukam nieśmiałej dziewczyny, zawodowo opiekującej się ludźmi, ale tak pięknej, że nikt jeszcze nie miał odwagi jej tego powiedzieć.

– Możesz spokojnie ożenić się z moją siostrą – roześmiał się Jens. – Nie szkodzi, że jej nie polubisz. Ona tyle pracuje, że i tak nie będziesz jej widywał.

– To dlaczego zadzwoniłeś do niej do domu, a nie do pracy? Przecież kiedy telefonowałeś, w Norwegii była druga po południu.

Jens pokręcił głową.

– Nie mów nikomu, ale nie radzę sobie z tą różnicą czasu. Nigdy nie wiem, czy mam dodawać godziny, czy odejmować. To idiotyczne, mój ojciec twierdzi, że to przedwczesna skleroza. Uważa, że mam to po rodzinie matki.

Zaraz pospiesznie zapewnił, że Harry nie ma się czego obawiać, bo siostra nie wykazuje takich tendencji, raczej przeciwnie.

– Wystarczy, Jens. Powiedz raczej, jak to wygląda u ciebie. Zastanawiałeś się nad małżeństwem?

– Pst! Nie wypowiadaj tego na głos, bo serce mi wali na samą myśl. Małżeństwo... – zatrząsł się Jens. – Problem w tym, że z jednej strony nie jestem stworzony do monogamii, a z drugiej mam usposobienie romantyka. Kiedy już się ożenię, nie będzie mowy o żadnych skokach w bok. A myśl o tym, że nigdy nie będę uprawiał seksu z żadną inną kobietą, dosłownie przytłacza, nie uważasz?

Harry próbował to rozważyć.

– Weź na przykład to, że zaprosiłem na kawę tę dziewczynę w windzie. Jak myślisz, skąd to się wzięło? Najczystsza panika, prawda? Zrobiłem to wyłącznie, żeby udowodnić samemu sobie, że ciągle jestem w stanie zainteresować się inną kobietą. Właściwie dość nieudana próba. Hilde jest... – Jens szukał słów. – Ma w sobie coś, czego nie znalazłem u żadnej innej. A szukałem, możesz mi wierzyć. Nie wiem, czy potrafię to wytłumaczyć, ale boję się z tego rezygnować, bo jestem pewien, że trudno będzie to odnaleźć.

Harry pomyślał, że to równie dobry powód, jak wszystkie inne, które słyszał. Jens, bawiąc się kieliszkiem, uśmiechnął się krzywo.

– Ten pobyt w więzieniu najwyraźniej zrobił na mnie wrażenie. To do mnie niepodobne rozmawiać o takich rzeczach. Obiecaj, że nie zdradzisz nic z tego moim kolegom.

Do stolika podszedł kelner i dał im znak.

– Chodź, już się zaczęło – powiedział Jens.

– Co się zaczęło?

Kelner poprowadził ich w głąb restauracji – przez kuchnię i dalej na górę po wąskich schodach. W korytarzu stały jedne na drugich miednice do prania. Na krześle siedziała stara kobieta, miała czarne zęby.

– Ona żuje orzeszki betelu – wyjaśnił Jens. – Paskudny nałóg. Żują, dopóki mózg im nie zgnije i nie wypadną wszystkie zęby.

Harry usłyszał pokrzykiwanie zza jakichś drzwi. Kelner je otworzył i znaleźli się na dużym strychu bez okien. Dwudziestu czy trzydziestu mężczyzn zbiło się w krąg, gestykulując gwałtownie, a pomięte, błyskawicznie odliczane banknoty podawano sobie z rąk do rąk. Większość mężczyzn była biała, niektórzy nosili jasne bawełniane garnitury. Harry'emu wydało się, że rozpoznał jedną twarz z Salonu Pisarzy hotelu Oriental.

– Walka kogutów – oznajmił Jens. – Prywatna impreza.

– Dlaczego? – Harry w hałasie musiał krzyczeć. – Chyba czytałem, że walki kogutów są w Tajlandii wciąż dozwolone.

– O tyle o ile. Władze zgodziły się na zmodyfikowaną formę walki, nakazują między innymi bandażowanie ostróg, żeby koguty się nie poraniły. No i starcie jest ograniczone w czasie. To już nie jest walka na śmierć i życie, aż któryś nie padnie. A tutaj wszystko odbywa się według dawnych zasad. I nie ma żadnego ograniczenia stawek. Podejdziemy bliżej?

Harry był wyższy od mężczyzn w kręgu, więc mógł patrzeć na ring. Dwa koguty, oba brunatnoczerwono-pomarańczowe, krążyły, kołysząc łebkami, przynajmniej pozornie mało sobą zainteresowane.

– Jak oni je zmuszą do walki? – spytał Harry.

– Bez obaw. Te dwa koguty nienawidzą się bardziej, niż ty i ja kiedykolwiek bylibyśmy w stanie.

– Dlaczego?

Jens spojrzał na niego.

– Są w tym samym kole i są kogutami.

Ptaki nagle, jak na dany sygnał, rzuciły się na siebie. Harry widział jedynie bijące skrzydła i wirującą w powietrzu słomę. Mężczyźni z podniecenia zaczęli krzyczeć, niektórzy podskakiwali. W pomieszczeniu rozniósł się dziwny, słodko-gorzki zapach adrenaliny i potu.

– Widzisz ten grzebień podzielony przez środek? – spytał Jens.

Harry nic nie widział.

– To zwycięzca.

– Jak możesz to zobaczyć?

– Ja nie widzę, ja wiem. Wiedziałem z góry.

– Skąd...

– Nie pytaj – uśmiechnął się Jens.

Okrzyki nagle ucichły. Jeden z kogutów leżał na ringu, ktoś jęknął, jakiś mężczyzna w szarym lnianym garniturze ze złością cisnął kapelusz na ziemię. Harry patrzył na zdychającego ptaka, jakiś mięsień pod piórami drgnął, po czym kogut znieruchomiał. Ta zabawa to jakiś absurd. Jedynie skrzydła, nogi i krzyk.

Przed nosem przefrunęło mu zakrwawione pióro. Taj w szerokich spodniach, z taką miną, jakby zaraz miał się rozpłakać, zabrał koguta z ringu. Drugi kogut znów zaczął się przechadzać, teraz Harry widział już przepołowiony grzebień.

Kelner podszedł do Jensa z plikiem banknotów. Kilku mężczyzn obejrzało się na niego, niektórzy pokiwali głowami, ale żaden nic nie powiedział.

– Czy tobie zdarza się przegrywać? – spytał Harry, kiedy znów siedzieli przy stoliku w restauracji.

Jens zapalił cygaro i zamówił koniak Richard Hennessy, a kelner upewniał się dwa razy, czy chodzi właśnie o ten. Trudno było uwierzyć, że Jens to ten sam człowiek, którego Harry poprzedniego dnia musiał pocieszać przez telefon.

– Wiesz, dlaczego hazard to choroba, a nie zawód, Harry? Ponieważ hazardzista uwielbia ryzyko. Żyje i oddycha po to, by poczuć tę rozedrganą niepewność. – Wydmuchiwał tłuste kółka dymu. – Ze mną jest odwrotnie. Ja jestem w stanie posunąć się do skrajności, aby wyeliminować ryzyko. Od tego, co – jak widziałeś – wygrałem dzisiaj, trzeba odliczyć koszty i własny wkład pracy, a to wcale niemało.

– Ale nigdy nie przegrywasz.

– Dostaję rozsądny zysk.

– Rozsądny zysk? Chcesz powiedzieć, że hazardziści prędzej czy później muszą stracić wszystko, co posiadają?

– Mniej więcej.

– Ale czy nie przepada jakiś czarujący element gry, kiedy znasz jej wynik?

– Czar? – Jens podniósł do góry plik banknotów. – Uważam, że one są dostatecznie czarujące. Dzięki nim mam to. – Zatoczył krąg ręką. – Jestem prostym człowiekiem. – Zapatrzył się w żar cygara. – Albo powiedzmy sobie wprost: jestem trochę głupi.

Wybuchnął głośnym śmiechem. Harry też nie mógł się powstrzymać.

Nagle Jens zerknął na zegarek i się poderwał.

– W Stanach otwierają, cholerne turbulencje. Zdzwonimy się. Pomyśl o mojej siostrze.

Już go nie było. Harry siedział, palił papierosa i myślał o jego siostrze. Potem taksówką pojechał na Patpong. Nie wiedział, czego szuka, ale wszedł do baru go-go, o mało nie kupił piwa i prędko stamtąd wyszedł. Zjadł żabie udka w Le Boucheron, gdzie podszedł do niego właściciel i słabą angielszczyzną wyznał, że bardzo tęskni za powrotem do Normandii. Harry w zamian opowiedział mu, że jego dziadek brał udział w D-Day. Nie była to do końca prawda, ale Francuz przynajmniej się ucieszył.

Harry zapłacił i poszukał innego baru. Zaraz stanęła przy nim dziewczyna w butach na idiotycznie wysokich obcasach. Popatrzyła na niego wielkimi piwnymi oczami i spytała, czy chciałby, żeby mu zrobiła laskę. Oczywiście, że bym chciał, pomyślał i pokręcił głową. Zauważył, że na ekranie telewizora zawieszonego nad lustrami w barze gra Manchester United. W lustrze widział dziewczyny tańczące na niedużej intymnej scenie tuż za jego plecami. Na piersiach miały poprzyklejane maleńkie złote papierowe gwiazdki, ledwie zasłaniające brodawki sutkowe, które jednak pozwalały barowi wykręcić się od zarzutu łamania zakazu nagości. A do minimalnych majtek każda z dziewczyn miała przymocowany numerek, o którego znaczenie policja nigdy nie pytała, ale wszyscy wiedzieli, że jego zadaniem jest wyeliminowanie nieporozumień, gdy klient chciał kupić dziewczynę w barze. Harry już ją wypatrzył. Numer dwadzieścia. Dim tańczyła z samego brzegu, jako jedna z czterech dziewcząt, a jej zmęczone spojrzenie niczym radar omiatało rząd mężczyzn przy barze. Od czasu do czasu po wargach przebiegał jej szybki uśmiech, nie ożywiając jednak oczu. Wyraźnie nawiązała kontakt z grubym mężczyzną w czymś w rodzaju munduru tropikalnego. Harry stwierdził, że to Niemiec, chociaż sam nie wiedział dlaczego. Obserwował jej biodra kołyszące się z boku na bok, lśniące czarne włosy, tańczące na plecach, kiedy się odwracała, i gładką rozpaloną skórę, która wyglądała tak, jakby żarzyła się od środka. Gdyby nie te oczy, byłaby piękna, pomyślał Harry.

Na krótką sekundę ich spojrzenia spotkały się w lustrze, Harry natychmiast odczuł zakłopotanie. W żaden sposób nie okazała, że go poznaje, za to on przeniósł wzrok na ekran telewizora, który wypełniły akurat plecy zawodnika wchodzącego na zmianę. Ten sam numer. Na górze koszulki widniał napis „Solskjaer". Harry ocknął się jak ze snu.

– Jasna cholera! – krzyknął, przewracając szklankę. Cola polała się na kolana upartej zalotnicy. Harry zaczął przedzierać się przez tłum, w uszach mając urażony krzyk: *You not my friend!*

Ponieważ nie zastał Ivara Løkena w domu, zadzwonił do Tonje Wiig.

– Harry, próbowałam cię złapać! Løken w ogóle się wczoraj nie pojawił. A dziś w pracy powiedział, że nie zrozumiał, o którą restaurację mi chodziło. Czekał na mnie zupełnie gdzie indziej. Co się dzieje?

– Innym razem – odparł Harry. – Wiesz, gdzie on może być teraz?

– Nie. Chociaż chwileczkę, dzisiaj jest środa. Razem z dwiema innymi osobami z ambasady miał iść na wieczór tematyczny w FCCT. To klub zagranicznych korespondentów w Bangkoku, ale członkami jest wielu innych ekspatów.

– Ekspatów?

– Przepraszam, Harry. *Expatriates* to cudzoziemcy, którzy osiedlili się tutaj i tu pracują.

– To znaczy imigranci?

Roześmiała się krótko.

– Tak o sobie nie mówimy.

– Kiedy zaczęło się to spotkanie? – spytał Harry.

– Dziewięć po siódmej.

– Dziewięć?

– To jakieś buddyjskie historie. Dziewięć to szczęśliwa liczba.

– O rany.

– To jeszcze nic. Powinieneś zobaczyć, kiedy tutaj dzieje się coś ważnego. Zanim przyjechali z Hongkongu podpisać umowę dotyczącą BERTS, czterech wróżbitów poświęciło dwa tygodnie na znalezienie najkorzystniejszej daty i godziny podpisania umowy. Nie chcę nic złego mówić o Azjatach, są pracowici i mili, ale w niektórych dziedzinach widać, że jeszcze nie całkiem zeszli z drzew.

– To bardzo ciekawe, ale muszę...

– Muszę już pędzić, Harry. Możemy dokończyć tę rozmowę później?

Harry, odkładając słuchawkę, kręcił głową nad głupotą świata. W tym kontekście szczęśliwe liczby nie wydawały się ani trochę absurdalne.

Zadzwonił na komendę i złapał Rangsana, który podał mu prywatny numer do profesora z muzeum Benchamabophit.

37

Dwaj mężczyźni w zielonych ubraniach przedzierali się przez krzaki, jeden zgięty wpół pod ciężarem rannego towarzysza. Ukryli go za przewróconym pniem drzewa, odbezpieczyli karabiny i zaczęli na oślep strzelać w zarośla. Suchy głos oznajmił, że to beznadziejna walka Timoru Wschodniego z prezydentem Suharto i jego terrorem.

Stojący na podium mężczyzna nerwowo szeleścił papierami. Jeździł po świecie, żeby opowiadać o swoim kraju, a dzisiaj był bardzo ważny wieczór. Być może w sali Foreign Correspondents Club Thailand nie zgromadziły się tłumy, bo zebrało się około czterdziestu, pięćdziesięciu osób, ale osoby te były ważne, w sumie mogły przekazać wieści milionom czytelników. Pokazywany film mężczyzna oglądał już ze sto razy i doskonale wiedział, że zostały dokładnie dwie minuty do momentu, kiedy znajdzie się w ogniu.

Ivar Løken odruchowo drgnął, gdy poczuł czyjąś rękę na ramieniu, a przy uchu usłyszał szept:

– Musimy porozmawiać. Teraz.

W półmroku dostrzegł twarz Holego, wstał więc i razem wyszli z sali, podczas gdy partyzant, któremu połowę twarzy płomienie zmieniły w sztywną maskę, tłumaczył, dlaczego ostatnich osiem lat życia spędził w indonezyjskiej dżungli.

– Jak mnie tu znalazłeś? – spytał Løken, kiedy stanęli na zewnątrz.

– Rozmawiałem z Tonje Wiig. Często tu przychodzisz?

– Często i nieczęsto. Lubię być zorientowany. Poza tym spotykam tu ludzi, z którymi rozmowa może być przydatna.

– Na przykład z kimś z ambasady duńskiej albo szwedzkiej?

Znów błysk złotego zęba.

– Już mówiłem, że lubię się orientować. O co chodzi?

– O wszystko.

– Ach tak?

– Już wiem, kogo namierzacie. I wiem, że nasze sprawy się łączą.

Uśmiech Løkena zniknął.

– Najdziwniejsze, że jednego z pierwszych dni, jakie spędziłem w Bangkoku, znalazłem się o rzut kamieniem od miejsca, z którego ty go obserwowałeś.

– Naprawdę? – Trudno było stwierdzić, czy w głosie Løkena brzmi sarkazm.

– Komisarz Crumley uznała, że zabierze mnie na zwiedzanie rzeką. Pokazała mi dom Norwega, który przeniósł z Birmy do Bangkoku całą świątynię. Słyszałeś o Ovem Kliprze, prawda?

Løken nie odpowiedział.

– No dobrze. Powiązanie uświadomiłem sobie dopiero wczoraj, kiedy zobaczyłem mecz piłki nożnej.

– Piłki...

– Najsłynniejszy Norweg na świecie przypadkiem gra w ulubionej drużynie Klipry.

– I co z tego?

– Wiesz, jaki numer na koszulce nosi Ole Gunnar Solskjær?

– Skąd, na miłość boską, miałbym to wiedzieć?

– Chłopcy na całym świecie wiedzą. A jego koszulkę można kupić w sklepach sportowych od Kapsztadu po Vancouver. Czasami takie koszulki kupują też dorośli.

Løken kiwnął głową, nie spuszczając z Harry'ego oczu.

– Numer dwadzieścia – powiedział.

– Ten sam co na zdjęciu. Uświadomiłem sobie jeszcze parę innych rzeczy. Rękojeść noża, który znaleźliśmy wbity w plecy Molnesa, zdobiła niezwykła szklana mozaika, a pewien profesor historii sztuki orzekł, że to bardzo stary nóż z północnej Tajlandii. Prawdopodobnie dzieło ludu Szan. Rozmawiałem z nim niedawno, wyjaśnił mi, że Szanowie zamieszkują również część Birmy, budowali tam też świątynie. Szczególną cechą tych świątyń było zdobienie okien i drzwi tego samego rodzaju szklanymi mozaikami co na nożu. Jadąc tutaj, wstąpiłem do profesora i pokazałem mu jedno z twoich zdjęć. Nie miał wątpliwości, że to okno świątyni Szanów.

Usłyszeli, że mówca na sali znów zabrał głos. Przez głośniki brzmiał metalicznie i przenikliwie.

– Dobra robota, Hole. Co teraz?

– Teraz powiesz mi o wszystkim, co się dzieje za kulisami. I przejmę dalsze śledztwo.

Løken roześmiał się głośno.

– Żartujesz sobie, prawda?

Harry nie żartował.

– Interesująca propozycja, Hole, ale raczej nierealna. Moi szefowie...

– Wydaje mi się, że propozycja nie jest właściwym słowem, Løken. Spróbuj raczej użyć słowa „ultimatum".

Ivar Løken śmiał się jeszcze głośniej.

– Masz jaja, Hole, to ci trzeba przyznać. Ale co cię skłania do tego, by wierzyć, że jesteś w pozycji pozwalającej na stawianie ultimatum?

– To, że będziecie mieć cholerne problemy, kiedy wyjaśnię mojemu tajlandzkiemu komendantowi policji, co się tutaj dzieje.

– Wywalą cię, Hole.

– Za co? Po pierwsze, przyjechałem tu, żeby wyjaśnić zabójstwo, a nie ratować tyłki jakimś urzędasom w Oslo. Osobiście nie mam nic przeciwko temu, że próbujecie zwinąć pedofila, ale to nie moja sprawa. A kiedy Storting, parlament, dowie się, że nie został poinformowany o nielegalnie prowadzonym śledztwie, to coś mi się wydaje, że paru innym osobom wylanie zagrozi bardziej niż mnie. Moim zdaniem szansa na bezrobocie jest mniejsza, jeśli wezmę część winy na siebie, nikogo o tym nie informując. Papierosa?

Podsunął Løkenowi świeżo otwartą paczkę cameli. Tamten pokręcił głową, ale zmienił zdanie. Harry zapalił dla nich obu, usiedli na krzesłach pod ścianą. W kawiarni rozległy się głośne oklaski.

– Dlaczego po prostu tego nie zostawiłeś, Hole? Już dawno zrozumiałeś, że twoja robota tutaj nie polega wcale na rozwiązaniu żadnej sprawy, więc dlaczego nie mogłeś po prostu ugiąć się na wietrze, oszczędzając i sobie, i nam mnóstwa kłopotów?

Harry głęboko się zaciągnął i długo wypuszczał dym, większość i tak została w płucach.

– Jesienią znów zacząłem palić camele. – Harry poklepał się po kieszeni. – Miałem kiedyś dziewczynę, która je paliła. Nie chciała mnie częstować swoimi papierosami, uważała, że to się może zmienić w brzydki zwyczaj. Pojechaliśmy w podróż InterRailem i w pociągu między Pampeluną a Cannes zorientowałem się, że skończyły mi się papierosy. Ona uznała, że to może być dla mnie świetną nauczką. Podróż trwała prawie dziesięć godzin, w końcu musiałem prosić o papierosa obcych ludzi w wagonie, a ona cały czas paliła te swoje camele. Dziwne, prawda? – Podniósł papierosa do góry i dmuchnął w żar. – Kiedy dojechaliśmy do Cannes, dalej wyłudzałem papierosy od obcych. Początkowo ją to bawiło. Gdy zacząłem chodzić od stolika do stolika w restauracjach w Paryżu, uznała to już za mniej zabawne i powiedziała, że mogę się poczęstować z jej paczki, ale ja nie chciałem. Kiedy w Amsterdamie spotkała znajomych z Norwegii, a ja poprosiłem ich o papierosa, chociaż paczka leżała na stole, stwierdziła, że jestem dziecinny. Potem kupiła mi papierosy, ale zostawiłem paczkę w hotelu. Po powrocie do Oslo dalej to robiłem, a ona powiedziała, że jestem chory.

– Ta historia ma jakiś koniec?

– Oczywiście. Ona rzuciła palenie.

– Więc szczęśliwe zakończenie – roześmiał się Løken.

– Mniej więcej w tym samym czasie wyprowadziła się do Londynu z pewnym muzykiem.

Løken się zakrztusił.

– Widać trochę za daleko się wtedy posunąłeś.
– Oczywiście.
– Ale niewiele się z tego nauczyłeś.
– Nie.
Palili dalej w milczeniu.
– Rozumiem – powiedział w końcu Løken i zgasił papierosa. Z kawiarni zaczęli wychodzić ludzie. – Chodźmy gdzieś na piwo, to opowiem ci całą tę historię.

– Ove Klipra buduje drogi. Oprócz tego niewiele o nim wiem. Wiem, że wyjechał do Tajlandii jako dwudziestopięciolatek ze zdanymi tylko w części egzaminami do dyplomu inżyniera i ze złą opinią. No i że zmienił nazwisko z Pedersen na Klipra. Tak się nazywa dzielnica w Ålesund, w której dorastał.
Siedzieli na przepastnej skórzanej kanapie, przed sobą mieli wieżę stereo, odbiornik telewizyjny i stół, na którym stały piwo, butelka wody, dwa mikrofony i leżał katalog piosenek. Harry w pierwszej chwili pomyślał, że Løken żartuje, kiedy ten oświadczył, że idą na karaoke, ale wkrótce otrzymał wyjaśnienie. W barze karaoke bez konieczności podawania nazwiska wynajmowało się dźwiękoszczelny pokój na godziny, zamawiało się to, co się chciało, i dalej nikt nikomu nie przeszkadzał. Poza tym przewijało się tutaj stosunkowo dużo ludzi i można było przyjść i wyjść bez zwracania na siebie uwagi. Po prostu idealne miejsce na sekretne spotkanie. Løken chyba nie pierwszy raz z niego korzystał.
– Co to za zła opinia? – spytał Harry.
– Kiedy zaczęliśmy grzebać w tej sprawie, okazało się, że były dwa incydenty z nieletnimi chłopcami w Ålesund. Policji nic nie zgłoszono, ale ludzie gadali, więc Klipra chyba uznał za stosowne się stamtąd wynieść. Kiedy tu przyjechał, zarejestrował firmę inżynieryjną, kazał sobie wydrukować wizytówki, na których tytułował się doktorem, i zaczął pukać do różnych drzwi, twierdząc, że zna się na budowie dróg. Wtedy, dwadzieścia lat temu, w Tajlandii istniały w zasadzie dwa sposoby otrzymania zleceń w tej dziedzinie: albo pokrewieństwo z kimś w rządzie, albo posiadanie odpowiednich pieniędzy, pozwalających na wręczenie łapówki tym samym osobom.

Klipra nie miał ani krewnych, ani pieniędzy, więc oczywiście jego szanse były marne. Nauczył się jednak dwóch rzeczy, które – możesz dać głowę – stały się fundamentem tej jego dzisiejszej fortuny: języka tajskiego i pochlebstw. Tych pochlebstw sam nie wymyśliłem, to Klipra przechwalał się tym miejscowym Norwegom. Podobno nauczył się uśmiechać tak świetnie, że nawet Tajowie uważają to za lekką przesadę. Poza tym miał podzielać zainteresowanie młodymi chłopcami z pewnymi politykami, z którymi z czasem nawiązał kontakty. Wspólne perwersyjne skłonności na pewno nie były przeszkodą, gdy przyszło do rozdawania kontraktów na budowę tak zwanych Hopewell Bangkok Elevated Road and Train Systems.

– Drogi i koleje?

– Właśnie. Na pewno zauważyłeś te ogromne stalowe słupy, które wbijają w ziemię w całym mieście?

Harry kiwnął głową.

– Na razie tych kolumn jest sześć tysięcy, ale będzie więcej. I to nie tylko pod autostradę, bo nad nią ma jeździć nowa kolejka. Mówimy o pięćdziesięciu kilometrach najnowocześniejszej autostrady i sześćdziesięciokilometrowej trasie kolejowej za dwadzieścia pięć miliardów koron, które mają ocalić to miasto od uduszenia. Rozumiesz? To prawdopodobnie największy projekt drogowy, jaki kiedykolwiek powstawał w jakimkolwiek mieście na świecie. To mesjasz z asfaltu i szyn.

– I Klipra w tym siedzi?

– Wygląda na to, że nikt nie wie, kto w tym siedzi, a kto nie. Jasne jest tylko, że pierwotny wykonawca z Hongkongu się wycofał, a budżet i terminarz robót z całą pewnością pójdą w diabły.

– Przekroczenie budżetu? No cóż, jestem zszokowany – powiedział Harry cierpko.

– Ale to w każdym razie oznacza, że jest więcej roboty dla innych, i osobiście przypuszczam, że Klipra głęboko zaangażował się w ten projekt. Ponieważ ktoś się wycofuje, politycy muszą się zgodzić na to, by inni przedstawili zmodyfikowane oferty. Jeżeli Klipra ma zdolność finansową do połknięcia tego kawałka tortu, który mu się podstawia pod nos, to szybko może się stać jednym z największych przedsiębiorców budowlanych w regionie.

– No dobrze, ale jaki to ma związek z molestowaniem dzieci?

– Jedynie taki, że ludzie posiadający duże pieniądze mają osobliwą zdolność naginania paragrafów prawa na swoją korzyść. Nie mam żadnych powodów, by wątpić w integralność obecnego rządu, ale szanse na ekstradycję nie wzrastają, gdy ktoś ma wpływy polityczne, a jego aresztowanie opóźni realizację tak poważnego projektu.

– Więc co zamierzacie zrobić?

– Już coś się dzieje. Po tej sprawie z Norwegiem, którego wcześniej w tym roku przyłapano w Pattai, politycy w kraju się ocknęli i próbują wynegocjować z Tajlandią podobną umowę, jaką zawarły Szwecja i Dania. Kiedy już będzie gotowa, odczekamy trochę, aresztujemy Kliprę, a władzom Tajlandii oczywiście powiemy, że zdjęcia zostały zrobione już po podpisaniu umowy.

– I skażecie go za seksualne obcowanie z nieletnim?

– I może również za zabójstwo.

Harry drgnął.

– Sądziłeś, że ty jeden powiązałeś nóż z Kliprą, sierżancie? – spytał Løken, usiłując zapalić fajkę.

– Co wiesz o tym nożu? – spytał Harry.

– Towarzyszyłem Tonje Wiig, kiedy pojechała do hotelu zidentyfikować ambasadora. Udało mi się zrobić parę zdjęć.

– Mimo że patrzyła ci na ręce gromada policjantów?

– To był malutki aparacik. Mieści się w zegarku takim jak ten – uśmiechnął się Løken. – W sklepie tego nie kupisz.

– I powiązałeś szklaną mozaikę na nożu z domem Klipry?

– Kontaktowałem się z jednym z ludzi, którzy sprzedawali Kliprze świątynię – pewnym *pongyi*, mnichem – w centrum Mahasiego w Rangunie. Nóż należał do wyposażenia i Klipra dostał go jako bonus. Według tego mnicha takie noże wyrabia się zawsze w bliźniaczych parach. Powinien istnieć identyczny nóż.

– Chwileczkę – przerwał Harry. – Skoro kontaktowałeś się z tym mnichem, to musiałeś z góry wiedzieć, że nóż ma jakiś związek z birmańskimi świątyniami.

Løken wzruszył ramionami.

– Przestań – powiedział Harry. – Nie możesz być jeszcze w dodatku historykiem sztuki. My musieliśmy skorzystać z usług profesora jedynie po to, żeby stwierdził, że nóż ma związek z Szanami. Po prostu musiałeś podejrzewać Kliprę już wcześniej.

Løken sparzył się w palce i zirytowany wyrzucił wypaloną zapałkę.

– Miałem powody sądzić, że to zabójstwo mogło mieć jakiś związek z Kliprą. Tego dnia, w którym ambasador został zamordowany, siedziałem w mieszkaniu naprzeciwko domu Klipry.

– No i?

– Atle Molnes przyjechał tam koło siódmej. Około ósmej odjechali stamtąd razem z Kliprą samochodem ambasadora.

– Jesteś pewien, że to byli oni? Widziałem ten samochód. Jak większość pojazdów korpusu ma przyciemniane szyby.

– Obserwowałem Kliprę przez obiektyw, kiedy przyjechał samochód. Zaparkował w garażu, z którego drzwi prowadzą bezpośrednio do domu, więc najpierw zobaczyłem tylko, że Klipra wstaje i podchodzi do drzwi. Upłynęła chwila, podczas której nikogo nie widziałem, a potem zobaczyłem, jak ambasador robi dwie rundki wokół salonu. Później widziałem, jak samochód odjeżdża, a Klipry więcej nie zobaczyłem.

– Nie możesz wiedzieć, że to był ambasador – oświadczył Harry.

– Dlaczego?

– Ponieważ z miejsca, w którym siedziałeś, widziałeś go jedynie od połowy pleców w dół, resztę zasłaniała mozaika.

– To i tak mi wystarczyło – roześmiał się Løken i wreszcie udało mu się zapalić fajkę. Cmoknął zadowolony. – Bo w Tajlandii tylko jedna osoba nosiła taki garnitur.

W innych okolicznościach Harry być może zafundowałby mu uśmiech, ale akurat w tej chwili po jego głowie krążyło zbyt dużo innych myśli.

– Dlaczego Torhus i komendant policji w Oslo nie byli o tym poinformowani?

– A kto mówi, że nie byli?

Harry poczuł, że oczy wychodzą mu z orbit. Rozejrzał się za czymś, co mógłby stłuc.

38

Bjarne Møller wyglądał przez okno. Mróz najwyraźniej nie miał zamiaru tak szybko ustępować. Chłopcy uważali, że to fantastycznie, przychodzili do domu na obiad bez czucia w koniuszkach palców i z czerwonymi policzkami, ale nie przestawali się kłócić, który skoczył dalej.

Czas płynął tak szybko, a Møllerowi wydawało się, że jeszcze nie tak dawno uczył ich jeździć pługiem między własnymi nartami na Grefsenkollen. Wczoraj, kiedy zajrzał do nich i spytał, czy im poczytać, tylko dziwnie na niego popatrzyli.

Trine mówiła, że wygląda na zmęczonego. Czy był zmęczony? Być może. Musiał dużo myśleć, chyba więcej, niż sobie wyobrażał, przyjmując stanowisko naczelnika wydziału policji. Jak nie raporty, zebrania i budżet, to któryś z jego ludzi pukał z trudnym problemem: a to żona życzy sobie separacji, a to kredyt za bardzo ciąży albo nerwy zaczynają wysiadać.

Kierowanie śledztwem – prawdziwa praca policyjna, na którą tak się cieszył, kiedy przyjmował propozycję – stało się wręcz sprawą drugorzędną. I wciąż nie nauczył się radzić sobie z sekretnym terminarzem, z czytaniem między wierszami, z walką o karierę. Czasami zastanawiał się, czy nie powinien zostać tam, gdzie był, ale wiedział, że Trine bardzo sobie ceni dodatkowe stopnie zaszeregowania. Chłopcy marzyli o nartach do skoków. Może też i pora, żeby dostali komputer, o który od tak dawna prosili. O szybę uderzyły drobne płatki śniegu. Cholera, przecież był naprawdę dobrym policjantem.

Zadzwonił telefon.

– Słucham, Møller.

– Tu Hole. Wiedziałeś o tym przez cały czas?

– Halo, Harry, to ty?

– Wiedziałeś o tym? Zostałem wybrany specjalnie po to, żebyście mieli pewność, że to śledztwo nie przyniesie żadnych wyników?

Møller zniżył głos. Zapomniał i o nartach, i o komputerze.

– Nie bardzo rozumiem, o czym mówisz.

– Chcę tylko usłyszeć od ciebie, że nie wiedziałeś o tym, że ludzie w Oslo od samego początku podejrzewali, kto jest zabójcą.

– Okej, Harry. Nie wiedziałem… To znaczy nie wiem, o czym, do jasnej cholery, mówisz.

– Komendant policji i Dagfinn Torhus zaraz po zabójstwie mieli informację, że pewien Norweg o nazwisku Ove Klipra i ambasador wyjechali tym samym samochodem z domu Klipry pół godziny przed przybyciem ambasadora do motelu. Wiedzą też, że Klipra miał cholernie dobry motyw, żeby zabić ambasadora.

Møller ciężko usiadł.

– Mianowicie?

– Klipra to jeden z najbogatszych ludzi w Bangkoku, a ambasador, który miał kłopoty finansowe, sam podjął inicjatywę wszczęcia absolutnie bezprawnego śledztwa w sprawie molestowania dzieci przez Kliprę. Kiedy znaleziono go martwego, miał w aktówce zdjęcia Klipry w jednoznacznej sytuacji z małym chłopcem. Nie tak trudno wyobrazić sobie, czego dotyczyła wizyta u Klipry. Molnes musiał go przekonać, że zajmuje się tym sam i że osobiście zrobił te zdjęcia. Pewnie podał mu cenę za „wszystkie odbitki". Nie tak się to mówi? Oczywiście nie da się sprawdzić, ile odbitek zrobił Molnes, nietrudno więc wyobrazić sobie, że Klipra pomyślał, iż szantażysta będący nieuleczalnym hazardzistą, takim jak ambasador, z całą pewnością jeszcze raz zapuka do jego drzwi. A potem kolejny. Klipra pewnie zaproponował przejażdżkę, wysiadł przy banku, a Molnesowi kazał jechać do motelu i tam na niego czekać, aż przyniesie pieniądze. Po przyjeździe do motelu Klipra nie musiał nawet szukać pokoju. Od razu zobaczył samochód ambasadora zaparkowany na zewnątrz, prawda? Cholera, ten facet zdołał nawet powiązać nóż z Kliprą!

– Jaki facet?

– Løken. Ivar Løken. Stary agent wywiadu, który przez lata operował w tym regionie. Zatrudniony w ONZ-ecie, twierdzi, że pracował z uchodźcami, ale ja gówno o tym wiem. Obstawiam, że większą część pensji dostaje z NATO czy czegoś takiego. Kliprę szpieguje od miesięcy.

– Ambasador o tym nie wiedział? Powiedziałeś chyba, że to on był inicjatorem tego śledztwa?

– O co ci chodzi?

– Twierdzisz, że ambasador pojechał tam, żeby wyciągnąć od Klipry pieniądze, chociaż wiedział, że ten facet z wywiadu ich obserwuje.

– Oczywiście, że wiedział. Przecież odbitki zdjęć dostał od Løkena. I co z tego? Nie ma nic podejrzanego w tym, że ambasador Norwegii składa grzecznościową wizytę najbogatszemu Norwegowi w Bangkoku, prawda?

– Być może. Co jeszcze powiedział ci ten Løken?

– Zdradził mi prawdziwy powód, dla którego do wyjazdu tutaj wybrano właśnie mnie.

– Mianowicie?

– Zaczekaj chwilę.

Møller usłyszał zasłanianie słuchawki dłonią i gniewne okrzyki po norwesku i angielsku. W końcu Harry znów się odezwał:

– Przepraszam, Møller, ale siedzimy tu jeden na drugim. Sąsiad postawił krzesło na kablu telefonicznym. O czym mówiliśmy?

– O powodach, dla których zostałeś wybrany.

– Aha. No więc ci, którzy biorą udział w tym śledztwie dotyczącym Klipry, cholernie ryzykują. Jeśli zostaną ujawnieni, dopadnie ich wataha wilków. Wybuchnie piekielna polityczna awantura i polecą głowy. Kiedy więc znaleziono zabitego ambasadora, a oni właściwie już wiedzieli, kto to mógł zrobić, musieli się postarać, żeby śledztwo w sprawie zabójstwa nie ujawniło całego ich planu. Znaleźć jakiś złoty środek. Działać, ale w taki sposób, żeby nie poderwać w górę kurzu. Wysyłając na miejsce norweskiego policjanta, zapobiegli zarzutom bezczynności. Podobno całego zespołu wysłać nie mogli, bo Tajowie źle by to przyjęli.

Śmiech Harry'ego zmieszał się z inną rozmową, krążącą wśród szumów między kulą ziemską a satelitą.

– Wybrali więc człowieka, który ich zdaniem najmniej nadawał się do odkrycia czegokolwiek. Dagfinn Torhus rozejrzał się i znalazł idealnego kandydata. Kogoś, kto z całą pewnością nie mógł im narobić kłopotów, ponieważ liczyli, że będzie spędzał wieczory nad skrzynką piwa, a dni w półśnie na kacu. Harry Hole był idealny, ponieważ funkcjonuje, ale tylko ledwie. Mogli uzasadnić wybór, gdyby padło takie pytanie, ponieważ ten człowiek miał niezłe referencje z podobnej sprawy w Australii. Nie dość na tym, naczelnik wydziału policji Møller też za niego poręczył, a przecież kto jak kto, on powinien wiedzieć najlepiej, prawda?

Møllerowi nie podobało się to, co słyszał. A jeszcze mniej, ponieważ przypomniał sobie teraz wyraźnie spojrzenie komendantki policji nad stołem, kiedy padło pytanie, i jej nieznacznie uniesione brwi. To był rozkaz.

– Ale dlaczego Torhus i komendantka mieliby ryzykować stanowiska jedynie po to, żeby złapać jakiegoś nędznego pedofila?

– Dobre pytanie.

Znów zapadła cisza. Żaden nie miał odwagi powiedzieć głośno tego, o czym myślał.

– Co teraz będzie, Harry?

– Teraz nastąpi operacja *save ass*.

– To znaczy?

– To znaczy, że nikt nie chce zostać z Czarnym Piotrusiem w ręku. Ani Løken, ani ja. Umowa jest taka, że obaj na razie trzymamy gęby na kłódkę i razem zwijamy Kliprę. Liczę, że zainteresuje cię przejęcie tej sprawy dalej, szefie. Możesz z nią iść bezpośrednio do parlamentu. Oni też mają tyłki, które będą chcieli ratować.

Møller się zamyślił. Wcale nie był pewien, czy ma ochotę zostać uratowany. Najgorsze, co mogło go spotkać w wyniku tego wszystkiego, to powrót do pracy policyjnej.

– Trudna sprawa, Harry. Muszę się zastanowić. Oddzwonię do ciebie, okej?

– Okej.

Inna rozmowa w przestworzach umilkła jednocześnie. Przez chwilę wsłuchiwali się w szum gwiezdnego pyłu.

– Harry?

– Słucham.

– Olewamy to zastanawianie się. Jestem po twojej stronie.

– Właściwie na to liczyłem, szefie.

– Zadzwoń do mnie, kiedy już go aresztujecie.

– Aha, zapomniałem o jednym. Klipry nikt nie widział od zabójstwa ambasadora.

*

Przyszedł taki dzień, kiedy Harry nic nie robił.

Rysował kółka i patrzył, czy są do czegoś podobne.

Zadzwonił Jens, spytał, jak idzie śledztwo, Harry odparł, że to tajemnica państwowa, a Jens na to, że rozumie, ale lepiej by spał, gdyby wiedział, że mają innego podejrzanego. Potem opowiedział mu świński dowcip, który właśnie usłyszał przez telefon. Przeprosił za świntuszenie, tłumacząc się, że w środowisku finansistów krążą wyłącznie tego rodzaju dowcipy. Później Harry usiłował powtórzyć dowcip Nho, ale coś było nie tak u któregoś z angielskim, bo zapadło krępujące milczenie.

Poszedł w końcu do Liz i zapytał, czy może po prostu trochę u niej posiedzieć. Po godzinie miała dość jego milczącej obecności i kazała mu się wynosić.

Znów zjadł w Le Boucheron. Francuz mówił coś do niego po francusku, Harry z uśmiechem odpowiadał po norwesku.

Kiedy wrócił do domu, była prawie jedenasta.

– Ma pan gościa – zapowiedział portier.

Harry wjechał windą na górę, położył się na plecach na brzegu basenu i słuchał rytmicznych pluśnięć pływającej Runy.

– Wracaj do domu – odezwał się po chwili.

Nie odpowiedziała, więc wstał i schodami poszedł aż do swojego mieszkania.

39

Løken podał Harry'emu noktowizor i powiedział:

– Wszystko jasne. Znam ich zwyczaje. Teraz ochroniarz usiądzie w budce na końcu podjazdu przy bramie. Następną rundę zrobi dopiero za dwadzieścia minut.

Siedzieli na strychu domu odległego o sto metrów od posiadłości Klipry. Okno było zabite deskami, ale w szparze akurat mieściła się lornetka. Albo aparat fotograficzny. Strych od ozdobionego smoczymi głowami tekowego domu Klipry oddzielał szereg niskich szop, droga i wysoki mur zwieńczony drutem kolczastym.

– To żaden problem – stwierdził Løken. – W tym mieście jedyny problem to ludzie, którzy są wszędzie. Przez cały czas. Dlatego musimy iść naokoło i wspiąć się przez mur na tyłach tej budy.

Wskazał ręką, Harry popatrzył przez noktowizor.

Løken polecił mu włożyć dyskretne, obcisłe ciemne ubranie. Stanęło na czarnych dżinsach i starym czarnym T-shircie Joy Division. Kiedy Harry go wkładał, myślał o Kristin. Joy Division to jedyna rzecz, jaką pod jego wpływem polubiła. Może zrównoważyło się to, że przestała lubić camele.

– Ruszamy – zdecydował Løken.

Na dworze powietrze wisiało nieruchomo, a kurz spokojnie unosił się nad żwirową drogą. Grupka chłopców grała w *takraw*, stali w kręgu i odbijali między sobą piłeczkę, nie pozwalając jej upaść na ziemię. Nie zwrócili uwagi na dwóch ubranych na czarno *farangów*. Mężczyźni przeszli przez ulicę, zagłębili się między szopy i niezauważeni przez nikogo podeszli pod mur. Zamglone wieczorne niebo odbijało brudnożółte światło milionów większych i mniejszych lamp, więc Bangkok w takie wieczory jak ten nigdy nie pogrążał się w całkowitej ciemności. Løken cisnął swój plecaczek za mur i rozwinął wąską cienką gumową matę, którą zarzucił na drut kolczasty.

– Ty pierwszy – powiedział i złożył dłonie w strzemię, na którym Harry postawił stopę.

– A ty?

– O mnie nie myśl, wchodź.

Dźwignął Harry'ego tak, aby ten mógł uchwycić się słupka na szczycie muru. Harry przerzucił nogę nad matą i usłyszał, jak metalowy kolec rozrywa gumę pod jego kroczem, kiedy przekładał drugą nogę. Starał się nie wspominać historii chłopca, który ześlizgiwał się po maszcie do flagi na jarmarku w Romsdal, zapomniawszy o haczyku do mocowania linki. Dziadek twierdził, że krzyk kastrowanego chłopaka słychać było po drugiej stronie fiordu.

Løken już stał przy nim.

– O rany, szybko poszło – szepnął Harry.

– Codzienna porcja gimnastyki dla emerytów.

Zgięci wpół – emeryt przodem – przemknęli przez trawnik, wzdłuż ściany domu i zatrzymali się na rogu. Løken wyjął noktowizor, by się upewnić, że strażnik patrzy w inną stronę.

– Teraz!

Biegnąc, Harry usiłował wyobrażać sobie, że jest niewidzialny. Do garażu nie było daleko, ale oświetlały go lampy i z budki strażnika nic go nie zasłaniało. Løken deptał Harry'emu po piętach.

Harry uważał, że nie może być zbyt wielu sposobów na włamanie się do cudzego domu, ale Løken uparł się, żeby zaplanowali wszystko aż do najdrobniejszego szczegółu. Kiedy podkreślał, że na ostatnim krytycznym odcinku muszą być blisko siebie, Harry spytał, czy nie lepiej, żeby raczej biegli pojedynczo, wtedy ten drugi by pilnował.

– Czego pilnował? – spytał zirytowany Løken. – Zorientujemy się, jeśli nas odkryją. A biegnąc pojedynczo, damy im dwa razy większą szansę. Powiedz, czy w tej policji niczego was dzisiaj nie uczą?

Harry nie miał żadnych zastrzeżeń do reszty planu.

Z garażu, w którym królował biały lincoln continental, boczne drzwi rzeczywiście prowadziły do wnętrza domu. Løken uważał, że łatwiej sobie poradzą z zamkiem w tych drzwiach niż z głównym wejściem, poza tym nie będzie ich tu widać z bramy.

Wyjął wytrych i zabrał się do roboty.

– Mierzysz czas? – spytał.

Harry kiwnął głową. Według rozkładu do następnego obchodu mieli szesnaście minut.

Po dwunastu Harry czuł swędzenie już na całym ciele.

Po trzynastej minucie zapragnął, żeby przypadkiem przechodził tędy Sunthorn.

Po czternastej zrozumiał, że muszą przerwać operację.

– Spadamy – szepnął.

– Jeszcze chwilę – odparł Løken nachylony nad zamkiem.

– Nie mamy czasu. Już! – syknął Harry przez zaciśnięte zęby.

Løken nie odpowiedział. Harry głęboko odetchnął i położył mu rękę na ramieniu. Løken odwrócił się, ich spojrzenia się spotkały. Błysnął złoty ząb.

– Otwarte – szepnął Løken.

Drzwi uchyliły się bezszelestnie. Wślizgnęli się do środka i cicho zamknęli je za sobą. W tej samej chwili usłyszeli w garażu kroki, przez okno dostrzegli światło latarki i nagle ktoś brutalnie szarpnął za klamkę. Wcisnęli się plecami w ścianę. Harry wstrzymał oddech, czując, że serce mu wali, a krew zastyga w żyłach. Kroki się oddaliły.

Harry z trudem panował nad głosem.

– Mówiłeś o dwudziestu minutach!

Løken wzruszył ramionami.

– Dwie w tę, dwie we w tę, wszystko jedno.

Żeby nie wybuchnąć, Harry w duchu zaczął liczyć, oddychając przez otwarte usta.

Zapalili latarki i ruszyli w głąb mieszkania. Pod butami Harry'ego zatrzeszczało.

– Co to jest? – Poświecił na podłogę. Na ciemnym parkiecie widać było drobne grudki.

Løken skierował snop światła na pokrytą wapnem białą murowaną ścianę.

– Ho, ho, Klipra to oszust. Ten dom miał być zbudowany wyłącznie z teku. Teraz już całkiem tracę do faceta szacunek – powiedział sarkastycznie. – Chodź, Harry, czas płynie.

Przeszukiwali dom szybko i systematycznie według wskazówek Løkena. Harry koncentrował się na wykonywaniu poleceń. Starał się zapamiętywać, gdzie co leży, nie zostawiać śladów palców na białych drzwiach i wypatrywać kawałeczków taśmy przed otwarciem szuflad i szafek. Po blisko trzech godzinach usiedli przy stole w kuchni. Løken znalazł kilka czasopism z pornografią dziecięcą i rewolwer, z którego nie strzelano chyba od kilku lat. Sfotografował jedno i drugie.

– Facet wyjechał w pośpiechu – stwierdził. – W sypialni zostały dwie puste walizki, w łazience stoi kosmetyczka, a szafy z ubraniami są wypchane po brzegi.

– Może ma trzecią walizkę. – Harry wzruszył ramionami.

Løken popatrzył na niego z obrzydzeniem i politowaniem. Mniej więcej tak, jakby patrzył na palącego się do służby, ale niezbyt rozgarniętego rekruta.

– Żaden mężczyzna nie ma dwóch kosmetyczek, Hole.

Rekrucie Hole, poprawił go w myślach Harry.

– Został nam jeden pokój – powiedział Løken. – Gabinet na piętrze jest zamknięty na klucz, a zamek to jakiś niemiecki potwór, który nie daje się otworzyć. – Wyciągnął z plecaka łom. – Miałem nadzieję, że nie będziemy musieli go użyć. Zostanie po nas w tych drzwiach wielka dziura.

– Nie szkodzi – pocieszył go Harry. – Wydaje mi się, że i tak odłożyłem kapcie na niewłaściwą półkę.

Løken się zaśmiał.

Użyli łomu na zawiasach, nie na zamku. Harry zareagował zbyt późno i ciężkie drzwi runęły do środka z hukiem. Znieruchomieli na kilka sekund w oczekiwaniu na okrzyki strażników.

– Słyszałeś coś?

– Nie. W tym mieście na mieszkańca przypada tyle decybeli, że jeden grzmot mniej czy więcej nic nie znaczy.

Snopy świateł latarek obiegły ściany jak żółte karaluchy. Nad biurkiem wisiał banner Manchesteru United i oprawiony w ramki plakat ze zdjęciem drużyny, pod nim czerwono-biały herb miasta z wyrzeźbionym z drewna żaglowcem.

Latarka zatrzymała się na fotografii przedstawiającej mężczyznę o szerokich uśmiechniętych ustach, paru solidnych podbródkach i lekko wyłupiastych oczach tryskających rozbawieniem. Ove Klipra wyglądał na człowieka, który dużo się śmieje. Miał jasne włosy, rozwiane wiatrem. Zdjęcie mogło być zrobione na pokładzie łodzi.

– On nie wygląda tak, jak człowiek wyobraża sobie pedofila – zdumiał się Harry.

– Pedofile rzadko wyglądają na pedofilów – odparł Løken.

Harry zerknął na niego, ale oślepiła go latarka.

– Co to takiego?

Løken świecił na szarą metalową skrzynkę w rogu, Harry się odwrócił i natychmiast ją poznał.

– Zaraz ci powiem – oświadczył, ucieszony, że i on może mieć swój wkład. – To magnetofon za pół miliona koron. Dokładnie taki sam widziałem w biurze Brekkego. Nagrywa rozmowy telefoniczne, a nagrania i zapisu godziny nie da się zmienić. Można je więc wykorzystać jako dowód przed sądem w razie ewentualnej rozprawy. Świetna rzecz, kiedy zawiera się przez telefon umowy warte miliony.

– Równie świetna, kiedy rozmawia się z ludźmi w jednej z najbardziej skorumpowanych branż w jednym z najbardziej skorumpowanych krajów świata.

Harry szybko przerzucał papiery leżące na biurku. Widział nagłówki z nazwami japońskich i amerykańskich firm, umowy, kontrakty, projekty umów i zmiany tych projektów. W wielu z nich wspominano BERTS. Zwrócił uwagę na broszurę z logo Barclay Thailand na pierwszej stronie. Była to najwyraźniej analiza finansowa firmy noszącej nazwę Phuridell. Latarka przesunęła się dalej. I znieruchomiała, gdy jej światło wyłowiło z mroku coś na ścianie.

– Bingo! Spójrz, Løken! To musi być ten bliźniaczy nóż, o którym mówiłeś.

Løken nie odpowiedział. Stał obrócony plecami.

– Słyszałeś...

– Musimy wychodzić, Harry. Już.

Harry odwrócił się i zobaczył, że promień światła latarki Løkena wskazuje na niewielką skrzynkę na ścianie, w której błyskało czerwone światełko. W tej samej chwili poczuł się tak, jakby ktoś wbił mu w ucho drut do robótek ręcznych. Wycie na wysokiej częstotliwości było tak głośne, że natychmiast w połowie ogłuchł.

– Alarm działający z opóźnieniem! – krzyknął Løken i już rzucił się do biegu. – Zgaś latarkę!

Harry pognał za nim w ciemności po schodach. Kierowali się do bocznych drzwi do garażu. Løken zatrzymał Harry'ego, kiedy ten już położył rękę na klamce.

– Czekaj!

Z zewnątrz dochodziły głosy i brzęk kluczy.

– Stoją przed głównym wejściem – stwierdził Løken.

– No to wychodźmy tędy.

– Nie, od razu by nas zobaczyli – szepnął Løken. – Wymkniemy się dopiero, kiedy wejdą, okej?

Harry kiwnął głową. Smuga księżycowego światła, przefiltrowana przez niebieskie szkło szklanej mozaiki w okienku nad drzwiami, padła na parkiet przed nimi.

– Co ty wyprawiasz?

Harry ukląkł i dłońmi zmiatał z podłogi grudki wapna. Nie zdążył odpowiedzieć, bo w tej samej chwili główne wejście się otworzyło. Løken szarpnął drzwi do garażu, Harry natychmiast znalazł się za nimi i zgięci wpół przebiegli przez trawnik. Histeryczne wycie alarmu powoli cichło.

– *Close call* – powiedział Løken, kiedy stanęli po drugiej stronie muru. – Mało brakowało.

Harry zerknął na niego. Światło księżyca odbiło się od złotego zęba. Løken nawet się nie zasapał.

40

Kiedy Harry wcisnął nożyczki do gniazdka, w ścianie musiał przepalić się przewód, dlatego znów siedzieli w migotliwym świetle świecy. Løken odkorkował butelkę Jima Beama.

– Dlaczego marszczysz nos, Hole? Nie podoba ci się ten zapach?

– W zapachu nie ma nic złego.

– A w smaku?

– Smak też jest w porządku. Jim i ja jesteśmy starymi przyjaciółmi.

– Ach tak. – Løken nalał sobie sporego drinka. – Ostatnio chyba mniej się przyjaźnicie?

– Podobno ma na mnie zły wpływ.

– To kto teraz dotrzymuje ci towarzystwa?

Harry sięgnął po butelkę coli.

– Amerykański imperializm kulturowy.

– Całkowity odwyk?

– Jesienią było sporo piwa.

Løken się zaśmiał. Ciepło i spokojnie jak Erik Bye w swoich programach.

– No proszę. A ja się tak zastanawiałem, dlaczego, na miłość boską, Torhus wybrał właśnie ciebie.

Harry zrozumiał, że był to pośredni komplement – zdaniem Løkena Torhus mógł wybrać większego idiotę, a Hole wcale nie jest policjantem do niczego, po prostu są na niego inne haki.

– To łagodzi odruch wymiotny? – spytał Harry, wskazując na butelkę.

Løken popatrzył zdziwiony.

– Pozwala ci to na jakiś czas zapomnieć o robocie? Mam na myśli tych chłopców, te zdjęcia, całe to gówno.

Løken opróżnił szklankę i dolał sobie jeszcze. Wypił łyk, odstawił whisky i usiadł wygodniej.

– Mam szczególne kwalifikacje do tej roboty.

Harry trochę się domyślał, o co chodzi.

– Wiem, jak oni myślą, co ich napędza, co podnieca, jakim pokusom mogą się oprzeć, a jakim nie. – Løken podniósł fajkę. – Rozumiem ich, odkąd sięgam pamięcią.

Harry nie wiedział, co powiedzieć, dlatego milczał.

– Więc jesteś na odwyku? Radzisz sobie z tym, Hole? Potrafisz się powstrzymywać? Tak jak w tej historii z papierosami, po prostu podejmujesz decyzję i trzymasz się jej bez względu na wszystko?

– Tak, chyba tak – zamyślił się Harry. – Problem w tym, że decyzje nie zawsze bywają słuszne.

Løken znów się zaśmiał. Harry'emu przypomniał się przyjaciel, który śmiał się w taki sam sposób. Pochował go w Sydney, ale on wciąż regularnie odwiedzał go nocą.

– No to jesteśmy tacy sami – stwierdził Løken. – Nigdy w życiu nie tknąłem dziecka. Śniłem o tym, fantazjowałem i płakałem nad tym, ale nigdy tego nie zrobiłem. Pojmujesz?

Harry przełknął ślinę. Walczyły w nim przeciwstawne uczucia.

– Nie wiem, ile miałem lat, kiedy ojczym zgwałcił mnie po raz pierwszy, ale chyba nie więcej niż pięć. Kiedy miałem trzynaście, zadałem mu cios siekierą w udo. Trafiłem w tętnicę. Doznał szoku i o mało nie umarł. Przeżył, ale skończył na wózku. Twierdził, że to był wypadek, że siekiera mu się omsknęła, kiedy rąbał drewno. Pewnie uznał, że jesteśmy kwita. – Løken podniósł szklankę i nieufnie patrzył na brunatny płyn. – Może uznasz za jakiś ogromny paradoks, że dziecko molestowane seksualnie ma statystycznie największe szanse na to, żeby samemu później molestować. Zdumiewające, co?

Harry tylko się skrzywił.

– Taka jest prawda – powiedział Løken. – Pedofile często dokładnie wiedzą, jakie cierpienia zadają dzieciom. Wielu z nich doświadczyło lęku, zdezorientowania i gnębiącego poczucia winy. Niektórzy psychologowie twierdzą, że istnieje bliski związek między podnieceniem seksualnym a tęsknotą za śmiercią, słyszałeś o tym?

Harry pokręcił głową. Løken wypił whisky i wytarł językiem zęby.

– To jak ukąszenie wampira. Człowiekowi wydaje się, że nie żyje, a potem się budzi i stwierdza, że sam stał się wampirem. Nieśmiertelnym, ogarniętym nieugaszoną żądzą krwi.

– I niekończącym się pragnieniem śmierci?

– Właśnie.

– Dlaczego ty jesteś inny?

– Każdy jest inny, Hole. – Løken skończył nabijać fajkę i odłożył ją na stół. Zdjął czarny golf, nagi tors błyszczał od potu. Był szczupły i dobrze zbudowany, ale lekko obwisła skóra i pozbawione młodzieńczej sprężystości mięśnie zdradzały, że się postarzał i mimo wszystko któregoś dnia umrze.

– Kiedy w mojej szafce w Vardø odkryli czasopismo z pornografią dziecięcą, zostałem wezwany do dowódcy garnizonu. Chyba miałem szczęście, bo nie zgłosili tego na policję. Uznali, że nie mają powodów podejrzewać mnie o coś więcej niż oglądanie zdjęć. Dlatego też nic mi nie wpisali do kartoteki, poprosili tylko, żebym się wycofał z lotnictwa. Dzięki służbie w wywiadzie nawiązałem kontakt z poprzedniczką CIA, tym, co kiedyś nazywało się Strategic Services. Tamci wysłali mnie na kurs w Stanach, a potem do Korei pod przykrywką pracy dla norweskiego szpitala polowego.

– A teraz dla kogo pracujesz?

Løken wzruszył ramionami, by pokazać, że to nie ma znaczenia.

– Nie zżera cię wstyd? – spytał Harry.

– Oczywiście. – Løken uśmiechnął się lekko. – Codziennie. To moja słabość.

– To dlaczego mi o tym opowiadasz?

– Po pierwsze, jestem już za stary, żeby wciąż się ukrywać. Po drugie, mogę myśleć wyłącznie o sobie, o nikim innym. A po trzecie dlatego, że wstyd leży bardziej na płaszczyźnie emocjonalnej niż intelektualnej. – Podniósł kącik ust w sarkastycznym uśmiechu. – Wcześniej prenumerowałem „Archives of Sexual Behavior", żeby się przekonać, czy naukowcy zdołali określić gatunek potwora, do jakiego się zaliczam. Bardziej z ciekawości niż ze wstydu. Zacząłem czytać artykuł o zakonniku-pedofilu ze Szwajcarii, który podobno też nigdy nie skrzywdził dziecka, ale w połowie artykułu zamknął się w celi i wypił tran z drobinkami szkła, więc nigdy nie doczytałem tego do końca. Wolę uważać się za produkt wychowania i środowiska, lecz mimo wszystko za osobę posiadającą pewną moralność. Radzę sobie ze sobą, Hole.

– Ale jak możesz, sam będąc pedofilem, pracować nad prostytucją dziecięcą? Przecież to cię chyba podnieca?

Løken zamyślony długo patrzył w stół.

– Fantazjowałeś kiedyś o tym, żeby zgwałcić kobietę, Hole? Nie musisz odpowiadać, wiem, że tak. To nie znaczy, że pragniesz kogokolwiek zgwałcić. Ani że nie nadajesz się do prowadzenia śledztwa w sprawie gwałtu, prawda? Potrafisz zrozumieć, że mężczyzna może stracić kontrolę nad sobą, ale mimo wszystko jest to dla ciebie proste. Bo to jest złe. Niezgodne z prawem. Świnie muszą za to zapłacić.

Dokończył trzeciego drinka. Dotarł już do etykietki na butelce.

Harry pokręcił głową.

– Przykro mi, Løken, nie potrafię tego przełknąć. Kupujesz pornografię dziecięcą, jesteś tego częścią. Gdyby nie tacy jak ty, nie byłoby popytu na te świństwa.

– To prawda. – Løkenowi zamgliły się oczy. – Nie jestem święty. Mam swój wkład w czynieniu z tego świata padołu łez. Co mogę powiedzieć? Tak jak w piosence: „Jestem jak wszyscy inni, moknę, gdy pada deszcz".

Harry nagle poczuł się stary. Stary i zmęczony.

– O co ci chodziło z tymi grudkami wapna? – Løken zaczął już lekko bełkotać.

– Taki odruch. Przyszło mi do głowy, że przypominają wapienny pył na śrubokręcie, który znaleźliśmy w bagażniku Molnesa. Taki trochę żółtawy. Nie całkiem biały jak zwykłe wapno. Oddam te grudki do analizy. Niech porównają z tym na śrubokręcie.

– A co by to miało w takim razie oznaczać?

Harry wzruszył ramionami.

– Nigdy nie wiadomo, co będzie miało znaczenie. Dziewięćdziesiąt dziewięć procent informacji gromadzonych w czasie śledztwa nie ma kompletnie żadnej wartości. Można mieć jedynie nadzieję, że człowiek będzie przytomny, kiedy przed nosem ukaże mu się ten jeden procent.

– Racja. – Løken zamknął oczy i rozparł się w fotelu.

Harry wyszedł na ulicę, od bezzębnego mężczyzny w bejsbolówce Liverpoolu kupił zupę z kluskami i krewetkami królewskimi. Mężczyzna nalał zupę z czarnego kotła do plastikowej torebki, zawiązał ją na supeł i w uśmiechu pokazał dziąsła. W kuchni u Løkena Harry znalazł dwa talerze. Kiedy szarpnął Løkena za ramię, tamten obudził się wystraszony. Zjedli w milczeniu.

– Chyba wiem, kto nakazał to śledztwo – stwierdził Harry.

Løken nie odpowiedział.

– Rozumiem, dlaczego nie mogliście czekać z podjęciem obserwacji do czasu, aż umowa z Tajlandią będzie gotowa. Trzeba było się spieszyć, prawda? Potrzebne były wyniki, dlatego zaczęliście ukradkiem.

– Ty się nie poddajesz?

– To ma teraz jakieś znaczenie?

Løken dmuchnął na łyżkę.

– Zebranie dowodów może zająć dużo czasu – powiedział. – Nawet lata. Aspekt czasowy był ważniejszy od wszystkiego.

– Zakładam, że nie ma na piśmie niczego, co mogłoby doprowadzić do inicjatora. I gdyby coś pękło, okazałoby się, że Torhus jest sam. Mam rację?

Løken podniósł na łyżce krewetkę i mówił jakby do niej:

– Zręczni politycy zawsze starają się być czyści, prawda? Od brudnych zadań mają sekretarzy stanu, a sekretarze stanu nie wydają poleceń. Oni jedynie szepczą słówko naczelnikom o tym, czego potrzeba, żeby ich kariera nabrała tempa.

– Askildsen? – podsunął Harry.

Løken włożył krewetkę do ust i żuł w milczeniu.

– Co obiecano Torhusowi za przeprowadzenie tej operacji? Stanowisko wicedyrektora departamentu?

– Nie wiem. Nie rozmawiamy o takich rzeczach.

– A co z komendantką policji? Ona też sporo ryzykuje.

– Przypuszczam, że jest dobrą socjaldemokratką.

– Ambicje polityczne?

– Być może. A może żadne z nich nie ryzykuje aż tyle, ile ci się wydaje. To, że mam biuro w tym samym budynku co ambasada, nie oznacza...

– ...że jesteś na ich liście płac? Dla kogo pracujesz? Jesteś wolnym strzelcem?

Løken uśmiechnął się do swojego odbicia w zupie.

– Powiedz mi, Hole, co się stało z tą twoją dziewczyną?

Harry popatrzył zdezorientowany.

– Z tą, która rzuciła palenie.

– Już ci mówiłem. Wyjechała do Anglii z pewnym muzykiem.

– A później?

– Kto powiedział, że coś się stało później?

– Ty – zaśmiał się Løken. – Sposobem, w jaki o niej opowiadasz. – Odłożył łyżkę i zapadł się w fotel. – No mów, Hole. Naprawdę rzuciła palenie na dobre?

– Nie – odparł Harry cicho. – Ale teraz już tak. Na dobre.

Spojrzał na butelkę Jima Beama, zamknął oczy i próbował sobie przypomnieć ciepło tego jednego, pierwszego drinka.

Siedział u Løkena, dopóki ten prawie nie zasnął. Pomógł mu dojść do łóżka, okrył go kocem i wyszedł.

Portier w River Garden też spał. Harry zastanawiał się, czy go nie obudzić, ale zrezygnował. Tej nocy wszyscy powinni się trochę przespać. Pod drzwiami leżał list. Harry schował go bez otwierania w to samo miejsce co poprzedni. Stanął przy oknie i patrzył, jak statek towarowy bezszelestnie sunie pod mostem Taksina.

41

Była prawie dziesiąta, kiedy Harry przyszedł do komendy. Po drodze spotkał wychodzącego Nho.

– Słyszałeś już?

– O czym? – ziewnął Harry.

– O poleceniu komendanta.

Harry pokręcił głową.

– Dowiedzieliśmy się dzisiaj na odprawie. Góra się porozumiała.

Liz podskoczyła na krześle, kiedy Harry wparował bez zbędnych uprzejmości.

– Harry? Dzień dobry.

– Nieszczególnie. Położyłem się dopiero o piątej. Co to za ograniczenie śledztwa?

Liz westchnęła.

– Wygląda na to, że nasi komendanci znów sobie pogadali. Twoja pani komendant mówiła o napiętych budżetach i braku ludzi, nie może się już ciebie doczekać. A naszego poganiają z powodu dwóch innych zabójstw, które zarzuciliśmy, kiedy pojawił się trup waszego ambasadora. Oczywiście nie ma mowy o umorzeniu, po prostu mamy traktować sprawę normalnie, bez żadnych priorytetów.

– A to oznacza?

– To oznacza, że polecono mi zadbać o to, żebyś w ciągu paru dni wsiadł do samolotu.

– No i?

– Powiedziałam, że w styczniu samoloty z reguły są w pełni zabukowane i znalezienie wolnego miejsca może zająć co najmniej tydzień.

– To znaczy, że mamy tydzień?

– Nie. Bo jeśli nie będzie miejsc w klasie ekonomicznej, kazano mi zabukować miejsce w klasie biznes.

Harry się roześmiał.

– Trzydzieści tysięcy koron! Napięte budżety? Po prostu zaczynają się denerwować.

Krzesło zatrzeszczało, kiedy Liz się oparła.

– Chcesz o tym porozmawiać, Harry?

– A ty?

– Nie wiem, czy chcę. Niektóre rzeczy lepiej po prostu zostawić w spokoju, prawda?

– No to dlaczego tego nie robimy?

Odwróciła głowę i rozchyliła żaluzje. Harry zobaczył, jak łysą głowę Liz nagle otacza aureola.

– Wiesz, ile wynosi średnia pensja rekruta Narodowego Departamentu Policji, Harry? Sto pięćdziesiąt dolarów miesięcznie. W departamencie pracuje sto dwadzieścia tysięcy policjantów, którzy usiłują utrzymać z tego rodziny. Ale my nie jesteśmy w stanie płacić im nawet tyle, żeby byli w stanie utrzymać samych siebie. Dziwi cię, że część z nich próbuje podnieść sobie pensję, zostawiając pewne rzeczy w spokoju?

– Nie.

Liz westchnęła.

– Mnie osobiście nigdy się to nie udawało. Bogowie jedni wiedzą, jak bardzo przydałyby mi się pieniądze, ale działałabym po prostu wbrew sobie. Pewnie brzmi to jak przyrzeczenie skauta, ale ktoś naprawdę musi wykonywać tę robotę.

– Poza tym to twoja…

– …odpowiedzialność. Tak. – Uśmiechnęła się ze smutkiem. – Krzyż, który trzeba dźwigać.

Harry zaczął mówić. Liz przyniosła kawę, zgłosiła w centrali, że nie przyjmuje żadnych rozmów przychodzących, notowała, poszła po więcej kawy, patrzyła w sufit, klęła, aż w końcu kazała Harry'emu wyjść, żeby mogła przez chwilę się zastanowić.

Po godzinie znów go wezwała. Była wściekła.

– Jasna cholera, Harry, rozumiesz, o co mnie prosisz?!

– Tak. I widzę, że ty też to zrozumiałaś.

– Ryzykuję pracę, jeśli zgodzę się kryć ciebie i tego Løkena.

– To witaj w klubie.

– Niech cię cholera!

Harry wyszczerzył zęby w uśmiechu.

*

Kobieta, która odebrała telefon w Izbie Handlowej Bangkoku, odłożyła słuchawkę, kiedy Harry zaczął mówić po angielsku. Poprosił więc o pomoc Nho i przeliterował mu nazwę, którą zobaczył na pierwszej stronie raportu w gabinecie Klipry.

– Po prostu dowiedz się, czym oni się zajmują, kto jest właścicielem, takie rzeczy.

Nho wyszedł. Harry przez chwilę bębnił palcami o blat, zanim zdecydował się na kolejny telefon.

– Słucham, Hole – usłyszał w odpowiedzi. Rzeczywiście ojciec nosił takie nazwisko, ale Harry wiedział, że ojciec mówi tak do słuchawki starym zwyczajem, mając na myśli całą rodzinę. W jego ustach brzmiało to tak, jakby matka wciąż siedziała w zielonym fotelu w salonie, haftując albo czytając książkę. Harry podejrzewał, że ojciec zaczął też z nią rozmawiać.

Ojciec właśnie wstał. Harry spytał, jak zamierza spędzić ten dzień, i zaskoczony usłyszał, że Olav Hole wybiera się do domku w Rauland.

– Muszę narąbać drewna – powiedział. – Powoli się kończy.

Przecież nie był w tym domku od śmierci matki, pomyślał Harry.

– Co u ciebie? – spytał ojciec.

– W porządku. Niedługo wracam do domu. A jak się miewa Sio?

– Daje sobie radę. Ale nigdy nie będzie z niej dobra kucharka.

Obaj się roześmiali. Harry wyobraził sobie, jak musiała wyglądać kuchnia, kiedy Sio szykowała niedzielny obiad.

– Przywieź jej coś ładnego.

– Na pewno coś znajdę. A ty coś byś chciał?

Zapadła cisza. Harry zaklął w duchu, wiedział, że obaj pomyśleli o tym samym. O tym, że tego, czego pragnął ojciec, Harry nie może mu przywieźć z Bangkoku. Powtarzało się to za każdym razem, kiedy już myślał, że ojciec wreszcie powoli wraca do życia. Nagle jednak ktoś mówił albo robił coś, co kojarzyło mu się ze zmarłą żoną, i znów się zapadał w tę narzuconą sobie milczącą izolację. Najmocniej przeżywała to Sio, bo kiedyś byli „najnajnajlepszymi przyjaciółmi", jak mówił ojciec. Po wyjeździe Harry'ego Sio stała się dwa razy bardziej samotna.

Ojciec chrząknął.

– Mógłbyś... mógłbyś mi przywieźć taką tajską koszulę?

– Naprawdę?

– Tak, byłoby dobrze. I parę porządnych butów Nike. Tam podobno są tanie. Wyciągnąłem wczoraj te stare, ale do niczego się nie nadają. A co z twoją formą? Jesteś gotów na test wbiegania na szczyt Hansekleiva?

Kiedy Harry się rozłączał, czuł dziwne ściskanie w piersi.

Znów mu się śniła. Rozwiane rude włosy i spokojne, pewne spojrzenie. Czekał na to, co zwykle następowało, na wodorosty wyrastające jej z ust i oczodołów, ale tym razem do tego nie doszło.

– Mówi Jens.

Harry obudził się i zrozumiał, że przez sen podniósł słuchawkę.

– Jens? – Nie wiedział, dlaczego serce nagle zaczęło mu bić tak szybko. – Nabrałeś ostatnio dziwnych zwyczajów z tym dzwonieniem.

– Przykro mi, Harry, ale jest kryzys. Runa zniknęła.

Harry w jednej chwili oprzytomniał.

– Hilde jest kompletnie wytrącona z równowagi. Runa miała wrócić do domu na obiad, a jest już trzecia w nocy. Dzwoniłem na policję, rozesłali wiadomość do radiowozów, ale postanowiłem i ciebie poprosić o pomoc.

– W czym?

– W czym? Nie wiem. Nie mógłbyś tu przyjechać? Cholera, Hilde cały czas płacze.

Harry to sobie wyobrażał. Nie miał ochoty być świadkiem dalszego ciągu.

– Posłuchaj, Jens, w nocy niewiele da się zrobić. Zaaplikuj jej valium, jeśli nie jest za bardzo pijana, i obdzwoń wszystkie przyjaciółki Runy.

– Policja mówiła to samo. Hilde twierdzi, że Runa nie ma żadnych przyjaciółek.

– Niech to szlag!

– Co?

Harry usiadł w łóżku. Wiedział, że teraz i tak już nie zaśnie.

– Przepraszam. Będę za godzinę.

– Dziękuję, Harry.

42

Hilde Molnes była zdecydowanie zbyt pijana na valium. Prawdę mówiąc, była zbyt pijana niemal na wszystko oprócz upijania się dalej.

Jens zdawał się tego nie zauważać, jak ścigany zając biegał do kuchni po lód i wodę do mieszania z alkoholem.

Harry siedział na kanapie i jednym uchem słuchał jej bełkotu.

– Zdaniem Hilde musiało się stać coś strasznego – wyjaśnił Jens.

– Powiedz jej, że ponad osiemdziesiąt procent wszystkich zaginięć kończy się odnalezieniem osoby w dobrym zdrowiu – odparł Harry, jakby jego słowa trzeba było tłumaczyć na bełkotliwy język Hilde.

– Ja też jej to mówiłem, ale ona uważa, że Runę ktoś skrzywdził. Twierdzi, że to czuje.

– Bzdura.

Jens przysiadł na brzeżku krzesła i zaczął wykręcać sobie dłonie. Sprawiał wrażenie kompletnie niezdolnego do działania, niemal błagalnie patrzył na Harry'ego.

– Runa i Hilde ostatnio sporo się kłóciły, więc pomyślałem...

– ...że uciekła, żeby ukarać matkę? To nie jest wykluczone.

Hilde Molnes zaniosła się kaszlem i gwałtownie poruszyła. Usiadła i wlała w siebie więcej dżinu. Tonik się skończył.

– Czasami bywa taka – powiedział Jens, jakby jej nie było.

W zasadzie rzeczywiście jej nie ma, stwierdził Harry w duchu. Hilde Molnes rozchyliła usta i lekko pochrapywała. Jens zerknął na nią.

– Kiedy widziałem ją pierwszy raz, tłumaczyła mi, że pije tonik, żeby nie zapaść na malarię. Wiesz, on zawiera chininę. Ale bez dżinu ma paskudny smak. – Uśmiechnął się blado i jeszcze raz podniósł słuchawkę telefonu, żeby sprawdzić, czy jest sygnał. – Na wypadek gdyby…

– Rozumiem – odparł Harry.

Usiedli na tarasie i słuchali miasta. Przez odgłos ruchu ulicznego przedzierał się ostry dźwięk młota pneumatycznego.

– To ta nowa nadziemna autostrada – wyjaśnił Jens. – Pracują przy niej we dnie i w nocy. Będzie szła przez tamtą dzielnicę – pokazał.

– Słyszałem, że w ten projekt jest zaangażowany pewien Norweg, Ove Klipra. Znasz go? – Harry patrzył na Jensa kątem oka.

– Ovego Kliprę? No pewnie. Zajmujemy się jego finansami. Załatwiałem dla niego mnóstwo transakcji walutowych.

– Tak? A nie wiesz, co on ostatnio porabia?

– Co porabia? W każdym razie wykupywał całe mnóstwo spółek.

– Jakich spółek?

– Głównie mniejszych przedsiębiorców budowlanych. Prawdopodobnie buduje sobie zdolność do podjęcia się realizacji sporych części projektu BERTS, kupując podwykonawców.

– Czy to mądre?

Jens się ożywił. Z wyraźną ulgą koncentrował myśli na czymś innym.

– Dopóki te zakupy da się sfinansować, to tak. Jeśli oczywiście te firmy nie zbankrutują, zanim zostaną im przydzielone konkretne zlecenia.

– Słyszałeś o spółce, która nazywa się Phuridell?

– Jasne – roześmiał się Jens. – Przygotowaliśmy jej analizę na zlecenie Klipry i zalecaliśmy jej wykupienie. Ale ciekawe, skąd ty wiesz o Phuridellu?

– To chyba nie było zbyt szczęśliwe zalecenie?

– No… nie bardzo. – Jens wyglądał na zdezorientowanego.

– Prosiłem wczoraj kogoś, żeby przyjrzał się tej spółce, i okazuje się, że to praktycznie bankrut – powiedział Harry.

– Rzeczywiście, masz rację. Ale skąd u ciebie zainteresowanie Phuridellem?

– Powiedzmy, że bardziej interesuje mnie Klipra. Orientujesz się trochę w jego interesach. Jak mocno dotknie go ta upadłość?

Jens wzruszył ramionami.

– Normalnie nie byłby to żaden problem, ale w związku z BERTS Klipra sfinansował kredytami tyle zakupów, że całość wygląda jak domek z kart. Wystarczy jeden powiew wiatru, żeby wszystko zdmuchnąć. Mam nadzieję, że rozumiesz. A wtedy Klipra też poleci.

– A więc kupił Phuridell z waszej czy też raczej twojej osobistej rekomendacji. Zaledwie trzy tygodnie później spółka zbankrutowała, a on stoi teraz w obliczu zagrożenia, że wszystko, co zbudował, legnie w gruzach z powodu błędnej opinii wydanej przez jednego pracownika biura maklerskiego. Nie znam się za bardzo na analizach spółek, ale wiem, że trzy tygodnie to bardzo krótki czas. Musiał się poczuć tak, jak gdybyś sprzedał mu używany samochód bez silnika. Pewnie uznał, że takich bandytów jak ty trzeba wsadzać za kratki.

Jens wyglądał tak, jakby zaczęło mu się rozjaśniać w głowie.

– Ove Klipra miałby... Żartujesz?

– No cóż. Mam pewną teorię.

– Jaką?

– Że Ove Klipra zamordował ambasadora w motelu i zatroszczył się o rzucenie podejrzeń na ciebie.

Jens wstał.

– Wkraczasz na niebezpieczne ścieżki, Harry.

– Siadaj, Jens, i słuchaj.

Brekke z westchnieniem usiadł na krześle. Harry nachylił się nad stołem.

– Ove Klipra to agresywny człowiek, prawda? Tak zwany człowiek czynu.

– No... owszem. – Jens się wahał.

– Załóżmy, że Atle Molnes ma coś na Kliprę i żąda od niego pieniędzy akurat wtedy, gdy Klipra finansowo walczy o utrzymanie się na powierzchni.

– Jakich pieniędzy?

– Powiedzmy, że Molnes potrzebuje gotówki, a wszedł w posiadanie materiałów dla Klipry bardzo nieprzyjemnych. Normalnie Klipra by sobie z tym poradził, ale w obecnej, już i tak trudnej sytuacji presja jest za duża. Czuje się jak szczur przyparty do muru. Słuchasz, co mówię?

Jens kiwnął głową.

– Wyjeżdżają z domu Klipry samochodem ambasadora, ponieważ Klipra godzi się na wymianę kompromitujących materiałów na pieniądze w bardziej dyskretnym miejscu. Z pewnych powodów ambasador nie ma nic przeciwko temu. Przypuszczam, że Klipra nie ma jeszcze ciebie na myśli, kiedy wysiada z samochodu przed bankiem, a ambasadora wysyła przodem do motelu. Sam chce się tam dostać niepostrzeżenie. Ale zaczyna myśleć. Dochodzi do wniosku, że może uda mu się upiec dwie pieczenie na jednym ogniu. Wie, że ambasador wcześniej był u ciebie, więc policja tak czy owak się tobą zainteresuje. Zaczyna więc bawić się tą myślą: może Brekke nie będzie miał alibi na ten wieczór?

– Skąd, u diabła, mógł o tym wiedzieć? – przerwał mu Jens.

– Ponieważ sam zamówił u ciebie analizę finansową na następny dzień. Korzystał z twoich usług na tyle długo, że wie, w jaki sposób pracujesz. Może nawet dzwoni do ciebie z jakiegoś kiosku, by sprawdzić, czy na pewno wyłączyłeś telefon i czy nikt nie będzie w stanie zapewnić ci alibi. Zwietrzył krew. Zamierza posunąć się jeszcze dalej i przekonać policję, że świadomie kłamiesz.

– Nagranie wideo?

– Ponieważ jesteś starym doradcą walutowym Klipry, z pewnością kilkakrotnie cię odwiedzał i zna system obowiązujący w garażu. Może Molnes rzucił mimochodem, że go tam odprowadziłeś, i Klipra zrozumiał, że zeznasz to przed policją, a każdy jako tako myślący śledczy sprawdzi nagranie z kamery.

– Więc Ove Klipra przekupił parkingowego, a potem zabił go cyjankiem? Przykro mi, Harry, ale trochę trudno mi sobie wyobrazić, żeby Ove Klipra negocjował z Murzynem, kupował gdzieś opium, a potem w kuchni nafaszerował je trucizną.

Harry wyjął ostatniego papierosa z paczki. Oszczędzał go tak długo, jak mógł. Spojrzał na zegarek. W zasadzie nie było powodu wierzyć, że Runa zadzwoni o piątej rano, ale mimo to starał się mieć telefon w zasięgu wzroku. Jens podsunął mu zapaloną zapalniczkę, nim Harry zdążył sięgnąć po własną.

– Dziękuję. Wiesz coś o przeszłości Klipry, Jens? Wiedziałeś, że przyjechał tu jako niedouczony oszust, a w rzeczywistości uciekł z Norwegii, bo zaczęły o nim krążyć paskudne plotki?

– Wiem, że nie zdobył w Norwegii żadnego tytułu naukowego. Reszta to dla mnie nowość.

– Sądzisz, że uciekinier, który już raz znalazł się poza nawiasem społeczeństwa, ma jakieś skrupuły, by wykorzystać wszelkie możliwe środki? Zwłaszcza gdy te środki są mniej lub bardziej powszechnie akceptowane? Klipra od ponad trzydziestu lat działa w najbardziej skorumpowanej branży na świecie w najbardziej skorumpowanym kraju świata. Nie słyszałeś tej piosenki: „Jestem jak wszyscy inni, moknę, gdy pada deszcz”?

Jens pokręcił głową.

– Próbuję ci powiedzieć, że biznesmen Klipra działa według tych samych zasad co wszyscy inni. Ci ludzie muszą się jedynie starać, żeby nie pobrudzić sobie rąk. Dlatego brudną robotę wykonują za nich inni. Przypuszczam, że Klipra nawet nie wie, od czego umarł Jim Love.

Harry zaciągnął się dymem, ale papieros nie smakował tak, jak sobie to wyobrażał.

– Rozumiem – odezwał się w końcu Jens. – Ale bankructwo tej spółki da się wyjaśnić, nie pojmuję więc, dlaczego on obwiniał mnie. Stało się tak, że kupiliśmy spółkę od międzynarodowego koncernu, który nie zabezpieczył terminowo długów dolarowych akurat w tej firmie, ponieważ miał dochody dolarowe z innych spółek córek.

– Co takiego?

– Krótko mówiąc, kiedy ta spółka się oddzieliła i trafiła w ręce Klipry, miała szalenie wysoką ekspozycję dolarową. Taka ekspozycja jest jak odbezpieczona bomba. Kazałem mu natychmiast zabezpieczyć dług, przeprowadzając transakcję *futures*, ale on zdecydował, że zaczeka, aż kurs dolara będzie zawyżony. Przy normalnych wahaniach notowań można powiedzieć, że w najgorszym razie podejmował wysokie ryzyko. Ale było gorzej niż w najgorszym razie. Kiedy cena dolara w ciągu trzech tygodni prawie się podwoiła w stosunku do bahta, podwoiły się też długi spółki. Ta spółka zbankrutowała nie w ciągu trzech tygodni, ale w ciągu trzech dni!

W salonie Hilde Molnes drgnęła, słysząc okrzyk Jensa, i wymamrotała coś przez sen. Spojrzał na nią zmartwiony, zaczekał, aż przekręci się na drugi bok i znów zacznie chrapać.

– Trzy dni – powtórzył szeptem, a kciukiem i palcem wskazującym podkreślił, jaki to krótki czas.

– Więc uważasz, że obwinianie cię przez Kliprę było nieracjonalne?

Jens pokiwał głową. Harry zgasił papierosa, który okazał się kompletnym fiaskiem.

– Z tego, co wiem o Kliprze, określenie „racjonalność" nie figuruje w jego słowniku. Nie możesz nie doceniać elementów irracjonalności w naturze człowieka, Jens.

– O czym ty mówisz?

– Kiedy chcesz wbić gwóźdź, a trafiasz w palec, to czym rzucasz o ścianę?

– Młotkiem.

– No to jak się czujesz w roli młotka, Jensie Brekke?

O wpół do szóstej Harry zadzwonił na komendę. Przełączano go do kolejnych trzech osób, nim wreszcie trafił na kogoś, kto jako tako mówił po angielsku i powiedział mu, że nie ma żadnych nowych informacji na temat zaginionej dziewczyny.

– Na pewno się odnajdzie – stwierdził ten ktoś na koniec.

– Bez wątpienia – odrzekł Harry. – Przypuszczam, że leży gdzieś w hotelu i zadzwoni, żeby podali jej śniadanie do łóżka.

– Słucham?

– Przypuszczam... Nic, nic. Dziękuję za pomoc.

Jens odprowadził go na schody. Harry spojrzał w niebo, noc zaczynała blednąć.

– Kiedy to wszystko się skończy, zamierzam cię o coś poprosić – zaczął Jens. Odetchnął głęboko i uśmiechnął się bezradnie. – Hilde zgodziła się wyjść za mnie i będę potrzebował świadka.

Upłynęło kilka sekund, nim do Harry'ego dotarło, o czym mówi Brekke. Zdumiał się tak, że nie wiedział, co powiedzieć.

Jens przyglądał się czubkom własnych butów.

– Wiem, może dziwić, że zamierzamy się pobrać tak szybko po śmierci jej męża, ale to ma swoje uzasadnienie...

– No tak, ale...

– Krótko mnie znasz? Mam tego świadomość, Harry, ale gdyby nie ty, nie byłbym teraz wolny. – Podniósł głowę i dodał z uśmiechem: – Przynajmniej się nad tym zastanów.

Kiedy Harry łapał taksówkę na ulicy, nad dachami domów na wschodzie zaczęło się rozjaśniać. Mgła spalin, która – jak Harry sądził – rozwiewa się w ciągu nocy, po prostu ułożyła się do snu między domami. Teraz wstawała wraz ze słońcem, malując majestatyczny czerwony wschód. Jechali przez Silom Road, a filary rzucały na skąpany w krwawej poświacie asfalt długie milczące cienie, przypominające uśpione dinozaury.

Harry siedział na łóżku i patrzył na szufladę szafki nocnej. Nie przyszło mu wcześniej do głowy, że list od Runy może zawierać informację, dokąd się wybrała. Szarpnięciem otworzył szufladę. Wyjął ostatni list i rozciął kopertę kluczem do mieszkania. Może dlatego, że obie koperty wyglądały identycznie, od razu przyjął, że to list od Runy. Ale ten był napisany na komputerze, wydrukowany na laserowej drukarce, krótki i zwięzły:

Harry Hole. Widzę Cię. Nie zbliżaj się. Ona wróci nietknięta, kiedy będziesz siedział w samolocie. Dosięgnę Cię wszędzie. Jesteś sam, naprawdę sam. Numer 20.

Miał wrażenie, jakby ktoś złapał go za gardło. Musiał wstać, żeby złapać oddech.

To niemożliwe, pomyślał. To nie może się powtórzyć.

Widzę Cię. Numer 20.

On wie to, co oni. Do diabła!

Jesteś sam.

Ktoś sypie. Podniósł słuchawkę telefonu, ale zaraz ją odłożył. Myśleć, myśleć. Woo niczego tu nie tknął. Jeszcze raz sięgnął po słuchawkę, odkręcił pokrywkę na końcówce, którą przykładało się do ust. Obok mikrofonu, jak najbardziej na swoim miejscu, umieszczono niedużą czarną pluskwę wyglądającą jak czip. Harry już takie widział. Rosyjski model, podobno jeszcze lepszy od tego używanego przez CIA.

Kopnął w szafkę z taką siłą, że z hukiem runęła na ziemię, a ból stopy na chwilę zagłuszył wszystko.

43

Liz podniosła filiżankę do ust i siorbnęła tak głośno, że Løken aż spojrzał na Harry'ego, podnosząc brew, jakby pytał, cóż to za stworzenie przyprowadził. Siedzieli w Millie's Karaoke. Ze zdjęcia na ścianie patrzyła na nich platynowoblond Madonna z głodnym spojrzeniem, a z głośnika leciała odpowiednio spreparowana wersja *I Just Called to Say I Love You*, do której można śpiewać. Harry rozpaczliwie wciskał guziki na pilocie, chcąc ją przyciszyć. Przeczytali list, nikt na razie niczego nie komentował. Harry wreszcie znalazł właściwy guzik i muzyka się urwała.

– To tyle, co miałem wam do powiedzenia – oświadczył. – Jak rozumiecie, mamy wewnętrzny przeciek.

– A co z tą pluskwą, którą według ciebie Woo umieścił w twoim telefonie? – spytał Løken.

– Ona nie tłumaczy tego, skąd ten człowiek wie, że jesteśmy na jego tropie. Przez ten telefon niewiele rozmawiałem. Ale tak czy owak, proponuję, żebyśmy od tej chwili spotykali się wyłącznie tutaj. Jeśli znajdziemy informatora, możliwe, że doprowadzi nas do Klipry, ale moim zdaniem nie od tego końca powinniśmy zacząć.

– Dlaczego? – zdziwiła się Liz.

– Mam wrażenie, że informator jest zakamuflowany równie dobrze, jak Klipra.

– Tak?

– Klipra z pełną świadomością zdradza w liście, że otrzymuje nasze wewnętrzne informacje. Nigdy by tego nie zrobił, gdybyśmy byli w stanie odnaleźć źródło przecieku.

– Dlaczego nie zadać sobie najbardziej oczywistego pytania? – spytał Løken. – Skąd możesz wiedzieć, że tym informatorem nie jest któreś z nas?

– Nie mogę. Ale gdyby tak było, oznaczałoby to, że i tak już przegraliśmy. Więc równie dobrze możemy podjąć takie ryzyko.

Pokiwali głowami.

– Nie ma potrzeby mówić, że czas działa na naszą niekorzyść. Podobnie jak nie muszę dodawać, że dziewczyna ma małe szanse. Siedemdziesiąt procent tego rodzaju porwań kończy się zabiciem uprowadzonego. – Harry starał się to powiedzieć jak najbardziej obojętnie, nie patrząc nikomu w oczy, pewien, że z jego własnych da się wyczytać wszystko, co myśli i co czuje.

– Od czego zaczynamy? – spytała Liz.

– Od eliminacji – odparł Harry. – Gdzie Runy nie ma?

– Hm, dopóki on przetrzymuje dziewczynę, to nie mógł przekroczyć żadnej granicy państwa – stwierdził Løken. – I raczej nie zatrzymał się w hotelu.

Liz zgodziła się z nim.

– Prawdopodobnie jest w miejscu, gdzie można ją ukrywać przez dłuższy czas.

– Czy jest sam? – spytał Harry.

– Klipra nie jest związany z żadną z tutejszych mafijnych rodzin – powiedziała Liz. – Nie utrzymuje kontaktu z zorganizowanymi grupami przestępczymi specjalizującymi się w kidnapingu. Znalezienie człowieka, który sprzątnie narkomana, takiego jak Jim Love, jest najzupełniej realne. Ale to coś zupełnie innego niż uruchomienie systemu do porwania białej dziewczyny, córki dyplomaty. Jeśli próbował kogoś wynająć, to z pewnością rozmawiał z profesjonalistami, a oni przed przyjęciem zlecenia zawsze oceniają ryzyko. W tym wypadku z pewnością zrozumieli, że ścigałaby ich cała policja w kraju, gdyby zgodzili się na tę robotę.

– Więc uważasz, że Klipra działa sam?

– Mówiłam już, że nie jest związany z żadną rodziną. W rodzinach liczą się więzy lojalności i tradycji, natomiast ci, których musiałby wynająć Klipra, byliby wolnymi strzelcami i nigdy nie mógłby na nich liczyć w stu procentach. Prędzej czy później odkryliby, do czego posłużył się dziewczyną, i w następnej rundzie mogliby to wykorzystać przeciwko niemu. Usunięcie Jima Love wskazuje, że Klipra stara się wyeliminować wszelkie ewentualności zaskoczenia go od tyłu.

– No dobrze, przyjmijmy, że działa sam. Miejsce?

– Niezliczone możliwości – westchnęła Liz. – W posiadaniu jego spółek na pewno jest całe mnóstwo nieruchomości, z których część najprawdopodobniej stoi pusta.

Løken gwałtownie się zakrztusił, w końcu uspokoił oddech i przełknął ślinę.

– Od dawna podejrzewam, że Klipra ma jakieś sekretne gniazdko miłości. Czasami zabierał ze sobą samochodem jednego albo dwóch chłopców i znikał aż do następnego ranka. Nie udało mi się tego miejsca wytropić. W każdym razie nie ma żadnej innej nieruchomości zarejestrowanej na siebie, ale oczywiste jest, że to musi być jakieś ustronie w pobliżu Bangkoku.

– Dałoby się zidentyfikować któregoś z tych chłopców i go wypytać? – zainteresował się Harry.

Løken wzruszył ramionami i popatrzył na Liz.

– To wielkie miasto – powiedziała. – A z doświadczenia wiemy, że ci chłopcy znikają jak duchy, kiedy tylko zaczynamy ich szukać. Poza tym musielibyśmy zaangażować masę ludzi.

– Zapomnijcie o tym – zdecydował Harry. – Nie możemy ryzykować, by cokolwiek z tego, co robimy, w jakiś sposób dotarło do Klipry. – Rytmicznie uderzał długopisem o brzeg stołu. Ku swej własnej irytacji zorientował się, że *I Just Called to Say I Love You* ciągle brzęczy mu w głowie. – Podsumujmy. Zakładamy, że Klipra, porywając Runę, działał sam i że znajduje się w jakimś ustronnym miejscu, do którego da się dość szybko dojechać samochodem z Bangkoku.

– Co z tym robimy? – spytał Løken.

– Ja się wybiorę do Pattai – oświadczył Harry.

Roald Bork stał przy bramie, kiedy Harry podjechał pod jego dom wielką toyotą z napędem na cztery koła. Na żwirową drogę opadł kurz, gdy Harry walczył z pasem bezpieczeństwa i kluczykiem.

Jak zawsze był nieprzygotowany na upał, który zaatakował go zaraz po otwarciu drzwiczek, i odruchowo zaczął łapać powietrze. Miało słony smak i zdradzało, że morze jest tuż za niskimi wzgórzami.

– Słyszałem, jak nadjeżdżasz drogą – powiedział Bork. – Niezły wóz.

– Wynająłem największy, jaki mieli – odparł Harry. – Zauważyłem, że dzięki temu można liczyć na pierwszeństwo, a ja tego potrzebowałem. Przecież ci szaleńcy jeżdżą lewą stroną!

Bork się roześmiał.

– Znalazłeś tę nową autostradę, o której ci opowiadałem?

– Jasne, tylko że jest nieskończona i zamknięta, w paru miejscach nasypali piasku. Ale wszyscy po nim jechali, a ja za nimi.

– Tutaj to nic dziwnego – stwierdził Bork. – Przejazd nie jest ani całkowicie dozwolony, ani całkowicie zakazany. Dziwi cię, że w tym kraju można się zakochać?

Zdjęli buty i weszli do domu. Chłodna kamienna podłoga aż zapiekła w nagie stopy Harry'ego. W salonie wisiały zdjęcia Fridtjofa Nansena, Henryka Ibsena i rodziny królewskiej. Na komodzie mały chłopiec mrużył oczy do obiektywu. Mógł mieć dziesięć lat, a pod pachą ściskał futbolówkę. Na stole i na pianinie leżały papiery i gazety, poukładane w równiutkie stosy.

– Usiłuję zaprowadzić porządek w archiwum mojego życia – wyjaśnił Bork. – Stwierdzić, co się w nim wydarzyło i dlaczego. To są papiery rozwodowe. – Wskazał na jeden ze stosów. – Wpatruję się w nie i usiłuję sobie wszystko przypomnieć.

Weszła dziewczyna z tacą. Harry spróbował kawy, której mu nalała, i popatrzył na dziewczynę zdziwiony, kiedy okazało się, że kawa jest lodowata.

– Jesteś żonaty, Hole? – spytał Bork.

Harry pokręcił głową.

– To dobrze. Trzymaj się od małżeństwa z daleka. Prędzej czy później i tak żona spróbuje cię zgnoić. Mnie żona zrujnowała, teraz dorosły syn próbuje tego samego. A ja nie pojmuję, co im zrobiłem.

– Jak tu trafiłeś? – spytał Harry. Zimna kawa w zasadzie miała całkiem niezły smak.

– Pracowałem tu dla Televerket. Firma budowała kilka central dla tajlandzkich spółek telekomunikacyjnych. Z trzeciego wyjazdu nie wróciłem.

– W ogóle?

– Byłem rozwiedziony, a tu miałem wszystko, czego potrzebowałem. Co prawda, przez chwilę wydawało mi się, że tęsknię za norweskim latem, za fiordami i górami, no wiesz. – Ruchem głowy wskazał zdjęcia na ścianie, jakby one mogły dopowiedzieć resztę. – Dwukrotnie pojechałem więc do Norwegii i za każdym razem wracałem po niespełna tygodniu. Dłużej nie mogłem wytrzymać. Tęskniłem, odkąd dotknąłem nogą norweskiej ziemi. Zrozumiałem, że teraz tutaj jest mój dom.

– A czym się zajmujesz?

– Już niedługo będę emerytowanym konsultantem w branży telekomunikacyjnej. Od czasu do czasu biorę jakąś robotę, ale nie za dużo. Staram się obliczyć, ile życia mi jeszcze zostało i ile pieniędzy potrzebuję na ten okres. Dla tych sępów nie zostanie ani jedno øre. – Zaśmiał się, machając ręką w stronę dokumentów rozwodowych, jakby odganiał przykry zapach.

– A co z Ovem Kliprą? Dlaczego on tu ciągle jest?

– Klipra? Hm. Pewnie opowiedziałby ci podobną historię. Żaden z nas nie miał dostatecznych powodów, żeby wracać.

– Klipra przeciwnie, miał dobre powody, żeby nie wracać.

– Ech, wiem, o czym mówisz – westchnął Bork. – Cała ta gadanina to jakieś przeklęte bzdury. Gdyby Ove był wplątany w coś takiego, za nic nie chciałbym mieć z nim do czynienia.

– Jesteś pewien?

Z oczu Borka strzeliły błyskawice.

– Było paru Norwegów, którzy przyjechali do Pattai właśnie po to. Jak wiesz, jestem kimś w rodzaju nestora norweskiego środowiska w tym mieście, a my czujemy pewną odpowiedzialność za to, jak się tutaj sprawują nasi rodacy. Przeważająca część z nas to porządni ludzie, więc zrobiliśmy, co do nas należało. Ci przeklęci pedofile tak gruntownie zniesławili Pattayę, że większość stąd zapytana w Norwegii o to, gdzie mieszka, wymienia takie dzielnice jak Naklua czy Jomtien.

– A co dokładnie „do was należało”?
– Powiedzmy, że dwóch wróciło do domu, a trzeci nie dotarł nawet tak daleko.
– Może wypadł przez okno? – podsunął Harry.
Bork roześmiał się głośno.
– Nie, aż do tego się nie posunęliśmy. Ale przypuszczam, że to był pierwszy raz, kiedy policja odebrała anonimowy telefon i usłyszała, że ktoś mówi po tajsku z norweskim akcentem.
Harry się uśmiechnął.
– To twój syn? – spytał, wskazując zdjęcie stojące na komodzie.
Bork zmarszczył czoło, ale kiwnął głową.
– Wygląda na fajnego chłopca.
– Wtedy był fajny. – Bork uśmiechnął się smutno i powtórzył: – Wtedy był fajny.
Harry popatrzył na zegarek. Podróż z Bangkoku zajęła mu blisko trzy godziny, ale prowadził jak opóźniony w rozwoju, dopiero na ostatnich kilometrach poczuł się pewniej. Może zdąży wrócić w ciągu dwóch godzin. Wyjął z teczki trzy zdjęcia i ułożył je na stole. Løken zrobił z nich powiększenia dwadzieścia cztery na trzydzieści, żeby jeszcze wzmocnić efekt zaskoczenia.
– Sądzimy, że Ove Klipra przebywa gdzieś w pobliżu Bangkoku. Pomożesz nam?

44

Sio przez telefon wydawała się wesoła. Poznała o rok młodszego chłopaka, Andersa. Właśnie sprowadził się do Sogn i zamieszkał na tym samym piętrze.
– No i nosi okulary. Ale to nic nie szkodzi, bo jest bardzo mądry.
Harry się roześmiał. Już sobie wyobrażał nowego Einsteina Sio.
– On jest naprawdę szalony. Wierzy, że pozwolą nam mieć dziecko. Wyobraź to sobie!

Harry potrafił to sobie wyobrazić i zrozumiał, że w przyszłości czeka go kilka trudnych rozmów, ale akurat w tej chwili cieszył się z radości Sio.

– Dlaczego jesteś taki smutny? – Pytanie padło na wydechu, niczym naturalne przedłużenie informacji o tym, że ojciec ją odwiedził.

– Ja jestem smutny? – powtórzył Harry, świetnie wiedząc, że Sio zawsze potrafiła lepiej zdiagnozować stan jego ducha niż on sam.

– Tak, wiem, że jest ci smutno. To przez tę Szwedkę?

– Nie, nie chodzi o Birgittę. Rzeczywiście mam teraz problem, ale wkrótce się rozwiąże. Zrobię z tym porządek.

– To dobrze.

Zapadła chwila ciszy, a rzadko się zdarzało, żeby Sio nie mówiła. Harry stwierdził, że pora kończyć tę rozmowę.

– Posłuchaj, Harry.

– Słucham, Sio.

Wiedział, że siostra zbiera się w sobie.

– Myślisz, że moglibyśmy już o tym zapomnieć?

– O czym?

– No, o tym. O tym z tamtym mężczyzną. Anders i ja... My... Nam jest tak dobrze. Już nie chcę myśleć o tamtym.

Harry znieruchomiał, potem głęboko odetchnął.

– Przecież on cię pociął, Sio.

W jej głosie natychmiast dało się słyszeć płacz.

– Wiem. Więcej tego nie powtarzaj. Ja już nie chcę o tym myśleć.

Zaczęła pociągać nosem, Harry poczuł skurcz w piersi.

– Proszę cię, Harry, dobrze?

Zorientował się, że z całych sił ściska słuchawkę.

– Dobrze. Już o tym nie myśl. W ogóle o tym nie myśl. Wszystko będzie dobrze, Sio.

Od blisko dwóch godzin leżeli ukryci wśród miskantu, zwanego też trawą słoniową, i czekali, aż zajdzie słońce. Sto metrów dalej na brzegu zagajnika stał nieduży domek, zbudowany w tradycyjnym tajskim stylu z bambusa i drewna, z otwartym patiem na środku. Nie było tu żadnej bramy, a jedynie wąska droga prowadząca do drzwi wejściowych. Przed budynkiem stało coś, co przypominało kolorowy karmnik dla ptaków na słupie. *San phra phum*, domek dla duchów, który miał chronić dom przed złymi mocami.

– Właściciel musi im zbudować dom, żeby nie sprowadziły się do głównego budynku – wyjaśniła Liz, przeciągając się. – A potem trzeba składać w ofierze jedzenie, kadzidło i papierosy, żeby je zadowolić.

– I to wystarczy?

– W tym wypadku nie.

Nie zauważyli śladów życia. Harry usiłował myśleć o czymś innym, byle nie o tym, co mogą zastać w środku. Jazda z Bangkoku zajęła półtorej godziny, a mimo to miał wrażenie, że znalazł się w innym świecie.

Zaparkowali za niedużą chatą przy drodze tuż obok zagrody dla świń i znaleźli ścieżkę prowadzącą po stromym, porośniętym lasem zboczu na płaskowyż, na którym, jak wyjaśnił im Roald Bork, stał domek Klipry. Las był tu soczyście zielony, niebo błękitne, a ptaki wszystkich kolorów tęczy fruwały nad głową Harry'ego, kiedy leżał na plecach, wsłuchując się w ciszę. Dopiero gdy odniósł wrażenie, że ktoś zatkał mu uszy watą, zorientował się, co to jest – tak cicho wokół niego nie było, odkąd wyjechał z Oslo.

Kiedy zapadł zmrok, cisza się skończyła. Zaczęło się od szumów i trzasków, jakby orkiestra symfoniczna stroiła instrumenty, a potem usłyszeli koncert kwakania i gdakania, który osiągnął crescendo, gdy do orkiestry przyłączyło się wycie i przenikliwe krzyki z wierzchołków drzew.

– Czy te wszystkie zwierzęta były tu przez cały czas? – zdziwił się Harry.

– Mnie nie pytaj, ja jestem dziewczyną z miasta.

Harry poczuł, że coś zimnego ociera się o jego skórę, i błyskawicznie przyciągnął rękę do siebie.

– To tylko żaby wyruszają na wieczorną przechadzkę – roześmiał się Løken.

I rzeczywiście, wokół nich zaraz zaroiło się od żab, pozornie skaczących bez celu, raz w jedną, raz w drugą stronę.

– No, skoro to tylko żaby wyszły na pastwisko, to w porządku – powiedział Harry.

– Żaby to również pożywienie – zauważył Løken. Naciągnął na głowę czarny kaptur. – Tam, gdzie są żaby, są też węże.

– Żartujesz!

Løken wzruszył ramionami.

Harry nie miał ochoty tego wiedzieć, ale nie zdołał powstrzymać się od pytania:

– Jakie węże?

– Pięć czy sześć różnych gatunków kobr, żmija zielona, żmija Russella i jeszcze kilka innych. Uważaj, bo mówią, że na trzydzieści najbardziej rozpowszechnionych w Tajlandii gatunków dwadzieścia sześć jest jadowitych.

– Jasna cholera! – wyrwało się Harry'emu. – Skąd można wiedzieć, które są jadowite?

Løken znów popatrzył na niego z politowaniem jak na nierozgarniętego rekruta.

– Harry, przy takich proporcjach powinieneś założyć, że wszystkie.

Była ósma.

– Jestem gotowa – oświadczyła Liz niecierpliwie i po raz trzeci sprawdziła, czy jej smith & wesson 650 jest naładowany i odbezpieczony.

– Boisz się? – spytał Løken.

– Tylko tego, że nie zdążymy, zanim mój komendant się zorientuje. Wiecie, jaka jest przeciętna długość życia policjanta z drogówki w Bangkoku?

Løken położył jej dłoń na ramieniu.

– No dobrze, ruszaj!

Liz zgięta wpół pobiegła przez wysoką trawę i zniknęła w ciemności.

Løken obserwował dom przez noktowizor, natomiast Harry pilnował fasady, trzymając w pogotowiu strzelbę na słonie. Liz wyciągnęła ją z policyjnego magazynu broni razem z rewolwerem Ruger SP-101, który tkwił teraz w niezwykłej kaburze na łydce Harry'ego – kabury noszone pod pachą nie nadają się do kraju, gdzie marynarka to mało praktyczny ubiór. Księżyc w pełni stał wysoko na niebie i dawał przynajmniej dość światła, by Harry mógł dostrzec kontury okien i drzwi.

Liz mrugnęła latarką, sygnalizując, że zajęła pozycję pod oknem.

– Twoja kolej – przypomniał Løken, widząc, że Harry się waha.

– Cholera, musiałeś powiedzieć o tych wężach... – Harry sprawdził, czy ma nóż przy pasku.

– Nie lubisz węży?

– No cóż, te nieliczne, które spotkałem, nie zrobiły na mnie najlepszego wrażenia.

– Gdyby cię jakiś ukąsił, musisz się tylko postarać, żeby go złapać, to dostaniesz właściwe serum. I nie martw się, że cię ugryzie drugi raz.

Harry po ciemku nie widział, czy Løken się uśmiecha, ale domyślał się, że tak.

Pobiegł w stronę domu wyrastającego z ciemności. Ponieważ pędził co sił w nogach, otwarty smoczy pysk na kalenicy zdawał się poruszać, a mimo to dom wyglądał na wymarły. Trzonek młota niesionego w plecaku uderzał go w plecy. Przestał myśleć o wężach.

Dotarł do drugiego okna, dał sygnał Løkenowi i usiadł. Dawno już nie biegł tak daleko, pewnie dlatego serce mu waliło. Zaraz usłyszał obok lekki oddech. Løken.

Wcześniej Harry proponował użycie gazu łzawiącego, ale Løken zdecydowanie odrzucił ten pomysł. I tak było ciemno, a gaz uniemożliwiłby zobaczenie czegokolwiek, poza tym nie mieli powodu sądzić, że Klipra czeka na nich z nożem przyłożonym do gardła Runy.

Løken pokazał Harry'emu pięść, sygnał, że ma ruszać. Harry kiwnął głową i poczuł, że nagle robi mu się sucho w ustach – pewny znak, że adrenalina w obfitej ilości uderza do krwi. Rękojeść rewolweru zaczęła się lepić do dłoni. Sprawdził jeszcze, czy drzwi otwierają się do środka, i Løken uniósł młot.

Blask księżyca odbił się w metalu i przez krótką sekundę Løken wyglądał jak serwujący tenisista, ale zaraz ciężki młot z pełną siłą huknął w zamek.

Moment później Harry był już w środku i światło jego latarki omiatało pokój. Zobaczył ją od razu, ale snop światła przesuwał się dalej, jakby sam z siebie. Półki kuchenne, lodówka, ława, krucyfiks. Już nie słyszał odgłosów zwierząt. Otoczyły go dźwięki łańcucha kotwicznego, fale uderzające o burtę w marinie w Sydney i krzyki mew. Widział leżącą na pokładzie martwą Birgittę.

Stół z czterema krzesłami, szafka, dwie butelki piwa, mężczyzna na podłodze. Krew przy głowie, ręka nakryta jej włosami, pistolet pod stołem, obraz z talerzem owoców i pustym wazonem. Martwa natura. Znieruchomiałe życie. *Nature morte*. Światło znów natrafiło na nią i znów to zobaczył: oparta o nogę stołu dłoń wskazywała w górę. Usłyszał jej głos. „Czujesz to wibrowanie? Możesz żyć wiecznie". Jakby próbowała zgromadzić energię na ostatni protest przeciwko śmierci. Drzwi, zamrażarka, lustro. Zanim oślepiło go światło, przez moment zobaczył siebie, ubraną na czarno postać w kapturze na głowie. Wyglądał jak kat. Opuścił latarkę.

– Wszystko w porządku? – Liz położyła mu rękę na ramieniu.

Chciał odpowiedzieć, otworzył usta, ale nie wydobyło się z nich żadne słowo.

– Tak, to jest Ove Klipra – potwierdził Løken, przykucnięty przy zmarłym. Goła żarówka na suficie oświetlała scenę. – Dziwne. Całymi miesiącami obserwowałem tego faceta. – Położył mu rękę na czole.

– Nie dotykaj! – Harry złapał Løkena za kołnierz i podciągnął do góry. – Nie! – Puścił go równie nieoczekiwanie. – Ja... przepraszam. Po prostu nie dotykaj, jeszcze nie.

Løken się nie odezwał, tylko na niego patrzył. Na czole Liz między bezwłosymi brwiami znów zarysowała się głęboka zmarszczka.

– Harry?

Ciężko usiadł na krześle.

– Już po wszystkim, Harry. Przykro mi. Wszystkim nam jest przykro. Ale to się już skończyło.

Harry tylko pokręcił głową.

– Czy ty próbujesz mi coś powiedzieć, Harry?

Nachyliła się nad nim i położyła mu dużą ciepłą dłoń na karku. Tak jak robiła matka. Niech to szlag!

Wstał, odepchnął ją i wyszedł. W środku Liz cicho rozmawiała z Løkenem. Harry spojrzał w niebo, szukając gwiazdy, ale nie mógł jej znaleźć.

Dochodziła już północ, kiedy Harry zadzwonił do drzwi. Otworzyła mu Hilde Molnes. Spuścił wzrok. Nie uprzedził jej telefonicznie, a teraz po jej oddechu poznał, że kobieta zaraz wybuchnie płaczem.

Usiedli naprzeciwko siebie w salonie. Harry nigdzie nie widział butelki z dżinem, a ambasadorowa sprawiała wrażenie dość trzeźwej. Otarła łzy.

– Chciała trenować skoki do wody. Wiedział pan o tym?

Kiwnął głową.

– Ale nie zgadzali się, żeby brała udział w zawodach. Mówili, że sędziowie nie będą wiedzieć, jak ją oceniać. Niektórzy nawet twierdzili, że z jedną ręką łatwiej się skacze, że to nie fair.

– Przykro mi. – To były pierwsze słowa, jakie wypowiedział, odkąd tu przyszedł.

– Ona nie wiedziała – mówiła dalej Hilde Molnes. – Gdyby wiedziała, nie odzywałaby się do mnie w ten sposób. – Przez twarz przebiegł jej grymas, zaszlochała i łzy popłynęły jak strumyki, wlewając się w zmarszczki przy ustach.

– O czym nie wiedziała, pani Molnes?

– Że jestem chora! – krzyknęła i zasłoniła twarz dłońmi.

– Chora?

– A z jakiego innego powodu tak bym się znieczulała, jak pan myśli? Moje ciało już niedługo będzie całkiem zżarte od środka i zmieni się w zgniłą materię martwych komórek.

Harry milczał.

– Chciałam jej o tym powiedzieć – szepnęła między palcami. – Chciałam jej powiedzieć, że lekarze dają mi sześć miesięcy. Ale czekałam na dobry dzień. – Ledwie słyszalnym głosem dodała: – Tyle że żadnych dobrych dni nie było.

Harry wstał, nie był w stanie usiedzieć. Podszedł do dużego okna wychodzącego na ogród. Unikał patrzenia na rodzinne zdjęcia na ścianie, bo nie wiedział, czyje oczy tam spotka. W basenie przeglądał się księżyc.

– Czy oni jeszcze dzwonili? Ci ludzie, którym pani mąż był winien pieniądze?

Opuściła ręce. Oczy miała zapłakane, brzydkie.

– Dzwonili, ale Jens tu był i z nimi rozmawiał. Później już o niczym nie słyszałam.

– To znaczy, że on się panią opiekuje?

Nie wiedział, dlaczego zadał to pytanie. Może usiłował ją nieudolnie pocieszyć, przypomnieć jej, że jeszcze kogoś ma.

W milczeniu kiwnęła głową.

– I zamierzacie się pobrać?

– Ma pan coś przeciwko temu?

Harry odwrócił się do niej.

– Nie, dlaczego miałbym mieć?

– Runa... – Nie mogła mówić dalej, po jej policzkach znów płynęły łzy. – Nie zaznałam w życiu dużo miłości, panie Hole. Czy żądam za dużo, chcąc zaznać trochę szczęścia pod koniec życia? Nie mogła tego zaakceptować?

Harry zobaczył liliowy płatek unoszący się na wodzie w basenie. Pomyślał o łodziach towarowych z Malezji.

– Czy pani go kocha, pani Molnes?

W ciszy, która zapadła, nasłuchiwał trąbienia.

– Czy go kocham? A jakie to ma znaczenie? Przynajmniej jestem w stanie to sobie wmówić. Wydaje mi się, że pokochałabym każdego, kto by pokochał mnie. Rozumie pan?

Harry spojrzał na barek. Dzieliły go od niego tylko trzy kroki. Trzy kroki, dwie kostki lodu i jedna szklanka. Zamknął oczy i wyobraził sobie, że słyszy podzwanianie kostek lodu w szkle, kląskanie w szyjce butelki, gdy wylewa się z niej brązowy płyn, a na koniec syk bąbelków wody sodowej mieszającej się z alkoholem.

45

O siódmej rano Harry wrócił na miejsce zdarzenia. O piątej zrezygnował z prób zaśnięcia, ubrał się i wsiadł do wynajętego samochodu, który wciąż stał w garażu. Na miejscu nikogo już nie zastał. Technicy zakończyli swoją nocną pracę, zapewne mieli się zjawić dopiero za godzinę. Przekroczył policyjne pomarańczowe taśmy i wszedł do domu.

W świetle dnia wszystko wyglądało zupełnie inaczej, wydawało się spokojne i zadbane, tylko krew i kredowy zarys dwóch sylwetek na podłodze z grubych desek świadczyły o tym, że to jest to samo pomieszczenie, w którym był poprzedniego wieczoru.

Nie znaleźli żadnego listu, a mimo to nikt nie miał wątpliwości, co się wydarzyło. Nie znali jedynie odpowiedzi na pytanie, z jakiego powodu Klipra zastrzelił i ją, i siebie. Czyżby zrozumiał, że przegrał? Jeśli tak, to dlaczego po prostu jej nie puścił? Może to nie było zaplanowane, może zastrzelił ją podczas próby ucieczki albo powiedziała coś, co wyprowadziło go z równowagi. A potem strzelił do siebie? Harry podrapał się w głowę.

Przyglądał się kredowemu zarysowi postaci dziewczyny i krwi, której jeszcze nie zmyto. Klipra strzelił jej w szyję z tego pistoletu, który znaleźli, marki Dan Wesson. Kula przeszyła ją na wskroś, przerwała tętnicę, z której krew wytrysnęła aż do blatu ze zlewem, zanim serce przestało bić. Lekarz mówił, że Runa musiała stracić przytomność od razu, bo mózg dostał za mało tlenu, a po trzech albo czterech uderzeniach serca już nie żyła. Dziura w szybie świadczyła, gdzie znajdował się Klipra, gdy do niej strzelał. Harry stanął w obrysie ciała mężczyzny. Kąt strzału się zgadzał.

Spojrzał na podłogę.

Zakrzepła krew namalowała czarną aureolę w miejscu, gdzie spoczywała jego głowa. To wszystko. Strzelił sobie w usta. Harry zobaczył, że technicy kredą narysowali znaczek na ścianie. To tam kula wbiła się w podwójną bambusową ścianę. Wyobraził sobie, jak Klipra się kładzie, obraca głowę i przed naciśnięciem na spust patrzy na Runę, może zastanawiając się, gdzie ona teraz jest.

Wyszedł na zewnątrz i odszukał w ścianie otwór po kuli. Przyłożył do niego oko i zobaczył wiszący naprzeciwko obraz. Martwa natura. Dziwne. Sądził, że ujrzy zarys ciała Klipry. Przeszedł do miejsca, w którym dzień wcześniej leżeli ukryci w trawie, głośno tupiąc, żeby przypadkiem nie natknąć się na żadnego gada, i zatrzymał się przy domku duchów. W środku królował nieduży uśmiechnięty Budda z okrągłym brzuchem, obok w wazonie stało kilka zwiędłych kwiatów, leżały też cztery papierosy z filtrem i dwie wypalone świece. Niewielka biała dziurka w tylnej ściance ceramicznego budyneczku pokazywała, w co uderzyła kula. Harry wyjął z kieszeni szwajcarski scyzoryk i wydłubał zdeformowaną grudkę metalu. Spojrzał za siebie na dom. Kula przeleciała prostą poziomą linią. Klipra oczywiście stał, kiedy do siebie strzelał. Dlaczego wcześniej wyobraził go sobie leżącego?

Wrócił do domu.

Coś tu się nie zgadzało. Wszystko wyglądało na takie uporządkowane i proste. Otworzył lodówkę. Pusta. Nic, co mogłoby nakarmić dwie osoby. Gdy zajrzał do kuchennej szafki, wypadł z niej odkurzacz, uderzając go w duży palec u nogi. Harry zaklął, wcisnął odkurzacz do szafki, ale urządzenie wytoczyło się z niej, zanim zdążył zamknąć drzwiczki. Kiedy zajrzał do wnętrza, znalazł haczyk, na którym można było powiesić odkurzacz.

System, pomyślał. Tu jest system. Ale ktoś go zaburzył.

Zdjął butelki z piwem stojące na zamrażarce i otworzył drzwiczki. Ujrzał bladoczerwone mięso. Nie było w nic opakowane, tylko ułożone w wielkich kawałach, na niektórych zamarzła krew, pokrywając je czarną błoną. Wziął kawałek do ręki, przyjrzał mu się, przeklął swoją upiorną wyobraźnię i odłożył mięso z powrotem. To wyglądało na zwyczajną wieprzowinę.

Słysząc jakiś dźwięk, odwrócił się gwałtownie. W drzwiach zastygła jakaś postać. Løken.

– Cholera, ależ mnie przestraszyłeś, Harry! Byłem pewien, że nikogo nie ma. Co tu robisz?

– Nic. Trochę się rozglądam. A ty?

– Chciałem tylko sprawdzić, czy nie ma tu jakichś papierów, które moglibyśmy wykorzystać w sprawie pedofilii.

– Po co? Ta sprawa jest już chyba zakończona, skoro facet nie żyje.

Løken wzruszył ramionami.

– Musimy mieć dowody, że postąpiliśmy słusznie, bo przecież nasze obserwacje mogą teraz wyjść na jaw.

Harry uważnie mu się przyglądał. Czyżby Løken był nieco spięty?

– Na miłość boską, człowieku, przecież masz zdjęcia. Jakie lepsze dowody mógłbyś znaleźć?

Løken się uśmiechnął, lecz nie na tyle szeroko, żeby Harry mógł zobaczyć złoty ząb.

– Może masz rację, Harry. Jestem po prostu lękliwym staruszkiem, który dmucha na zimne. Znalazłeś coś?

– Tylko to. – Harry pokazał mu kulę.

– Hm. – Løken uważnie się jej przyjrzał. – Gdzie była?

– W tym domku duchów. I coś mi się tu nie zgadza.

– Dlaczego?

– Bo to oznacza, że Klipra musiał stać, kiedy do siebie strzelił.

– I co?

– Krew powinna się rozprysnąć po całej podłodze, ale jego krew jest tylko tam, gdzie leżał. I też nie ma jej dużo.

Løken trzymał kulę w palcach.

– Nie słyszałeś o efekcie próżni, kiedy się strzela w usta?

– Co to jest?

– Kiedy ofiara wypuszcza powietrze z płuc i zamyka usta na lufie, powstaje próżnia, w którą spływa krew, zamiast wytrysnąć z rany po strzale. Spływa dalej do żołądka, pozostawiając nam takie drobne tajemnice.

Harry patrzył na Løkena z niedowierzaniem.

– To dla mnie nowość.

– Nudno by było, gdyby człowiek wiedział już wszystko w wieku trzydziestu kilku lat – stwierdził Løken.

Zadzwoniła Tonje Wiig z wiadomością, że telefonowały już wszystkie większe norweskie gazety, a te najbardziej żądne krwi zgłosiły swoje przybycie do Bangkoku. W Norwegii nagłówki na razie koncentrowały się na córce niedawno zmarłego ambasadora. Ove Klipra, mimo swojej pozycji w Tajlandii, w Norwegii pozostawał osobą nieznaną. Wprawdzie „Kapitał" parę lat wcześniej przeprowadził z nim wywiad, lecz ponieważ nie gościł w programach telewizyjnych u Pera Stålego Lønninga ani u Anne Grosvold, mało kto wiedział, kim jest.

„Córka ambasadora" i „nieznany norweski magnat" zostali według doniesień prasowych zastrzeleni najprawdopodobniej przez włamywaczy lub rabusiów.

Natomiast tajlandzkie gazety zdobiło na pierwszych stronach zdjęcie Klipry. Dziennikarz „Bangkok Post" postawił w dodatku znak zapytania przy policyjnej teorii włamywaczy. Napisał, że nie da się wykluczyć, iż Klipra zabił Runę Molnes, a następnie popełnił samobójstwo. Gazeta spekulowała również na temat następstw, jakie ta śmierć może mieć dla rozwoju projektu BERTS. Harry czytał to z podziwem.

Gazety w obu krajach podkreślały jednak, że informacje udzielane przez tajlandzką policję są nadzwyczaj skąpe.

Harry podjechał do bramy przed domem Klipry i zatrąbił. Musiał przyznać, że coraz bardziej lubi wielkiego dżipa. Wyszedł strażnik, Harry opuścił szybę.

– Jestem z policji. To ja dzwoniłem.

Strażnik, zanim go wpuścił, zlustrował go obowiązkowym surowym spojrzeniem.

– Otworzy mi pan drzwi? – spytał Harry.

Mężczyzna wskoczył na stopień samochodu, Harry cały czas czuł na sobie jego wzrok. Zaparkował w garażu. Strażnik zadzwonił pękiem kluczy.

– Główne drzwi są z drugiej strony – poinformował, a Harry o mało się nie zdradził, że wie. Taj już włożył klucz w zamek i miał go przekręcić, gdy nagle odwrócił się do Harry'ego.

– Czy ja pana już gdzieś nie widziałem, *sil*?

Harry się uśmiechnął. Co go zdradziło? Woda po goleniu? Mydło, którego używał? Podobno zapach jest tym wrażeniem zmysłowym, które mózg zapamiętuje najlepiej.

– Raczej nie.

Strażnik odpowiedział uśmiechem.

– Przepraszam, *sil*. Pewnie pomyliłem pana z kimś innym. Nie rozróżniam *farangów*.

Harry przewrócił oczami, ale nagle znieruchomiał.

– A czy pamięta pan przypadkiem granatowy samochód z ambasady, który przyjechał tu tuż przed wyjazdem pana Klipry?

Strażnik kiwnął głową.

– Z zapamiętaniem samochodów nie mam żadnych problemów. To też był *farang*.

– A jak wyglądał?

– Mówiłem już, że… – roześmiał się.

– W co był ubrany?

Strażnik pokręcił głową.

– W garnitur?

– Chyba tak.

– W żółty garnitur? Żółty jak kurczak?

Mężczyzna zmarszczył czoło.

– Jak kurczak? Nikt nie nosi garniturów w kolorze kurczaka.

Harry wzruszył ramionami.

– Niektórzy noszą.

Stanął w korytarzu, którym razem z Løkenem weszli wtedy do domu, i przyjrzał się niedużej okrągłej dziurce w ścianie. Wyglądała tak, jakby ktoś próbował powiesić tu obraz, ale zrezygnował z wbicia haka. Równie dobrze jednak mogło to być coś zupełnie innego.

Przeszedł do gabinetu, zaczął przerzucać papiery, odruchowo włączył komputer i został poproszony o hasło. Spróbował „MAN U". *Incorrect*, nieprawidłowe.

Uprzejmy język, ten angielski.

„OLD TRAFFORD". Znów *Incorrect*.

Ostatnia próba zostanie automatycznie zablokowana. Rozejrzał się, szukając jakichś punktów zaczepienia w pokoju. Jakiego hasła sam używał? Zaśmiał się. No tak, oczywiście, najpopularniejszego hasła w Norwegii. Starannie wstukał litery: „PASSWORD" i wcisnął enter.

Komputer przez chwilę jakby się zawahał, aż w końcu zgasł i Harry czarno na białym otrzymał już nie tak uprzejmą informację o tym, że nie ma dostępu.

– Cholera.

Usiłował włączać i wyłączać komputer, ale ukazywał mu się tylko biały ekran.

Dalej przerzucał więc papiery. Znalazł listę udziałowców firmy Phuridell z niedawną datą. Nowy akcjonariusz, Ellem Limited, wpisany został z trzema procentami akcji. Ellem. Harry'emu przyszła do głowy szalona myśl, ale zaraz ją odrzucił.

Na samym dnie jednej z szuflad znalazł instrukcję obsługi olbrzymiego magnetofonu. Popatrzył na zegarek i westchnął. Musiał to przeczytać. Pół godziny później odtworzył wreszcie taśmę. Głos Klipry mówił monotonnie, głównie po tajsku, ale parę razy Harry'emu udało się wychwycić nazwę Phuridell. Po trzech godzinach się poddał. Rozmowy z ambasadorem w dniu zabójstwa po prostu nie było na żadnej z taśm. W ogóle nie było żadnej rozmowy z dnia zabójstwa. Włożył taśmy do kieszeni, zgasił światło, a wychodząc, nie zapomniał wymierzyć komputerowi solidnego kopniaka.

46

Niewiele czuł. Pogrzeb był jak powtórka programu w telewizji. To samo miejsce, ten sam pastor, taka sama urna. To samo kłucie w oczach po wyjściu na słońce i ci sami ludzie stojący na schodach, patrzący na siebie bezradnie. Prawie ci sami ludzie. Harry przywitał się z Roaldem Borkiem.

– Znaleźliście ich – powiedział Bork.

Jego bystre oczy pokrywała szarawa błona, sprawiał wrażenie odmienionego, jak gdyby to, co się wydarzyło, przydało mu lat.

– Znaleźliśmy.

– Ona była taka młoda. – Zabrzmiało to jak pytanie. Jakby chciał, żeby ktoś mu wytłumaczył, jak mogło do czegoś takiego dojść.

– Gorąco – rzucił Harry, żeby zmienić temat.

– Tam, gdzie teraz jest Ove, jest jeszcze goręcej. – Bork wymawiał słowa spokojnie, ale w głosie słychać było twardy, gorzki ton. Wytarł czoło chusteczką. – Doszedłem zresztą do wniosku, że potrzebna mi przerwa od tego upału. Zamówiłem już bilet do domu.

– Do domu?

– Tak, do Norwegii. Jak najszybciej. Zadzwoniłem do syna, powiedziałem, że chcę się z nim spotkać. Dość długo trwało, zanim się zorientowałem, że nie rozmawiam z nim, tylko z wnukiem. Cha, cha. Skleroza mnie dopada. Sklerotyczny dziadek, to dopiero będzie coś.

W cieniu kościoła osobno stali Sanphet i Ao. Harry podszedł do nich i odpowiedział na ich *wai.*

– Mogę zadać krótkie pytanie, Ao?

Jej spojrzenie uciekło do Sanpheta, nim skinęła głową.

– To pani sortuje pocztę w ambasadzie. Czy przypomina pani sobie coś, co przyszło z firmy, która nazywa się Phuridell?

Zastanowiła się przez chwilę i uśmiechnęła przepraszająco.

– Nie pamiętam, tyle jest listów. Mogę jutro sprawdzić w biurze, jeśli pan sobie życzy. To może trochę potrwać, bo ambasador nie był zbyt porządny.

– Nie myślałem o ambasadorze.

Ao wyraźnie się zdziwiła.

Harry westchnął.

– Nie wiem nawet, czy to ważne, ale czy mogłaby się pani ze mną skontaktować, jeśli coś pani znajdzie?

Zerknęła na Sanpheta.

– Na pewno, sierżancie – odpowiedział.

Harry czekał w pokoju Liz, kiedy wpadła zdyszana. Na jej czole perlił się pot.

– O Boże! – wysapała. – Asfalt parzy przez buty.

– Jak poszła odprawa?

– Dobrze, można powiedzieć. Szefowie gratulowali rozwiązania sprawy i nie zadawali żadnych natrętnych pytań. Łyknęli nawet, że zaczęliśmy podejrzewać Kliprę na podstawie anonimowych zgłoszeń. Nawet jeśli komendant wyczuwa, co się działo, nie zamierza się z tego powodu awanturować.

– W zasadzie na to liczyłem. Przecież nic by na tym nie zyskał.

– To sarkazm, Hole.

– Ależ skąd, panno Crumley. Po prostu młody naiwny sierżant, który powoli zaczyna rozumieć reguły gry.

– Być może, ale w głębi ducha chyba wszystkie strony cieszą się ze śmierci Klipry. Proces musiałby ujawnić sporo nieprzyjemnych prawd. Nie tylko dla paru komendantów policji, lecz również dla innych władz obu krajów.

Liz zrzuciła buty i z zadowoleniem usiadła wygodniej. Zatrzeszczały sprężyny krzesła, a jednocześnie po pokoju rozszedł się zapach potu.

– Dla niektórych osób to wręcz znakomite rozwiązanie, nie sądzisz? – zauważył Harry.

– O co ci chodzi?

– Nie wiem. Po prostu uważam, że to cuchnie.

Liz spojrzała na swoje stopy i podejrzliwie zerknęła na Harry'ego.

– Ktoś ci już mówił, że cierpisz na paranoję, Harry?

– Oczywiście. Ale to wcale nie musi oznaczać, że małe zielone ludziki się na mnie nie uwzięły.

Spojrzała na niego zdziwiona.

– Harry, odpręż się trochę.

– Spróbuję.

– Kiedy wyjeżdżasz?

– Jak tylko porozmawiam z lekarzem i z technikami.

– A czego od nich chcesz?

– Chcę się pozbyć paranoi. Wiesz, mam parę takich idiotycznych pomysłów.

– Dobrze, dobrze – powiedziała Liz. – Jadłeś coś?

– Tak – skłamał Harry.

– Niech to diabli, nienawidzę jeść sama. Nie mógłbyś mi po prostu dotrzymać towarzystwa?

– Innym razem, dobrze?

Wstał i wyszedł z biura.

Młody lekarz policyjny w trakcie mówienia czyścił okulary. Pauzy stawały się momentami bardzo długie, Harry już myślał, że leniwie płynący strumień słów po prostu się zatrzymał. Zaraz jednak padało kolejne słowo, jeszcze jedno, przepychało tamujący korek i lekarz znów coś tłumaczył. Mogło się wydawać, że to z obawy, by Harry nie przyczepił się do jego angielszczyzny.

– Mężczyzna leżał tam najwyżej dwa dni. Jeszcze trochę w tym upale, a ciało... – Nadął policzki i pokazał rękami. – ...byłoby jak wielki balon wypełniony gazem. I poczulibyście zapach. Jeśli chodzi o dziewczynę... – Spojrzał na Harry'ego i znów nadął policzki. – ...tak samo.

– Jak szybko Klipra zginął od strzału?

Lekarz zwilżył wargi, a Harry czuł upływający czas.

– Szybko.

– A ona?

Lekarz schował chusteczkę do kieszeni.

– Natychmiast. Przerwany rdzeń kręgowy.

– Czy któreś z nich mogło się po strzale poruszyć? Mieć skurcze czy coś w tym rodzaju?

Lekarz włożył okulary, sprawdził, czy trzymają się prosto, i zaraz znów je zdjął.

– Nie.

– Czytałem, że podczas rewolucji francuskiej, jeszcze przed stosowaniem gilotyny, kiedy wciąż ścinano ręcznie, skazanym mówiono, że czasami katu coś się nie udaje i jeśli będą w stanie podnieść się i zejść z szafotu o własnych siłach, zostaną uwolnieni. Podobno kilkorgu udało się wstać bez głowy i zrobić kilka kroków, zanim upadli, oczywiście ku wielkiej radości gawiedzi. Jeśli dobrze pamiętam, jeden z naukowców tłumaczył, że mózg można do pewnego stopnia zaprogramować i mięśnie są w stanie przez chwilę pracować w nadgodzinach, jeżeli przed obcięciem głowy do serca napłynie duża ilość adrenaliny. No i podobno tak właśnie się dzieje, kiedy się obcina głowę kurze.

Lekarz uśmiechnął się cierpko.

– Zabawne, sierżancie, ale obawiam się, że to bajki.

– Więc jak pan to wytłumaczy?

Podał lekarzowi zdjęcie przedstawiające Kliprę i Runę leżących na podłodze. Lekarz długo przyglądał się fotografii, w końcu włożył okulary i spojrzał jeszcze uważniej.

– Co mam wytłumaczyć?

Harry pokazał.

– Tutaj. Jego ręka jest zakryta jej włosami.

Lekarz zamrugał, jakby paproch w oku nie pozwalał mu zrozumieć, o co chodzi Harry'emu.

Harry przegonił muchę.

– Słyszał pan, jak podświadomość odruchowo wyciąga wnioski, prawda?

Lekarz wzruszył ramionami.

– W każdym razie moja podświadomość wyciągnęła taki wniosek, że Klipra musiał strzelić do siebie na leżąco, bo to jedyny sposób, żeby wsunął rękę pod włosy dziewczyny. Rozumie pan? Ale kąt oddania strzału świadczy o tym, że stał. Jak to możliwe, żeby zastrzelił i ją, i siebie, a mimo to jego ręka znalazła się pod jej włosami, a nie na nich?

Lekarz zdjął okulary i wrócił do ich czyszczenia.

– Może to ona zastrzeliła ich oboje – mruknął, ale Harry już wyszedł.

Harry zdjął ciemne okulary i piekącymi oczami spojrzał w głąb cienistej restauracji. Zobaczył rękę uniesioną do góry i skierował się do stolika pod palmą. Promień słońca błysnął w stalowych oprawkach, kiedy mężczyzna wstawał.

– Widzę, że dostałeś wiadomość – powiedział Dagfinn Torhus. Na koszuli pod pachami miał ciemne plamy wilgoci, marynarka wisiała na oparciu krzesła.

– Komisarz Crumley przekazała mi, że dzwoniłeś. Co cię tu sprowadza? – spytał Harry, ujmując wyciągniętą rękę.

– Sprawy administracyjne w ambasadzie. Przyjechałem dziś rano, żeby uporządkować rozmaite dokumenty. No i musimy zatrudnić nowego ambasadora.

– Tonje Wiig?

Torhus uśmiechnął się lekko.

– Zobaczymy. Wiele trzeba rozważyć. Co się tutaj je?

Kelner stał już przy ich stoliku. Harry zrobił pytającą minę.

– Węgorz – zaproponował kelner. – Wietnamska specjalność. Do tego wietnamskie różowe wino i...

– Nie, dziękuję. – Harry zajrzał do menu i wskazał na zupę z mleczka kokosowego. – Do tego woda mineralna.

Torhus wzruszył ramionami i kiwnął głową na znak, że zamawia to samo.

– Gratuluję – powiedział i włożył w zęby wykałaczkę. – Kiedy wyjeżdżasz?

– Dziękuję, ale obawiam się, że jeszcze trochę za wcześnie. Zostało parę wątków, które trzeba rozplątać.

Torhus przestał dłubać w zębach.

– Wątków? Lukrowanie to nie twoja specjalność, Hole. Pakuj się i wracaj do domu.

– To nie takie proste.

Niebieskie oczy urzędnika błysnęły twardo.

– To już koniec, rozumiesz? Sprawa i tak przeciekła. W Oslo we wczorajszych gazetach na pierwszej stronie pisali, że Klipra zabił ambasadora i jego córkę. Ale my przeżyjemy, Hole. Powtarzają, że komendant policji w Bangkoku nie widzi żadnego motywu i wszystko wskazuje na to, że Klipra to szaleniec. To takie proste. I tak straszliwie niepojęte. Najważniejsze, że ludzie to kupią. I kupują.

– Więc skandal stał się faktem?

– I tak, i nie. Zdołaliśmy zachować w tajemnicy sprawę motelu. Najważniejsze, że skandal nie dotknął premiera. A teraz mamy inne zmartwienia. Gazety zaczęły wydzwaniać do ambasady z pytaniem, dlaczego wcześniej nie ujawniono, że ambasador został zamordowany.

– I co im odpowiadasz?

– A co mam, u diabła, mówić? Tłumaczę problemami językowymi i nieporozumieniami. Oświadczam, że policja tajlandzka początkowo przysyłała nam niepełne informacje. W tym tonie.

– I oni to kupują?

– Skąd. Ale nie mogą nam zarzucić, że ich błędnie informowaliśmy. W informacji dla prasy podaliśmy, że ambasadora znaleziono martwego w hotelu, a to się zgadza. A co ty mówiłeś, Hole, jak znalazłeś jego córkę i Kliprę?

– Ja nic nie mówiłem. – Harry parę razy odetchnął głęboko. – Posłuchaj, Torhus. W domu Klipry znalazłem parę gazetek pornograficznych wskazujących, że był pedofilem. O tym nie wspomniano w żadnym raporcie.

– Jeszcze i to? Tak, tak. – Nic w jego głosie nawet przez moment nie świadczyło, że kłamie. – Wszystko jedno, nie masz już mandatu na prowadzenie działań w Tajlandii. A Møller mówi, że chce cię widzieć jak najszybciej u siebie.

Na stolik wjechała parująca zupa. Torhus nieufnie zajrzał do swojej miseczki. Okulary mu zaparowały.

– „VG" na pewno zrobi ci śliczne zdjęcie, jak dolecisz na Fornebu – powiedział jadowicie.

– Spróbuj tego czerwonego. – Harry pokazał palcem.

47

Harry nie mógł zasnąć. Dookoła coś chodziło i szeleściło, ale kiedy zapalał światło, znikało. Westchnął, wychylił się z łóżka i wcisnął guzik uruchamiający automatyczną sekretarkę. Z głośnika popłynął nosowy głos.

– Cześć, tu Tonje. Miałam po prostu ochotę cię usłyszeć.

Puszczał tę wiadomość chyba już po raz dziesiąty i za każdym razem tak samo się złościł. Brzmiało to jak linijka z opowiadania o miłości z rodzaju tych publikowanych w tygodnikach. Kolejny raz zgasił światło. Minęła minuta.

– Cholera – powiedział i znów zapalił lampkę.

Było już po północy, kiedy taksówka zatrzymała się przed niedużym, ale eleganckim domem otoczonym niskim białym murem. Tonje Wiig przez domofon nie kryła zaskoczenia i zanim otworzyła drzwi, zdążyła się mocno zaczerwienić. Wciąż przepraszała za bałagan w mieszkaniu, kiedy Harry ściągał z niej ubranie. Była chuda, kredowobiała, czuł, jak mocno wali jej puls na szyi. W końcu przestała mówić, bez słowa wskazała drzwi do sypialni, kiedy ją podniósł, i odchyliła głowę tak, że jej włosy zatańczyły na parkiecie. Jęknęła, gdy kładł ją na łóżku, dech jej zaparło, gdy rozpinał spodnie, i lekko protestowała, gdy uklęknął na prześcieradle i przyciągnął ją do siebie.

– Pocałuj mnie – szepnęła, ale Harry nie zważał na to, tylko wszedł w nią z zamkniętymi oczami.

Sięgnęła do jego spodni, chciała je całkiem zdjąć, ale odepchnął jej ręce. Na nocnym stoliku stało zdjęcie starszych ludzi, prawdopodobnie rodziców. Harry zacisnął zęby, poczuł iskry pod powiekami i próbował ją sobie wyobrazić.

– Co mówisz? – spytała, unosząc głowę, ale nie zrozumiała nic z mamrotanych przez niego zaklęć. Usiłowała dopasować się do jego ruchów, oddychać głośno, ale wycisnął z niej powietrze, jakby była jeźdźcem na rodeo, którego na zmianę usiłował raz utrzymać, raz strącić.

Doszedł z krzykiem, a ona w tej samej chwili wbiła mu paznokcie w osłonięte koszulką plecy i głośno jęknęła. Potem przyciągnęła go do siebie i wtuliła twarz w zagłębienie jego szyi.

– Było cudownie – odezwała się, ale słowa zawisły w powietrzu jak absurdalne niepotrzebne kłamstwo, więc nie odpowiedział.

Kiedy usłyszał, że zaczęła oddychać regularnie, wstał i ubrał się po cichu. Oboje wiedzieli, że ona nie śpi. Wyszedł.

Zaczęło wiać. Harry, idąc wysypaną żwirem alejką, czuł, jak jej zapach powoli ucieka. Przy bramie gniewnie strzelała linka od flagi. Może monsun w tym roku przyjdzie wcześniej? A może to El Niño? A może po prostu normalna zmiana pogody.

Pod bramą rozpoznał ciemny samochód. Wydało mu się, że za przydymionymi szybami dostrzega zarys postaci, ale nie był tego pewien, dopóki nie usłyszał elektronicznego szumu opuszczanej szyby i dźwięków symfonii c-moll Griega.

– Jedzie pan do domu, panie Hole?

Harry kiwnął głową. Drzwiczki się otworzyły, a on wsiadł. Kierowca wyprostował siedzenie.

– Co pan tu robi o tej porze, Sanphet?

– Akurat odwiozłem pana Torhusa. Nie było sensu wracać do domu. Przecież za kilka godzin i tak musiałbym przyjechać po pannę Wiig.

Włączył silnik, ruszyli przez spokojne ulice dzielnicy willowej.

– I dokąd to Torhus wybierał się tak późno?

– Chciał zobaczyć Patpong.

– Ach tak. Polecił mu pan jakieś bary?

– Nie. Wyglądało na to, że wiedział, dokąd iść. Każdy chyba sam wie najlepiej, jakiego lekarstwa potrzebuje. – Popatrzył na Harry'ego w lusterku.

– Pewnie ma pan rację – odparł Harry i wyjrzał przez okno.

Wyjechali na Rama V i stanęli w korku. Z paki pick-upa patrzyła na nich stara bezzębna kobieta. Harry'emu wydało się, że ma w sobie coś znajomego. Nagle się uśmiechnęła. Upłynęła długa chwila, zanim sobie uświadomił, że ona przecież w ciemnych szybach samochodu ambasady widzi tylko własne odbicie.

48

Supawadee był według Liz osobą, która rozwiązała najwięcej spraw zabójstw w Tajlandii. Jego głównymi narzędziami były mikroskop, kilka szklanych kolb i papierki lakmusowe. Siedział naprzeciwko Harry'ego promienny jak słońce.

– Masz rację, *Hally*. Grudki wapna, które nam dałeś, zawierają ten sam barwnik co pył wapienny na śrubokręcie z bagażnika samochodu ambasadora.

Zamiast odpowiadać na pytania Harry'ego prostym „tak" lub „nie", Supawadee powtarzał całe pytanie, żeby nie doszło do żadnych nieporozumień. Supawadee bowiem znał języki i wiedział, że po angielsku z jakiegoś powodu stosuje się podwójne przeczenie. Gdyby Harry w Tajlandii wsiadł do niewłaściwego autobusu i ogarnięty wątpliwościami spytał współpasażera: „Czy to nie jest autobus do Hua Lamphong?", Taj najprawdopodobniej odparłby: *Yes* – w znaczeniu: „Tak, to, co mówisz, jest prawdą, to nie jest autobus do Hua Lamphong". Cudzoziemcy znający trochę tajski wiedzą o tym, ale wówczas dochodzi do skomplikowanych sytuacji, jeśli Taj zaawansowany w angielskim odpowie: *No*. Doświadczenie Supawadee podpowiadało mu, że większość *farangów* nic z tego nie pojmuje, gdy próbował tłumaczyć, dlatego przyjął zasadę, że najlepiej odpowiadać im tak, jak zasługują na to nieco mniej inteligentne osobniki.

– W tym również masz słuszność, *Hally*. Zawartość worka odkurzacza w domku Klipry okazała się bardzo interesująca. Zawierał włókna pochodzące z wykładziny w bagażniku samochodu ambasadora, z garnituru ambasadora i z marynarki Klipry.

Harry notował z rosnącym ożywieniem.

– A co z tymi dwiema taśmami, które dostałeś? Udało ci się przesłać je do Sydney?

Supawadee uśmiechnął się, jeśli to możliwe, jeszcze szerzej, gdyż właśnie w związku z tym odczuwał szczere zadowolenie.

– Mamy dwudzieste stulecie, sierżancie. Nie wysyłamy taśm, bo dotarłyby na miejsce dopiero za cztery dni. Sporządziliśmy ich cyfrowe kopie i e-mailem przesłaliśmy do tego twojego eksperta dźwiękowca.

– O rany, można tak zrobić? – zdziwił się Harry, częściowo, żeby ucieszyć Supawadee, a częściowo z rezygnacją. W obecności komputerowych świrów zawsze czuł się staro. – I co powiedział Jesús Marquez?

– Zasugerowałem mu na początku, że chyba niemożliwe będzie stwierdzenie czegokolwiek o pomieszczeniu, z którego ktoś dzwoni, wyłącznie na podstawie nagrania na automatycznej sekretarce. Ale twój przyjaciel sprawiał wrażenie bardzo przekonującego. Opowiedział mi mnóstwo ciekawych rzeczy o częstotliwościach i hercach. Bardzo pouczająca rozmowa. Wiesz na przykład, że w ciągu ułamka sekundy ucho jest w stanie odróżnić milion różnych dźwięków? Wydaje mi się, że on i ja moglibyśmy…

– A konkluzja, Supawadee?

– Jego konkluzja brzmiała następująco: na tych dwóch nagraniach są dwie różne osoby, ale nagrań dokonano najprawdopodobniej w tym samym pomieszczeniu.

Harry poczuł, że serce mu przyspiesza.

– A co z tym mięsem w zamrażarce? Wieprzowina?

– Masz rację, *Hally*. Mięso w zamrażarce to wieprzowina.

Supawadee zamrugał i lekko zachichotał ze szczęścia. Harry zrozumiał, że to jeszcze nie koniec.

– I…

– Ale krew nie pochodziła tylko od świni. Częściowo była to ludzka krew.

– Wiesz czyja?

– Uzyskanie ostatecznych wyników badań DNA potrwa kilka dni, ale wstępnie mogę ci to powiedzieć z dziewięćdziesięcioprocentową pewnością.

Gdyby Supawadee miał trąbkę, najpierw odegrałby fanfarę, Harry był o tym przekonany.

– To krew naszego przyjaciela, *nai* Klipry.

Harry wreszcie dodzwonił się do biura Jensa.

– Co tam u ciebie, Jens?

– Jakoś leci.

– Jesteś pewien?

– O co ci chodzi?

– Bo mówisz tak, jakbyś… – Harry nie mógł znaleźć określenia. – …jakbyś był smutny.

– No tak. Nie. To nie takie proste. Ona straciła całą rodzinę, a ja… – urwał Jens.

– A ty?

– Zapomnij o tym.

– Mów, Jens!

– Widzisz, gdybym jednak miał ochotę wycofać się z tego małżeństwa, to przynajmniej teraz byłoby to niemożliwe.

– Dlaczego?

– Na Boga, tylko ja jej już zostałem, Harry. Wiem, że powinienem myśleć o niej i o wszystkim, co przeszła, ale zamiast tego myślę o sobie i o tym, w co się wdaję. Na pewno jestem złym człowiekiem, ale śmiertelnie mnie to przeraża, rozumiesz?

– Chyba tak.

– Do diabła, gdyby chodziło o pieniądze, to przynajmniej coś, na czym się znam… Ale te… – Szukał słowa.

– Uczucia? – podsunął Harry.

– No właśnie. To niezłe gówno. – Zaśmiał się cynicznie. – Wszystko jedno, wbiłem sobie do głowy, że raz w życiu muszę zrobić coś nie tylko dla siebie. I chciałbym, żebyś przy tym był i kopnął mnie w tyłek, widząc u mnie najmniejsze wahanie. Hilde musi myśleć o czymś innym, więc już wyznaczyliśmy datę. Czwarty kwietnia. Wielkanoc w Bangkoku, co ty na to? Hilde od razu zaczęła odrobinę jaśniej patrzeć na świat. Postanowiła ograniczyć picie. Przyślę ci bilet pocztą, Harry. Pamiętaj, liczę, że się nie wycofasz.

– Jeśli to ja jestem najlepszym kandydatem na świadka, to boję się myśleć o tym, jak wygląda twoje życie towarzyskie, Jens.

– Wszystkich, których znam, przynajmniej raz wystawiłem do wiatru. Takie historie niezbyt przyjemnie brzmią w przemowach weselnych.

Harry się roześmiał.

– No dobrze, daj mi jeszcze kilka dni do namysłu. Ale dzwonię, bo właściwie chcę cię prosić o przysługę. Próbuję znaleźć coś o jednym z właścicieli firmy Phuridell, o spółce, która się nazywa Ellem Limited, ale w Rejestrze Przedsiębiorstw jest tylko jej adres korespondencyjny w Bangkoku i potwierdzenie wpłaty kapitału akcyjnego.

– To musi być jakiś stosunkowo nowy właściciel, bo nie słyszałem tej nazwy. Oczywiście zatelefonuję w parę miejsc, zobaczę, może uda mi się coś ustalić. Oddzwonię.

– Nie, Jens. Ta sprawa jest ściśle tajna, wiemy o tym tylko Liz, Løken i ja, więc nikomu nie wspominaj. Nawet inne osoby z policji nic nie wiedzą. My troje mamy się spotkać dziś wieczorem w ustalonym miejscu, dobrze by było, żebyś do tego czasu coś wiedział. Stamtąd do ciebie zadzwonię, dobrze?

– No jasne, pewnie. Mówisz tak poważnie, a ja już myślałem, że ta sprawa jest zakończona.

– Zakończy się dziś wieczorem.

Odgłos młota pneumatycznego uderzającego o kamień ogłuszał.

– Czy to pan jest George Walters? – krzyknął Harry do ucha mężczyźnie w żółtym kasku, którego wskazała mu grupa robotników w kombinezonach.

Odwrócił się do Harry'ego.

– Owszem, a pan kim jest?

Dziesięć metrów pod nimi ciągnął się sznur samochodów. Zapowiadało się kolejne popołudnie z korkami.

– Sierżant Hole, policja norweska.

Walters zwinął rysunek i oddał go jednemu z dwóch stojących obok mężczyzn.

– Aha. Klipra?

Pokazał znak *time out* robotnikowi z młotem pneumatycznym i względna cisza otuliła bębenki, kiedy maszynę wyłączono.

– To Wacker – stwierdził Harry. – LHV5.

– Aha, zna się pan na tym?

– Przez dwa lata pracowałem w wakacje na budowie. Nieźle wytrząsałem sobie nerki takim świdrem.

Walters pokiwał głową. Miał spalone od słońca białe brwi i wyglądał na zmęczonego. Twarz w średnim wieku już pokrywały głębokie bruzdy.

Harry wskazał na betonową drogę ciągnącą się niczym rzymski akwedukt przez kamienną pustynię domów i drapaczy chmur.

– A więc to jest BERTS, zbawienie dla Bangkoku?

– Tak. – Walters popatrzył w tym samym kierunku co Harry. – Stoi pan teraz na nim.

Uniesienie w jego głosie plus fakt, że mężczyzna znajduje się tutaj, a nie w biurze, powiedziały Harry'emu, że szef Phuridellu chyba woli sztukę inżynierii od rachunkowości. Ciekawsze dla niego jest patrzenie, jak projekt nabiera kształtów, niż przesadne angażowanie się w zabezpieczanie dolarowych długów firmy.

– Kojarzy się z chińskim murem – stwierdził Harry.

– Tylko że ta droga ma jednoczyć ludzi, a nie odgradzać ich od siebie.

– Przyszedłem popytać trochę o Kliprę i o ten projekt. I o Phuridell.

– Tragiczne – powiedział Walters, nie precyzując konkretnie, co ma na myśli.

– Znał pan Kliprę, panie Walters?

– Aż tak bym tego nie ujął. Rozmawialiśmy kilkakrotnie na zebraniach zarządu, ze dwa razy do mnie dzwonił. – Walters włożył ciemne okulary. – To wszystko.

– Dzwonił ze dwa razy? Czy Phuridell nie jest dość dużą firmą?

– Zatrudnia ponad osiemset osób.

– I prawie nie rozmawiał pan z właścicielem spółki, której jest pan dyrektorem?

– Witamy w świecie biznesu. – Walters popatrzył na drogę i na miasto, jak gdyby cała reszta ani trochę go nie obchodziła.

– Klipra wyłożył spore pieniądze na Phuridell. Uważa pan, że nie interesował się firmą?

– Najwyraźniej nie miał żadnych zastrzeżeń co do sposobu jej prowadzenia.

– A zna pan spółkę, która nazywa się Ellem Limited?

– Zauważyłem tylko, że pojawiła się na liście akcjonariuszy. Ostatnio mieliśmy inne zmartwienia.

– Na przykład problem długu dolarowego?

Walters znów odwrócił się do Harry'ego. W jego okularach Harry zobaczył własne zniekształcone odbicie.

– Co pan o tym wie?

– Wiem, że pańska firma potrzebuje refinansowania, jeśli chce dalej prowadzić działalność. Nie macie obowiązku przedstawiania sprawozdań, bo nie jesteście już notowani na giełdzie, więc jeszcze przez jakiś czas możecie ukrywać problem przed światem, karmiąc się nadzieją, że pojawi się wybawiciel ze świeżym kapitałem. Żal by było rzucać ręcznik teraz, gdy zajmujecie pozycję pozwalającą na uzyskanie dalszych kontraktów na BERTS, prawda?

Walters dał znak inżynierom, że już ich nie potrzebuje.

– Podejrzewam, że taki wybawiciel się pojawi – ciągnął Harry. – Kupi spółkę za nieduże pieniądze i najprawdopodobniej nieźle się wzbogaci, kiedy napłyną nowe kontrakty. Ile osób zna sytuację firmy?

– Proszę posłuchać, panie...

– Sierżancie. Oczywiście zarząd. Ktoś jeszcze?

– Informujemy wszystkich akcjonariuszy. Nie widzimy powodów, by rozgłaszać to na cały świat.

– Jak pan sądzi, kto kupi spółkę, panie Walters?

– Jestem dyrektorem administracyjnym – oświadczył Walters gniewnie. – Zostałem zatrudniony przez zarząd i nie mieszam się do kwestii własności.

– Chociaż może to oznaczać bezrobocie dla pana i ośmiuset innych pracowników? Nawet jeśli nie będziecie mogli dłużej pracować przy tym? – Harry skinieniem głowy wskazał na betonową drogę niknącą we mgle.

Walters nie odpowiedział.

– Bardzo piękne – stwierdził Harry. – Przypomina mi czarodziejską drogę. Tę z *Czarnoksiężnika z Krainy Oz*, wie pan?

George Walters wolno kiwnął głową.

– Niech pan posłucha, Walters. Dzwoniłem do adwokata Klipry i paru pozostałych drobnych akcjonariuszy. Ellem Limited w ostatnich dniach kupiła ich akcje w Phuridellu. Nikt z pozostałych nie byłby w stanie refinansować Phuridellu, więc po prostu się cieszą, że zdołali w porę wycofać się z bankrutującej spółki, nie tracąc całych inwestycji. Mówi pan, że zmiana właściciela to nie pańska działka, Walters, ale wygląda pan na odpowiedzialnego człowieka. A Ellem to pański nowy właściciel.

Walters zdjął ciemne okulary i wierzchem dłoni potarł oczy.

– Powie mi pan, kto stoi za Ellem Limited, Walters?

Młoty pneumatyczne znów ruszyły i Harry musiał nachylić się do Waltersa, żeby dotarła do niego odpowiedź.

– Chciałem tylko usłyszeć, jak pan to mówi – odkrzyknął.

49

Ivar Løken wiedział, że to już koniec. Żadne włókienko w jego ciele się nie poddało, ale to już był koniec. Panika napływała falami, zalewała go i cofała się. Przez cały czas wiedział, że umrze. Konkluzja była czysto intelektualna, lecz świadomość zalewała go jak lodowata woda. Tamtym razem, kiedy koło My Lai wpadł w pułapkę i jeden cuchnący gównem bambusowy drążek wbił mu się w udo, a drugi przez podeszwę przebił się aż do kolana, nawet przez sekundę nie pomyślał, że umrze. Kiedy leżał w Japonii, nękany atakami gorączki, i powiedziano mu, że nogę trzeba amputować, oświadczył, że woli umrzeć, ale wiedział, że śmierć nie jest żadną alternatywą, że jest po prostu niemożliwa. Kiedy przyszli ze znieczuleniem, wytrącił strzykawkę z ręki pielęgniarki.

Idiotyczne. Pozwolili mu zachować nogę. „Póty życia, póki bólu", wyrył w ścianie nad łóżkiem. Przez blisko rok leżał w szpitalu w Okabe, nim wygrał walkę z własną zakażoną krwią.

Mówił sobie, że przeżył długie życie. Naprawdę długie. To przecież coś. I mimo wszystko widział takich, którym było gorzej. Po co więc się opierać, pytał w myślach. I opierał się. Ciało protestowało, tak jak sam protestował przez całe życie. Protestował przeciwko przekroczeniu linii granicznej, gdy pożądanie kopało go w krzyż, nie pozwalał się złamać, gdy wyrzucili go z armii, nie pozwalał użalać się nad sobą, gdy upokorzenie smagało go, na nowo otwierając stare rany. Ale przede wszystkim nie pozwalał sobie na zamykanie oczu. Dlatego wszystko to widział. Wojny, cierpienia, okrucieństwo, odwagę i człowieczeństwo. Tyle tego, że spokojnie mógł powiedzieć, iż przeżył długie życie. Nawet teraz nie zamykał oczu, ledwie mrugał. Løken wiedział, że umrze. Gdyby miał łzy, na pewno by płakał.

Liz patrzyła na zegarek. Było wpół do dziewiątej, od blisko godziny siedzieli w Millie's Karaoke. Nawet Madonna na zdjęciu zaczęła wyglądać na bardziej zniecierpliwioną niż głodną.

– Gdzie on się podział? – spytała.

– Løken przyjdzie – odparł Harry. Stanął przy oknie, podciągnął roletę i patrzył na własne odbicie dziurawione światłami samochodów jadących po Silom Road.

– Kiedy z nim rozmawiałeś?

– Zaraz po telefonie do ciebie. Był w domu. Porządkował zdjęcia i sprzęt. Løken przyjdzie.

Przycisnął grzbiety dłoni do oczu, od rana czerwonych i podrażnionych.

– Zaczynamy – zdecydował.

– Co? Jeszcze nie powiedziałeś, co się ma wydarzyć.

– Omówimy sobie wszystko. Ostatnia rekonstrukcja.

– No dobrze, ale dlaczego?
– Ponieważ myliliśmy się przez cały czas.
Puścił sznurek, żaluzja opadła z szelestem jakby suchych liści.

Løken siedział na krześle. Przed sobą na stole miał ułożone noże. Każdy z nich byłby w stanie zabić człowieka w ciągu kilku sekund. W ogóle zdumiewające, jak szybko można zabić człowieka. I jak łatwo; czasami aż nie sposób uwierzyć, że ktokolwiek w ogóle dożywał sędziwego wieku. Okrężny ruch, taki jak nacięcie skórki na pomarańczy, i gardło już jest poderżnięte. Już krew wypływa z prędkością przynoszącą śmierć w ciągu kilku sekund. Przynajmniej jeśli zabójstwa dokonuje ktoś, kto zna się na swoim rzemiośle.

Cios w plecy wymaga większej precyzji. Można uderzyć dwadzieścia–trzydzieści razy i nie trafić, a jedynie posiekać ciało. Ale jeśli się zna anatomię i wie, jak przebić płuco lub dosięgnąć serca, nie ma sprawy. Przy ataku od przodu lepiej zadać cios nisko, skierowany w górę, żeby wbić się pod żebra i dotrzeć do organów witalnych. Ale od tyłu zabić jest łatwiej. Wystarczy celować nieco w bok od kręgosłupa.

A czy łatwo człowieka zastrzelić? Bardzo łatwo. Pierwszego zabił z karabinu półautomatycznego w Korei. Wycelował, nacisnął spust i zobaczył, że człowiek pada. I już. Nigdy żadnych wyrzutów sumienia, koszmarów, załamań nerwowych. Może dlatego, że to była wojna, ale chyba nie tłumaczyło to wszystkiego. Może brakowało mu empatii. Pewien psycholog tłumaczył mu, że jest pedofilem, ponieważ ma uszkodzoną duszę. Równie dobrze mógł powiedzieć, że jest zły.

– Okej, no to słuchaj uważnie. – Harry usiadł naprzeciwko Liz. – W dniu zabójstwa samochód ambasadora przyjechał do domu Ovego Klipry o godzinie siódmej, ale to nie ambasador prowadził.
– Nie?
– Nie. Strażnik nie zapamiętał żółtego garnituru.
– I co z tego?
– Sama widziałaś ten garnitur, Liz, i wiesz, że przy nim rozświetlona stacja benzynowa wydaje się dyskretna. Myślisz, że o czymś takim można zapomnieć?
Wolno pokręciła głową, a Harry ciągnął:

– Ten, kto prowadził, zaparkował samochód w garażu. Zadzwonił do bocznego wejścia, a kiedy Klipra otworzył, najprawdopodobniej spojrzał prosto w wycelowaną w siebie lufę pistoletu. Gość wszedł, zamknął drzwi i uprzejmie poprosił, żeby Klipra otworzył usta.

– Uprzejmie?

– Proszę cię, po prostu próbuję nadać tej historii odrobinę koloru.

Liz zamknęła usta i znaczącym gestem przeciągnęła palcem po wargach.

– Gość wsunął Kliprze pistolet do ust, kazał mu zacisnąć zęby na lufie i strzelił. Z zimną krwią, bez litości. Kula wyszła z tyłu głowy Klipry i wbiła się w mur. Morderca wytarł krew i… Sama wiesz, jak to wygląda.

Liz kiwnęła głową i poprosiła, by nie przerywał.

– Krótko mówiąc, ten człowiek usunął wszelkie ślady. Na koniec przyniósł z bagażnika śrubokręt i wydłubał nim kulę ze ściany.

– Skąd to wiesz?

– Znalazłem wapno na podłodze w korytarzu i ślad po kuli. Technicy po badaniach stwierdzili, że to samo wapno było na śrubokręcie w bagażniku.

– I co dalej?

– Później zabójca wyszedł do samochodu i przesunął zwłoki ambasadora w bagażniku, żeby móc schować śrubokręt na miejsce.

– Ambasador już wtedy nie żył?

– Jeszcze do tego wrócę. Zabójca się przebrał, włożył garnitur ambasadora, poszedł do gabinetu Klipry, wziął stamtąd jeden z dwóch noży Szanów i klucze do domku. Wykonał też szybki telefon. I zabrał ze sobą taśmę z nagraniem rozmowy. Potem wrzucił do bagażnika ciało Klipry i odjechał stamtąd około ósmej.

– Trochę to wszystko zagmatwane.

– O wpół do dziewiątej stawił się u Wanga Lee.

– Daj spokój, Harry. Wang Lee rozpoznał w ambasadorze osobę, która się u niego zameldowała.

– Wang Lee nie miał żadnych powodów, żeby przypuszczać, że martwy człowiek na łóżku nie jest tym samym, który wynajął pokój. Widział jedynie *faranga* w żółtym garniturze. Dla niego wszyscy…

– …cudzoziemcy wyglądają tak samo. Do diabła!

– Szczególnie gdy ukryją się za ciemnymi okularami. No i pamiętaj, że ambasadorowi z pleców sterczał nóż, co z pewnością nie ułatwiło Wangowi identyfikacji.

– No dobrze, i co z tym nożem?

– Ambasador rzeczywiście zginął od noża, ale na długo przed dotarciem do motelu. Przypuszczam, że to był lapoński nóż, skoro został nasmarowany sadłem reniferowym. Takie noże można kupić w Norwegii w całym regionie Finnmark.

– Ale lekarz powiedział, że rana odpowiada nożowi Szanów.

– Rzecz w tym, że nóż Szanów jest dłuższy i szerszy od lapońskiego, więc nie da się stwierdzić, że inny nóż został użyty jako pierwszy. Uważaj dalej. Zabójca przyjechał do hotelu z dwoma ciałami w bagażniku, poprosił o pokój oddalony od recepcji, tak aby mógł podjechać do niego tyłem i niezauważenie przenieść Molnesa kilka metrów do pokoju. Prosił również, by mu nie przeszkadzano, dopóki sam się nie odezwie. W pokoju znów się przebrał, z powrotem ubrał ambasadora w jego garnitur, ale trochę mu się spieszyło i nie dopilnował wszystkiego. Pamiętasz, jak wspomniałem, że ambasador najwyraźniej miał się spotkać z kobietą, bo pasek był zapięty o jedną dziurkę dalej niż ta normalna, wyrobiona?

Liz cmoknęła.

– Zapinając pasek, zabójca zapomniał sprawdzić dziurkę.

– Nic nieznaczący błąd, nic decydującego, po prostu jeden z wielu drobiazgów, dzięki którym to równanie zaczyna wychodzić. Kiedy Molnes leżał na łóżku, zabójca ostrożnie wepchnął nóż Szanów w starą ranę, po czym wytarł rękojeść i usunął wszelkie ślady.

– To również tłumaczy, dlaczego w motelu było tak mało krwi. Molnes po prostu został zabity gdzie indziej. Dlaczego lekarze na to nie zareagowali?

– Zawsze trudno jest stwierdzić, jak bardzo będzie krwawić rana zadana nożem. Zależy, które naczynia krwionośne zostaną przecięte i do jakiego stopnia ostrze zatamuje krwawienie. Tu nie ma norm. Około dziewiątej zabójca opuścił motel z ciałem Klipry w bagażniku i pojechał do jego domku.

– Wiedział, gdzie jest ten domek? To znaczy, że musiał znać Kliprę.

– Owszem, znał go, i to dobrze.

*

Na stół padł cień i na krześle naprzeciwko Løkena usiadł mężczyzna. Przez otwarte drzwi balkonowe wlewał się ogłuszający hałas ulicznego ruchu, w całym pomieszczeniu cuchnęło spalinami.

– Jesteś gotów? – spytał Løken.

Olbrzym z warkoczem spojrzał na niego, wyraźnie zaskoczony, że Løken mówi po tajsku.

– Jestem.

Løken uśmiechnął się blado, czuł się strasznie zmęczony.

– Na co więc czekasz? Zaczynaj!

– Kiedy przyjechał do domku, otworzył drzwi kluczem i załadował Kliprę do zamrażarki. Potem wyczyścił i odkurzył bagażnik, żebyśmy nie wykryli żadnego śladu po zwłokach.

– No dobrze, ale skąd o tym wiesz?

– Technicy znaleźli w zamrażarce krew Klipry, a włókna z ubrań obu zmarłych w worku odkurzacza.

– Na miłość boską, więc to nie ambasador lubił porządek, jak stwierdziłeś, kiedy sprawdzaliśmy samochód?

Harry się uśmiechnął.

– Zrozumiałem, że ambasador nie jest pedantem, gdy zobaczyłem jego gabinet.

– Czyżbym dobrze słyszała? Przyznajesz się do błędu?

– Owszem. – Harry podniósł palec wskazujący. – Za to Klipra był prawdziwym pedantem. W tej jego chacie panował taki porządek, taka systematyczność, pamiętasz? W szafce był nawet haczyk przytrzymujący odkurzacz na swoim miejscu. Ale kiedy dzień później otworzyłem tę szafkę, odkurzacz wypadł, tak jakby osoba, która używała go ostatnio, nie wiedziała o haczyku. Dlatego przyszło mi do głowy, by posłać worek do analizy.

Liz lekko pokręciła głową, Harry ciągnął:

– A kiedy zobaczyłem całe to mięso w zamrażarce, uświadomiłem sobie, że równie dobrze można tam przechowywać tygodniami martwego człowieka, a zwłoki…

– Ty masz źle w głowie – zawyrokowała Liz. – Powinieneś iść do lekarza.

– Chcesz usłyszeć resztę czy nie?

Jednak chciała.

– Później wrócił do motelu, zostawił samochód i wszedł do pokoju. Kluczyki do samochodu włożył Molnesowi do kieszeni. Potem bez śladu zniknął w mroku nocy. Dosłownie.

– Chwileczkę. Kiedy jechaliśmy do tego domku, potrzebowaliśmy półtorej godziny w jedną stronę. Odległość z motelu była mniej więcej taka sama. Dim znalazła Molnesa o wpół do dwunastej, a więc dwie i pół godziny po tym, jak według ciebie zabójca opuścił motel. Nie mógł zdążyć wrócić do motelu przed odnalezieniem zwłok Molnesa. A może o tym zapomniałeś?

– Nie. Nawet wypróbowałem ten odcinek. Wyjechałem o dziewiątej, na pół godziny zatrzymałem się w domku i wróciłem.

– I?

– Na miejsce dotarłem piętnaście po dwunastej.

– Wobec tego to się nie trzyma kupy.

– A pamiętasz, co Dim powiedziała o samochodzie, kiedy ją przesłuchiwaliśmy?

Liz przygryzła górną wargę.

– Nie przypominała sobie żadnego samochodu – oznajmił Harry. – Bo żadnego samochodu nie było. Piętnaście po dwunastej oboje z Wangiem stali w recepcji, czekając na policję, i nie zwrócili uwagi na nadjeżdżający samochód ambasadora.

– Sądziłam, że mamy do czynienia z ostrożniejszym zabójcą. Przecież ryzykował, że kiedy wróci, policja już będzie na miejscu.

– On był ostrożny, ale nie mógł przewidzieć, że zabójstwo zostanie odkryte przed jego powrotem. Przecież Dim miała przyjść dopiero, gdy zadzwoni po nią z pokoju, prawda? Tyle że Wang Lee zaczął się niepokoić i o mały włos wszystkiego nie popsuł. Kiedy zabójca przyszedł odnieść kluczyki, prawdopodobnie nie przeczuwał żadnego zagrożenia.

– To znaczy, że po prostu miał szczęście?

– Nazwałbym to raczej odrobiną szczęścia w ogromnym nieszczęściu. Ten człowiek nie bazuje na szczęściu.

On musi być Mandżurem, pomyślał Løken. Może z prowincji Jilin. Podczas wojny koreańskiej słyszał, że Armia Czerwona rekrutowała stamtąd wielu żołnierzy, ponieważ byli tacy wysocy. Jaka w tym logika? Przecież tylko głębiej zapadali się w błoto i stanowili lepszy cel.

Druga osoba w pokoju stała za nim i nuciła jakąś piosenkę. Løken nie mógłby przysiąc, ale brzmiało to jak *I Wanna Hold Your Hand*.

Chińczyk wybrał jeden z noży leżących na stole. O ile szablę z mocno wygiętą głownią o długości siedemdziesięciu centymetrów można jeszcze nazwać nożem. Zważył ją w dłoni jak bejsbolista wybierający kij i bez słowa uniósł nad głową. Løken zacisnął zęby. W tej samej chwili przyjemne otępienie barbituranami minęło. Krew zakrzepła mu w żyłach i stracił panowanie nad sobą. Zaczął krzyczeć i szarpać za rzemienie krępujące mu ręce do stołu, nucenie się przybliżyło, czyjaś ręka złapała go za włosy, gwałtownie odchyliła głowę do tyłu i wcisnęła do ust piłkę tenisową. Czuł jej włochatą powierzchnię na języku i podniebieniu. Chłonęła ślinę jak bibuła i krzyki zmieniły się w bezradne jęki.

Opaska zaciskowa na przedramieniu była zapięta tak mocno, że już dawno stracił czucie w dłoni, więc kiedy szabla opadła z głuchym stuknięciem, a on niczego nie poczuł, w pierwszej chwili pomyślał, że Mandżur nie trafił. Potem jednak dostrzegł swoją prawą dłoń za ostrzem. Leżała zaciśnięta w pięść, a teraz powoli się otwierała. Cięcie było równiutkie, ładne. Widział dwa przecięte kawałki kości. Łokciowej i promieniowej. Oglądał je u innych, ale nigdy u siebie. Dzięki opasce prawie w ogóle nie krwawił. Nie jest prawdą to, co mówią, że nagłe amputacje nie bolą. Ból był nie do wytrzymania. Czekał na szok, na stan paraliżu, na nicość, lecz oni natychmiast odcięli tę drogę ucieczki. Mężczyzna, który nucił, wbił mu strzykawkę w ramię przez koszulę, nie zadał sobie nawet trudu poszukania żyły. Ale w morfinie dobre jest to, że działa bez różnicy, gdzie się ją wstrzyknie. Zdawał sobie sprawę, że jest w stanie przeżyć. Całkiem długo. Tak długo, jak będą chcieli.

– A co z Runą Molnes? – Liz dłubała w zębach zapałką.

– Mógł ją zabrać skądkolwiek – odparł Harry. – Na przykład kiedy wracała ze szkoły.

– Potem zawiózł ją do domku Klipry. I co dalej?

– Krew i dziura po kuli w oknie wskazują, że dziewczyna została zastrzelona w domku. Na pewno od razu, kiedy tam przyjechali.

Harry prawie bez problemu mówił o Runie tak, jak o kolejnej ofierze zabójstwa.

– Tego nie rozumiem – zamyśliła się Liz. – Dlaczego miałby ją porwać i od razu zabić? Sądziłam, że chodzi mu o powstrzymanie twojego śledztwa. A na to mógł liczyć jedynie wtedy, kiedy Runa Molnes żyła. Musiał przecież przewidzieć, że zanim spełnisz jego żądania, będziesz żądał dowodów, że jest cała i zdrowa.

– Jak miałem spełnić jego żądania? – spytał Harry. – Wyjechać? Runa przybiegłaby do domu szczęśliwa i zadowolona, a porywacz odetchnąłby z ulgą, mimo że nie miał już żadnego środka szantażu, tylko z powodu mojej obietnicy, że zostawię go w spokoju? Tak to sobie wyobrażałaś? Myślisz, że on by jej pozwolił…

Harry zauważył spojrzenie Liz i zorientował się, że podniósł głos. Usiadł spokojniej.

– Nie o mnie chodzi. Mówię o tym, jak myślał morderca – ciągnęła Liz, wciąż przypatrując się Harry'emu. Zmarszczka zmartwienia znów zarysowała się jej na czole.

– Przepraszam, Liz. – Harry przycisnął palce do szczęki. – Chyba jestem zmęczony.

Wstał i znów podszedł do okna. Chłód w środku i gorące wilgotne powietrze na zewnątrz sprawiły, że szyba pokryła się delikatną szarawą warstewką pary.

– On jej nie porwał z obawy, że zacząłem rozumieć więcej, niż powinienem. Nie miał ku temu żadnych podstaw, przecież ja nie pojmowałem nic a nic.

– No to jaki był motyw tego porwania? Potwierdzenie naszej teorii, że Klipra stał za zabójstwem ambasadora i Jima Love?

– To był motyw wtórny – odparł Harry wpatrzony w szybę. – Pierwotny był taki, że musiał zabić również ją. Kiedy…

Z sąsiedniego pomieszczenia dobiegł stłumiony grzmot basów.

– Tak, Harry?

– Kiedy ją zobaczyłem pierwszy raz, już była skazana na śmierć.

Liz odetchnęła głęboko.

– Dochodzi dziewiąta, Harry. Może jednak mi powiesz, kto jest zabójcą, zanim przyjdzie Løken?

O siódmej Løken zamknął drzwi do swojego mieszkania i wyszedł na ulicę, żeby taksówką pojechać do Millie's Karaoke. Samochód zauważył od razu. To była toyota corolla, a mężczyzna za kierownicą zdawał się wypełniać całe wnętrze. Na siedzeniu pasażera dostrzegł zarys sylwetki innej osoby; zastanawiał się, czy nie podejść do samochodu i nie spytać, czego chcą, ale postanowił, że najpierw ich przetestuje. Wydawało mu się, że wie, o co im chodzi i kto ich przysłał.

Złapał taksówkę i po przejechaniu kilku kwartałów zobaczył, że corolla w istocie się do niego przykleiła.

Taksówkarz instynktownie wyczuł, że *farang* na tylnym siedzeniu nie jest turystą, i zrezygnował z propozycji masażu. Gdy jednak Løken poprosił, żeby nagle skręcił, chyba zmienił zdanie, bo Løken napotkał jego spojrzenie w lusterku.

– *Sightseeing, sil?*

– Tak. *Sightseeing.*

Po dziesięciu minutach już nie było wątpliwości. Najwyraźniej chodziło o to, by Løken doprowadził tych dwóch policjantów do tajnego miejsca spotkania. Løken zastanawiał się jedynie, w jaki sposób komendant policji dowiedział się, że w ogóle mają się spotkać. I dlaczego tak nerwowo zareagował na sytuację, w której podległa mu komisarz trochę wbrew regulaminowi współpracuje z cudzoziemcami. Może i nie było to całkiem przepisowe, ale przynajmniej dało rezultaty.

Na Sua Pa Road ruch całkiem stanął. Kierowca wcisnął się w wolne miejsce za dwoma autobusami i wskazał na filary budowane między pasami ruchu. W zeszłym tygodniu z góry spadła stalowa belka i zabiła człowieka w aucie, czytał o tym. Zamieścili też zdjęcia. Kierowca pokręcił głową, wyjął ściereczkę, przetarł nią deskę rozdzielczą, okna, figurkę Buddy i rodzinę królewską, po czym z westchnieniem rozłożył „Thai Rath" na kierownicy i odszukał dział sportowy.

Løken wyjrzał przez tylną szybę. Od corolli oddzielały go jedynie dwa samochody. Popatrzył na zegarek. Wpół do ósmej. Spóźni się, nawet jeśli nie będzie próbował pozbyć się tych idiotów. Podjął decyzję i postukał kierowcę w ramię.

– Widzę znajomych – powiedział po angielsku, gestem wskazując za siebie.

Kierowca popatrzył z niedowierzaniem, pewnie podejrzewał, że *farang* nie chce zapłacić.

– Zaraz wracam. – Løken ledwie przecisnął się przez uchylone drzwiczki.

Dzień życia mniej, pomyślał, wdychając powietrze o takiej zawartości dwutlenku węgla, że byłoby w stanie wytruć całą rodzinę szczurów, i spokojnie ruszył w stronę corolli. Jeden z reflektorów najprawdopodobniej kiedyś o coś stuknął, bo świecił mu prosto w twarz. Przygotował sobie przemowę. Już się cieszył na widok ich zdumionych twarzy. Znalazł się w odległości dwóch metrów i widział tamtych dwóch w samochodzie. Nagle ogarnęła go niepewność. Coś w tej postaci się nie zgadzało. Wprawdzie policjanci generalnie nie zaliczają się do najbystrzejszych ludzi na świecie, ale zwykle na ogół rozumieją, że dyskrecja jest pierwszym najważniejszym przykazaniem, kiedy się kogoś śledzi. Mężczyzna na siedzeniu pasażera nosił ciemne okulary, mimo że słońce dawno już zaszło, i chociaż w Bangkoku Chińczycy z warkoczem nie byli niczym niezwykłym, to jednak olbrzym za kierownicą ściągał na siebie uwagę. Løken już miał zawrócić, kiedy drzwi corolli się otworzyły.

– *Mistel* – odezwał się miękki głos.

Wszystko było nie tak. Løken usiłował szybko wrócić do taksówki, ale jakieś auto wcisnęło się, zagradzając mu drogę. Odwrócił się do corolli, Chińczyk szedł w jego stronę.

– *Mistel* – powtórzył w chwili, gdy samochody na przeciwnym pasie ruszyły. Zabrzmiało to jak szept podczas orkanu.

Løken raz zabił człowieka gołymi rękami, zmiażdżył mu krtań ciosem zadanym krawędzią dłoni, tak jak się tego uczył na obozie treningowym w Wisconsin. Ale to było w zamierzchłych czasach, w młodości. Śmiertelnie się wtedy bał. Teraz się nie bał, za to był wściekły.

Prawdopodobnie to i tak nie miało znaczenia.

Kiedy poczuł oplatające go ręce i stwierdził, że nogami nie dotyka już ziemi, wiedział już na pewno, że to bez znaczenia. Próbował krzyczeć, ale powietrze niezbędne do tego, by wprawić struny głosowe w wibracje, zostało z niego wyciśnięte. Zobaczył, jak gwiaździste niebo powoli obraca się nad jego głową, a za moment zasłoniła je miękka podsufitka samochodu.

Czuł na plecach nieprzyjemny gorący oddech. Patrzył przez przednią szybę corolli. Mężczyzna w ciemnych okularach stał przy jego taksówce i przez okno podawał kierowcy kilka banknotów. Uścisk trochę się rozluźnił. Løken długim drżącym oddechem chłonął zanieczyszczone powietrze jak wodę źródlaną.

Szyba w taksówce podjechała do góry, mężczyzna w okularach zawrócił w ich stronę. Teraz już zdjął okulary i w momencie, gdy znalazł się w świetle uszkodzonego reflektora, Løken go rozpoznał.

– Jens Brekke? – szepnął zdumiony.

50

– Jens Brekke?! – wykrzyknęła Liz.

Harry skinął głową.

– To niemożliwe, przecież on ma alibi. Tę przeklętą idiotoodporną taśmę, która świadczy o tym, że dzwonił do siostry za piętnaście ósma.

– To prawda, ale nie była nagrana w jego biurze. Spytałem, dlaczego, na miłość boską, zadzwonił do siostry-pracoholiczki do domu w środku dnia pracy. Powiedział, że zapomniał, która godzina jest w Norwegii.

– I?

– Słyszałaś kiedyś o dealerze walutowym „zapominającym", która jest godzina w innych krajach?

– Może i nie, ale jaki to ma związek ze sprawą?

– Nagrał się na sekretarkę w domu siostry, ponieważ na rozmowę z nią nie miał czasu ani też nic jej nie chciał przekazać.

– Tego nie rozumiem.

– Uświadomiłem to sobie, kiedy zobaczyłem, że Klipra ma identyczne urządzenie jak Brekke. Po zastrzeleniu Klipry Brekke zatelefonował do siostry z jego gabinetu i zabrał taśmę. Taśma to dowód, o której dzwonił, ale nie skąd. Nie przyszło nam do głowy, że taśma może pochodzić z innego urządzenia. Ale ja mogę udowodnić, że została wyjęta z magnetofonu Klipry.

– Jak?

– Pamiętasz, że trzeciego stycznia Klipra dzwonił na komórkę ambasadora? Tej rozmowy nie ma na żadnej z taśm w jego biurze.

Liz roześmiała się głośno.

– To kompletne szaleństwo, Harry. Ten szczur załatwił sobie niezbite alibi, a potem siedział w areszcie i czekał, kiedy wreszcie będzie mógł zagrać atutową kartą, żeby to wyglądało na jeszcze bardziej przekonujące!

– Mam wrażenie, że słyszę w twoim głosie podziw.

– Wyłącznie profesjonalny. Sądzisz, że zaplanował to od samego początku?

Harry spojrzał na zegarek. Mózg zaczął alfabetem Morse'a nadawać informacje o tym, że coś jest nie tak.

– Akurat tej jednej jedynej rzeczy jestem pewien: wszystkie działania Brekkego zostały zaplanowane. Ani jednego szczegółu nie pozostawił przypadkowi.

– A skąd taka pewność?

– No cóż. – Przyłożył pustą szklankę do czoła. – Sam mi to powiedział. Mówił, że nienawidzi ryzyka, że nie wchodzi do gry, kiedy nie ma pewności, że wygra.

– Przypuszczam, że wymyśliłeś też, w jaki sposób zabił ambasadora.

– Po pierwsze, odprowadził ambasadora do garażu. To może potwierdzić recepcjonistka. Po drugie, wrócił windą na górę. I to poświadcza dziewczyna, która wsiadła do windy i którą na dodatek zaprosił na kawę. Najprawdopodobniej zabił ambasadora w garażu. Zadał mu cios lapońskim nożem, kiedy Molnes się odwrócił, żeby wsiąść do samochodu. Zabrał mu klucze i załadował ciało do bagażnika, zamknął samochód, wrócił do windy i zaczekał, aż ktoś ją przywoła, żeby mieć pewność, że jakiś świadek potwierdzi jego wjazd z powrotem na górę.

– Nawet podrywał tę dziewczynę, żeby go zapamiętała.

– No właśnie. Gdyby trafił się ktoś inny, wymyśliłby coś innego. Potem zablokował w telefonie rozmowy przychodzące, udając, że jest zajęty, wsiadł do windy jadącej w dół i samochodem ambasadora pojechał do Klipry.

– Ale jeśli ambasadora zabił w garażu, to zabójstwo musiało się nagrać na wideo.

– A jak sądzisz, dlaczego ta kaseta zniknęła? Nikt nie próbował podważać alibi Brekkego, to on sam skłonił Jima Love do oddania mu kasety. Tamtego wieczoru, kiedy spotkaliśmy go na meczu bokserskim, spieszył się do biura, ale nie po to, by porozmawiać z amerykańskim klientem. Umówił się z Jimem, że ten go wpuści. Po to żeby Brekke mógł wyjąć taśmę z nagraniem, na którym widać, jak zabija ambasadora. I przeprogramować zegar, żeby wszystko wyglądało na to, że ktoś usiłuje pozbawić go alibi.

– Dlaczego po prostu nie usunął oryginalnej kasety?

– Brekke to perfekcjonista. Wiedział, że w miarę przytomny śledczy w którymś momencie stwierdzi niezgodność godziny nagrania.

– W jaki sposób?

– Ponieważ skasowane nagranie zastąpił filmem z innego wieczoru, prędzej czy później policja rozmawiałaby z pracownikami budynku, którzy zaświadczyliby, że przejeżdżali przed tą kamerą między czwartą a wpół do szóstej trzeciego stycznia. A dowodem sfabrykowania taśmy jest oczywiście brak tych osób na nagraniu. Dzięki deszczowi i mokrym śladom opon doszliśmy do tego nieco szybciej, niż mieliśmy dojść.

– A więc nie okazałeś się bystrzejszy, niż on sobie życzył?

Harry wzruszył ramionami.

– No nie. Ale mogę z tym żyć. Za to Jim Love nie mógł. Swoją zapłatę dostał w zatrutym opium.

– Dlatego że był świadkiem?

– Już mówiłem, że Brekke nie lubi ryzyka.

– A co z motywem?

Harry wypuścił powietrze przez nos. Zabrzmiało to jak sapnięcie hamulców tira.

– Pamiętasz, zastanawialiśmy się, czy dysponowanie pięćdziesięcioma milionami koron przez sześć lat byłoby dostatecznym motywem do zabicia ambasadora.

– Nie było.

– Ale dysponowanie nimi do końca życia skłoniło Jensa Brekke do zabicia trojga ludzi. Zgodnie z testamentem pieniądze miała odziedziczyć Runa po ukończeniu dwudziestu trzech lat, lecz ponieważ jej śmierć w ogóle nie była brana pod uwagę, dziedziczenie po niej następuje w sposób ustawowy. To znaczy, że majątek przechodzi na Hilde Molnes. W testamencie nie ma żadnych zastrzeżeń, ambasadorowa może dysponować tymi pieniędzmi już teraz.

– A w jaki sposób Brekke zamierzał ją zmusić do oddania mu majątku?

– W żaden. Hilde Molnes zostało sześć miesięcy życia. To czas wystarczająco długi, by mogła za niego wyjść, ale nie tak długi, żeby Brekke nie zdołał utrzymać się w roli idealnego dżentelmena.

– Chcesz powiedzieć, że usunął z drogi jej męża i córkę, by po jej śmierci odziedziczyć majątek?

– Nie tylko. On już korzysta z tych pieniędzy.

Liz popatrzyła na niego zdziwiona.

– Przejął stojącą na krawędzi bankructwa spółkę o nazwie Phuridell. Jeżeli wszystko pójdzie zgodnie z analizą Barclay Thailand, za parę lat firma może być warta dwadzieścia razy tyle, ile za nią zapłacił.

– To dlaczego tamci ją sprzedają?

– Według George'a Waltersa, szefa Phuridellu, „tamci" to drobni akcjonariusze, którzy odmówili sprzedaży swoich udziałów Ovemu Kliprze, kiedy skupował większość akcji, ponieważ uważali, że mogą liczyć na wielkie zyski. Ale po zniknięciu Klipry dowiedzieli się, że spółka bankrutuje, bo dławi ją dług dolarowy, więc z radością przyjęli ofertę Brekkego. To samo dotyczyło firmy adwokackiej, która zarządzała masą spadkową po Kliprze. Łączna cena kupna wynosi około stu milionów koron.

– Ale Brekke jeszcze nie ma tych pieniędzy?

– Walters powiedział mi, że połowę sumy trzeba wpłacić teraz, a połowę za sześć miesięcy. Jak Brekke zamierza wpłacić pierwszą ratę, nie wiem. Musiał zdobyć te pieniądze w inny sposób.

– A jeśli Hilde Molnes nie umrze za sześć miesięcy?

– Coś mi mówi, że Brekke już by o to zadbał. To on jej miesza drinki...

Liz zamyślona wpatrywała się przed siebie.

– Czy nie bał się, że wzbudzi podejrzenia, jeśli pojawi się akurat teraz jako nowy właściciel Phuridellu?

– Owszem. Dlatego kupił akcje w imieniu spółki, która nazywa się Ellem Limited.

– Przecież można sprawdzić, że to on za nią stoi.

– Nie stoi. Firmę założono na nazwisko Hilde Molnes. Ale po jej śmierci oczywiście on odziedziczy również tę spółkę.

Wargi Liz ułożyły się w pełne zdumienia „O".

– I tego wszystkiego zdołałeś się dowiedzieć na własną rękę?

– Z pomocą Waltersa. Ale coś mi zaczęło świtać w głowie, kiedy u Klipry znalazłem listę akcjonariuszy Phuridellu.

– Tak?

– Ellem – uśmiechnął się Harry. – Początkowo podejrzewałem Ivara Løkena. Jego przezwisko z okresu wojny w Wietnamie to LM. Rozwiązanie okazało się jednak bardziej banalne.

Liz założyła ręce za głowę.

– Poddaję się.

– Ellem czytane od tyłu to Melle. A tak brzmi panieńskie nazwisko Hilde Molnes.

Liz przyglądała się Harry'emu, jakby był atrakcją w ogrodzie zoologicznym.

– Jesteś naprawdę niemożliwy.

Jens patrzył na owoc papai, który trzymał w dłoni.

– Wiesz co, Løken? Papaja, w momencie kiedy ją nagryzasz, cuchnie rzygowinami, zauważyłeś to? – Wbił zęby w miąższ. Sok spłynął mu po brodzie. – A smakuje jak cipa. – Odchylił głowę ze śmiechem. – Wiesz, papaja w Chinatown kosztuje pięć bahtów. Prawie nic. Każdego na nią stać. To jedna z tak zwanych prostych przyjemności. I tak jak ze wszystkimi prostymi przyjemnościami, człowiek nie potrafi ich docenić, dopóki mu się ich nie odbierze. Na przykład... – Jens machnął ręką, jakby szukał odpowiedniej analogii – ...tego, że samemu można się podetrzeć. Albo walić konia. Wszystkiego, co wymaga posiadania przynajmniej jednej sprawnej ręki. – Podniósł odciętą dłoń Løkena za palec środkowy i przysunął mu ją do twarzy. – Jedną ciągle masz. Pomyśl o tym. I pomyśl o tym wszystkim, czego nie będziesz mógł zrobić, nie mając obu. Ja już się trochę nad tym zastanawiałem, więc ci pomogę. Nie będziesz mógł obrać pomarańczy, nadziać przynęty na haczyk, popieścić kobiety ani zapiąć sobie spodni. Nie będziesz mógł nawet się zastrzelić, gdyby przyszła ci na to ochota. Ktoś będzie musiał ci pomagać. We wszystkim. Naprawdę to rozważ.

Kropelki krwi skapujące z dłoni uderzały o krawędź stołu i na koszuli Løkena pojawiły się maleńkie czerwone plamki. Jens odłożył odciętą rękę. Palce wskazywały na sufit.

– A z drugiej strony, kiedy ma się obie ręce nietknięte, nie ma granic tego, co można zrobić. Można udusić człowieka, którego się nienawidzi, ściągnąć ze stołu wygraną i trzymać kij do golfa. Wiesz, jak daleko posunęła się już medycyna?

Jens zaczekał, dopóki nie zyskał pewności, że Løken nie odpowie.

– Lekarze potrafią przyszyć dłoń, nie niszcząc nawet jednego nerwu, zagłębiają się w ramię i wyciągają nerwy jak gumki. W ciągu sześciu miesięcy zapomnisz, że jej nie miałeś. To oczywiście zależy od tego, czy dostatecznie szybko trafisz do lekarza i czy nie zapomnisz zabrać ręki ze sobą. – Stanął za krzesłem Løkena, oparł brodę na jego ramieniu i szepnął mu do ucha: – Zobacz, jaka ładna ręka. Piękna, co? Prawie tak piękna jak dłoń tej rzeźby Michała Anioła. Jak ona się nazywała?

Løken nie odpowiedział.

– Ta wykorzystana w reklamie Levi'sa, no wiesz.

Løken utkwił wzrok w jakimś punkcie przed sobą. Jens westchnął.

– Widać żaden z nas nie jest znawcą sztuki, prawda? No ale może kupię sobie jakieś słynne obrazy, kiedy będzie już po wszystkim. Zobaczę, czy mnie nie zainspirują. À propos, ile czasu musi minąć, nim będzie za późno na przyszycie ręki? Pół godziny? Godzina? Może więcej, gdybyśmy umieścili ją w lodzie. Ale, niestety, lód już się nam dzisiaj skończył. Na szczęście dla ciebie do szpitala Answut jest tylko piętnaście minut jazdy. – Nabrał powietrza, przyłożył usta do ucha Løkena i wrzasnął: – GDZIE JEST HOLE I TA KOBIETA?!

Løken drgnął i odsłonił zęby w grymasie bólu.

– Przepraszam. – Jens zdjął kawałeczek pomarańczowego miąższu owocu z policzka Løkena. – Po prostu zależy mi, żeby się z nimi skontaktować. O ile dobrze wiem, tylko wy troje zrozumieliście, jak to się jedno z drugim wiąże, prawda?

Spomiędzy warg starego człowieka wydobył się ochrypły szept:

– Masz rację...

– Co? – spytał Jens i nachylił się do jego ust. – Co powiedziałeś? Głośniej, człowieku!

– Masz rację z tą papają. Cuchnie rzygowinami.

Liz założyła ręce za głowę.

– Ta sprawa z Jimem Love. Nie bardzo sobie potrafię wyobrazić, jak Brekke stoi w kuchni i dodaje cyjanku do opium.

Harry uśmiechnął się krzywo.

– To samo Brekke mówił o Kliprze. Masz rację. Ktoś mu pomagał. Jakiś profesjonalista.

– Takich ludzi nie szuka się przez ogłoszenia w gazecie.

– No nie.

– Może przypadkiem nawiązał z kimś znajomość. Odwiedza przecież pokątne środowiska hazardzistów. Albo... Albo...

Urwała, kiedy zobaczyła, że Harry dziwnie na nią patrzy.

– Co? – spytała. – O co chodzi?

– Czy to nie jasne jak słońce? Nasz stary znajomy Woo. Cały czas współpracował z Jensem. To Jens kazał mu umieścić podsłuch w moim telefonie.

– Wygląda mi to na trochę zbyt nadzwyczajny zbieg okoliczności, żeby facet, który pracował dla wierzycieli Molnesa, pracował też dla Brekkego.

– Oczywiście to nie jest żaden zbieg okoliczności. Hilde Molnes mówiła mi, że egzekutorzy długu, którzy dzwonili do niej po śmierci męża, od razu ustąpili po rozmowie przez telefon z Jensem Brekke. Wątpię, żeby ich przestraszył. Kiedy odwiedziliśmy Thai Indo Travellers, Sorensen oświadczył, że nie mają żadnych niezałatwionych rachunków z Molnesem. Najprawdopodobniej mówił prawdę.

Przypuszczam, że Brekke spłacił długi ambasadora w zamian za dodatkowe usługi, rzecz jasna.

– Usługi Woo.

– No właśnie. – Harry znów spojrzał na zegarek. – Do jasnej cholery, gdzie się podział ten Løken?

Liz westchnęła i wstała.

– Spróbujmy do niego zadzwonić. Może zasnął?

Harry w zamyśleniu podrapał się po brodzie.

– Może.

Løken czuł ból w piersi. Nigdy nie miał problemów z sercem, ale trochę wiedział o symptomach. Jeśli to zawał, to miał nadzieję, że okaże się dostatecznie silny, żeby go zabić. I tak miał umrzeć, więc równie dobrze mógłby pozbawić Brekkego bodaj części przyjemności. Chociaż kto wie, może Brekke wcale nie odczuwał przyjemności? Może traktował to tak samo jak on – jak pracę, którą należało wykonać. Strzał, człowiek pada, to wszystko. Patrzył na Brekkego, widział, jak jego usta się poruszają, i ku swemu zaskoczeniu zrozumiał, że nic nie słyszy.

– Kiedy więc Ove Klipra poprosił mnie o zabezpieczenie dolarowego długu Phuridellu, zrobił to podczas lunchu zamiast przez telefon – mówił Jens. – Nie mogłem uwierzyć własnym uszom. Zamówienie na pół miliarda, a on przekazuje mi je ustnie, zamiast nagrać na taśmę! To szansa, na jaką się czeka przez całe życie, a ona i tak nigdy się nie trafia. – Jens wytarł usta serwetką. – Po powrocie do biura zleciłem transakcję dolarową na własne nazwisko. Gdyby dolar spadł, mógłbym później przepisać ją na Phuridell, twierdząc, że to zabezpieczenie dolarowe, tak jak się umawialiśmy. Gdyby dolar poszedł w górę, mogłem sam zgarnąć zyski i wyprzeć się, że Klipra dał mi to zlecenie. Niczego by mi nie udowodnił. Zgadnij, co się stało, Ivar? Mogę tak do ciebie mówić? – Zmiął serwetkę i rzucił nią, celując w kosz na śmieci przy drzwiach. – No więc Klipra zagroził, że pójdzie z tą sprawą do dyrekcji Barclay Thailand. Wyjaśniłem mu, że jeśli przyznają mu rację, to będą musieli zwrócić mu stratę, przy okazji pozostając bez swojego najlepszego dealera. Mówiąc w skrócie: w Barclay Thailand nie mieli innego wyjścia, jak mnie wspierać, na nic innego nie było ich stać. Klipra zagroził więc, że uruchomi swoje kontakty polityczne, ale wiesz co? Nie zdążył. Stwierdziłem, że mogę za jednym zamachem pozbyć się problemu Ovego Klipry i przejąć jego spółkę, Phuridell, która wzbije się w górę jak rakieta. A mówię tak nie dlatego, że w to wierzę i mam taką nadzieję, jak ci żałośni spekulanci giełdowi. Ja to wiem. Sam się o to zatroszczę i na pewno tak będzie. – Oczy mu błyszczały. – Dokładnie tak, jak wiem, że Harry Hole i to łyse babsko umrą dziś wieczorem. To też się stanie. – Spojrzał na zegarek. – Wybacz mi ten melodramat, Ivar, ale czas płynie. Najwyższa pora pomyśleć o tym, co dla nas najlepsze.

Løken patrzył na niego pustym spojrzeniem.

– Nie boisz się, co? Twardziel z ciebie. – Brekke lekko zaskoczony skubał luźną nitkę przy dziurce od guzika. – Opowiedzieć ci, jak ich znajdą? Przywiązanych do pala wbitego gdzieś w dno rzeki z kulką w ciele i „gębą goryla". Pamiętasz to określenie, Ivar? Nie? Może go nie używaliście, kiedy byłeś młody. Sam nie do końca rozumiałem, co oznacza, dopóki mój przyjaciel Woo nie wytłumaczył mi, że śruba łodzi dosłownie zrywa człowiekowi skórę z twarzy, zostaje czerwone mięso. A najlepsze, że to metoda, którą stosuje mafia. Ludzie będą sobie, rzecz jasna, zadawać pytanie, czym tych dwoje tak się naraziło mafii, ale na to nigdy nie otrzymają odpowiedzi, prawda? Zwłaszcza od ciebie, bo ty dostaniesz bezpłatną operację i pięć milionów dolarów za to, że powiesz mi, gdzie oni są. Przecież umiesz świetnie znikać, zmieniać tożsamość i tak dalej. Nie mam racji?

Ivar Løken patrzył, jak wargi Jensa się poruszają, i słyszał dobiegające z oddali echo jakiegoś głosu. Słowa takie jak „śruba", „pięć milionów" i „nowa tożsamość" zdawały się przelatywać obok niego. We własnych oczach nigdy nie był bohaterem i wcale nie pragnął zginąć jak bohater. Umiał jednak odróżnić dobro od zła i w granicach rozsądku starał się czynić dobro. Nikt inny oprócz Brekkego i Woo nigdy się nie dowie, czy wyszedł na spotkanie śmierci z podniesioną głową, czy nie. Nikt nie będzie mówił o starym Løkenie przy piwie, kiedy spotkają się weterani wywiadu albo służby dyplomatycznej. I to w zasadzie Løkena też nie obchodziło. Nie potrzebował żadnej pośmiertnej sławy. Jego życie było dobrze skrywaną tajemnicą i chyba tak samo powinien umrzeć. Ale chociaż nie była to okazja do czynienia wielkich gestów, to wiedział, że podając Brekkemu informacje, których tamten się domagał, zyska jedynie szybszą śmierć. A bólu już nie czuł, więc nie warto. Nawet gdyby usłyszał szczegóły propozycji Brekkego, i tak nie miałyby żadnego znaczenia. Nic już nie miało znaczenia. Bo w tej samej chwili telefon komórkowy, który miał przy pasku, zaczął piszczeć.

51

Harry już miał się rozłączyć, kiedy usłyszał kliknięcie i kolejny sygnał. Zrozumiał, że z domowego numeru Løkena został przełączony dalej na komórkę. Zaczekał do siódmego dzwonka, po czym się poddał i podziękował stojącej za kontuarem dziewczynie z kokardą à la Myszka Miki za pozwolenie skorzystania z telefonu.

– Mamy problem – oświadczył, wracając do ich pokoju.

Liz zdjęła buty i skubała suche skórki przy paznokciach.

– To te korki. Zawsze wszystko jest przez korki.

– Przełączyło mnie na komórkę, ale też nie odebrał. Nie podoba mi się to.

– Spokojnie. Co miałoby mu się stać w spokojnym Bangkoku? Na pewno zostawił komórkę w domu.

– Popełniłem głupstwo – przyznał Harry. – Powiedziałem Brekkemu, że zamierzamy się dziś wieczorem spotkać wc troje, i poprosiłem, żeby się dowiedział, kto stoi za Ellem Limited.

– Co zrobiłeś?! – Liz zrzuciła nogi ze stołu.

Harry uderzył pięścią w blat, aż podskoczyły filiżanki.

– Niech to szlag trafi! Chciałem zobaczyć, jak on zareaguje.

– Jak zareaguje? Do diabła, Harry, to nie jest zabawa!

– Ja się wcale nie bawię. Ustaliłem z nim, że zadzwonię do niego podczas naszego spotkania. Chciałem się wtedy gdzieś z nim umówić. Planowałem Lemon Grass.

– Tę restaurację, w której byliśmy?

– To tuż obok. Uznałem to za lepsze rozwiązanie niż urządzanie zasadzki u niego w domu. Jest nas troje, więc wyobrażałem sobie takie aresztowanie jak wtedy, kiedy zwinęliśmy Woo.

– Musiałeś go postraszyć, wymieniając Ellem? – jęknęła Liz.

– Brekke nie jest głupi. Od dawna czuł, co się święci. Znów wrócił do tematu świadkowania na ślubie, testował mnie. Chciał sprawdzić, czy nie mam go na celowniku.

Liz prychnęła.

– Co za brednie macho! Jeśli wy dwaj macie tu jakieś osobiste porachunki, to załatwcie te męskie przepychanki w inny sposób. Do diabła, Harry! Sądziłam, że jesteś zbyt profesjonalny na coś takiego.

Harry nie odpowiedział. Wiedział, że Liz ma rację. Zachował się jak amator. Dlaczego, na miłość boską, wspomniał o Ellem Limited? Mógł przecież wymyślić sto innych powodów, dla których powinni się spotkać. Być może Jens miał rację, mówiąc, że niektórzy ludzie lubią ryzyko dla samego ryzyka. Może Harry był tylko jednym z hazardzistów, których Brekke uważał za tak żałosnych. Nie, to nie to. W każdym razie nie tylko. Dziadek kiedyś mu tłumaczył, że nigdy nie strzela do pardw, kiedy siedzą na ziemi. „To nieładnie".

Czyżby to była przyczyna? Coś w rodzaju dziedzicznej etyki myślistwa? Trzeba wypłoszyć zdobycz, by móc do niej strzelić, gdy będzie uciekać. Zostawić jej symboliczną możliwość ocalenia.

Głos Liz przerwał mu ciąg myśli.

– Więc co robimy teraz, sierżancie?

– Czekamy – odparł Harry. – Dajemy Løkenowi pół godziny. Jeśli się nie pojawi, dzwonię do Brekkego.

– A jeśli Brekke nie odbierze?

Harry głęboko odetchnął.

– To dzwonimy do komendanta i uruchamiamy cały aparat.

Liz przez zaciśnięte zęby wymamrotała kilka przekleństw.

– Mówiłam ci już, jak wygląda życie policjanta z drogówki?

Jens patrzył na wyświetlacz komórki Løkena i głośno się śmiał. Telefon przestał dzwonić.

– Masz świetną komórkę, Ivar. Ericsson wykonał naprawdę dobrą robotę, zgodzisz się ze mną? Wyświetla się numer dzwoniącego, więc jeśli nie chcesz z kimś rozmawiać, możesz po prostu nie odbierać. O ile się nie mylę, ten ktoś zaczął się zastanawiać, dlaczego się nie zjawiasz. Bo nie masz chyba zbyt wielu przyjaciół, którzy dzwoniliby do ciebie o tej porze, prawda, Ivar?

Rzucił telefon przez ramię, Woo zręcznie odstąpił w bok i go złapał.

– Dzwoń do informacji i dowiedz się, czyj to numer i gdzie to jest. Natychmiast.

Jens przysiadł się do Løkena.

– Z tą operacją trzeba się już bardzo spieszyć, Ivar. – Zatkał nos, patrząc na kałużę, która rozlewała się pod krzesłem. – Ależ, Ivarze!

– Millie's Karaoke – rozległo się za nimi kulawym angielskim. – Wiem, gdzie to jest.

Jens poklepał Løkena po ramieniu.

– *Sorry*, ale musimy lecieć, Ivar. Do szpitala wybierzemy się, jak wrócimy. Obiecuję, dobrze?

Løken poczuł wibracje oddalających się kroków i czekał na ruch powietrza wywołany zatrzaskującymi się drzwiami. Nie nastąpił. Zamiast tego znów pojawiło się dalekie echo głosu tuż przy jego uchu.

– Prawie zapomniałem, Ivar.

Gorący oddech palił skroń Løkena.

– Musimy czymś przywiązać ich do tych pali. Mogę pożyczyć opaskę? Oddam ci ją, obiecuję.

Løken otworzył usta i poczuł, jak śluzówka w gardle rwie się od krzyku. Ktoś inny przejął dowodzenie nad jego mózgiem, szarpnął za skórzane rzemienie i zobaczył, jak krew bucha na stół, a rękawy koszuli chłoną jej tyle, że całkiem zmieniają barwę. Ruch powietrza wywołany zatrzaśnięciem drzwi już do niego nie dotarł.

Harry poderwał się, słysząc lekkie pukanie do drzwi.

Mimowolnie się skrzywił, widząc, że to nie Løken, tylko dziewczyna z kokardą Myszki Miki.

– *You Hally, sil?*

Przytaknął.

– *Telephone.*

– A nie mówiłam? – rzuciła Liz. – Stawiam sto bahtów, że to korki.

Harry poszedł za dziewczyną do recepcji, podświadomie odnotował, że ma takie same kruczoczarne włosy i smukłą szyję jak Runa. Przyglądał się króciutkim czarnym włoskom na karku. Dziewczyna odwróciła się, uśmiechnęła przelotnie i wyciągnęła do niego rękę. Kiwnął głową i wziął słuchawkę.

– Tak?

– Harry? To ja.

Harry dosłownie czuł, jak naczynia krwionośne mu się rozszerzają, kiedy serce zaczęło szybciej tłoczyć krew. Kilka razy głęboko odetchnął, zanim mógł spokojnie i wyraźnie powiedzieć:

– Gdzie jest Løken, Jens?

– Ivar? Ma pełne ręce roboty i nie mógł przyjść.

Po jego głosie Harry poznawał, że maskarada dobiegła końca. To mówił ten Jens Brekke, z którym rozmawiał pierwszy raz w biurze. Tym samym żartobliwym, wyzywającym tonem, jakiego używa człowiek, który wie, że wygra, ale pragnie się tym napawać, zanim zada ostateczny cios. Harry usiłował myśleć szybko, stwierdzić, co mogło znów przechylić szanse na jego korzyść.

– Czekałem na twój telefon, Harry. – To nie był głos zrozpaczonego człowieka, tylko kogoś, kto prowadzi samochód nonszalancko, trzymając kierownicę jedną ręką.

– No cóż, uprzedziłeś mnie, Jens.

Brekke zaśmiał się ochryple.

– Chyba zawsze cię uprzedzam, Harry, prawda? Jakie to uczucie?

– Męczące. Gdzie jest Løken?

– Chcesz wiedzieć, co Runa powiedziała przed śmiercią?

– Nie. Chcę tylko wiedzieć, gdzie jest Løken, co z nim zrobiłeś i gdzie cię znajdziemy.

– Ależ to aż trzy życzenia naraz!

Membrana w słuchawce zadrgała od jego śmiechu. Ale uwagę Harry'ego przyciągało coś jeszcze. Coś, czego nie był w stanie zidentyfikować.

Śmiech gwałtownie się urwał.

– Wiesz, ile poświęcenia wymaga zrealizowanie takiego planu, Harry? Zabezpieczanie podwójnych zabezpieczeń, chodzenie okrężną drogą, żeby wszystko idealnie się składało. Nie mówiąc już o niedogodnościach fizycznych. Zabijanie to jedno, ale myślisz, że przyjemnie mi się siedziało przez dwa dni w areszcie? Może mi nie wierzysz, ale to, co mówiłem o siedzeniu w zamknięciu, to prawda.

– To po co szedłeś okrężną drogą?

– Tłumaczyłem ci już wcześniej, że eliminowanie ryzyka kosztuje. Ale warto to robić, zawsze warto. Tak jak na przykład cała ta robota, którą musiałem wykonać, żeby wszystko wyglądało na winę Klipry.

– Dlaczego nie mogłeś tego zrobić w prosty sposób? Po prostu ich zabić, a winę zrzucić na mafię?

– Myślisz jak ci przegrani, których zwykle ścigasz, Harry. Oni są jak hazardziści. Zapominają o całości, o tym, że coś przyjdzie później. Oczywiście, że mogłem zabić Molnesa, Kliprę i Runę w prostszy sposób, po prostu zatroszczyć się o to, by nie pozostawić żadnych śladów. Ale to by nie wystarczyło. Bo po przejęciu majątku Molnesa i firmy Phuridell stałoby się aż nadto wyraźne, że miałem motyw, by zabić wszystkich troje, prawda? Trzy zabójstwa i człowiek, który ma motyw, żeby dokonać wszystkich trzech? Nawet policja zdołałaby się zorientować. Nawet gdybyście nie znaleźli żadnych rozstrzygających dowodów, czekałyby mnie z pewnością wielkie nieprzyjemności. Musiałem więc przygotować dla was alternatywny scenariusz, w którym wszystkiemu winna była jedna z ofiar. Rozwiązanie nie na tyle trudne, abyście sobie z nim nie poradzili, ale też i nie na tyle proste, żeby dało wam spokój. Powinieneś mi właściwie dziękować, Harry, przecież dzięki mnie wyszedłeś na zdolnego, kiedy wpadłeś na ślad Klipry, prawda?

Harry słuchał tylko jednym uchem. Cofnął się o rok w przeszłość. Wtedy też słuchał głosu zabójcy. Wówczas w tle usłyszał zdradzający go plusk wody, ale teraz docierał do niego jedynie lekki szum muzyki. Mogła pochodzić skądkolwiek.

– Czego ty chcesz, Jens?

– Czego chcę? Hm. Czego ja mogę chcieć? Przypuszczam, że tylko porozmawiać.

Zatrzymuje mnie, pomyślał Harry. Chce mnie tu zatrzymać. Dlaczego? Syntetyczne bębny lekko stukały, zaraz przyłączył się do nich klarnet.

– Ale jeśli chcesz wiedzieć konkretnie, to zadzwoniłem jedynie po to, żeby ci powiedzieć…

I Just Called to Say I Love You!

– …że tej twojej koleżance przydałaby się operacja plastyczna. Co ty na to, Harry? Harry?

Słuchawka telefoniczna przesuwała się nad podłogą jak wahadło.

Biegnąc korytarzem, Harry czuł słodycz adrenaliny napływającej do krwi jak po zastrzyku. Dziewczyna z kokardą Myszki Miki wystraszona cofnęła się pod ścianę, kiedy rzucił słuchawkę. Z kabury na łydce wyszarpnął pożyczonego rugera SP-101 i załadował go jednym płynnym ruchem. Dotarło do niej, że ma dzwonić na policję? Nie miał czasu się nad tym zastanawiać. On już tu jest. Harry kopniakiem otworzył pierwsze drzwi i nad muszką rewolweru spojrzał w cztery przerażone twarze.

– Przepraszam.

W następnym pomieszczeniu o mało nie strzelił z czystego strachu. Na samym środku stał na szeroko rozstawionych nogach maleńki ciemny Taj w połyskującym od srebra kombinezonie i ciemnych okularach rodem z filmu porno. Minęły dwie sekundy, nim Harry zorientował się, co ten człowiek robi, ale w tym czasie dalszy ciąg *Hound Dog* utkwił już na dobre w gardle tajskiego Elvisa.

Harry spojrzał w głąb korytarza. W sumie musiało tu być co najmniej pięćdziesiąt pokojów. Czy powinien iść po Liz? Gdzieś w głowie od pewnego czasu dźwięczał mu dzwonek alarmowy, ale mózg był już przeciążony do tego stopnia, że usiłował go wyłączyć. Teraz dzwonek rozległ się głośno i wyraźnie. Liz! Cholera, mimo wszystko Jensowi udało się go zatrzymać!

Pognał korytarzem i zaraz za rogiem zobaczył otwarte drzwi do zajmowanego przez nich pokoju. Przestał już myśleć, nie bał się, nie miał żadnej nadziei, po prostu biegł ze świadomością, że przekroczył granicę, przed którą zabijanie jest trudne. To już nie był zły sen. To nie bieg w wodzie po pas. Wpadł do pokoju i zobaczył Liz skuloną za kanapą. Obrócił się z rewolwerem, ale za późno. Coś uderzyło go pod nerkami, wybijając z niego powietrze, i moment później miał ściśniętą szyję. Zauważył zwój przewodu do mikrofonu i zaraz oszołomił go zapach curry.

Uderzył łokciem w tył, poczuł, że w coś trafił, usłyszał jęk.

– *Tay* – powiedział jakiś głos i zaciśnięta pięść nadleciała od tyłu, trafiając go pod uchem. Zakręciło mu się w głowie. Od razu zrozumiał, że coś kosztownego stało się z jego szczęką. Przewód wokół szyi znów się napiął. Próbował podłożyć pod niego palec, ale bezskutecznie. Pozbawiony czucia język sam wysuwał się z ust, jakby ktoś go całował. Pewnie uniknie słonego rachunku u dentysty, bo przed oczami już mu pociemniało.

W mózgu miał oranżadę w proszku. Zabrakło mu sił, próbował zdecydować, że umiera, ale ciało nie słuchało. Odruchowo wyciągnął rękę do góry, ale tym razem nie było żadnej basenowej siatki, która mogłaby go ocalić. Została wyłącznie modlitwa, jakby stał na kładce nad Siam Square i błagał o życie wieczne.

– Stop!

Przewód na jego szyi się poluzował i tlen popłynął do płuc. Jeszcze, musi mieć więcej tlenu! Miał wrażenie, że w pokoju go brakuje, a płuca jakby chciały wyskoczyć z piersi.

– Puść go! – Liz podniosła się na kolana i celowała w Harry'ego swoim smith & wessonem 650.

Harry czuł, że Woo przysuwa się do niego, znów napinając przewód, ale tym razem udało mu się podłożyć pod kabel lewą dłoń.

– Zastrzel go! – wykrztusił Harry głosem Kaczora Donalda.

– Puść go natychmiast! – Źrenice Liz były czarne ze strachu i wściekłości. Strużka krwi ściekała jej z ucha przez obojczyk i spływała za dekolt.

– On mnie nie puści, musisz go zastrzelić – szepnął Harry ochryple.

– Już! – krzyknęła Liz.

– Strzelaj! – wrzasnął Harry.

– Zamknij się! – Liz gwałtownie poruszyła rewolwerem, usiłując utrzymać równowagę.

Harry odchylił się do tyłu w stronę Woo. Miał wrażenie, że napiera na ścianę. Liz miała łzy w oczach, głowa leciała jej do przodu.

Harry widział to już wcześniej. Doznała poważnego wstrząsu mózgu, a zostało im mało czasu.

– Liz, posłuchaj mnie!

Kabel gwałtownie się napiął, Harry usłyszał, jak skóra na dłoni pęka.

– Źrenice masz ogromne, zaraz będziesz w szoku, Liz. Słyszysz? Musisz strzelać teraz, nim będzie za późno! Zaraz zemdlejesz, Liz!

Z jej ust wydarł się szloch.

– Niech cię diabli, Harry. Nie dam rady. Ja...

Przewód wszedł w ciało jak w masło. Harry usiłował zacisnąć dłoń w pięść, ale chyba musiał mieć uszkodzone jakieś nerwy.

– Liz, spójrz na mnie!

Liz nie przestawała mrugać załzawionymi oczami.

– Wszystko będzie dobrze, Liz! Wiesz, dlaczego werbują tych Chińczyków z północy do armii? Cholera, przecież nie ma większych celów na świecie. Popatrz na tego faceta, Liz. Jeśli tylko ci się uda nie strzelić we mnie, to musisz go trafić!

Liz spojrzała na Harry'ego z otwartymi ustami, po czym opuściła rewolwer i wybuchnęła śmiechem. Harry usiłował powstrzymać Woo, który ruszył do przodu, ale to było równoznaczne z próbą zagrodzenia drogi lokomotywie. Padli na Liz, kiedy coś wybuchło w twarzy Harry'ego. Kłujący ból przemknął po nerwach, paliło jak ogniem. Czuł zapach perfum Liz, jej ciało poddało się pod naporem Woo, przyciskającego ich do podłogi. Echo grzmotu przetoczyło się przez otwarte drzwi na korytarz. Potem zapadła cisza.

Harry oddychał. Leżał ściśnięty między Liz a Woo, ale czuł, że jego pierś się porusza. A to mogło jedynie oznaczać, że żyje. Coś kapało i kapało. Starał się odsunąć od siebie tę myśl, nie miał na nią czasu. Mokra lina, zimne słone krople uderzające o pokład. To nie Sydney. Krople skapywały na czoło Liz, na jej powieki. Potem znów usłyszał jej śmiech. Liz otworzyła oczy, dwa czarne okna z białymi futrynami w czerwonej ścianie. Siekiera dziadka, suche, głuche uderzenia, stuk, gdy drewno spadało na ubitą ziemię. Niebo błękitne, trawa łaskocze w ucho. Mewa raz pojawia się w polu widzenia, raz znika. Miał ochotę zasnąć, cała twarz stanęła w ogniu. Czuł zapach własnego ciała i prochu, który utkwił w skórze.

Z głośnym jękiem wysunął się z tego ludzkiego sandwicza. Liz ciągle się śmiała z szeroko otwartymi oczami. Ale on na to nie reagował.

Obrócił Woo na plecy. Twarz Chińczyka zesztywniała w zdumieniu, usta były półotwarte, jakby protestowały przeciwko czarnemu otworowi w czole. Odsunął Woo, ale kapanie dalej nie ustawało. Odwrócił się do ściany i zobaczył, że nic mu się nie zwiduje. Madonna znów zmieniła kolor włosów. Warkocz Woo przykleił się do górnej części ramki, piosenkarce wyrosła punkowa grzywka, z której ściekały krople kogla-mogla z sokiem malinowym i z miękkim plaśnięciem spadały na gruby dywan.

Liz nie przestawała się śmiać.

– A więc tutaj urządziliście sobie party? – rozległ się jakiś głos od drzwi. – I nie zaprosiliście Jensa? A ja myślałem, że jesteśmy przyjaciółmi…

Harry się nie odwrócił, rozpaczliwie rozglądając się za rewolwerem. Kiedy Woo uderzył go w plecy, broń musiała polecieć pod stół albo za krzesło.

– Tego szukasz, Harry?

Oczywiście. Obrócił się i spojrzał w lufę rugera SP-101. Już miał otworzyć usta, żeby coś powiedzieć, kiedy zobaczył, że Jens zaraz strzeli. Trzymał rewolwer w obu rękach i odrobinę się pochylił, żeby zamortyzować odrzut.

Przed oczami stanął mu tamten policjant huśtający się na krześle U Schrødera. Jego wilgotne wargi, pogardliwy uśmiech, niewidoczny, a mimo wszystko obecny. Taki sam uśmiech pojawi się, gdy komendant policji poprosi o uczczenie minutą ciszy pamięci Harry'ego Hole.

– Gra skończona, Jens – usłyszał własny głos. – Już nie uciekniesz.

– Gra skończona? Naprawdę mówi się takie rzeczy? – Jens westchnął i pokręcił głową. – Naoglądałeś się za dużo kiepskich filmów kryminalnych, Harry.

Palec zgiął się na cynglu.

– Ale okej, masz rację, już po wszystkim. Dzięki wam to będzie wyglądało jeszcze lepiej, niż sam zaplanowałem. Jak myślisz, kogo będą obwiniać, kiedy znajdą wysłannika mafii i dwoje policjantów, którzy pozabijali się nawzajem ze swoich rewolwerów?

Jens zmrużył oko, całkiem niepotrzebnie przy odległości trzech metrów. On nigdy nie ryzykuje, pomyślał Harry, zamknął oczy i odruchowo głęboko odetchnął, szykując się na strzał.

Bębenki w uszach chyba popękały. Harry poczuł, że plecami uderza w ścianę albo w podłogę, nie wiedział już w co. Zapach prochu zakręcił w nosie. Zapach. Nic nie rozumiał. Skoro Jens wystrzelił trzy razy, to Harry już dawno nie powinien czuć żadnego zapachu.

– Niech to szlag! – Ktoś wołał jakby spod kołdry. Dym się rozwiał i teraz Harry zobaczył Liz, która siedziała pod ścianą z dymiącym rewolwerem w jednej ręce, a drugą przyciskała do brzucha.

– Do diabła, dostałam! Jesteś tu, Harry?

Czy jestem, zastanowił się Harry. Ledwie przypominał sobie kopnięcie w biodro, które go obróciło do połowy.

– Co się stało? – zawołał Harry, wciąż na pół głuchy.

– Strzeliłam pierwsza. Trafiłam. Wiem, że trafiłam, Harry. Do diabła, jak on wyszedł?

Harry wstał, zrzucając przy tym filiżanki ze stołu i w końcu stanął w miarę pewnie. Lewa noga mu zdrętwiała. Zdrętwiała? Położył rękę na biodrze i poczuł, że spodnie są mokre. Nie chciał na to patrzeć. Wyciągnął rękę.

– Daj mi rewolwer, Liz.

Spojrzał na drzwi. Krew. Na linoleum była krew. Tędy. Trzeba iść tędy, Hole. Podążać oznakowaną trasą. Spojrzał na Liz. Między jej palcami na niebieskiej koszuli wykwitała czerwona róża. Niech to szlag!

Liz jęknęła i podała mu swojego smith & wessona.

– Aport, Harry!

Zawahał się.

– Do diabła, to rozkaz!

52

Przy każdym kroku wyrzucał nogę przed siebie z nadzieją, że się pod nim nie załamie. W oczach mu migotało, wiedział, że to mózg próbuje uciec od bólu. Minął dziewczynę za kontuarem, znieruchomiała, jakby pozowała do *Krzyku* Muncha, z jej ust nie wydobywał się żaden dźwięk.

– Dzwoń po karetkę! – wrzasnął Harry i wtedy się ocknęła. – Po doktora!

Wyszedł. Przestało wiać i było już tylko gorąco. Duszno i gorąco. W poprzek ulicy stał samochód, na asfalcie widać było ślady hamowania, a kierowca gestykulował na zewnątrz przy otwartych drzwiczkach. Wskazywał wysoko w górę. Harry podniósł ręce i wybiegł na ulicę, nie oglądając się. Wiedział, że jeśli kierowcy zobaczą, że nie zamierza ustępować, to może się zatrzymają. Zapiszczała guma. Zapatrzył się na to, co wskazywał kierowca. Na tle nieba sunęła karawana szarych słoni. Mózg włączał się i wyłączał jak kiepskie radio samochodowe, noc wypełniło samotne trąbienie. Wypełniło ją po brzegi. Harry poczuł, jak próżnia pędzącej na klaksonie ciężarówki prawie zerwała mu koszulę i otarła się o obcasy.

Wrócił do rzeczywistości. Oczy przeszukiwały betonowe filary. *Yellow brick road.* Droga do Krainy Oz. BERTS. Dlaczego nie? To w pewnym sensie wydawało się logiczne.

Metalowa drabinka prowadziła do otworu w betonie tuż nad nim. Piętnaście–dwadzieścia metrów w górze w wylocie widział tarczę księżyca. Włożył rękojeść rewolweru w zęby, zauważył, że pasek mu zwisa, i starając się nie myśleć, co kula, która zdołała przerwać pasek, mogła zrobić z jego biodrem, zaczął wciągać się po drabince na rękach. Metal urażał go w ranę od kabla mikrofonu.

Nic nie czuję, pomyślał Harry i zaklął, kiedy krew oblepiła mu dłoń jak rękawica do zmywania i ręka zaczęła się ślizgać. Postawił prawą nogę na stopniu, odepchnął się, przesunął ręce wyżej i znów się odepchnął. Teraz już lepiej, byle tylko nie zemdleć. Spojrzał w dół. Dziesięć metrów? Zdecydowanie nie powinien teraz mdleć. Dalej! Ściemniło się. W pierwszej chwili pomyślał, że to jemu pociemniało w oczach, więc przestał się wspinać, ale w dole widział samochody i słyszał policyjne syreny tnące powietrze jak piły. Znów popatrzył w górę. Otwór, w którym kończyła się drabinka, sczerniał. Księżyca nie było już widać. Czyżby się zachmurzyło?

Na rewolwer spadła kropla. Znów ulewa mango? Spróbował podnieść się jeszcze o szczebel w górę, czuł, jak serce uderza, potem omija dwa uderzenia i znów zaczyna pracować. Starało się, jak mogło.

Jaki to ma sens, pomyślał, patrząc w dół. Zaraz będzie tu pierwszy radiowóz. Jens na pewno już zbiegł nieistniejącą drogą dla upiorów, zanosił się śmiechem i schodził po drabinie dwa kwartały dalej, a za chwilę – pstryk – i zniknie w tłumie. Czarnoksiężnik z pieprzonej Krainy Oz.

Kropla spłynęła po lufie do zaciśniętych zębów Harry'ego.

Natychmiast pojawiły się trzy myśli. Pierwsza: jeśli Jens widział go żywego, wychodzącego z Millie's Karaoke, nie będzie uciekał. Przecież nie miał wyboru, musiał dokończyć swoje dzieło.

Druga: krople deszczu nie smakują słodko, metalicznie.

Trzecia: wcale się nie zachmurzyło, tylko otwór zasłoniło coś, co krwawi.

Potem znów wszystko potoczyło się błyskawicznie.

Miał nadzieję, że w lewej dłoni zostało mu dość nerwów, by móc zaciskać ją na drabince, prawą wyjął rewolwer z ust, zobaczył iskry sypiące się zza stopnia nad jego głową i usłyszał świst rykoszetu. Poczuł szarpnięcie za nogawkę, jeszcze zanim skierował broń w czarny otwór, i odrzut boleśnie ugodził go w uszkodzoną szczękę. W górze błysnął płomyk z lufy. Harry opróżnił magazynek i dalej naciskał spust. Klik. Klik. Cholerny amator!

Znów widział księżyc. Rzucił rewolwer i zanim usłyszał jego uderzenie o ziemię, już znów wspinał się po drabince. Dotarł na górę. Droga, skrzynki z narzędziami i sprzęt budowlany pławiły się w żółtym świetle śmiesznie wielkiego balonu, który ktoś zawiesił na niebie. Jens siedział na pryzmie piasku, ręce miał skrzyżowane na brzuchu i kołysał się w przód i w tył, głośno się śmiejąc.

– Do diabła, Harry, aleś narobił! Spójrz tylko. – Odsunął ręce na boki, z ciała lała mu się gęsta połyskująca ciecz. – Czarna krew. To znaczy, że trafiłeś w wątrobę, Harry. Istnieje ryzyko, że mój lekarz każe mi się rozstać z alkoholem. Niedobrze.

Dźwięk policyjnych syren narastał. Harry usiłował odzyskać kontrolę nad oddechem.

– Za bardzo bym się tym nie przejmował, Jens. Podobno koniak, który serwują w tajskich więzieniach, jest wyjątkowo marnej jakości. – Kulejąc, ruszył w stronę Jensa, który trzymał rewolwer wycelowany w niego.

– No, no, nie przesadzaj, Harry. To po prostu trochę boli. Ale to nic takiego, czego nie dałoby się załatwić za pieniądze.

– Naboje ci się skończyły. – Harry nadal szedł.

Jens zaśmiał się i rozkasłał.

– Niezły pomysł. Ale to tylko tobie skończyły się kule. Widzisz, ja umiem liczyć.

– Naprawdę?

– Myślałem, że już ci to wytłumaczyłem. Liczby. Przecież z tego żyję.

Zaczął pokazywać na palcach wolnej ręki.

– Dwie dla ciebie i tej lesby w norze z karaoke. I trzy na drabince. Zostaje jeszcze jedna kula dla ciebie, Harry. Opłaca się coś zaoszczędzić na deszczowy dzień.

Harry był już w odległości dwóch kroków.

– Naoglądałeś się za dużo kiepskich filmów kryminalnych, Jens.

– Słynne ostatnie słowa.

Brekke zrobił przepraszającą minę i nacisnął spust. Kliknięcie zabrzmiało ogłuszająco. Na twarzy Jensa odmalowało się niedowierzanie.

– Tylko w kiepskich filmach kryminalnych wszystkie rewolwery mają sześć naboi, Jens. A to jest ruger SP-101. Pięć.

– Pięć? – Jens gapił się na rewolwer. – Skąd wiedziałeś?

– Ja z takiej wiedzy żyję.

Harry już widział w dole niebieskie światła.

– Lepiej będzie, jeśli mi go oddasz, Jens. Policja zwykle strzela na widok broni.

Brekke, kompletnie zdezorientowany, podał mu rewolwer. Harry odruchowo wsunął go za pasek spodni. Może to właśnie przez pasek, który przecież nie trzymał, rewolwer wpadł w nogawkę, a może po prostu ze zmęczenia Harry na moment się rozluźnił, widząc w oczach Jensa coś, co wziął za kapitulację; w każdym razie zatoczył się w tył, gdy dosięgnął go cios. Zaskoczony błyskawicznym atakiem, poczuł, że lewa noga ugina się pod nim, i uderzył tyłem głowy o beton.

Na moment zemdlał. Ale wiedział, że mu nie wolno. Radio jak opętane poszukiwało stacji. Najpierw dostrzegł błysk złotego zęba, zamrugał. Ale nie, to nie był złoty ząb, tylko księżyc odbijający się w lapońskim nożu. Zimna stal pomknęła w jego stronę.

Nigdy nie uzyskał odpowiedzi, czy zadziałał instynktownie, czy też za tym, co zrobił, kryła się jakaś myśl. Wystawił lewą rękę z rozsuniętymi palcami, kierując je w stronę metalu. Nóż z łatwością przebił dłoń, a gdy wbił się aż po rękojeść, Harry przyciągnął rękę do siebie i wymierzył kopniaka zdrową nogą. Trafił gdzieś w okolice czarnej krwi; Jens zgiął się wpół, jęknął i upadł bokiem na piasek. Harry zdołał podnieść się na kolana. Jens skulił się w pozycji płodu z obydwiema rękami przyciśniętymi do brzucha. Wył. Ze śmiechu albo z bólu, trudno było stwierdzić.

– Jasna cholera, Harry. Boli tak, że to aż fantastyczne.

Jęczał, stękał i śmiał się na przemian.

Harry wstał. Patrzył na nóż wbity w rękę, nie wiedząc, co powinien zrobić: wyciągnąć go czy zostawić jako zatyczkę. Z dołu usłyszał krzyk przez megafon.

– Wiesz, co się teraz dzieje, Harry? – Jens zamknął oczy.

– Nie bardzo.

Brekke potrzebował chwili przerwy, żeby zebrać siły.

– Więc pozwól, że ci to wytłumaczę. Przyszedł dzień wypłaty dla całego tłumu policjantów, prawników i sędziów. Niech cię diabli, Harry. Będzie mnie to kosztowało.

– O czym ty mówisz?

– O czym mówię? Znów chcesz udawać norweskiego skauta, Harry? Wszystko można kupić, jeśli tylko ma się dość pieniędzy. A ja mam. Poza tym… – Zakasłał. – Jest paru polityków, którzy mają interesy w branży budowlanej i zależy im na tym, żeby BERTS nie poszło w diabły.

Harry pokręcił głową.

– Nie tym razem, Jens. Nie tym razem.

Jens odsłonił zęby w uśmiechu, jednocześnie krzywiąc się z bólu.

– Założymy się?

Odejdź stąd, pouczał się Harry w myślach. Nie rób niczego, czego byś później żałował, Hole. Odruchowo spojrzał na zegarek. Godzina zatrzymania do podania w raporcie.

– Zastanawiam się nad jedną rzeczą, Jens. Komisarz Crumley uważała, że za dużo ujawniłem, kiedy spytałem cię o Ellem Limited. Może miała rację. Ale ty już od dawna wiedziałeś, że ja wiem, prawda?

Jens próbował skupić spojrzenie na Harrym.

– Od jakiegoś czasu. I nie mogłem pojąć, dlaczego tak się starasz wyciągnąć mnie z aresztu. Dlaczego, Harry?

Harry poczuł, że kręci mu się w głowie, więc przysiadł na skrzyni z narzędziami.

– Może jeszcze wtedy nie uświadamiałem sobie, że wiem, że to ty. Może chciałem zobaczyć, jaką następną kartą zagrasz. Może chciałem cię przestraszyć i zmusić do poderwania się z ziemi, do lotu, jak ptaka. Nie wiem. A co mnie zdradziło?

– Ktoś mi o tym powiedział.

– Niemożliwe. Do dzisiejszego wieczoru nie wspomniałem nikomu ani słowem.

– Ktoś zrozumiał, chociaż nic nie mówiłeś.

– Runa?

Policzek Jensa drgał, w kąciku ust zebrała się biała ślina.

– Wiesz co, Harry? Runa miała to, co nazywa się intuicją. Ja nazywam to zdolnością obserwacji. Musisz się nauczyć lepiej ukrywać swoje myśli, Harry. Nie otwierać się przed wrogiem, bo wprost trudno uwierzyć, co kobieta jest skłonna powiedzieć, jeśli zagrozisz, że obetniesz jej to, co czyni z niej kobietę. Bo ona zdążyła stać się kobietą, prawda, Harry? Ty...

– Czym jej groziłeś?

– Że obetnę jej sutki. Co o tym myślisz?

Harry podniósł twarz do nieba i zamknął oczy, jakby czekał na deszcz.

– Powiedziałem coś złego, Harry?

Harry poczuł ciepłe powietrze przepływające przez nos.

– Ona na ciebie czekała, Harry.

– W jakim hotelu się zatrzymujesz, kiedy przyjeżdżasz do Oslo? – spytał Harry szeptem.

– Runa mówiła, że przyjdziesz ją uratować, bo wiesz, że to ja ją porwałem. Płakała jak dziecko i waliła dookoła tą swoją protezą. To było całkiem zabawne. I...

Odgłos drgającego metalu. Dzwonienie. Już wchodzili po drabince. Harry spojrzał na nóż, który wciąż miał wbity w dłoń. Nie. Rozejrzał się. Głos Jensa drapał go w ucho. Słodkie łaskotanie rozpoczęło się gdzieś w brzuchu, lekki szum w głowie, jak oszołomienie szampanem. Nie rób tego, Hole. Trzymaj się. Ale już czuł to ekstatyczne wrażenie swobodnego spadania. Puścił się.

Zamek skrzyni z narzędziami ustąpił po drugim kopnięciu. Młot pneumatyczny marki Wacker. Lekki, nie mógł ważyć więcej niż dwadzieścia kilo i zaczął pracować od pierwszego naciśnięcia guzika. Jens gwałtownie zamknął usta, oczy zaczęły mu się rozszerzać, w miarę jak mózg kawałek po kawałku pojmował, co się teraz stanie.

– Harry, nie możesz...

– Otwórz usta.

Warkot drgającego świdra utonął w szumie ulicznego ruchu w dole, trzasków z megafonu i walenia ciężkich butów na metalowej drabince. Harry nachylił się na szeroko rozstawionych nogach z twarzą wciąż uniesioną do nieba i z zamkniętymi oczami. Poczuł deszcz.

Osunął się na piasek. Był na plaży, patrzył w niebo, a ona spytała, czy mógłby jej posmarować plecy. Miała taką delikatną skórę, nie chciała się spalić. Nie chciała. Ale zaraz pojawiły się głosy, wołanie, odgłos butów na betonie i miękki dźwięk ładowania broni. Otworzył oczy, oślepiła go skierowana w nie latarka. Kiedy się odsunęła, dostrzegł zarys postaci Rangsana.

– I jak?

– Zero dziur. – Harry ledwie zdążył poczuć zapach własnej żółci, gdy zawartość żołądka wypełniła mu usta i nos.

53

Liz obudziła się ze świadomością, że kiedy otworzy oczy, zobaczy żółty sufit z pęknięciem w tynku w kształcie litery T. Wpatrywała się w nie już od dwóch tygodni. Z powodu urazu czaszki nie wolno jej było ani czytać, ani oglądać telewizji, co najwyżej trochę słuchać radia. Natomiast rana postrzałowa miała zagoić się szybko. Żadne ważne organy nie zostały uszkodzone.

Ważne przynajmniej dla niej.

Zajrzał lekarz i spytał, czy zamierza mieć dzieci. Pokręciła głową, reszty nie chciała słuchać i doktor ją oszczędził. Na złe wieści będzie dość czasu później, teraz starała się skoncentrować na dobrych. Na przykład na tym, że w następnych latach nie będzie jednak musiała kierować ruchem i że komendant, który ją odwiedził, zaproponował jej kilka tygodni wolnego.

Przesunęła wzrok na parapet. Próbowała przekręcić głowę, ale nałożyli jej na nią coś, co przypominało platformę wiertniczą i uniemożliwiało poruszanie karkiem.

Nie lubiła być sama. Nigdy tego nie lubiła. Dzień wcześniej zajrzała do niej Tonje Wiig z pytaniem, czy nie wie, gdzie się podziewa Harry. Tak jakby utrzymywał z Liz kontakt telepatyczny, kiedy leżała w śpiączce. Zrozumiała, że zaniepokojenie Tonje nie miało wyłącznie charakteru służbowego, ale tego nie skomentowała. Odpowiedziała jedynie, że na pewno się zjawi.

Tonje Wiig wyglądała na tak samotną i zagubioną, jakby właśnie się zorientowała, że jej pociąg odjechał. No cóż. Da sobie radę. Wyglądała na taką. Już wiedziała, że to ona zostanie nowym ambasadorem. Misję obejmie w maju.

Ktoś chrząknął. Liz otworzyła oczy.

– Jak się masz? – spytał zachrypnięty głos.

– Harry?

Pstryknęła zapalniczka, Liz poczuła zapach dymu papierosowego.

– A więc wróciłeś? – powiedziała.

– Tylko siedzę i czuwam.

– A co robisz?

– Eksperymentuję. Staram się znaleźć najlepszy sposób osiągnięcia stanu braku świadomości.

– Podobno samowolnie opuściłeś szpital.

– Już nic więcej nie mogli dla mnie zrobić.

Zaśmiała się ostrożnie, wypuszczając powietrze krótkimi pchnięciami.

– I co on powiedział? – spytał Harry.

– Bjarne Møller? Że w Oslo pada deszcz i wygląda na to, że wiosna przyjdzie wcześniej. Poza tym prosił, żebym ci przekazała, że nic się nie zmieniło. Wszyscy się cieszą, są zadowoleni i po obu stronach odetchnęli z ulgą. Wicedyrektor Torhus przyniósł mi kwiaty i pytał o ciebie.

– Co powiedział Møller? – powtórzył Harry.

Liz westchnęła.

– No dobrze. Przekazałam mu twoją informację. Sprawdził.

– I?

– Wiesz, jak małe jest prawdopodobieństwo, żeby Brekke miał jakiś związek z tym gwałtem, prawda?

– Owszem. – Słyszała cichutkie trzaskanie tytoniu, gdy zaciągał się dymem.

– Może powinieneś zapomnieć o tej sprawie, Harry.

– Dlaczego?

– Była dziewczyna Brekkego w ogóle nie rozumiała pytań. Rzuciła go, bo jej zdaniem był n u d n y. Z żadnego innego powodu. I... – Liz zaczerpnęła powietrza. – Nawet nie było go w Oslo, kiedy to spotkało twoją siostrę.

Próbowała się zorientować, jak Harry to przyjął.

– Przykro mi – dodała.

Usłyszała, że papieros upada na ziemię, i odgłos gumowego obcasa na kamiennej podłodze.

– No cóż. Chciałem tylko sprawdzić, jak się czujesz – mruknął. Nogi krzesła zazgrzytały o podłogę.

– Harry?

– Jestem.

– Jeszcze tylko jedno. Wróć. Możesz mi to obiecać? Nie zostawaj tam.

Usłyszała, że głęboko odetchnął.

– Wrócę – rzucił obojętnie, jakby powtarzał refren, którego ma już dość.

54

Patrzył, jak kurz tańczy w smudze światła przeciskającego się przez szparę w drewnianym suficie. Koszula lepiła się do ciała jak wystraszona kobieta. Pot piekł w wargi, a smród ubitej ziemi wywoływał mdłości. Ale zaraz dostał fajkę. Przytrzymywała ją czyjaś ręka, nakładając do otworu czarną smołę. Potem spokojnie umieściła fajkę tuż nad płomieniem i wszystko znów nabrało bardziej okrągłych kształtów. Po drugim wdechu zaczęli się pojawiać: Ivar Løken, Jim Love i Hilde Molnes. Po trzecim przyszła reszta. Brakowało tylko tej jednej. Wciągnął dym w płuca, zatrzymał go, dopóki nie miał wrażenia, że zaraz pękną, i wtedy wreszcie się ukazała. Stała w drzwiach na taras. Słońce oświetlało jej twarz z jednej strony. Dwa kroki i uniosła się w powietrze, czarna, lekko pochylona, od stóp po koniuszki palców wygięta w miękką linię, niezwykle powoli delikatnym pocałunkiem przecięła powierzchnię wody i zanurzała się, dopóki woda się nad nią nie zamknęła. Na powierzchnię wydobyło się kilka bąbelków, lekka fala rozbiła się o brzeg basenu. Zapadła cisza. W zielonej wodzie znów odbijało się niebo. Tak jakby ona nigdy nie istniała. Zaciągnął się po raz ostatni i położył na bambusowej macie. Zamknął oczy. Słuchał delikatnego pluskania płynącej dziewczyny.